Elke ochtend als Christine wakker wordt zijn haar herinneringen gewist. Haar geheugen is aangetast door een ernstig ongeluk. Steeds opnieuw moet iemand haar vertellen wie ze is. Hierdoor is ze volledig afhankelijk van haar man Ben, met wie ze al tweeëntwintig jaar getrouwd is. Dankzij haar dagboek, dat ze op advies van de dokter bijhoudt, ontdekt ze echter dat Ben haar niet alles vertelt.

SJ Watson debuteerde met *Voor ik ga slapen*, waarvan de vertaalrechten aan meer dan veertig landen zijn verkocht. Het boek wordt verfilmd door Rowan Joffe (*The American*) met Nicole Kidman in de hoofdrol. SJ Watson woont en werkt in Londen.

'Een uitzonderlijke thriller. Uren nadat ik de laatste bladzijde had gelezen voelde ik de spanning nog in mijn lichaam.' – Dennis Lehane

'SJ Watson legt een nagenoeg foutloos parcours af als thrillerauteur.'
– *De Tijd*

'Een ontzettend knappe thriller die technisch heel vernuftig in elkaar zit.' – *BOEK*

'Wie achter het oog op het voorplat durft te kijken, wacht een intrigerend, spannend en uiterst knap gestructureerd verhaal.'
– *Standaard der Letteren*

SJ Watson

Voor ik ga slapen

Vertaald door
Caecile de Hoog

Anthos | Amsterdam

MIX
Papier van verantwoorde herkomst
FSC® C014496

Eerste druk 2011
Eenendertigste druk 2013

ISBN 978 90 414 2505 8

Oorspronkelijke titel *Before I Go to Sleep*
Oorspronkelijke uitgever Transworld
Omslagontwerp Roald Triebels, Amsterdam
Omslagillustraties: voorplat © Veronique Beranger / Getty Images, achterplat © Johner / Wildcard Images, UK, ontwerp Claire Ward / TW

Verspreiding voor België:
Veen Bosch & Keuning uitgevers n.v., Antwerpen

Voor mijn moeder en voor Nicholas

Ik ben morgen geboren
Vandaag leef ik
Gisteren werd mijn dood

Parviz Owsia

I

Vandaag

De slaapkamer is vreemd. Niet vertrouwd. Ik weet niet waar ik ben, hoe ik hier terecht ben gekomen. Ik weet niet hoe ik thuis moet komen.

Ik heb de nacht hier doorgebracht. Een vrouwenstem wekte me; eerst dacht ik dat ze bij me in bed lag, toen drong het tot me door dat ze het nieuws las en dat het een wekkerradio was die ik hoorde. Toen ik mijn ogen opendeed was ik hier. In deze kamer die ik niet herken.

Als mijn ogen gewend zijn aan het schemerdonker, kijk ik om me heen. Er hangt een ochtendjas aan de kastdeur – zo eentje die een vrouw zou kunnen dragen, maar dan wel een veel oudere vrouw dan ik – en over een stoel bij de toilettafel hangt een zorgvuldig opgevouwen donkerblauwe broek, maar verder kan ik weinig onderscheiden. De wekker ziet er ingewikkeld uit, maar ik weet het volumeknopje te vinden en dan wordt het stil.

Pas dan hoor ik een schokkerige inademing achter me en besef ik dat ik niet alleen ben. Ik draai me om en zie huid, veel huid, en donker haar met wit erdoorheen. Een man. Zijn linkerarm ligt bloot en aan zijn ringvinger draagt hij een gouden ring. Bijna kreun ik hardop. Hij is dus niet alleen oud en grijs, denk ik, maar ook nog getrouwd. Ik ben niet alleen met een getrouwde man naar bed geweest, maar ook nog, denk ik, in zijn eigen huis, in het bed dat hij waarschijnlijk gewoonlijk met zijn vrouw deelt. Ik ga weer liggen om tot mezelf te komen. Ik zou me moeten schamen.

Ik vraag me af waar zijn vrouw is. Moet ik me er zorgen over maken dat ze elk moment thuis kan komen? Ik zie voor me hoe ze aan de andere kant van de kamer naar me staat te schreeuwen, en me een slet noemt. Een medusa. Met een hoofd vol slangen. Hoe moet ik mezelf verdedigen als ze verschijnt? De man in het bed lijkt zich echter niet druk te maken. Hij heeft zich omgedraaid en snurkt verder.

Ik blijf zo stil mogelijk liggen. Meestal weet ik nog wel hoe ik in situaties als deze terecht ben gekomen, maar vandaag niet. Er moet een feestje zijn geweest, of misschien ben ik wezen stappen en naar een bar of een club gegaan. Ik moet wel ver heen zijn geweest. Zo ver heen dat ik me er helemaal niets van kan herinneren. Zo ver heen dat ik met een man mee naar huis ben gegaan die een trouwring draagt en haar op zijn rug heeft.

Zo zachtjes mogelijk schuif ik het dekbed van me af en ik ga op de rand van het bed zitten. Ik moet eerst naar de wc. De sloffen bij het bed trek ik niet aan – dat ik het met de echtgenoot heb gedaan is tot daaraantoe, maar ik zou nooit het schoeisel van zijn vrouw kunnen dragen – en op blote voeten sluip ik naar de overloop. Ik ben me bewust van mijn naaktheid, bang dat ik de verkeerde deur kies en op een huurder stuit of een tienerzoon. Tot mijn opluchting zie ik dat de badkamerdeur op een kier staat, ik ga naar binnen en doe hem op slot.

Ik ga naar de wc, trek door en draai me om om mijn handen te wassen. Als ik de zeep wil pakken merk ik dat er iets niet klopt. Eerst begrijp ik niet wat, maar dan zie ik het. De hand die de zeep vastpakt lijkt niet op de mijne. De huid is gerimpeld en de vingers zijn dik. De nagels zijn ongelakt en afgekloven, en net als bij de man in het bed zit er om de ringvinger een gladde, gouden trouwring.

Ik kijk ernaar en beweeg mijn vingers. De vingers die de zeep vasthouden, bewegen ook. Mijn adem stokt en de zeep valt met een plofje in de wastafel. Ik kijk in de spiegel.

Het gezicht dat me aankijkt is niet van mij. Het haar is minder vol, veel korter geknipt dan ik het altijd draag en de huid van de wangen en de kin hangt een beetje, de lippen zijn dun, de mondhoeken naar beneden gekeerd. Woordeloos geef ik een schreeuw die van de schrik in gekrijs zou overgaan als ik me zou laten gaan. Dan zie ik de ogen. Er zijn weliswaar kraaienpootjes, maar ondanks alles zie ik dat het mijn ogen zijn. De persoon in de spiegel ben ik, maar twintig jaar te oud. Vijfentwintig. Meer nog.

Onmogelijk. Bevend grijp ik de rand van de wastafel vast. Weer welt er in mijn borstkas een schreeuw op, die eruit komt als een gesmoorde kreet. Ik stap naar achteren, weg van de spiegel, en dan zie ik ze. De foto's. Op de muur en ook op de spiegel zelf. Plaatjes met door vocht gekrulde gele plakkertjes ertussen, waarop met een viltstift woorden zijn geschreven.

Ik kies er zomaar een uit. CHRISTINE staat erop, met een pijltje naar een foto van mij – deze nieuwe, oude persoon die ik ben – waarop ik aan een kade op een bankje zit met een man naast me. De naam komt me bekend voor, maar vaag, het kost me moeite te geloven dat het de mijne is. Op de foto lachen we naar de camera en houden we elkaars hand vast. Hij is knap en aantrekkelijk en als ik goed kijk zie ik dat het de man is met wie ik heb geslapen, de man die ik in dat bed heb achtergelaten. Onder de foto staat BEN, en daarnaast: JE MAN.

Weer stokt mijn adem en ik ruk de foto van de muur. Nee, denk ik. Nee! Dat kan niet... Aandachtig bekijk ik de andere foto's. Allemaal van mij, en van hem. Er is er een waarop ik in een lelijke jurk een cadeau uitpak, op een andere staan we allebei in eenzelfde regenjack naar een waterval te kijken terwijl een jong hondje aan onze voeten snuffelt. Daarnaast hangt een foto waarop ik naast hem zit met een glas jus d'orange aan mijn lippen, in de ochtendjas die ik in de slaapkamer heb zien hangen.

Ik doe nog een stap naar achteren, tot ik koude tegels tegen mijn rug voel. Op dat moment roert zich in mij iets wat ik met een herinnering associeer. Terwijl mijn geest er greep op probeert te krijgen, zweeft het weg als as op een briesje, en realiseer ik me dat er in mijn leven een 'toen' is, een 'voordat', maar wáárvoor, dat weet ik niet. Er is ook een 'nu', maar tussen die twee is niets behalve een lange, stille leegte die me hier heeft gebracht, bij mij en hem, in dit huis.

*

Ik ga terug naar de slaapkamer. In mijn hand heb ik nog steeds de foto – die van mij met de man naast wie ik wakker ben geworden – en ik houd hem voor me uit.

'Wat is hier aan de hand?' schreeuw ik, en de tranen stromen over mijn wangen. De man zit met halfgesloten ogen in bed. 'Wie ben jij?'

'Ik ben je man,' antwoordt hij. Zijn gezicht is slaperig, zonder een spoor van ergernis. Hij kijkt niet naar mijn naakte lichaam. 'We zijn al jaren getrouwd.'

'Hoe bedoel je?' zeg ik. Ik wil wegrennen, maar ik kan nergens heen. 'Al jaren getrouwd? Hoe bedoel je?'

Hij staat op. 'Hier,' zegt hij. Hij geeft me de ochtendjas en wacht tot ik hem heb aangetrokken. Zelf heeft hij een pyjamabroek aan die te groot voor hem is, en een wit onderhemd. Hij doet me aan mijn vader denken.

'We zijn in 1985 getrouwd,' zegt hij. 'Tweeëntwintig jaar geleden. Jij...'

Ik val hem in de rede. 'Wat?' Ik voel het bloed uit mijn gezicht wegtrekken. De kamer begint te draaien. Ergens in huis tikt een klok, het klinkt zo luid als een hamer. 'Maar...' Hij doet een stap in mijn richting. 'Hoe...'

'Christine, je bent zevenenveertig,' zegt hij. Ik kijk naar hem, naar deze vreemde die naar me lacht. Ik wil hem niet geloven, wil niet eens horen wat hij zegt, maar hij praat door. 'Je hebt een ongeluk gehad,' zegt hij. 'Een ernstig ongeluk. Je hebt hersenletsel opgelopen en nu heb je moeite om je dingen te herinneren.'

'Wat voor dingen?' zeg ik, hij zal toch niet de afgelopen vijfentwintig jaar bedoelen? 'Wat voor dingen?'

Hij komt nog een stap dichterbij, alsof hij een angstig dier benadert. 'Alles,' zegt hij. 'Soms vanaf toen je begin twintig was. Soms zelfs nog eerder.'

Mijn geest slaat op hol, data en leeftijden buitelen over elkaar heen. Ik wil het niet vragen maar ik weet dat het moet. 'Wanneer... wanneer heb ik dat ongeluk gehad?'

Hij kijkt me aan met een gezicht waarop een mengeling van medelijden en angst te zien is.

'Toen je negenentwintig was...'

Ik sluit mijn ogen. Ook al probeert mijn geest deze informatie te verwerpen, ergens weet ik dat het waar is. Terwijl ik weer begin te huilen komt deze man, deze Ben, naar me toe, naar de deuropening waarin ik sta. Ik voel zijn aanwezigheid naast me, maar verroer me niet als hij zijn armen om mijn middel legt. Als hij me naar zich toe trekt, laat ik hem begaan. Hij houdt me vast. Samen deinen we zachtjes heen en weer en ik merk dat de beweging op de een of andere manier vertrouwd is. Ik voel me iets beter.

'Ik hou van je, Christine,' zegt hij, en hoewel ik weet dat ik nu moet zeggen dat ik ook van hem hou, doe ik dat niet. Ik zeg niets. Hoe kan ik van hem houden? Hij is een vreemde voor me. Het klopt allemaal niet. Er zijn zoveel dingen die ik wil weten. Hoe ik hier gekomen ben, hoe ik me staande houd. Maar ik weet niet hoe ik dat moet vragen.

'Ik ben bang,' zeg ik.

'Dat weet ik,' antwoordt hij. 'Dat weet ik. Maar maak je nou geen zorgen, Chris. Ik zorg voor je. Ik zal altijd voor je zorgen. Het komt goed. Vertrouw me maar.'

*

Hij zegt dat hij me het huis zal laten zien. Ik ben rustiger geworden. Ik heb een onderbroek aangetrokken en een oud T-shirt dat hij me heeft gegeven. Dan sla ik de ochtendjas om mijn schouders. We lopen de gang op. 'De badkamer heb je al gezien,' zegt hij terwijl hij de deur ernaast opendoet. 'Dit is de werkkamer.'

Er staat een glazen bureau met daarop iets waarvan ik vermoed dat het een computer is, hoewel het er belachelijk klein uitziet, het lijkt wel speelgoed. Daarnaast een staalgrijze archiefkast en aan de muur een planbord. Alles is netjes, ordelijk. 'Hier werk ik af en toe,' zegt hij als hij de deur dichtdoet. We steken de gang over en hij opent nog een deur. Een bed, toilettafel, nog meer kasten. Deze kamer lijkt identiek aan die waarin ik ben wakker geworden. 'Hier slaap je soms,' zegt hij, 'als je er behoefte aan hebt. Maar meestal vind je het niet prettig om alleen wakker te worden. Je raakt in paniek als je niet weet waar je bent.' Ik knik. Ik voel me een toekomstige huurder die in een flat wordt rondgeleid. Een aspirant-huisgenoot. 'Zullen we naar beneden gaan?'

Ik loop achter hem aan de trap af. Hij laat me een huiskamer zien – bruine bank met bijbehorende stoelen, een plat scherm dat met bouten aan de muur is bevestigd en waarvan hij zegt dat het een televisie is – en een eetkamer en een keuken. Niets komt me bekend voor. Ik voel helemaal niets, zelfs niet bij het zien van een ingelijste foto van ons tweeën op een bijzettafeltje. 'Achter is de tuin,' zegt hij, waarop ik in de keuken door de glazen achterdeur kijk. Het begint net licht te worden. De nachtelijke hemel wordt inktachtig blauw en ik kan het silhouet van een grote boom onderscheiden, en een schuurtje achter in een kleine tuin, maar meer ook niet. Het dringt tot me door dat ik zelfs niet weet in welk deel van de wereld we zijn.

'Waar zijn we?' vraag ik.

Hij staat achter me. Ik zie ons beiden weerspiegeld in het glas. Ik. Mijn man. Van middelbare leeftijd.

'Noord-Londen,' antwoordt hij. 'Crouch End.'

Ik stap naar achteren. Paniek maakt zich van mij meester. 'Jezus,' zeg ik. 'Ik weet goddomme niet eens waar ik woon...'

Hij pakt mijn hand. 'Maak je geen zorgen. Het komt goed.' Ik draai me naar hem om, in de verwachting dat hij uit zal leggen hoe het goed zal komen, maar hij gaat er niet op door. 'Zal ik koffie voor je zetten?'

Even heb ik de pest aan hem, maar dan zeg ik: 'Ja. Ja graag.' Hij vult de ketel met water. 'Zwart, graag,' zeg ik. 'Zonder suiker.'

'Weet ik,' zegt hij met een glimlach. 'Wil je geroosterd brood?'

Ik zeg ja. Hij moet heel veel van mij weten, maar voor mij voelt het nog steeds als de ochtend na een onenightstand: ontbijten met een vreemde man in zijn huis terwijl je zint op een elegante manier om weg te komen, om naar huis te kunnen gaan.

Maar daar zit hem de kneep. Dit schijnt mijn huis te zijn.

'Ik moet even gaan zitten,' zeg ik. Hij kijkt me aan.

'Ga maar in de huiskamer zitten,' zegt hij. 'Dan breng ik je zo je ontbijt.'

Ik loop de keuken uit.

Een paar minuten later komt Ben ook naar de huiskamer. Hij geeft me een boek. 'Dit is een plakboek,' zegt hij. 'Misschien heb je er wat aan.' Ik pak het aan. Het is gebonden in plastic dat voor leer moet doorgaan en er zit een slordig gestrikt rood lint omheen. 'Ik ben zo terug,' zegt hij, en hij loopt de kamer uit.

Ik zit op de bank. Het plakboek rust zwaar op mijn schoot. Erin kijken voelt als een inbreuk. Dan bedenk ik dat wat erin staat over mij gaat, en dat mijn man me dit boek heeft gegeven.

Ik maak de strik los en sla het boek zomaar ergens open. Een foto van Ben en mij, veel jonger dan nu. Ik klap het dicht, strijk met mijn handen over de kaft, sla het boek weer open en laat de bladzijden als een waaier door mijn vingers gaan. *Dit doe ik waarschijnlijk elke dag.*

Ik kan me er niets bij voorstellen. Ik weet zeker dat er een verschrikkelijke fout is gemaakt, maar toch kan dat niet. Het bewijs is er: de spiegel boven, de gerimpelde huid van de handen op het boek dat op mijn schoot ligt. Ik ben niet degene die ik dacht dat ik was toen ik vanmorgen wakker werd.

Maar wie was dat dan? Wanneer was ik degene die in het bed van een vreemde ontwaakte en alleen maar weg wilde? Ik doe mijn ogen dicht. Ik voel me losgeslagen, zonder anker. Ik dreig te verdwalen.

Ik moet houvast zien te vinden. Ik sluit mijn ogen en probeer me op iets te concentreren, iets tastbaars, het maakt niet uit wat. Maar er is niets. Al die jaren van mijn leven. Verdwenen.

Dit boek zal mij vertellen wie ik ben, maar ik wil het niet opendoen. Nog niet. Ik wil hier een poosje zitten met het verleden als een blinde vlek. In een niemandsland, balancerend tussen wat zou kunnen en wat is. De gedachte mijn verleden te zullen ontdekken maakt me angstig. Te weten te komen wat ik bereikt heb, en wat niet.

Ben komt de kamer binnen en zet een blad voor me neer. Geroosterd brood, twee koppen koffie, een kannetje melk. 'Gaat het?' vraagt hij. Ik knik.

Hij komt naast me zitten. Hij heeft zich geschoren en een broek en een overhemd met das aangetrokken. Nu lijkt hij niet meer op mijn vader, maar meer op iemand die bij een bank of op een kantoor werkt. Niet slecht, denk ik, maar ik druk de gedachte meteen weg.

'Gaat het elke dag zo?' vraag ik. Hij legt een geroosterde boterham op een bord en smeert er boter op.

'Ja, zo'n beetje,' zegt hij. 'Wil je ook?' Ik schud mijn hoofd en hij neemt een hap. 'Het lijkt erop dat je informatie vasthoudt zolang je wakker blijft,' zegt hij. 'Maar als je gaat slapen, raak je het meeste weer kwijt. Is de koffie goed?'

Ik zeg dat de koffie lekker is en dan pakt hij het boek. ‘Dit is een soort plakboek,’ zegt hij, en hij slaat het open. ‘Een paar jaar geleden hebben we brand gehad, waardoor er veel oude foto’s verloren zijn gegaan, maar hier zijn er nog een paar.’ Hij wijst naar de eerste bladzijde. ‘Dit is je bul,’ zegt hij. ‘En dit is een foto van je afstuderen.’ Ik kijk naar de foto die hij aanwijst, waarop ik in een zwarte toga en vilten baret met gouden kwast met toegeknepen ogen in de zon sta te lachen. Vlak achter mij staat een man in een pak met een das. Zijn gezicht is afgewend.

‘Ben jij dat?’ vraag ik.

Hij glimlacht. ‘Nee. We zijn niet tegelijk afgestudeerd. Ik studeerde toen nog. Scheikunde.’

Ik kijk naar hem op. ‘Wanneer zijn we getrouwd?’

Hij draait zich naar me toe en neemt mijn hand in de zijne. De ruwheid van zijn huid verrast me. Waarschijnlijk had ik de zachtheid van een jongere huid verwacht. ‘Een jaar nadat je promoveerde. We gingen al een paar jaar met elkaar, maar jij – we – we wilden allebei wachten tot je je studie achter de rug had.’

Dat lijkt aannemelijk, hoewel het me wel erg praktisch in de oren klinkt. Ik vraag me af of ik eigenlijk wel met hem *wílde* trouwen.

Alsof hij mijn gedachten kan lezen, zegt hij: ‘We waren heel erg verliefd,’ en hij voegt eraan toe: ‘En dat zijn we nog steeds.’

Ik weet niet wat ik moet zeggen. Ik lach. Hij neemt een slok koffie en kijkt weer in het boek op zijn schoot. Hij slaat nog een paar bladzijden om.

‘Je hebt Engels gestudeerd,’ zegt hij. ‘Toen heb je een tijdje gewerkt, na je afstuderen. Baantjes. Administratief werk. Verkoop. Ik geloof dat je niet precies wist wat je wilde. Na mijn kandidaats heb ik mijn onderwijsbevoegdheid gehaald. We hebben het een paar jaar moeilijk gehad, maar toen kreeg ik promotie en, nou, nu wonen we hier.’

Ik kijk om me heen. Mooie spullen, een comfortabele huiskamer. Een beetje nietszeggend, kleinburgerlijk. Boven de haard hangt een ingelijste foto van een bos en naast de klok op de schoorsteenmantel staan porseleinen beeldjes. Ik vraag me af of ik erbij was toen die werden gekocht.

Ben vervolgt: 'Ik geef les op een middelbare school in de buurt. Ik ben inmiddels hoofd van de afdeling.' Hij zegt het zonder een spoor van trots.

'En ik?' vraag ik, hoewel ik het enig mogelijke antwoord eigenlijk al weet. Hij knijpt in mijn hand.

'Jij moest stoppen met werken. Na het ongeluk. Je doet niets.' Waarschijnlijk voelt hij mijn teleurstelling. 'Dat hoeft ook niet. Ik verdien genoeg. We redden ons prima, we hebben het goed.'

Ik sluit mijn ogen en leg mijn hand op mijn voorhoofd. Het wordt me allemaal te veel, ik wil dat hij zijn mond houdt. Ik heb het gevoel dat ik niet meer kan opnemen en dat ik zal ontploffen als hij nog langer doorgaat.

Maar wat doe ik dan de hele dag? wil ik vragen, maar omdat ik bang ben voor het antwoord zeg ik niets.

Hij heeft zijn geroosterde boterham op en brengt het blad naar de keuken. Als hij terugkomt heeft hij zijn jas aan.

'Ik moet naar mijn werk,' zegt hij. Ik voel dat ik verkramp.

'Geen zorgen,' zegt hij. 'Je kunt het aan. Ik zal je bellen, dat beloof ik. Vergeet niet dat dit een dag is als alle andere. Je kunt het echt aan.'

'Maar...' zeg ik.

'Ik moet weg,' zegt hij. 'Het spijt me. Voor ik ga laat ik je nog een paar dingen zien die je misschien nodig hebt.'

In de keuken doet hij kastjes open en wijst me op wat kliekjes in de koelkast die ik kan eten met de lunch. Aan de muur hangt een memobord, met daarnaast een zwarte stift aan een koordje. 'Hier schrijf ik weleens dingen voor je op,' zegt hij. Ik zie dat hij het woord VRIJDAG heeft opgeschreven in nette, gelijkmatige blokletters, en daaronder de woorden WAS DOEN? WANDELEN? (TELEFOON MEENEMEN!) TV KIJKEN? Onder het woord LUNCH staat dat er nog wat zalm in de koelkast ligt en daarachter heeft hij SALADE? geschreven. Onderaan staat dat hij tegen zessen thuis is. 'Je hebt ook nog een agenda,' zegt hij. 'In je tas. Achterin staan belangrijke telefoonnummers en ons adres, mocht je verdwalen. En er is een mobieltje...'

'Een wat?' zeg ik.

'Een telefoon,' zegt hij. 'Draadloos. Die kun je overal gebruiken. Buiten, waar dan ook. Hij zit in je tas. Zorg dat je hem bij je hebt als je naar buiten gaat.'

'Zal ik doen,' zeg ik.

'Goed,' zegt hij. We lopen het halletje in en hij pakt een sleetse leren schooltas die bij de deur staat. 'Dan ga ik maar.'

'Oké,' zeg ik. Ik weet niet wat ik anders moet zeggen. Ik voel me net een kind dat niet naar school mag en thuis alleen achterblijft als haar ouders naar hun werk gaan. Nergens aanzitten, hoor ik hem al zeggen. Vergeet je pillen niet te nemen.

Hij komt naar me toe en kust me op de wang. Ik weer hem niet af maar kus hem niet terug. Hij loopt naar de deur, maar net als hij die open wil doen, draait hij zich weer naar me om.

'O!' zegt hij, mij aankijkend. 'Bijna vergeten!' Plotseling klinkt zijn stem geforceerd, zijn enthousiasme gemaakt. Hij doet te veel zijn best om ongedwongen over te komen, maar het is duidelijk dat hij zich heeft voorbereid op wat hij nu gaat zeggen.

Maar het valt mee. 'We gaan een weekendje weg, we vertrekken vanavond,' zegt hij. 'Het is onze trouwdag, dus ik dacht ik boek iets leuks. Is dat goed?'

Ik knik. 'Dat klinkt leuk,' zeg ik.

Hij lacht en ziet er opgelucht uit. 'Heb je iets om je op te verheugen, hè? Lekker wat zeelucht. Zal ons goed doen.' Hij draait zich weer om en doet de voordeur open. 'Ik bel je straks,' zegt hij. 'Om even te horen hoe het met je is, goed?'

'Ja,' zeg ik. 'Doe dat maar.'

'Ik hou van je, Christine,' zegt hij. 'Dat mag je nooit vergeten.'

Hij trekt de deur achter zich dicht. Dan draai ik me om en loop de kamer in.

*

Later, halverwege de ochtend, ga ik in een leunstoel zitten. De afwas is gedaan en staat keurig in het afdruiprek, de was zit in de machine. Ik heb niet stilgezeten.

Maar nu voel ik me leeg. Het klopt wat Ben zei. Dat ik geen geheugen heb. Er is niets in dit huis waarvan ik me herinner het ooit eerder te hebben gezien. Niet één foto, noch boven rond de spiegel, noch in het plakboek dat voor me ligt, roept een herinnering in me op aan het moment waarop hij is genomen, of aan momenten met de Ben van vroeger, van voor we elkaar vanmorgen ontmoetten. Mijn hoofd is één grote leegte.

Ik sluit mijn ogen en probeer me op iets te concentreren. Wat dan ook. Gisteren. De afgelopen kerst. Een andere kerst. Mijn bruiloft. Er is niets.

Ik kom overeind en loop door het huis. Langzaam. Dwalend als een spookgestalte strijk ik met mijn hand langs de wanden, de tafels, de randen van de meubels, maar zonder echt iets aan te raken. *Hoe ben ik zo geworden?* Ik kijk naar de tapijten, de kleden met hun werkjes, de porseleinen beeldjes op de schoorsteenmantel en de sierborden op het rek aan de muur in de eetkamer. Ik probeer tot me door te laten dringen dat dit allemaal van mij is. Helemaal van mij. Mijn huis, mijn man, mijn leven. Maar het is niet van mij. Het maakt geen deel van mij uit. In de klerenkast in de slaapkamer hangen kleren die ik niet herken, keurig, als lege versies van een vrouw die ik nooit ontmoet heb. Door haar huis dwaal ik nu rond, haar zeep en shampoo heb ik gebruikt, haar ochtendjas en haar sloffen heb ik aan. Ze houdt zich voor me schuil, een schimmige aanwezigheid, afstandelijk en onaanraakbaar. Vanmorgen heb ik angstvallig tussen de slipjes en de opgerolde panty's en kousen wat ondergoed uitgezocht, alsof ik bang was betrapt te worden. Ik hield mijn adem in toen ik achter in de la zijden en kanten slipjes vond, lingerie die niet alleen was gekocht om gedragen, maar ook om gezien te worden. Het ongebruikte ondergoed legde ik precies zo terug als ik het gevonden had en ik koos een lichtblauw slipje dat een bijbehorende bh bleek te hebben. Ik deed ze aan en trok er een dikke panty overheen aan, en een lange broek en een blouse.

Vervolgens heb ik aan de toilettafel mijn gezicht in de spiegel bekeken, waarbij ik behoedzaam te werk ging. Ik volgde de lijnen in mijn voorhoofd, de plooien onder mijn ogen. Ik lachte en keek naar mijn tanden, naar de vele rimpels rond mijn mondhoeken en de kraaienpootjes bij mijn ogen. Mijn huid was vlekkerig, op mijn voorhoofd zag ik een verkleuring, misschien een blauwe plek die nog niet helemaal was weggetrokken. Ik vond make-upspullen en maakte me op. Een beetje poeder en rouge. Ik zag een vrouw voor me – mijn moeder, besef ik nu – die hetzelfde deed en het over haar 'oorlogskleuren' had, en toen ik vanmorgen met een tissue mijn lippenstift depte en het dopje op de mascara deed, vond ik dat een toepasselijk woord. Ik had het gevoel dat ik een strijd moest aangaan, of in een strijd verwikkeld zou raken.

Ik dacht aan mijn moeder zoals ze me op weg hielp naar school. Haar make-up opdeed. Ik probeerde me nog andere dingen van mijn moeder te herinneren. Wat dan ook. Maar er kwam niets, alleen leegte, jaren van leegte, een uitgestrekt niets met hier en daar als een klein eilandje een herinnering.

Nu ben ik in de keuken en trek ik de kastjes open: zakken met pasta, pakjes rijst met ARBORIO op het etiket, blikjes kievietsbonen. Etenswaren die ik niet herken. Ik herinner me toastjes met kaas, in een zak gestoomde vis, boterhammen met cornedbeef. Ik haal een blikje tevoorschijn waar KIKKERERWTEN op staat, en een zakje met iets wat couscous heet. Geen idee wat dat allemaal is, laat staan dat ik weet hoe ik het moet klaarmaken. Hoe doe ik het, hoe overleef ik als echtgenote?

Ik kijk op, naar het memobord dat Ben me heeft laten zien voor hij wegging. Het is vuil grijs, er zijn woorden op geschreven en weer uitgeveegd, vervangen, verbeterd, en elke keer is een vaag restant achtergebleven. Ik vraag me af wat ik zou vinden als ik al die lagen zou kunnen ontcijferen, als ik aan de hand daarvan kon teruggaan in mijn verleden. Maar dan besef ik dat het zinloos zou zijn, áls het al mogelijk was, want ik weet zeker dat ik alleen maar berichten en lijstjes zou vinden, boodschappen en huishoudelijke taken.

Is dit echt mijn leven? Ben ik niet meer dan dit? Met de stift schrijf ik nog iets op het bord. TAS INPAKKEN, VOOR VANAVOND? Geen uitgebreid bericht, maar wel een bericht van mij.

Er klinkt een geluid. Een deuntje, het komt uit mijn tas. Ik doe hem open en leeg de inhoud op de bank. Mijn portemonnee, een paar zakdoekjes, pennen, een lippenstift. Een poederdoosje, een bonnetje voor twee koffie. Een agenda, niet groter dan vijf bij vijf centimeter, met een bloemetjesmotief op het omslag en een pennetje in de ringband.

Dan stuit ik op iets waarvan ik vermoed dat het de telefoon is die

Ben heeft beschreven: klein, van plastic en met een toetsenpaneeltje dat doet denken aan een speelgoedtelefoon. Er komt geluid uit, het venstertje licht op. Op hoop van zegen druk ik op een knopje.

'Hallo?' zeg ik. De stem die antwoordt is niet die van Ben.

'Hallo,' klinkt het. 'Christine? Spreek ik met Christine Lucas?'

Ik wil niet antwoorden. Mijn achternaam klinkt even vreemd als mijn voornaam vanmorgen klonk. Ik heb het gevoel dat ik mijn houvast weer kwijt ben, dat er drijfzand voor in de plaats is gekomen.

'Christine, ben je daar?'

Wie kan dit zijn? Wie weet dat ik hier ben, en wie ik ben? Ik besef dat het iedereen zou kunnen zijn en raak in paniek. Mijn vinger zweeft boven het knopje dat een einde maakt aan dit gesprek.

'Christine? Ik ben het. Dokter Nash. Geef alsjeblieft antwoord.'

De naam zegt me niets, toch antwoord ik: 'Met wie spreek ik?'

De stem verandert van toon. Is het opluchting? 'Met dokter Nash,' zegt hij. 'Je dokter?'

Weer paniek. 'Mijn dokter?' zeg ik. Ik ben niet ziek, wil ik eraan toevoegen, maar zelfs dat weet ik niet. Het begint me te duizelen.

'Ja,' zegt hij. 'Maar maak je geen zorgen. We werken samen al een tijdje aan je geheugen. Niets aan de hand.'

Het valt me op welke woorden hij gebruikt. *Al een tijdje*. Dus dit is alweer iemand die ik me niet kan herinneren.

'Wat doen we dan?' vraag ik.

'Ik probeer je te helpen je geheugen te verbeteren,' antwoordt hij. 'Ik probeer erachter te komen wat jouw geheugenproblemen heeft veroorzaakt en of we er iets aan kunnen doen.'

Het klinkt aannemelijk, maar dan komt er een andere gedachte in me op. Waarom heeft Ben niets over deze dokter gezegd voor hij naar zijn werk ging?

'Maar hoe?' vraag ik. 'Wat hebben we dan gedaan?'

'We hebben elkaar de afgelopen weken regelmatig gezien. Zo'n paar keer per week ongeveer.'

Dat kan haast niet waar zijn. Weer iemand die ik vaker zie maar die geen enkele indruk op me heeft achtergelaten.

Maar ik heb je nog nooit ontmoet, wil ik zeggen. Je zou iedereen kunnen zijn.

Ik zeg niets. Hetzelfde had gezegd kunnen worden over de man die vanmorgen naast me in bed lag, en dat bleek mijn echtgenoot te zijn.

In plaats daarvan zeg ik: 'Ik kan het me niet herinneren.'

Zijn stem wordt milder. 'Zit er maar niet mee, ik weet hoe het is.' Als het waar is wat hij zegt, zal hij het inderdaad begrijpen. Hij legt uit dat we voor vandaag een afspraak hebben.

'Vandaag?' zeg ik. Ik denk terug aan wat Ben me vanochtend heeft verteld, aan het rijtje taken op het bord in de keuken. 'Daar heeft mijn man helemaal niets over gezegd.' Ik besef dat het de eerste keer is dat ik de man die vanmorgen naast me in bed lag zo noem.

Het blijft een ogenblik stil, dan zegt dokter Nash: 'Ik weet niet of Ben weet dat wij een afspraak hebben.'

Het valt me op dat hij weet hoe mijn man heet, maar ik zeg: 'Dat is belachelijk! Hoe kan hij dat nou niet weten?'

Er klinkt een zucht. 'Je zult me moeten vertrouwen,' zegt hij. 'Ik kan het allemaal uitleggen als we elkaar zien. We gaan echt vooruit.'

Als we elkaar zien. Hoe moet dat? Het idee om naar buiten te gaan zonder Ben, zonder dat hij zelfs maar weet waar ik ben of wie ik ontmoet, jaagt me angst aan.

'Het spijt me,' zeg ik. 'Ik kan het niet.'

'Christine,' zegt hij. 'Het is belangrijk. Als je in je agenda kijkt zul je zien dat het waar is wat ik zeg. Heb je hem daar? Hij moet in je tas zitten.'

Ik pak het gebloemde boekje van de bank en er gaat een schok door me heen als ik het jaartal zie dat in gouden cijfers op het omslag staat. 2007. Twintig jaar later dan het zou moeten zijn.

'Ja.'

'Kijk eens naar de datum van vandaag,' zegt hij. 'Dertig november. Als het goed is staat onze afspraak daar genoteerd.'

Hoe het november kan zijn – morgen december – begrijp ik niet, maar ik sla de flinterdunne bladzijden om tot ik de datum van vandaag heb gevonden. En daar is tussen de bladzijden een papiertje gestoken waarop in een mij onbekend handschrift de woorden 30 NOVEMBER, AFSPRAAK MET DOKTER NASH staan geschreven. En daaronder: NIET AAN BEN VERTELLEN. Ik vraag me af of hij het gelezen heeft, of hij in mijn spullen snuffelt.

Ik besluit dat hij geen reden heeft om dat te doen. Bij de andere dagen staat niets. Geen verjaardagen, geen avondjes uit, geen feestjes. Ziet mijn leven er echt zo uit?

'Oké,' zeg ik. Hij legt uit dat hij me komt halen, dat hij weet waar ik woon en dat hij er over een uurtje zal zijn.

'Maar mijn man...' zeg ik.

'Geen probleem. Lang voor hij thuiskomt zijn we weer terug, dat beloof ik je. Vertrouw me maar.'

De klok op de schoorsteenmantel begint te slaan en ik kijk op. Het is een ouderwetse klok met een grote wijzerplaat in een houten kast en Romeinse cijfers rondom. Hij geeft halftwaalf aan. Er ligt een zilveren sleutel naast om hem mee op te winden, iets waar Ben elke avond aan moet denken, vermoed ik. Hij lijkt oud genoeg om antiek te zijn, en ik vraag me af hoe we aan zo'n klok zijn gekomen. Misschien zit er geen verhaal achter, of geen verhaal dat met ons te maken heeft, zijn we er gewoon samen in een winkel of op een markt tegenaan gelopen en vond een van ons hem mooi. Waarschijnlijk Ben, denk ik. Ik realiseer me dat ik hem niet mooi vind.

Ik denk dat ik hem deze ene keer zal ontmoeten. En wanneer Ben vanavond thuiskomt, vertel ik het hem. Ik kan niet geloven dat ik zoiets voor hem verborgen houd terwijl ik zo volkomen afhankelijk van hem ben.

Toch is het merkwaardig hoe vertrouwd de stem van dokter Nash klinkt. In tegenstelling tot Ben, voelt hij niet als een volslagen vreemde. Ik besef dat ik me van hem beter kan voorstellen hem eerder ontmoet te hebben dan van mijn man.

We gaan echt vooruit, heeft hij gezegd. Ik moet weten wat hij daarmee bedoelt.

'Goed,' zeg ik. 'Kom maar.'

*

Als dokter Nash me komt halen, stelt hij voor om ergens koffie te gaan drinken. 'Heb je dorst?' vraagt hij. 'Het heeft denk ik weinig zin om helemaal naar mijn kantoor te rijden. Ik wil vandaag toch hoofdzakelijk met je praten.'

Ik knik en zeg ja. Toen hij eraan kwam was ik in de slaapkamer, en ik heb gezien hoe hij zijn auto parkeerde en afsloot, zijn haar fatsoeneerde, zijn jasje rechttrok en zijn aktetas pakte. Dat zal hem niet zijn, dacht ik toen hij knikte naar werklui die gereedschap uit een busje haalden, maar even later liep hij het pad op naar ons huis. Hij zag er jong uit – te jong voor een dokter – en hoewel ik niet weet wat voor kleren ik me wel bij hem had voorgesteld, weet ik zeker dat ik geen vlot jasje met een grijze corduroy broek had verwacht.

'Verderop aan het eind van de straat is een park,' zegt hij. 'Ik geloof dat er een café is. Zullen we daarnaartoe gaan?'

We wandelen er samen heen. Het is venijnig koud en ik trek mijn sjaal strak om mijn hals. Ik ben blij dat ik de mobiele telefoon die Ben me heeft gegeven in mijn tas heb. Ook ben ik blij dat dokter Nash er niet op heeft aangedrongen ergens heen te rijden. Een deel van mij vertrouwt deze man, maar een andere, sterkere stem zegt me dat hij iedereen zou kunnen zijn. Een vreemde.

Ik ben volwassen, maar beschadigd. Deze man zou me gemakkelijk ergens mee naartoe kunnen nemen, hoewel ik niet zou weten wat hij met me zou willen doen. Ik ben zo kwetsbaar als een kind.

Aan het eind van de straat komen we uit bij een doorgaande weg met aan de overkant een park. We wachten tot we kunnen oversteken. Er hangt een drukkende stilte tussen ons. Ik had het hem pas willen vragen als we tegenover elkaar zouden zitten, maar ineens doe ik mijn mond open. 'Wat voor soort dokter ben jij eigenlijk?' vraag ik. 'Wat voor werk doe je? Hoe heb je me gevonden?'

Hij kijkt me aan. 'Ik ben neuropsycholoog,' zegt hij met een glimlach. Ik vraag me af of ik hem elke keer dat we elkaar ontmoeten dezelfde vragen stel. 'Ik ben gespecialiseerd in mensen met een hersenaandoening, en werk met de modernste functionele beeldtechnieken in mijn vakgebied. Ik houd me al vrij lang bezig met onderzoek naar geheugenprocessen en -functies. Ik kwam je tegen in de literatuur over dit onderwerp, en toen heb ik je opgespoord. Dat was niet zo moeilijk.'

Iets verderop komt een auto de hoek om die onze kant op rijdt. 'De literatuur?'

'Ja, er zijn een paar casestudy's over je geschreven. Ik heb contact opgenomen met de instelling waar je behandeld werd voor je weer thuis ging wonen.'

'Maar waarom? Waarom wilde je me opzoeken?'

Hij lacht. 'Omdat ik dacht dat ik je zou kunnen helpen. Ik werk al een tijdje met patiënten die dit soort problemen hebben. Ik geloof dat er iets aan te doen is, maar dat vergt wel een intensievere behandeling dan het gebruikelijke uurtje per week. Ik had een paar ideeën over hoe er werkelijk vooruitgang geboekt zou kunnen worden en wilde enkele daarvan uitproberen.' Even blijft het stil. 'Bovendien heb ik een artikel over je geschreven. De gezaghebbende publicatie, zou je kunnen zeggen.' Hij begint te lachen, maar houdt snel op als ik niet meedoe. Dan schraapt hij zijn keel. 'Jouw geval is bijzonder. Ik denk dat we door jou heel veel meer te weten kunnen komen over de werking van het geheugen.'

De auto rijdt voorbij en we steken over. Ik begin nerveus te worden, voel me gespannen. *Hersenaandoeningen. Onderzoek. Ik heb je opgespoord.* Ik probeer rustig te ademen, me te ontspannen, maar het lukt niet. Er zijn er nu twee van mij, in hetzelfde lichaam. De ene is een kalme, beschaafde zevenenveertigjarige vrouw die weet hoe ze zich hoort te gedragen, de andere is in de twintig en zet het op een gillen. Ik kan niet besluiten wie ik ben, maar de enige geluiden die ik hoor zijn het verkeersrumoer en het geschreeuw van kinderen in het park, dus waarschijnlijk ben ik de eerste van de twee.

Aan de overkant blijf ik staan en zeg: 'Hoor eens, wat is er eigenlijk aan de hand? Vanmorgen werd ik wakker in een huis dat ik nog nooit heb gezien, maar waar ik kennelijk woon. Er ligt een man naast me die ik nog nooit heb ontmoet en die beweert dat ik al jaren met hem getrouwd ben. En jij lijkt meer van mij te weten dan ikzelf.'

Hij knikt langzaam. 'Je lijdt aan geheugenverlies,' zegt hij, en legt zijn hand op mijn arm. 'Je bent je geheugen al heel lang kwijt. Je kunt nieuwe herinneringen niet lang vasthouden en bent vrijwel alles kwijt wat je hebt meegemaakt sinds je volwassen bent. Je wordt elke ochtend wakker met het gevoel dat je een jonge vrouw bent. Soms word je wakker en voel je je een kind.'

Op een of andere manier wordt het erger, nu hij het zo zegt. Een arts. 'Dus het is waar?'

'Ik ben bang van wel, ja. Die man bij jou thuis is je echtgenoot, Ben. Je bent jaren geleden met hem getrouwd, lang voor je je geheugen verloor.' Ik knik. 'Zullen we verder lopen?'

Ik zeg ja en we gaan het park in. Er loopt een pad langs de rand en er is een speelplaats met daarnaast een uitspanning waar ik mensen met dienbladen vol snacks naar buiten zie komen. We lopen ernaartoe. Ik ga aan een van de verweerde formica tafeltjes zitten terwijl dokter Nash iets te drinken haalt.

Hij komt terug met twee plastic bekertjes sterke koffie, de mijne zwart, die van hem met melk. Hij neemt suiker uit de pot op tafel maar biedt mij die niet aan en dat, meer nog dan al het andere, overtuigt me ervan dat we elkaar eerder hebben ontmoet. Hij kijkt op en vraagt wat er met mijn voorhoofd is gebeurd.

'Hoezo?' zeg ik eerst, maar dan herinner ik me de blauwe plek die ik vanmorgen in de spiegel zag. De make-up is duidelijk niet afdoende geweest. 'Dat?' antwoord ik. 'Ik weet het niet precies. Het is niks, het doet geen pijn.'

Zwijgend roert hij in zijn koffie.

'Dus ik word thuis door mijn man verzorgd?' vraag ik.

Hij kijkt op. 'Ja. Maar dat is niet altijd zo geweest. Eerst was je toestand zo ernstig dat je vierentwintig uur per dag zorg nodig had. Pas vrij kort geleden kreeg Ben het gevoel dat hij de zorg alleen aankon.'

Zoals ik me nu voel is dus een verbetering. Ik ben blij dat ik me niet kan herinneren hoe het was toen het slechter ging.

'Dan moet hij wel heel veel van mij houden,' zeg ik, meer tegen mezelf dan tegen Nash.

Hij knikt. Er valt een stilte. We drinken onze koffie. 'Ja, dat denk ik ook.'

Glimlachend kijk ik omlaag, naar mijn handen die het hete bekertje vasthouden, en naar de gouden trouwring, mijn korte nagels en mijn keurig over elkaar geslagen benen. Ik herken mijn eigen lichaam niet.

'Waarom weet mijn man niet dat wij elkaar zien?' vraag ik.

Hij slaakt een zucht en doet zijn ogen dicht. 'Ik zal eerlijk zijn,' zegt hij, terwijl hij zijn handen vouwt en naar voren leunt. 'Aanvankelijk heb ik je gevraagd niet tegen Ben te zeggen dat wij elkaar zagen.'

Angst schiet door me heen, als een soort echo. Maar hij ziet er niet onbetrouwbaar uit.

'Ga door,' zeg ik. Ik wil geloven dat hij mij kan helpen.

'Ben en jij zijn indertijd door allerlei mensen – artsen, psychiaters, psychologen enzovoorts – benaderd omdat ze allemaal met jou wilden werken. Maar hij is er altijd heel huiverig voor geweest om je met die deskundigen in contact te brengen. Hij heeft altijd heel duidelijk gemaakt dat jij uitvoerig behandeld bent en dat het naar zijn idee niet geholpen heeft, en dat jij ervan overstuur raakte. Natuurlijk wil hij jou – en zichzelf – verdere onrust besparen.'

Natuurlijk wil hij ook niet dat ik valse hoop krijg. 'Dus heb je me overgehaald buiten Ben om met je af te spreken?'

'Ja. Ik heb het Ben eerst gevraagd. Telefonisch. Ik heb hem zelfs voorgesteld met hem af te spreken om hem uit te leggen waar ik mee bezig was, maar dat wilde hij niet. Daarom heb ik je rechtstreeks benaderd.'

Weer een angstscheut, zomaar uit het niets. 'Hoe heb je dat aangepakt?'

Hij kijkt naar zijn kopje. 'Ik ben bij je langsgegaan. Ik heb gewacht tot je naar buiten kwam en toen heb ik me aan je voorgesteld.'

'En ik stemde ermee in om je te zien? Zomaar, zonder meer?'

'Eerst niet, nee. Ik moest je ervan overtuigen dat je me kon vertrouwen. Ik stelde voor dat we één keer af zouden spreken, maar één sessie dus. Meer zat er niet in zonder Bens medeweten. Ik vertelde je dat ik je zou uitleggen waarom ik wilde dat je met mij in zee ging en wat ik je te bieden dacht te hebben.'

'En toen heb ik ja gezegd...'

Hij kijkt op. 'Ja,' zegt hij. 'Ik heb na dat eerste gesprek tegen je gezegd dat je helemaal zelf moest beslissen of je het Ben zou vertellen, maar dat ik, als je besloot dat niet te doen, je zou bellen om je aan onze afspraken te herinneren.'

'En ik besloot het hem niet te vertellen.'

'Inderdaad, dat klopt. Je zei dat je wilde wachten tot we vooruitgang hadden geboekt. Je had het idee dat dat beter was.'

'En? Hebben we dat?'

'Wat?'

'Vooruitgang geboekt?'

Hij neemt nog een slok koffie en zet zijn bekertje op tafel. 'Volgens mij wel, ja. Hoewel zoiets moeilijk te meten is. Maar de laatste paar weken lijken er toch heel wat herinneringen bij je naar boven te zijn gekomen – een aantal daarvan voor de eerste keer, voor zover we weten. En van sommige dingen ben je je vaker bewust, meer dan eerst. Nu weet je soms als je wakker wordt bijvoorbeeld nog dat je getrouwd bent. En...'

Hij zwijgt. 'En?' vraag ik.

'En, eh, ik geloof dat je meer op eigen benen staat dan vroeger.'

'Op eigen benen?'

'Ja. Je stelt je minder afhankelijk op ten opzichte van Ben. En ook ten opzichte van mij.'

Daar gaat het om, denk ik. Over dat soort vooruitgang heeft hij het. Onafhankelijkheid. Misschien bedoelt hij ermee dat ik zonder begeleiding naar een winkel of de bibliotheek kan, hoewel ik momenteel niet eens weet of ik dat wel zou kunnen. Hoe dan ook, ik ben nog niet zodanig vooruitgegaan dat ik het mijn man vol trots kan vertellen. Niet eens zodanig dat ik altijd wakker word in de wetenschap dat ik überhaupt een man héb.

'Is dat alles?'

'Het is belangrijk,' zegt hij. 'Onderschat het niet, Christine.'

Ik doe er het zwijgen toe, neem een slok koffie en kijk om me heen. Er is bijna niemand meer. Uit het keukentje achterin klinken stemmen en zo nu en dan het borrelen van water dat in een koffiemachine aan de kook raakt. In de verte het geluid van spelende kinderen. Ik kan moeilijk geloven dat dit cafeetje zo dicht bij mijn huis is en ik me niet kan herinneren hier ooit eerder te zijn geweest.

'Je zei dat we elkaar al een paar weken regelmatig zien,' zeg ik tegen dokter Nash. 'Wat hebben we gedaan?'

'Herinner je je iets van onze vorige sessies? Wat dan ook?'

'Nee,' antwoord ik. 'Niets. Voor zover ik weet zie ik je vandaag voor het eerst.'

'Het spijt me dat ik het je vraag,' zegt hij. 'Zoals ik al zei komen er soms flarden van herinneringen terug. Het lijkt erop dat je de ene dag meer weet dan de andere.'

'Ik begrijp het niet,' zeg ik. 'Ik kan me niet herinneren jou ooit te hebben ontmoet, noch wat er gisteren is gebeurd of eergisteren of vorig jaar. Toch zijn er gebeurtenissen van jaren geleden die ik me wel herinner. Mijn jeugd. Mijn moeder. Dat ik op de universiteit zat, vaag. Ik begrijp niet dat die oude herinneringen gebleven zijn en dat verder alles is uitgewist.'

Terwijl ik praat knikt hij. Hij heeft dit ongetwijfeld eerder gehoord. Misschien vraag ik hem dit elke week. Misschien voeren we elke keer hetzelfde gesprek.

'Het geheugen zit gecompliceerd in elkaar,' zegt hij. 'De mens heeft een kortetermijngeheugen, waarin feiten en informatie even kunnen worden opgeslagen, een minuut of zo. Maar we hebben ook een langetermijngeheugen. Daarin kunnen we enorme hoeveelheden informatie opslaan en blijkbaar voor onbepaalde tijd vasthouden. We weten inmiddels dat deze twee functies vanuit verschillende delen van de hersenen worden aangestuurd en dat er tussen die delen neurale verbindingen zijn. Er is ook een gebied in de hersenen waar vluchtige kortetermijnherinneringen worden opgeslagen en gecodeerd, zodat ze een hele tijd later kunnen worden opgeroepen.'

Hij praat gemakkelijk, vlot, alsof hij zich op bekend terrein bevindt. Zo ben ik ooit ook geweest, denk ik: zeker van mezelf.

'Er zijn twee soorten geheugenverlies,' zegt hij. 'Wat het meest voorkomt is dat iemand zich gebeurtenissen uit het verleden niet kan herinneren, waarbij het recente verleden het moeilijkst is terug te halen. Wanneer iemand bijvoorbeeld een auto-ongeluk heeft gehad, zal hij zich het ongeluk of de dagen of weken die eraan voorafgingen misschien niet herinneren, maar wel alles tot, laten we zeggen, een halfjaar voor het ongeluk.'

Ik knik. 'En de andere soort?'

'Die komt minder vaak voor,' zegt hij. 'Soms kan iemand herinneringen die voor de korte termijn zijn opgeslagen niet overhevelen naar de langetermijnopslag. Zulke mensen leven in het nu en kunnen zich alleen het meest recente verleden herinneren, en dat maar heel even.'

Hij stopt met praten, alsof hij verwacht dat ik iets zal zeggen. Het lijkt alsof we allebei onze eigen tekst hebben, alsof we dit gesprek al vaak hebben gerepeteerd.

'En ik heb beide?' vraag ik. 'Verlies van de herinneringen die ik had en het onvermogen nieuwe herinneringen aan te maken?'

Hij schraapt zijn keel. 'Ja, helaas is dat zo. Het komt niet vaak voor, maar het bestaat wel. Bij jou is echter het patroon waarin dit gebeurt ongewoon. Over het algemeen heb je geen consistente herinneringen aan wat er sinds je vroege jeugd gebeurd is, toch maak je nieuwe herinneringen aan op een manier die ik nooit eerder heb meegemaakt. Als ik nu weg zou gaan en over twee minuten terug zou komen, zullen de meeste mensen met deze aandoening – anterograde amnesie – zich niet kunnen herinneren me ooit ontmoet te hebben, en zeker niet dat het vandaag was. Maar jij lijkt je grote tijdseenheden te kunnen herinneren – tot vierentwintig uur – die je vervolgens weer kwijtraakt. Dat is atypisch. Eigenlijk strookt dat niet met de manier waarop we denken dat het geheugen werkt. Het lijkt alsof je heel goed in staat bent dingen van de korte termijn naar de lange termijn over te hevelen. Wat ik niet begrijp is hoe het komt dat je die herinneringen niet kunt vasthouden.'

Ik mag dan een verbrokkeld leven leiden, de brokstukken zijn in elk geval groot genoeg om me een zekere mate van onafhankelijkheid te bieden. Vermoedelijk heb ik daarmee geluk gehad.

'Maar hoe komt het?' vraag ik. 'Wat is de oorzaak?'

Hij zegt niets. Het wordt heel stil om ons heen. De lucht is roerloos, bedompt. Als hij begint te praten lijkt zijn stemgeluid tegen de muren te ketsen. 'Geheugenbeschadiging kan op allerlei manieren ontstaan,' zegt hij. 'Zowel van het korte- als van het langetermijngeheugen. Ziekte, een traumatische gebeurtenis, drugsgebruik. De aard van de beschadiging verschilt, afhankelijk van het gedeelte van de hersenen dat is aangetast.'

'Ja,' zeg ik. 'Maar hoe is het bij mij gekomen?'

Hij kijkt me even aan. 'Wat heeft Ben je verteld?'

Ik denk aan het gesprek vanmorgen in de slaapkamer. *Een ongeluk*, zei hij. *Een ernstig ongeluk*.

'Hij heeft eigenlijk nauwelijks iets verteld,' antwoord ik. 'Niets specifieks in elk geval. Hij heeft alleen gezegd dat ik een ongeluk heb gehad.'

'Ja,' zegt hij, terwijl hij zijn tas onder de tafel vandaan haalt. 'Jouw geheugenverlies is veroorzaakt door een trauma. Dat is zo, in elk geval voor een deel.' Hij doet zijn tas open en pakt er een boek uit. Eerst denk ik dat hij zijn aantekeningen wil inzien, maar dan geeft hij het aan mij. 'Hier, dit is voor jou,' zegt hij. 'Het zal alles verklaren, beter dan ik het zou kunnen. Vooral de oorzaak van je toestand, maar ook andere dingen.'

Ik neem het boek aan. Het is een bruin, in leer gebonden boek waarvan de bladzijden door een elastiek bij elkaar worden gehouden. Ik haal het elastiek eraf en sla het boek zomaar ergens open. Het is zwaar papier, vaag gelinieerd en met een rode kantlijn. De bladzijden zijn volgeschreven in een compact handschrift. 'Wat is het?' vraag ik.

'Het is een dagboek,' antwoordt hij. 'Een dagboek dat je de afgelopen weken hebt bijgehouden.'

Dit is een schok. 'Een dagboek?' Ik vraag me af waarom hij het bij zich heeft.

'Ja. Een verslag van waar we de afgelopen tijd mee bezig zijn geweest. Ik heb je gevraagd dingen op te schrijven. We hebben veel moeite gedaan om erachter te komen hoe je geheugen precies werkt. Het leek me zinvol voor jou om bij te houden wat we gedaan hebben.'

Ik kijk naar het boek dat voor me ligt. 'Dus *ík* heb dit geschreven?'

'Ja. Ik heb je gevraagd alles op te schrijven wat je kwijt wilt. Veel mensen met geheugenverlies doen dat, maar het levert meestal niet zoveel op als je zou denken, omdat de reikwijdte van hun geheugen maar klein is. Maar omdat jij sommige dingen een hele dag kunt onthouden, leek het me geen slecht idee als je aan het eind van elke dag wat notities zou maken. Het zou je kunnen helpen de draad van de ene dag naar de andere vast te houden. Bovendien leek het me denkbaar dat het geheugen werkt als een spier, en dat je het door oefening kunt versterken.'

'En heb jij steeds gelezen wat ik heb opgeschreven?'

'Nee,' zegt hij. 'Dat is privé.'

'Maar hoe...?' begin ik, en dan zeg ik: 'Herinnert Ben me eraan dat ik erin moet schrijven?'

Hij schudt zijn hoofd. 'Het leek me beter het geheim te houden,' zegt hij. 'Je houdt het dagboek thuis verborgen. Ik bel je om je te vertellen waar het ligt.'

'Elke dag?'

'Ja, min of meer.'

'En Ben?'

Na een korte stilte zegt hij: 'Nee, Ben heeft het niet gelezen.'

Ik vraag me af waarom niet, wat erin zou kunnen staan dat mijn man niet mag lezen. Wat voor geheimen zou ik hebben? Geheimen die ik zelf niet eens ken.

'Maar jij hebt het nu gelezen?'

'Je hebt het me een paar dagen geleden meegegeven,' zegt hij. 'Je wilde dat ik het las. Je zei dat het tijd was.'

Ik kijk naar het dagboek. Het windt me op. Een dagboek. Een verbinding met een recent, maar toch verloren verleden.

'Heb je het helemaal gelezen?'

'Ja,' antwoordt hij. 'Het meeste. In elk geval het belangrijkste, denk ik.' Hij zwijgt, wendt zijn gezicht af en krabt zich in zijn nek. Hij lijkt gegeneerd. Zou hij me de waarheid vertellen, en wat zou er in het dagboek staan? Hij drinkt zijn koffie op en zegt: 'Ik heb je er niet toe gedwongen het me te laten lezen. Ik wil dat je dat weet.'

Ik knik en drink zonder iets te zeggen al bladerend mijn bekertje leeg. Aan de binnenkant van het voorblad staat een rijtje data. 'Wat zijn dat?' vraag ik.

'Dat zijn onze afspraken,' antwoordt hij. 'Ook toekomstige afspraken. We hebben steeds opnieuw afgesproken als we elkaar zagen en dan belde ik je op om je te vragen in je dagboek te kijken.'

Ik denk aan het gele briefje in mijn agenda. 'En vandaag?'

'Vandaag had ik jouw dagboek,' zegt hij. 'Daarom had ik voor deze keer een briefje gemaakt.'

Ik knik en kijk het dagboek verder door. Het is volgeschreven in een compact handschrift dat ik niet herken. Bladzijden vol. Vele dagen werk.

Ik vraag me af hoe ik er de tijd voor heb gevonden, maar dan zie ik het bord in de keuken weer voor me en ligt het antwoord voor de hand: ik had verder niets te doen.

Ik leg het boek terug op tafel. Er komt een jonge man in een spijkerbroek en een T-shirt binnen. Hij kijkt even onze kant op, bestelt een drankje en gaat met een krant aan een tafeltje zitten. Hij kijkt niet meer naar me, en dat is een schok voor de twintigjarige in mij. Ik heb het gevoel dat ik onzichtbaar ben.

'Zullen we gaan?' zeg ik.

We lopen terug zoals we gekomen zijn. De lucht is dichtgetrokken en er hangt een dunne mist. De grond voelt zompig aan onder onze voeten, alsof we op drijfzand lopen. Op de speelplaats zie ik een draaimolen die langzaam ronddraait, ook al zit er niemand in.

'Spreken we meestal niet hier af?' vraag ik, als we bij de straat aankomen. 'In dit cafeetje, bedoel ik.'

'Nee, meestal gaan we naar mijn kantoor. We doen oefeningen. Testjes en zo.'

'Waarom vandaag hier?'

'Ik wilde je je dagboek teruggeven,' zegt hij. 'Ik maakte me er zorgen over dat je het niet had.'

'Ben ik er afhankelijk van geworden?' vraag ik.

'Op een bepaalde manier wel, ja.'

We steken over en lopen terug naar het huis waar ik woon met Ben. Ik zie de auto van dokter Nash staan waar hij hem geparkeerd heeft, het kleine tuintje voor ons huis, het paadje en de keurige borders. Ik kan nog steeds niet geloven dat ik hier woon.

'Kom je nog even binnen?' vraag ik. 'Wil je nog iets drinken?'

Hij schudt zijn hoofd. 'Nee. Nee, dank je. Ik moet gaan. Julie en ik hebben plannen voor vanavond.'

Hij blijft nog even staan en kijkt me aan. Zijn haar is kort, met een nette scheiding, en zijn overhemd heeft verticale strepen die niet goed samengaan met de horizontale streep van zijn trui. Het dringt tot me door dat hij maar een paar jaar ouder is dan ik dacht dat ik was toen ik vanmorgen wakker werd. 'Is Julie je vrouw?'

Glimlachend schudt hij zijn hoofd. 'Mijn vriendin. Of nee, mijn verloofde. We hebben ons verloofd. Dat vergeet ik steeds.'

Ik lach terug. Dit zijn de details die ik moet onthouden, denk ik. De kleine dingen. Misschien heb ik dit soort trivialiteiten in mijn dagboek genoteerd, de kleine haakjes waaraan een heel leven is opgehangen.

'Gefeliciteerd,' zeg ik, en hij bedankt me.

Ik heb het gevoel dat ik meer vragen moet stellen, meer belangstelling moet tonen, maar het heeft weinig zin. Alles wat hij me nu vertelt, ben ik kwijt als ik morgenochtend wakker word. Ik heb alleen vandaag. 'Ik moet trouwens ook verder,' zeg ik. 'We gaan het weekend weg. Naar zee. Ik moet straks gaan pakken...'

Hij lacht. 'Dag Christine,' zegt hij. Hij draait zich om, maar dan kijkt hij over zijn schouder en zegt: 'Mijn telefoonnummer staat in je dagboek. Voorin. Bel me als je me weer wilt zien. Als je verder wilt met de behandeling, bedoel ik. Oké?'

'Áls ik verder wil?' vraag ik. Ik denk aan mijn dagboek en de afspraken die erin staan tussen nu en het eind van het jaar. 'Ik dacht dat we nog een aantal sessies hadden afgesproken?'

'Je begrijpt het wel als je het dagboek leest,' zegt hij. 'Dan wordt het je allemaal duidelijk, heus.'

'Goed,' zeg ik. Ik besef dat ik hem vertrouw en daar ben ik blij om. Ik ben blij dat mijn man niet de enige is op wie ik me kan verlaten.

'Jij moet het zeggen, Christine. Bel me als je er behoefte aan hebt.'

'Zal ik doen,' zeg ik, en dan zwaait hij naar me, stapt in zijn auto en, achterom kijkend of er iets aankomt, draait hij de parkeerplaats uit en rijdt weg.

Ik zet koffie en neem mijn kopje mee naar de huiskamer. Buiten klinkt afwisselend gefluit, een zware drilboor en af en toe een kort lachsalvo, maar zelfs dat wordt een ruis op de achtergrond als ik me in de leunstoel installeer. Door de vitrages schijnt een bleek zonnetje en ik voel een flauwe warmte op mijn armen en dijen. Ik haal het dagboek uit mijn tas.

Ik ben nerveus, ik weet niet wat me te wachten staat. Wat voor schokkends of verrassends. Wat voor raadselen. Op het bijzettafeltje ligt het plakboek. Daarin staat een versie van mijn verleden, de versie die Ben heeft uitgekozen. Bevat het boek dat op mijn schoot ligt een andere versie? Ik sla het open.

De eerste pagina is ongelinieerd. In het midden heb ik met zwarte inkt mijn naam geschreven. CHRISTINE LUCAS. Het verbaast me dat ik er niet PRIVÉ! onder heb gezet, of VERBODEN TOEGANG!

Maar er staat nog iets. Iets onverwachts, iets beangstigends. Beangstigender dan alles wat ik vandaag heb meegemaakt. Onder mijn naam staan in blauwe inkt vijf woorden in hoofdletters geschreven:

BEN IS NIET TE VERTROUWEN

Ik heb geen keus, ik moet de bladzijde wel omslaan.

Dan begin ik mijn geschiedenis te lezen.

II

Het dagboek van Christine Lucas

Vrijdag 9 november

Mijn naam is Christine Lucas. Ik ben zevenenveertig en lijd aan geheugenverlies. In dit vreemde bed zit ik mijn verhaal te schrijven, in een zijden nachtjapon die de man beneden – die zegt dat hij mijn echtgenoot is, en Ben heet – me blijkbaar voor mijn zesenveertigste verjaardag cadeau heeft gedaan. Het is stil in de kamer en de enige lichtbron is het bedlampje, dat een zacht, oranje schijnsel verspreidt. Ik heb het gevoel dat ik drijf, gevangen in een plas licht.

Ik houd de slaapkamerdeur dicht en schrijf dit voor mezelf, in het geheim. Ik kan mijn man beneden in de huiskamer horen – het zachte zuchten van de bank als hij naar voren leunt of opstaat, zo nu en dan een kuchje dat hij beleefd smoort – maar als hij naar boven komt verstop ik dit boek onder het bed of onder het kussen. Ik wil niet dat hij ziet dat ik hierin schrijf. Ik wil hem niet hoeven vertellen hoe ik eraan ben gekomen.

Op de wekker op het nachtkastje zie ik dat het bijna elf uur is. Ik moet snel zijn. Het zal niet lang meer duren voor de tv beneden wordt uitgezet en ik de planken hoor kraken als Ben door de kamer loopt, gevolgd door het klikgeluid van de lichtschakelaar. Zou hij nog naar de keuken gaan om een boterham te maken of een glas water in te schenken? Of komt hij meteen naar bed? Ik weet het niet. Ik ken zijn rituelen niet, ken mijn eigen rituelen niet eens.

Doordat ik geen geheugen heb. Volgens Ben, en volgens de dokter die ik vanmiddag heb ontmoet, zal alles van vandaag vannacht in mijn slaap worden uitgewist. Alles wat ik vandaag heb gedaan. Morgenochtend word ik wakker zoals ik vanochtend wakker ben geworden. Met het idee dat ik nog een kind ben en nog een heel leven vol keuzes voor me heb.

En dan zal ik weer ontdekken dat ik me vergis, dat mijn keuzes zijn gemaakt. Dat ik mijn halve leven achter me heb.

De dokter heet Nash. Hij belde me vanmorgen, haalde me op met zijn auto en bracht me naar zijn kantoor. Toen hij ernaar vroeg, antwoordde ik dat ik hem nog nooit eerder had gezien, waarop hij lachte – maar niet onvriendelijk – en de computer op zijn bureau openklapte.

Hij liet me een filmpje zien. Ik zag mezelf en hem met andere kleren aan in dezelfde kamer op dezelfde stoelen zitten. In het filmpje gaf hij me een pen en vroeg hij of ik vormen wilde tekenen op een vel papier terwijl ik alleen in de spiegel keek, zodat ik alles ondersteboven zag. Ik kon zien dat ik het moeilijk vond, maar toen ik het filmpje zag, vielen me vooral mijn gerimpelde vingers op, en de glimmende trouwring aan mijn linkerhand. Toen ik klaar was leek hij ingenomen met het resultaat. 'Je wordt steeds sneller,' zei hij op het scherm, en hij voegde eraan toe dat ergens op een heel diep niveau de uitwerking voelbaar moest zijn van de wekenlange oefening die ik had gehad, ook al kon ik me de oefening zelf niet herinneren. 'Dat betekent dat je langetermijngeheugen op een bepaald niveau functioneert,' zei hij. Ik glimlachte, maar keek niet blij. Het filmpje eindigde.

Dokter Nash deed zijn computer dicht. Hij vertelde dat we elkaar sinds een paar weken regelmatig zagen en dat ik een ernstige beschadiging heb aan iets wat hij mijn episodische geheugen noemde. Hij legde uit dat ik me daardoor gebeurtenissen en autobiografische gegevens niet kan herinneren, wat meestal is terug te voeren op een neurologisch probleem. Structureel of chemisch, zei hij. Of een hormonale disbalans. Een zeldzame aandoening, waarvan ik een ernstige vorm heb. Toen ik hem vroeg hoe ernstig, zei hij dat ik me op sommige dagen weinig meer dan mijn vroege jeugd kan herinneren. Ik moest denken aan vanmorgen, toen ik wakker werd en me niets meer van mijn volwassen leven bijstond.

'Op sommige dagen?' vroeg ik. Hij gaf geen antwoord, waaruit ik opmaakte dat hij eigenlijk bedoelde: op de meeste dagen.

Chronisch geheugenverlies kan behandeld worden, met medicijnen en hypnose bijvoorbeeld, maar dat was allemaal al geprobeerd. 'Jij bent echter in de unieke positie dat je jezelf kunt helpen, Christine,' zei hij. Toen ik vroeg wat hij bedoelde, zei hij dat ik verschilde van de meeste andere mensen met geheugenverlies. 'Jouw symptomen doen vermoeden dat je herinneringen niet voor altijd verdwenen zijn,' zei hij. 'Je bent in staat dingen urenlang vast te houden. Tot het moment waarop je gaat slapen. Maar zolang je niet in je diepste slaap bent geweest en je alleen maar bent ingedommeld, kun je je nog dingen herinneren als je wakker wordt. Dat is hoogst ongewoon. De meeste mensen met geheugenverlies zijn alles binnen enkele seconden kwijt.'

'En?' vroeg ik. Hij schoof een bruin notitieboek over het bureau naar me toe.

'Volgens mij zou het de moeite waard kunnen zijn om je behandeling te documenteren en je gevoelens en indrukken vast te leggen, herinneringen die in je naar boven komen. Hierin.'

Ik leunde naar voren en pakte het van hem aan. Er stond niets in.

Dus dit is mijn behandeling? dacht ik. Een dagboek bijhouden? Ik wil mijn geheugen terug, ik wil niet alleen maar herinneringen vastleggen.

Hij moet mijn teleurstelling hebben gevoeld. 'Ik hoop ook dat het opschrijven van je herinneringen andere herinneringen naar boven brengt,' zei hij. 'Het zou een sneeuwbaleffect kunnen hebben.'

Een moment bleef ik stil. Wat voor keuze had ik eigenlijk? Ik kon een dagboek bijhouden, of voor altijd blijven zoals ik nu was.

'Oké,' zei ik. 'Ik zal het doen.'

'Goed,' zei hij. 'Ik heb mijn telefoonnummers voorin gezet. Bel me als je in de war raakt.'

Ik pakte het boek en zei dat ik dat zou doen. Er viel een lange stilte, toen zei hij: 'We zijn de afgelopen tijd heel goed bezig geweest met je vroegste jeugd. We hebben naar afbeeldingen gekeken, dat soort dingen.' Ik zweeg en hij pakte een foto uit een map die voor hem lag. 'Vandaag wil ik graag dat je hiernaar kijkt,' zei hij. 'Herken je dit?'

Het was een foto van een huis. Eerst zei het me niets, maar toen zag ik de afgesleten treden die naar de voordeur leidden en plotseling wist ik het. Het was het huis waarin ik ben opgegroeid, het huis waarin ik me vanmorgen waande toen ik wakker werd. Het zag er anders uit, minder werkelijk, maar het was onmiskenbaar ons huis. Ik slikte moeizaam. 'Daar heb ik als kind gewoond,' zei ik.

Hij knikte en vertelde me dat mijn vroege herinneringen grotendeels intact zijn gebleven. Hij vroeg me of ik wilde beschrijven hoe het huis er vanbinnen uitzag.

Ik vertelde hem wat ik me kon herinneren: dat je als je door de voordeur kwam meteen in de huiskamer stond, dat er aan de achterkant van het huis een kleine eetkamer was, dat het de bedoeling was dat bezoekers omliepen door het steegje dat ons huis van dat van de buren scheidde, en via de keuken binnenkwamen.

'Nog meer?' vroeg hij. 'Boven?'

'Twee slaapkamers,' zei ik. 'Een voor, een achter. Bad en wc waren helemaal aan de achterkant van het huis, je moest eerst door de keuken. Oorspronkelijk was dat een apart gebouwtje, maar later is dat met twee bakstenen muurtjes en een golfplaten dak met het huis verbonden.'

'Nog meer?'

Ik wist niet waar hij heen wilde. 'Ik weet het niet zeker...'

Hij vroeg of er details waren die ik me kon herinneren.

En ineens kwam het bij me naar boven. 'Mijn moeder had een pot in de bijkeuken staan waar SUIKER op stond,' zei ik. 'Daar bewaarde ze geld in. Ze zette hem uit het zicht op de bovenste plank, waar ook potten jam stonden. Die maakte ze zelf. We reden met de auto naar het bos om bramen te plukken, waar weet ik niet meer precies. Met ons drieën liepen we diep het bos in en dan kwamen we later met zakken vol bramen thuis. Mijn moeder kookte ze en maakte er jam van.'

'Goed,' zei hij, met zijn hoofd knikkend. 'Geweldig!' Hij schreef iets op in het dossier dat voor hem lag. 'En deze?'

Hij liet me nog een paar foto's zien. Er was er een bij van een vrouw die ik na enkele ogenblikken herkende als mijn moeder. En een van mij. Ik vertelde hem zoveel ik kon. Toen ik was uitgepraat, nam hij de foto's terug. 'Heel goed. Je hebt je veel meer herinnerd over je jeugd dan de andere keren. Ik denk dat het door de foto's komt.' Even bleef hij stil. 'Volgende keer wil ik je er nog een paar laten zien.'

Ik stemde toe en vroeg me af waar hij die foto's vandaan had en wat hij allemaal van mijn leven wist dat ik zelf niet wist.

'Mag ik die hebben?' vroeg ik. 'Die foto van mijn ouderlijk huis?'

'Natuurlijk!' zei hij lachend, en hij schoof hem naar me toe. Ik stak hem tussen de bladzijden van het dagboek.

Hij bracht me naar huis. Eerder had hij me al uitgelegd dat Ben niet weet dat wij elkaar ontmoeten, maar nu vroeg hij me er goed over na te denken of ik hem wel over het dagboek moest vertellen. 'Je zult je dan misschien geremd voelen,' zei hij, 'en dan wordt het moeilijk om bepaalde dingen op te schrijven. Het is erg belangrijk, vind ik, dat je je vrij voelt om alles op te schrijven wat er in je opkomt. Bovendien zal Ben er misschien niet blij mee zijn dat je hebt besloten je weer te laten behandelen.' Even later voegde hij eraan toe: 'Misschien moet je het verbergen.'

'Maar hoe herinner ik me dan dat ik erin moet schrijven?' vroeg ik. Toen kreeg ik een idee. 'Zou jij me eraan willen herinneren?'

Dat beloofde hij. 'Maar dan moet je me wel vertellen waar je het bewaart,' zei hij. We waren bij een huis aangekomen en toen hij de auto tot stilstand had gebracht, besefte ik dat het mijn eigen huis was.

'In de klerenkast,' zei ik. 'Ik leg het achter in de klerenkast.'

'Goed idee,' zei hij. 'Maar zorg er wel voor dat je er vanavond al in schrijft, voor je gaat slapen. Anders vind je morgen een notitieboek met lege bladzijden, en begrijp je niet waar het voor is.'

Ik zei dat ik dat zou doen, dat ik het begreep. Toen stapte ik uit.

'Zorg goed voor jezelf, Christine,' zei hij.

Nu zit ik in bed op mijn man te wachten. Ik kijk naar de foto van het huis waarin ik ben opgegroeid. Het ziet er zo gewoon uit, zo alledaags. En zo vertrouwd.

Wat is er met me gebeurd tussen toen en nu? Wat is het verhaal van mijn leven?

De klok in de huiskamer begint te slaan. Het is middernacht. Ben komt zo naar boven. Ik zal het boek in een schoenendoos stoppen die ik heb gevonden, en die zet ik in de klerenkast, zoals ik tegen dokter Nash heb gezegd. Als hij me morgen heeft opgebeld, schrijf ik verder.

Zaterdag 10 november

Het is nu twaalf uur 's middags. Ben zit beneden te lezen, hij denkt dat ik een dutje doe maar ik blijf wakker, ook al ben ik moe. Ik heb geen tijd om te slapen, ik moet dit opschrijven voor ik het weer kwijt ben. Ik moet in mijn dagboek schrijven.

Op mijn horloge zie ik hoe laat het is. Ben heeft voorgesteld om vanmiddag te gaan wandelen. Ik heb nog iets meer dan een uur.

Vanmorgen werd ik wakker zonder te weten wie ik was. Toen ik mijn ogen opendeed, verwachtte ik de scherpe randen van een nachtkastje te zien en een geel lampje. Een grote klerenkast in de hoek van de kamer en behang met een vaag varenmotief. Ik verwachtte geluiden uit de keuken te horen, mijn moeder die spek bakt, en uit de tuin, mijn vader die fluitend de heg aan het knippen is. Ik verwachtte in een eenpersoonsbed te liggen, met alleen een speelgoedkonijn met een gescheurd oor naast me.

Maar dat was niet zo. Ik lig in de kamer van mijn ouders, dacht ik eerst, maar toen besefte ik dat ik helemaal niets herkende. De slaapkamer was me volkomen onbekend. Ik ging weer liggen. Er is iets mis, dacht ik. Er is iets helemaal mis.

Toen ik naar beneden ging, had ik de foto's bij de spiegel gezien en de briefjes gelezen. Ik wist dat ik geen kind meer was, zelfs geen tiener, en inmiddels was ik er ook achter dat de man die ik beneden ontbijt hoorde maken en met de radio mee hoorde fluiten, niet mijn vader of een huisgenoot of een vriendje was, maar dat hij Ben heette en dat ik met hem getrouwd was.

Bij de keukendeur aarzelde ik. De angst sloeg me om het hart. Nu zou ik hem ontmoeten alsof het de eerste keer was. Wat zou hij voor iemand zijn? Leek hij op de man van de foto's, of gaven die een vertekend beeld? Zou hij ouder zijn, dikker, kaler? En zijn stem, hoe zou die klinken? Hoe zou hij zich bewegen? Was ik met een goede man getrouwd?

Uit het niets kwam een beeld naar boven. Een vrouw – mijn moeder? – die me vertelt dat ik voorzichtig moet zijn. *Haastige spoed...*

Ik duwde de deur open. Ben stond met zijn rug naar me toe met een spatel in het spek te roeren dat in de pan lag te sissen en te spetteren. Hij had me niet binnen horen komen.

'Ben?' zei ik. Hij draaide zich snel om.

'Christine? Gaat het goed?'

Ik wist niet wat ik moest antwoorden, dus zei ik maar: 'Ja, ik geloof het wel.'

Toen lachte hij opgelucht, en ik volgde zijn voorbeeld. Hij zag er ouder uit dan op de foto's die ik boven had gezien, had meer lijnen in zijn gezicht, en haar dat grijs begon te worden en dunner bij de slapen, maar dat maakte hem juist aantrekkelijk. Zijn kaak had de stevigheid die bij een oudere man past, en zijn ogen twinkelden ondeugend. Ik realiseerde me dat hij me deed denken aan een iets oudere versie van mijn vader. Ik had het slechter kunnen treffen, dacht ik. Veel slechter.

'Heb je de foto's gezien?' vroeg hij. Ik knikte. 'Maak je geen zorgen. Ik zal alles uitleggen. Ga maar vast binnen aan tafel zitten.' Hij gebaarde naar de gang achter mij. 'De eetkamer is door die deur. Ik kom zo. Wil je dit alvast meenemen?'

Hij gaf me de pepermolen en ik liep naar de eetkamer. Een paar minuten later kwam hij met twee borden achter me aan. Een bleek sliertje spek, drijvend in het vet, een gebakken ei met wat geroosterd brood ernaast. Terwijl ik begon te eten vertelde hij me hoe ik het allemaal doe.

Vandaag is het zaterdag, zei hij. Door de week is hij aan het werk, als leraar. Hij vertelde me over de telefoon in mijn tas en het memobord aan de muur in de keuken. Hij liet me de plek zien waar we wat geld voor noodgevallen bewaren – twee opgerolde biljetten van twintig pond achter de klok op de schoorsteenmantel – en het plakboek waarin ik een blik op mijn leven kan werpen. Hij zei dat we ons redden, samen. Ik wist niet zeker of ik hem geloofde, maar ik moest wel.

Na het eten hielp ik hem met afruimen. 'We moesten straks maar een eindje gaan wandelen,' zei hij. 'Heb je daar zin in?' Ik zei ja en hij keek blij. 'Eerst ga ik even de krant lezen,' zei hij, 'goed?'

Ik ging naar boven. Zodra ik alleen was liep mijn hoofd om, het was vol en leeg tegelijk. Ik had het gevoel dat ik nergens iets van begreep. Niets leek echt. Ik bekeek het huis waar ik was – en waarvan ik wist dat ik er woonde – met ogen die het nooit eerder hadden gezien. Even kreeg ik de neiging hard weg te rennen. Ik moest mezelf kalmeren.

Ik ging zitten op de rand van het bed waarin ik had geslapen. Ik moet het opmaken, dacht ik. Ik moet opruimen. Zorgen dat ik bezig blijf. Ik pakte het kussen en terwijl ik het opschudde hoorde ik een zoemgeluid.

Ik wist niet wat het was. Het klonk laag en dwingend. Een deuntje, ijl en zacht. Mijn tas stond op de grond bij mijn voeten en toen ik hem oppakte, bleek het geluid daaruit te komen. Ik herinnerde me dat Ben me iets had verteld over een telefoon die van mij is.

De telefoon lichtte op toen ik hem uit de tas haalde. Ik staarde er een tijdlang naar. Een deel van mij, diep weggestopt ergens aan de rand van mijn herinnering, wist precies waar dat telefoontje over zou gaan. Ik nam op.

'Hallo?' zei een mannenstem. 'Christine? Christine, ben je daar?'

Ik zei ja.

'Met je dokter. Gaat het goed met je? Is Ben in de kamer?'

'Nee,' zei ik. 'Hij is ... Waar gaat dit eigenlijk over?'

Hij vertelde me hoe hij heette en dat we al een paar weken samen bezig waren. 'We werken aan je geheugen.' Toen ik niet antwoordde, zei hij: 'Ik wil dat je me vertrouwt. Kijk eens in de klerenkast in je slaapkamer.' Het bleef even stil voor hij vervolgde: 'Er staat een schoenendoos, kijk daar eens in. Als het goed is zit er een notitieboek in.'

Ik keek naar de klerenkast in de hoek van de kamer.

'Hoe weet je dit allemaal?'

'Dat heb jij me verteld,' antwoordde hij. 'We hebben elkaar gisteren gezien en we hebben afgesproken dat je een dagboek zou gaan bijhouden. En dat zou je daar verbergen.'

Ik geloof je niet, wilde ik zeggen, maar dat was onbeleefd en het was ook niet helemaal waar.

'Kijk je even?' vroeg hij. Ik zei dat ik dat zou doen, en toen zei hij: 'Doe het nu. Niet tegen Ben zeggen. Doe het nu.'

Zonder het gesprek te beëindigen liep ik naar de klerenkast. Het was waar. Op de grond stond een schoenendoos, een blauwe schoenendoos met SCHOLL erop en een deksel die niet helemaal sloot. Er lag een boek in met vloeipapier eromheen.

'Heb je het gevonden?' vroeg dokter Nash.

Ik pakte het boek uit. Het had een bruin leren omslag en zag er duur uit.

'Christine?'

'Ja, ik heb het gevonden.'

'Goed zo. Heb je er al in geschreven?'

Ik sloeg het open. Op de eerste bladzijde had ik iets geschreven. *Mijn naam is Christine Lucas*, stond er. *Ik ben zevenenveertig en lijd aan geheugenverlies.* Ik was nerveus, opgewonden. Het leek alsof ik inbreuk pleegde, maar dan wel op mijn eigen privacy.

'Ja,' antwoordde ik.

'Geweldig!' zei hij, en toen zei hij dat hij me morgen weer zou bellen en hingen we op.

Ik verroerde me niet. Op de grond bij de openstaande klerenkast en met achter me een onopgemaakt bed, begon ik te lezen.

Eerst was ik teleurgesteld. Ik kon me niets herinneren van wat ik had opgeschreven. Noch dokter Nash, noch het gebouw waar hij me mee naartoe zou hebben genomen, noch de puzzels die we samen zouden hebben gedaan. Behalve de stem die ik zojuist had gehoord, was er niets dat ik me van hem voor de geest kon halen, en ook niets van ons samen. Het dagboek las als een roman. Maar toen vond ik achterin een foto. Het was het huis waarin ik ben opgegroeid, het huis waar ik dacht te zijn toen ik vanmorgen wakker werd. Het was dus waar. Dit was het bewijs. Ik had dokter Nash ontmoet en hij had me deze foto gegeven, dit fragment van mijn verleden.

Ik sloot mijn ogen. Gisteren had ik mijn ouderlijk huis beschreven, de suikerpot in de bijkeuken, het bramenplukken in het bos. Had ik die herinneringen nog? Kon ik er meer oproepen? Ik dacht aan mijn moeder, mijn vader, en probeerde me uit alle macht nog meer te herinneren. Stil vormden zich beelden. Een dof oranje tapijt, een olijfgroene vaas. Een geel rompertje met een roze eend op de borst geborduurd en drukkertjes in het midden. Een marineblauw plastic kinderzitje en een lichtroze po.

Kleuren en vormen, maar niets wat een leven beschrijft. Niets. Ik wil mijn ouders zien, dacht ik, en toen kwam het voor het eerst in me op, wist ik op een of andere manier dat ze dood waren.

Ik slaakte een zucht en ging op de rand van het onopgemaakte bed zitten. Er zat een pen tussen de bladzijden van het dagboek geklemd. Gedachteloos haalde ik hem eruit om verder te schrijven. Ik hield hem boven het papier en sloot mijn ogen om me beter te kunnen concentreren.

En toen gebeurde het. Of het nu kwam doordat het besef dat mijn ouders dood waren andere herinneringen had losgemaakt weet ik niet, maar het leek alsof mijn geest uit een lange, diepe slaap ontwaakte en tot leven kwam. Niet geleidelijk, maar abrupt. Als een elektrische schok. Plotseling zat ik niet in een slaapkamer met een lege bladzijde voor me, maar was ik ergens anders, terug in het verleden – een verleden dat ik dacht kwijt te zijn – en kon ik alles voelen, aanraken en proeven. Ik besefte dat ik me echt iets herinnerde.

Ik zag mezelf thuiskomen in het huis waarin ik ben opgegroeid. Ik ben dertien of veertien en popel om door te gaan met een verhaal dat ik aan het schrijven ben, maar dan vind ik een briefje op de keukentafel. *We moesten weg*, staat er. *Oom Ted komt je om zes uur ophalen.* Ik maak iets te drinken, pak een boterham en ga zitten met mijn schrift. Mevrouw Royce heeft gezegd dat mijn verhalen 'sterk' en 'ontroerend' zijn; ze denkt dat ik er mijn beroep van zou kunnen maken. Maar ik weet niets om te schrijven, kan me niet concentreren. Geluidloos kolk ik van woede. Het is hun schuld. Waar zijn ze? Wat zijn ze toch aan het doen? Waarom hebben ze niet op me gewacht?

Ik verscheur de bladzijde en gooi hem weg.

Het beeld vervaagt, maar meteen komt er een ander beeld voor in de plaats. Een krachtiger beeld. Echter. Mijn vader rijdt ons naar huis. Ik zit achterin en staar naar een vast punt op de voorruit. Een dode vlieg. Een vuiltje. Ik kan niet zien wat het is. Ik begin te praten zonder precies te weten wat ik ga zeggen.

'Wanneer wilden jullie het me vertellen?'

Niemand antwoordt.

'Mam?'

'Christine,' zegt mijn moeder. 'Alsjeblieft.'

'Pap? Wanneer wilden jullie het me vertellen?' Stilte. 'Ga je dood?' vraag ik, nog steeds starend naar dat plekje op de voorruit. 'Pappa? Ga je dood?'

Hij kijkt over zijn schouder en lacht naar me. 'Tuurlijk niet, schat. Tuurlijk niet. Pas als ik een hele oude man ben, met een hele stoet kleinkinderen!'

Ik weet dat hij liegt.

'Ik geef me niet gewonnen,' zegt hij. 'Dat verzeker ik je.'

Mijn adem stokte. Ik deed mijn ogen open. Het beeld was weg, verdwenen. Ik zat in een slaapkamer, de slaapkamer waar ik vanmorgen wakker ben geworden, maar even zag alles er anders uit. Helemaal vlak. Kleurloos. Doods, alsof ik naar een foto keek die in de zon verbleekt was. Het was alsof de vitaliteit van het verleden al het leven uit het heden had weggezogen.

Ik keek omlaag, naar het boek in mijn hand. De pen was uit mijn vingers gegleden en had op weg naar beneden een dun blauw lijntje op het papier achtergelaten. Mijn hart bonkte heftig. Ik had me iets herinnerd. Iets groots, iets belangrijks. Het was niet verloren gegaan. Ik raapte de pen op en begon dit op te schrijven.

Ik laat het hierbij. Als ik mijn ogen sluit en het beeld probeer terug te halen, lukt dat ook. Ik zie mezelf. Mijn ouders. In de auto op weg naar huis. Het is er nog. Minder levendig, als vervaagd door de tijd, maar het is er nog. Toch ben ik blij dat ik het heb opgeschreven. Ik weet dat het uiteindelijk zal verdwijnen. Op deze manier ben ik het niet helemaal kwijt.

Ben zal de krant nu wel uit hebben. Hij heeft naar boven geroepen, gevraagd of ik zover ben, of ik mee ga wandelen. Ik heb ja geantwoord, en zal dit dagboek in de klerenkast wegstoppen, een jas pakken en een paar laarzen. Straks schrijf ik nog wat meer. Als ik het dan nog weet.

*

Dit heb ik uren geleden geschreven. We zijn de hele middag uit geweest, maar nu zijn we weer thuis. Ben is in de keuken vis aan het klaarmaken voor het avondeten. Hij heeft de radio aangezet, jazzklanken stijgen op naar de slaapkamer waar ik dit zit te schrijven. Ik heb niet aangeboden te koken – ik wilde zo graag naar boven om op te schrijven wat ik vanmiddag heb gezien – maar hij leek het geen punt te vinden.

'Ga jij maar een dutje doen,' zei hij. 'Het duurt nog ongeveer drie kwartier voor we gaan eten.' Ik knikte. 'Ik roep je wel als het klaar is.'

Ik kijk op mijn horloge. Als ik vlug schrijf, heb ik genoeg tijd.

We gingen iets voor enen van huis. We parkeerden de auto bij een laag, breed gebouw niet ver hiervandaan. Het maakte een verlaten indruk; op de vensterbank van elk dichtgetimmerd raam zat een grijze duif en de deur was verscholen achter een golfplaat. 'Dat is het zwembad,' zei Ben toen hij uitstapte. 'In de zomer is het open, geloof ik. Zullen we een eindje wandelen?'

Een verhard paadje slingerde de heuvel op. Zwijgend liepen we naast elkaar, er was niets te horen behalve zo nu en dan het gekras van kraaien op een leeg sportveld, een klaaglijk blaffen in de verte, kinderstemmen en het gedruis van de stad. Ik dacht aan mijn vader, aan zijn dood en aan het feit dat ik me daar in elk geval iets van herinnerde. Er was een meisje rondjes aan het rennen over een sintelbaan. Ik keek naar haar tot ons pad achter een hoge heg verdween en verder naar boven liep. Daar kon ik het gewone leven zien: een jongetje dat met zijn vader aan het vliegeren was, een meisje met een klein hondje aan een lange lijn.

'Dit is Parliament Hill,' zei Ben. 'Hier komen we vaak.'

Ik zei niets. Onder de laaghangende bewolking strekte de stad zich voor ons uit. Vredig, zo te zien, en kleiner dan ik had gedacht; ik kon helemaal tot de lage heuvels in de verte kijken. Ik zag de telecomtoren oprijzen, de koepel van St. Paul's Cathedral, de elektriciteitscentrale in Battersea – ik herkende ze allemaal, maar vaag en zonder ze te kunnen plaatsen. Er waren nog andere, minder vertrouwde contouren: een glazen gebouw in de vorm van een dikke sigaar, een gigantisch reuzenrad, heel in de verte. Net als mijn eigen gezicht kwam het uitzicht vreemd en tegelijkertijd vertrouwd op me over.

'Ik heb het gevoel dat ik het hier ken,' zei ik.

'Ja,' zei Ben. 'Ja, we komen hier al een tijdje, maar het uitzicht verandert steeds.'

We liepen verder. De meeste bankjes waren bezet door eenlingen of tweetallen. Op een bankje net voorbij de top van de heuvel gingen we zitten. Het rook er naar ketchup; er lag een half opgegeten hamburger in een kartonnen doosje onder het bankje.

Ben pakte het doosje voorzichtig op, gooide het in een vuilnisbak en kwam weer naast me zitten. Hij wees naar een paar andere in het oog springende gebouwen. 'Dat daar is Canary Wharf,' zei hij, gebarend naar een flatgebouw dat zelfs op deze afstand onmetelijk hoog leek. 'Het is gebouwd in het begin van de jaren negentig, geloof ik. Allemaal kantoren en zo.'

De jaren negentig. Raar, zo'n samenvatting in drie woorden van een hele periode waar ik me niets van herinner. Wat moet ik veel hebben gemist. Zoveel muziek, zoveel films en boeken en nieuws. Rampen, tragedies, oorlogen. Hele landen zijn misschien ineengestort terwijl ik zonder enig besef door de dagen dwaalde.

En ook zoveel van mijn eigen leven. Zoveel van het uitzicht dat ik niet herkende, ook al zag ik het elke dag.

'Ben?' vroeg ik. 'Vertel eens over ons.'

'Over ons?' zei hij. 'Hoe bedoel je?'

Ik keek hem aan. Een windvlaag zwiepte de heuvel op, koud tegen mijn gezicht. Ergens blafte een hond. Ik wist niet goed wat ik moest zeggen, hij wist dat ik me niets van hem kon herinneren.

'Het spijt me,' zei ik. 'Maar ik weet niets van jou en mij. Ik weet niet eens hoe we elkaar hebben leren kennen, wanneer we getrouwd zijn of wat dan ook.'

Hij glimlachte en schoof mijn kant op, zodat we elkaar aanraakten. Hij sloeg zijn arm om mijn schouder. Ik wilde terugdeinzen, toen herinnerde ik me dat hij geen vreemde is, maar de man met wie ik getrouwd ben. 'Wat wil je weten?'

'Ik weet het niet,' zei ik. 'Hoe hebben we elkaar leren kennen?'

'Nou, we studeerden allebei aan de universiteit,' antwoordde hij. 'Jij was net begonnen met je promotieonderzoek. Weet je dat nog?'

Ik schudde mijn hoofd. 'Nee, niet echt. Wat studeerde ik?'

'Je was afgestudeerd in Engels,' zei hij, en ineens kwam er een heel scherp beeld bij me naar boven. Ik zag mezelf in een bibliotheek en herinnerde me vage plannen voor het schrijven van een proefschrift over feministische theorie en de vroegtwintigste-eeuwse literatuur, maar dat was eigenlijk alleen maar een excuus, iets wat mijn moeder misschien niet zou begrijpen, maar tenminste als iets zinvols zou beschouwen, terwijl ik in werkelijkheid aan een roman werkte. Het beeld hing een moment trillend in de lucht, zo echt dat ik het bijna kon aanraken, maar toen Ben begon te praten vervloog het.

'Ik deed mijn doctoraal,' zei hij, 'in scheikunde. Ik zag je steeds. In de bibliotheek, in de bar, waar dan ook. Ik stond altijd versteld van je schoonheid, maar durfde je niet aan te spreken.'

Ik schoot in de lach. 'Meen je dat?' Ik kon me niet voorstellen dat ik zo intimiderend kon zijn.

'Je kwam zo zelfverzekerd over. Zo intens. Vaak zat je urenlang met stapels boeken om je heen niets anders te doen dan lezen en aantekeningen maken en koffie drinken. Je was zo mooi. Ik had niet durven dromen dat je ooit iets in mij zou zien. Maar op een dag zat ik toevallig naast je in de bibliotheek en gooide je per ongeluk je koffie over mijn boeken heen. Je vond het heel erg, je verontschuldigde je en nadat we samen de tafel hadden schoongemaakt, bood ik aan koffie voor je te halen. Je antwoordde dat jij mij zou moeten trakteren, om het goed te maken, en toen zijn we samen koffie gaan drinken. En zo is het begonnen.'

Ik probeerde me het tafereel voor te stellen, me ons tweeën te herinneren, jong, in een bibliotheek te midden van doorweekte papieren, lachend. Maar het lukte me niet en er ging een steek van verdriet door me heen. Elk echtpaar heeft dierbare herinneringen aan de eerste keer dat ze elkaar tegenkwamen, stelde ik me voor, wie het eerst de ander had aangesproken en wat er gezegd was. Ik kon me van ons begin helemaal niets herinneren. De staart van de vlieger van het jongetje klapperde in de wind; het klonk als een doodsreutel.

'En toen?' vroeg ik.

'Nou, toen kregen we verkering. Je weet wel hoe dat gaat. Ik studeerde af, jij promoveerde en we trouwden.'

'Hoe ging dat? Wie heeft wie gevraagd?'

'O,' zei hij. 'Ik heb jou gevraagd.'

'Waar dan? Vertel me hoe dat gegaan is.'

'We waren heel erg verliefd,' zei hij. Hij wendde zijn gezicht af en staarde in de verte. 'We brachten al onze tijd samen door. Jij deelde een huis met iemand anders, maar daar was je haast nooit meer. Je was meestal bij mij. Het lag voor de hand om samen te gaan wonen en te trouwen. Dus kocht ik op Valentijnsdag een stuk zeep voor je. Een duur merk waar je dol op was. Ik haalde de verpakking eraf en drukte een verlovingsring in de zeep. Daarna pakte ik de zeep weer in en gaf hem aan jou. Je vond hem toen je je die avond uitkleedde en toen heb je ja gezegd.'

Ik glimlachte. Het klonk als een geklieder, zo'n ring vol met zeepresten, en bovendien was er alle kans geweest dat ik die zeep pas weken later had gebruikt en de ring dan pas had gevonden. Toch was het best een romantisch verhaal.

'Met wie woonde ik in dat huis?' vroeg ik.

'O, dat weet ik niet meer,' antwoordde hij. 'Een vriendin. Hoe dan ook, het jaar daarop zijn we getrouwd. In een kerk in Manchester, vlak bij waar je moeder woonde. Het was een mooie dag. Ik was bezig met mijn onderwijsakte, dus we hadden weinig geld maar het was toch erg mooi allemaal. De zon scheen, iedereen was blij. En daarna zijn we op huwelijksreis gegaan. Naar Italië. De meren. Het was fantastisch.'

Ik probeerde me de kerk voor te stellen, mijn jurk, het uitzicht uit de hotelkamer. Er kwam niets.

'Ik herinner me er niets meer van,' zei ik. 'Het spijt me.'

Hij keek weg, draaide zijn hoofd zo dat ik zijn gezicht niet kon zien. 'Geeft niet. Ik begrijp het wel.'

'Er zijn maar weinig foto's,' zei ik. 'In het plakboek, bedoel ik. Geen foto's van onze bruiloft.'

'We hebben brand gehad,' zei hij. 'In ons vorige huis.'

'Brand?'

'Ja,' zei hij. 'Ons huis is vrijwel helemaal in de as gelegd. We hebben heel veel spullen verloren.'

Ik zuchtte. Het was niet eerlijk dat ik zowel mijn herinneringen aan het verleden als mijn souvenirs was kwijtgeraakt.

'Wat gebeurde er daarna?'

'Daarna?'

'Ja,' zei ik. 'Wat gebeurde er na de bruiloft en de huwelijksreis?'

'We gingen samenwonen. We waren heel gelukkig.'

'En toen?'

Hij zuchtte. Was dat alles? dacht ik. Was dat de samenvatting van mijn leven? Er moet toch meer over mij te vertellen zijn? Een bruiloft, een huwelijksreis, een huwelijk. Maar wat verwachtte ik eigenlijk nog meer? Wat kon er verder nog geweest zijn?

Het antwoord kwam plotseling. Kinderen. Baby's. Er ging een huivering door me heen toen ik besefte dat dat was wat er aan ons leven, in ons huis leek te ontbreken. Op de schoorsteenmantel geen foto's van een zoon of dochter met een diploma in de hand, tijdens het kajakken of gewoon verveeld poserend voor de camera, noch van kleinkinderen. Ik was kinderloos gebleven.

De teleurstelling kwam hard aan. Het onbevredigde verlangen stond in mijn onderbewustzijn gegrift. Ook al wist ik als ik wakker werd niet eens hoe oud ik was, op een bepaald niveau moet ik wel hebben geweten dat ik ooit een kinderwens had gehad.

Opeens hoorde ik de stem van mijn moeder, die de biologische klok beschreef alsof het een tijdbom was. 'Zorg dat je dingen bereikt die je wilt bereiken,' zei ze, 'want de ene dag is er nog niets aan de hand, en de volgende...'

Ik wist wat ze bedoelde. Boem! Mijn ambities zouden vervliegen en ik zou nog maar één ding willen: kinderen. 'Zo is het bij mij gegaan,' zei ze. 'En zo zal het met jou ook gaan. Zo gaat het nu eenmaal.'

Maar dat was niet gebeurd, nam ik aan. Of er was iets anders gebeurd. Ik keek naar mijn man.

'Ben?' vroeg ik. 'Wat gebeurde er toen?'

Hij keek naar me en kneep in mijn hand.

'Toen ben je je geheugen kwijtgeraakt,' antwoordde hij.

Mijn geheugen. Daarop liep uiteindelijk alles dood. Telkens weer.

Ik keek uit over de stad. De lage zon scheen zwakjes door de wolken en maakte lange schaduwen op het gras. Het zou gauw donker worden. Uiteindelijk zou de zon ondergaan en de maan opkomen. En dan was er weer een dag voorbij. Weer een dag verloren.

'We hebben geen kinderen gekregen,' zei ik. Het was geen vraag.

Hij antwoordde niet, maar draaide zich naar me toe en keek me aan. Hij pakte mijn hand en wreef erover, alsof hij me wilde warmen.

'Nee,' zei hij. 'Nee, we hebben geen kinderen.'

Verdriet tekende zich af op zijn gezicht. Om hemzelf of om mij? Ik kwam er niet achter. Ik liet hem mijn hand warm wrijven en realiseerde me dat ik me ondanks alle verwarring toch veilig voelde bij deze man. Ik kon merken dat hij aardig was, zorgzaam en geduldig. Hoe vreselijk mijn situatie ook was, het had nog zoveel erger kunnen zijn.

'Waarom niet?' vroeg ik.

Hij gaf geen antwoord, maar keek me aan met een blik vol pijn. Pijn en teleurstelling.

'Hoe is het gekomen, Ben?' vroeg ik. 'Hoe ben ik zo geworden?'

Ik voelde hem verkrampen. 'Weet je zeker dat je dat wilt weten?' vroeg hij.

Ik keek naar een klein meisje op een driewieler in de verte. Ik wist dat het niet de eerste keer kon zijn dat ik hem deze vraag stelde, de eerste keer dat hij deze dingen aan mij moest uitleggen. Misschien vroeg ik hem dit elke dag.

'Ja,' antwoordde ik. Ik besefte dat het deze keer anders was. Deze keer zou ik opschrijven wat hij me ging vertellen.

Hij haalde diep adem. 'Het was december en ijskoud. Je was de hele dag op je werk geweest en was op weg naar huis, een korte wandeling. Er waren geen getuigen. We weten niet of je overstak toen het gebeurde, of dat de auto die je heeft aangereden de stoep op reed, maar in elk geval moet je over de motorkap zijn geslagen. Je was ernstig gewond. Beide benen gebroken, en een arm en je sleutelbeen.'

Hij hield op met praten. Ik hoorde het zachte gonzen van de stad.

Verkeer, een vliegtuig, het ruisen van de wind in de bomen. Ben kneep in mijn hand.

'Ze zeiden dat je waarschijnlijk eerst met je hoofd tegen de grond bent geslagen, en dat je daardoor je geheugen bent kwijtgeraakt.'

Ik sloot mijn ogen. Ik herinnerde me niets van het ongeluk en was daardoor ook niet kwaad, zelfs niet ontzet. In plaats daarvan voelde ik een soort stille spijt. Een leegte. Een rimpeling in het oppervlak van het meer dat het geheugen is.

Hij kneep nogmaals in mijn hand en legde hem over de zijne. Ik voelde zijn trouwring, koud en hard. 'Je hebt heel veel geluk gehad, je had dood kunnen zijn,' zei hij.

Er kwam een kilte over me. 'En de bestuurder?'

'Die is doorgereden. We weten niet wie het was.'

'Maar wie doet zoiets?' zei ik. 'Wie rijdt er nou door nadat hij iemand heeft overreden?'

Hij zei niets. Wat ik verwacht had weet ik niet. Ik dacht terug aan wat ik had gelezen over mijn ontmoeting met dokter Nash. *Een neurologisch probleem*, had hij gezegd. *Structureel of chemisch. Een hormonale disbalans.* Ik had aangenomen dat hij op een ziekte doelde. Iets wat gewoon gebeurd was, zomaar ineens. *Een van die dingen...*

Maar dit maakte het erger; het was me door iemand aangedaan, het had vermeden kunnen worden. Als ik die avond een andere weg naar huis had genomen, of als de bestuurder van die auto dat had gedaan, zou er nu niets met me aan de hand zijn geweest. Misschien was ik dan zelfs inmiddels oma geweest.

'Maar waarom?' vroeg ik. 'Waarom?'

Dat was een vraag die Ben niet kon beantwoorden, dus zei hij niets. We bleven een tijdje zwijgend naast elkaar zitten, hand in hand. Het werd donker. De stad fonkelde, de gebouwen waren verlicht. Binnenkort is het winter, dacht ik. Nog even en we zijn al over de helft van november. Dan komt december, Kerstmis. Hoe ik die tijd moest doorkomen was me een raadsel. Ik kon me die aaneenschakeling van identieke dagen niet voorstellen.

'Zullen we gaan?' zei Ben. 'Naar huis?'

Ik gaf geen antwoord. 'Waar was ik geweest?' vroeg ik. 'Die dag van het ongeluk. Wat had ik gedaan?'

'Je kwam van je werk,' zei hij.

'Maar wat voor werk? Wat deed ik?'

'O,' zei hij. 'Je had een tijdelijk baantje als secretaresse – nou ja, eigenlijk een soort persoonlijke assistente – op een of ander advocatenkantoor, geloof ik.'

'Maar waarom...' begon ik.

'Je moest werken omdat we de hypotheek moesten betalen,' zei hij. 'We zaten toen nogal krap.'

Maar dat bedoelde ik niet. Wat ik wilde zeggen was: *Je zei dat ik gepromoveerd was. Waarom nam ik genoegen met zo'n baantje?*

'Maar waarom werkte ik als secretaresse?' vroeg ik.

'Dat was de enige baan die je kon krijgen. Het waren moeilijke tijden.'

Ik herinnerde me het gevoel dat ik eerder had gehad. 'Was ik niet aan het schrijven?' vroeg ik. 'Een boek?'

Hij schudde zijn hoofd. 'Nee.'

Mijn ambitie was dus van voorbijgaande aard geweest. Of misschien had ik het geprobeerd, maar zonder succes. Toen ik hem aankeek om hem dat te vragen, lichtten de wolken op en vlak daarna klonk er een harde knal. Geschrokken keek ik om me heen, in de verte was een regen van vonken te zien die op de stad neerdaalde.

'Wat was dat?' vroeg ik.

'Het is vanwege Guy Fawkes-avond,' zei Ben.

Even later werd de hemel weer verlicht en klonk er nog een knal.

'Er wordt vast nog meer vuurwerk afgestoken, zullen we blijven kijken?'

Ik knikte. Het kon geen kwaad, en hoewel ik eigenlijk snel naar huis wilde om alles op te schrijven wat Ben me had verteld, wilde ik ook blijven omdat ik hoopte dat ik nog meer te horen zou krijgen. 'Ja,' zei ik. 'Leuk.'

Hij grinnikte en legde zijn arm om mijn schouders. De lucht bleef een moment donker en toen kraakte en siste er iets en schoot er een vonk met een ijl gefluit de hoogte in. Even hing hij stil, om daarna met een galmende dreun in oranje glitters uiteen te spatten. Het was prachtig.

'We gaan meestal naar het vuurwerk kijken,' zei Ben. 'Naar zo'n groot, georganiseerd vuurwerk. Maar ik was vergeten dat het vanavond was.' Hij duwde zijn kin in mijn hals. 'Vind je dit ook goed?'

'Ja,' zei ik. Ik keek uit over de stad, naar de explosies van kleur aan de hemel erboven, naar de felle lichtflitsen. 'Het is prima. Van hieraf kunnen we alles goed zien.'

Hij zuchtte. Onze adem, zichtbaar voor onze gezichten, vermengde zich terwijl we in stilte zaten te kijken naar het schouwspel van kleur en licht. Rook steeg op uit de tuinen van de stad, fel verlicht in rood en oranje, blauw en paars. De nachtelijke lucht werd rokerig, doortrokken van een vuursteenachtige geur, droog en metalig. Ik likte langs mijn lippen, proefde zwavel, en op dat moment kwam er weer een herinnering naar boven.

Vlijmscherp. De geluiden te luid, de kleuren te fel. Ik voelde me geen toeschouwer, het leek wel of ik er middenin zat. Ik had het gevoel dat ik achterover viel en greep Bens hand vast.

Ik zag mezelf met een meisje. Ze heeft rood haar en we staan op een dak naar het vuurwerk te kijken. Ik hoor het ritmische dreunen van muziek in de kamer onder ons en voel een koude wind die een bijtende rook over ons heen blaast. Hoewel ik alleen een dun jurkje aanheb, heb ik het niet koud, ik ben in een roes van alcohol en de joint die ik nog steeds in mijn hand heb. Ik voel steentjes onder mijn voeten en herinner me dat ik beneden, in de slaapkamer van het meisje dat naast me staat, mijn schoenen heb uitgedaan. Ik kijk naar haar, ze draait zich naar me om en ik bruis van leven, ben duizelingwekkend gelukkig.

'Chrissy,' zegt ze, en ze neemt de joint van me over. 'Wil je ook een pilletje?'

Ik weet niet wat ze bedoelt en dat zeg ik.

Ze lacht. 'Dat weet je toch wel!' zegt ze. 'Trippen. Lsd. Ik weet haast zeker dat Nige wat heeft meegenomen. Hij was het van plan, zei hij.'

'Ik weet het niet,' zeg ik.

'Ach, toe nou! Het is te gek!'

Ik moet lachen, pak de joint terug en zuig mijn longen vol alsof ik moet bewijzen dat ik niet truttig ben. We hebben elkaar bezworen dat we nooit truttig zullen worden.

'Nee, ik doe het niet,' zeg ik. 'Het is niks voor mij. Ik hou het hierbij. En bier. Goed?'

'Dan niet,' zegt ze, en kijkt achter zich over de reling. Ze is duidelijk teleurgesteld, maar niet boos. Ik ben benieuwd of ze het toch zal doen, zonder mij.

Ik betwijfel het. Ik heb nog nooit een vriendin gehad zoals zij. Iemand die alles van mij weet en die ik vertrouw, soms nog meer dan ik mezelf vertrouw. Ik kijk naar haar, naar haar rode haar waar de wind doorheen speelt, naar de punt van de joint die opgloeit in de duisternis. Is ze blij met haar leven, of is het nog te vroeg om dat te kunnen weten?

'Moet je eens kijken!' zegt ze, en wijst naar een Romeinse kaars en de silhouetten van de bomen die zich tegen de rode gloed ervan aftekenen. 'Mooi, hè?'

Ik lach instemmend. We blijven nog een paar minuten staan en nemen om de beurt een trekje van de joint. Uiteindelijk biedt ze me het laatste restje aan en als ik nee zeg drukt ze de natte hasjpeuk met haar laars uit op de kiezels.

'We moeten naar beneden,' zegt ze, en pakt me bij de arm. 'Er is iemand aan wie ik je wil voorstellen.'

'Niet weer!' roep ik, maar ik ga toch mee. We stappen over een stel heen dat op de trap zit te zoenen. 'Toch niet weer zo'n lul de behanger van je cursus, hè?'

'Ach donder toch op!' zegt ze, naar beneden stappend. 'Ik dacht dat je Alan leuk zou vinden!'

'Vond ik ook!' zei ik. 'Tot hij me vertelde dat hij verliefd was op een jongen die Kristian heette.'

'Nou ja,' lacht ze. 'Ik kon toch ook niet weten dat hij uitgerekend tegenover jou uit de kast zou komen? Deze is anders. Je vindt hem geheid leuk. Ik weet het gewoon. Jullie kunnen toch wel even kennismaken? Je hoeft verder niets.'

'Oké,' zeg ik. Ik duw de deur open en we gaan de kamer binnen waar het feest aan de gang is.

Het is een grote ruimte met betonnen muren en kale peertjes aan het plafond. We banen ons een weg naar het keukengedeelte, nemen een biertje en zoeken een plaatsje bij het raam. 'Nou, waar is hij?' zeg ik, maar ze hoort me niet. De drank en de hasj zinderen door mijn lijf en ik begin te dansen. De kamer is vol met mensen die overwegend in het zwart zijn gekleed. Stomme artistiekelingen, denk ik.

Er komt iemand voor ons staan. Ik herken hem. Het is Keith. We hebben elkaar eerder ontmoet, op een ander feestje waar we in een van de slaapkamers hebben liggen zoenen. Maar nu praat hij met mijn vriendin en wijst naar een schilderij van haar dat aan de muur hangt. Misschien heeft hij besloten me te negeren, of weet hij niet meer dat hij me eerder heeft gezien. Hoe het ook zij, ik vind hem een zak. Ik drink mijn biertje op.

'Nog eentje?' vraag ik.

'Ja,' antwoordt mijn vriendin. 'Haal jij ze terwijl ik even met Keith praat? En dan stel ik je voor aan die gast waar ik het over had, oké?'

Ik lach. 'Oké. Best.' Ik ga op weg naar de keuken.

Een stem. Luid in mijn oor. 'Christine! Chris! Gaat het wel goed met je?' Ik voelde me verward, de stem klonk bekend. Ik deed mijn ogen open. Met een schok drong het tot me door dat ik buiten was, in de avondlucht, op Parliament Hill, en dat Ben mijn naam riep en het vuurwerk de hemel bloedrood kleurde. 'Je had je ogen dicht,' zei hij. 'Wat is er met je? Wat is er aan de hand?'

'Niets,' zei ik. Het duizelde me, ik kreeg nauwelijks lucht. Ik wendde me af en deed alsof ik naar het vuurwerk keek. 'Het spijt me. Er is niets aan de hand. Het gaat goed.'

'Je rilt,' zei hij. 'Heb je het koud? Wil je naar huis?'

Ik merkte dat ik het inderdaad koud had. En dat ik naar huis wilde. Om op te schrijven wat ik zojuist had gezien.

'Ja,' zei ik. 'Vind je het niet erg?'

Op weg naar huis dacht ik terug aan de beelden die ik had gezien toen we naar het vuurwerk keken. Ik was geschokt door hun helderheid, hun scherpe contouren. Ik was erdoor gegrepen, erin meegezogen alsof ik het allemaal opnieuw beleefde. Ik voelde alles, proefde alles. De koude lucht en het bruisen van het bier. Het brandende gevoel van de hasj achter in mijn keel. Het speeksel van Keith, warm op mijn tong. Het voelde werkelijk, haast werkelijker dan het leven dat ervoor in de plaats kwam toen ik mijn ogen opendeed.

Ik wist niet precies wanneer het gespeeld had. Vermoedelijk toen ik studeerde, of vlak daarna. Het leek me een typisch studentenfeestje. Niemand voelde zich nog ergens verantwoordelijk voor. Ik was zorgeloos. Licht.

En hoewel ik me haar naam niet kon herinneren, was dit meisje belangrijk voor me. Mijn beste vriendin. Voor altijd, had ik gedacht, en hoewel ik niet wist wie ze was, gaf ze me een gevoel van geborgenheid, van veiligheid.

De vraag kwam in me op of we misschien nog steeds bevriend waren, en ik probeerde er met Ben over te praten toen we naar huis reden. Hij was stil, niet ongelukkig, maar elders met zijn gedachten. Even overwoog ik hem te vertellen wat ik had gezien, maar in plaats daarvan vroeg ik wie mijn vrienden waren geweest toen we elkaar leerden kennen.

'Je had er behoorlijk wat,' zei hij. 'Je was heel populair.'

'Had ik ook een hartsvriendin? Iemand die speciaal voor me was?'

Hij keek me van opzij aan. 'Nee,' zei hij. 'Ik geloof het niet. Geen speciale vriendin.'

Ik begreep niet waarom ik me haar naam niet kon herinneren, maar die van Keith en Alan wel.

'Weet je het zeker?' vroeg ik.

'Ja,' zei hij. 'Ik weet het zeker.' Hij richtte zijn aandacht weer op de weg. Het begon te regenen. De lichten van de winkels en de neonreclames werden door het asfalt weerkaatst. Er waren zoveel dingen die ik hem wilde vragen, maar ik zei niets en na een paar minuten was de kans verkeken. We waren thuis en hij ging koken. Het was te laat.

*

Toen ik dit had opgeschreven riep Ben dat het eten klaar was. Hij had de tafel gedekt en witte wijn ingeschonken, maar ik had geen honger en de vis smaakte droog. Ik liet het meeste staan. Omdat Ben had gekookt, bood ik aan de afwas te doen. Ik bracht de borden naar de keuken en liet de gootsteen vollopen. De hele tijd hoopte ik dat ik straks nog een excuus zou kunnen bedenken om naar boven te gaan, te lezen wat ik geschreven had en misschien nog wat te schrijven. Maar dat ging niet. Als ik te lang alleen in onze slaapkamer zat, zou dat argwaan wekken, en dus brachten we de avond voor de televisie door.

Ik kon me niet ontspannen. Ik dacht aan mijn dagboek en zag de wijzer van de klok op de schoorsteenmantel van de negen naar de tien kruipen, en naar halfelf. Toen het uiteindelijk bijna elf uur was, werd me duidelijk dat het vanavond niet meer zou lukken. 'Ik ga maar eens naar bed,' zei ik. 'Het is een lange dag geweest.'

Hij lachte, en hield zijn hoofd scheef. 'Goed, schat,' zei hij. 'Ik kom ook zo.'

Ik knikte en zei dat dat goed was, maar toen ik de kamer uit liep bekroop me een angstig gevoel. Deze man is mijn echtgenoot, dacht ik bij mezelf. Ik ben met hem getrouwd. Toch voelde het niet goed om met elkaar naar bed te gaan. Ik kon me niet herinneren dat dat ooit gebeurd was en wist niet wat ik ervan moest verwachten.

In de badkamer ging ik naar de wc en poetste mijn tanden zonder in de spiegel of naar de foto's te kijken. In de slaapkamer pakte ik mijn nachtjapon, die opgevouwen op mijn kussen lag, en begon me uit te kleden. Ik wilde klaar zijn als hij binnenkwam, ik wilde onder het dekbed liggen. Even kwam het absurde idee in me op me slapende te houden.

Ik trok mijn trui uit en bekeek mezelf in de spiegel. Ik zag de crèmekleurige bh die ik vanmorgen had aangetrokken. Op datzelfde moment kwam er een vluchtig beeld voorbij waarin ik nog een kind ben en aan mijn moeder vraag waarom zij een bh draagt en ik niet, waarop zij antwoordt dat ik er op een dag ook een zal dragen. En die dag was nu zomaar ineens aangebroken. Nog duidelijker dan de lijnen in mijn gezicht en mijn gerimpelde handen was dit het bewijs dat ik geen meisje meer was, maar een vrouw. Ik zag het aan mijn mollige, zachte borsten.

Ik trok de nachtjapon over mijn hoofd en streek hem glad. Toen ik mijn bh onder mijn nachtjapon loshaakte, voelde ik het gewicht van mijn borsten. Ik ritste mijn broek open, liet hem naar beneden zakken en stapte eruit. Omdat ik geen zin had nog langer naar mijn lichaam te kijken, trok ik snel mijn panty en slipje uit en kroop in bed. Ik sloot mijn ogen en ging op mijn zij liggen.

Beneden begon de klok te slaan en even later kwam Ben de kamer binnen. Ik verroerde me niet, hoorde hoe hij zich uitkleedde en voelde het matras inzakken toen hij op de bedrand ging zitten. Een moment gebeurde er niets, toen voelde ik zijn hand zwaar op mijn heup rusten.

'Christine?' zei hij, half fluisterend. 'Ben je wakker?' Ik mompelde ja. 'Heb je je vandaag een vriendin herinnerd?' vroeg hij. Ik deed mijn ogen open en ging op mijn rug liggen. Ik zag zijn brede, blote rug en de kleine verspreide haartjes op zijn schouders.

'Ja,' antwoordde ik. Hij draaide zich naar me om.

'Wat herinnerde je je?'

Ik vertelde hem iets, maar hield het vaag. 'Een feestje,' zei ik. 'We studeerden allebei nog, denk ik.'

Hij ging staan en maakte zich op om in bed te stappen. Ik zag dat hij naakt was. Zijn penis zwaaide heen en weer vanuit een nest van zwarte haren en ik moest me bedwingen om niet te giechelen. Ik kon me niet herinneren het mannelijk geslachtsdeel ooit eerder te hebben gezien, zelfs niet in een boek, en toch had het iets vertrouwds. Ik vroeg me af wat ik ervan wist, wat voor ervaringen ik ermee had gehad. Bijna als in een reflex wendde ik mijn blik af.

'Het is niet de eerste keer dat dat feestje bij je naar boven komt,' zei hij, en hij sloeg het dekbed open. 'Het gebeurt regelmatig dat bepaalde herinneringen terugkeren.'

Ik zuchtte. *Niets nieuws dus*, leek hij te suggereren. *Niets om opgewonden over te raken.* Hij kwam naast me liggen en trok het dekbed over ons heen. Het licht liet hij aan.

'Herinner ik me vaak dingen?' vroeg ik.

'Ja. Een paar herinneringen komen regelmatig terug. Bijna elke dag.'

'Dezelfde?'

Hij draaide zich naar me om, richtte zich half op en steunde op zijn elleboog. 'Soms,' antwoordde hij. 'Meestal, ja. Er komt bijna nooit iets nieuws bij.'

Ik wendde mijn blik af en keek naar het plafond. 'Heb ik ook herinneringen aan jou?'

Hij keek me aan. 'Nee,' zei hij. Hij pakte mijn hand. Kneep erin. 'Maar dat geeft niet. Ik hou van je. Het is goed zoals het is.'

'Ik moet een verschrikkelijke last voor je zijn,' zei ik.

Zijn hand begon mijn arm te strelen. Er knetterde iets, statische elektriciteit. Ik rilde. 'Nee,' zei hij. 'Helemaal niet. Ik hou van je.'

Toen drukte hij zich tegen me aan en kuste me op de mond.

Ik sloot mijn ogen. Verward. Wilde hij met me vrijen? Voor mij was hij een vreemde, hoewel ik met mijn verstand wist dat we elke avond samen in bed lagen en dat al deden sinds we getrouwd waren. Toch kende mijn lichaam hem nog geen vierentwintig uur.

'Ik ben erg moe, Ben,' zei ik.

Hij ging zachter praten, begon te prevelen. 'Dat weet ik, lieveling,' zei hij. Hij kuste me zachtjes op mijn wang, lippen en ogen. 'Dat weet ik.' Zijn hand ging onder het dekbed naar beneden, en een golf van angst spoelde door me heen. Bijna raakte ik in paniek.

'Ben,' zei ik. 'Het spijt me.' Ik pakte zijn hand beet en hield hem tegen. Ik onderdrukte de neiging hem weg te duwen alsof hij me tegenstond, en in plaats daarvan begon ik hem te strelen. 'Ik ben moe,' zei ik. 'Vanavond niet, goed?'

Hij zei niets, haalde zijn hand weg en ging op zijn rug liggen. De teleurstelling straalde van hem af. Ik wist niet wat ik moest zeggen. Ergens vond ik dat ik mijn excuses moest aanbieden, maar een sterkere stem zei me dat ik niets fout had gedaan. En zo lagen we zwijgend naast elkaar in bed, zonder elkaar aan te raken. Ik vroeg me af hoe vaak dit gebeurde, hoe vaak hij hunkerend naar seks naast me in bed kroop. Kwam het voor dat ik er zin in had, was ik er weleens toe in staat met hem te vrijen? En eindigde het altijd zo, met deze ongemakkelijke stilte, als ik hem afwees?

'Welterusten, schat,' zei hij na een paar minuten, en de spanning verdween. Ik wachtte tot hij zacht begon te snurken, glipte het bed uit en ging naar de logeerkamer om dit op te schrijven.

Ik zou me hem zo graag willen herinneren. Al was het maar één keer.

Maandag 12 november

De klok heeft net vier uur geslagen en het begint al te schemeren. Het duurt nog wel even voor Ben thuiskomt, maar terwijl ik dit schrijf ben ik gespitst op het geluid van zijn auto. De schoenendoos staat naast mijn voeten op de grond, het vloeipapier dat om het dagboek heen zat, hangt over de rand van de doos. Als hij thuiskomt, leg ik mijn boek in de klerenkast en zeg ik dat ik even lag te rusten. Dat is niet eerlijk, maar zo erg is het nu ook weer niet; er schuilt geen kwaad in dat ik de inhoud van mijn dagboek geheim wil houden. Ik moet opschrijven wat ik heb gezien. Wat ik te weten ben gekomen. Maar dat wil niet zeggen dat ik wil dat iemand anders – wie dan ook – het leest.

Vandaag heb ik dokter Nash gezien. We zaten tegenover elkaar aan zijn bureau. Achter hem stond een dossierkast met daarop een plastic model van de hersenen, doormidden gesneden en met partjes als van een sinaasappel. Hij vroeg hoe het gegaan was.

'Goed,' antwoordde ik. 'Denk ik.' De vraag was niet makkelijk te beantwoorden, want alleen aan de paar uur sinds ik 's ochtends wakker was geworden had ik een duidelijke herinnering. Ik had mijn man ontmoet alsof het de eerste keer was, hoewel ik wist dat dat niet zo was. Mijn dokter belde om me op mijn dagboek te attenderen. Na de lunch kwam hij me halen en reden we naar zijn kantoor.

'Ik heb in mijn dagboek geschreven,' zei ik. 'Nadat je belde, zaterdag.'

Dat leek hem plezier te doen. 'Denk je dat je er iets aan hebt?'

'Ik denk het wel,' zei ik. Ik vertelde hem over de herinneringen die boven waren gekomen. Het beeld van het meisje op het feest, en dat ik hoorde dat mijn vader ziek was. Terwijl ik praatte, maakte hij aantekeningen.

'Herinner je je die dingen nu ook nog?' vroeg hij. 'Wist je het nog toen je vanmorgen wakker werd?'

Ik aarzelde. Eerlijk gezegd was dat niet zo. Of hoogstens gedeeltelijk. Vanmorgen had ik gelezen wat ik zaterdag had opgeschreven: over het ontbijt met mijn man, over het uitje naar Parliament Hill. Het was even onwerkelijk als een roman, het had niets met mij te maken. Ik merkte dat ik steeds hetzelfde gedeelte las, steeds opnieuw, in een poging het in mijn hoofd te prenten, vast te leggen. Uiteindelijk heb ik er ruim een uur over gedaan.

Ik las wat Ben me had verteld, over hoe we elkaar hadden leren kennen, dat we getrouwd waren, hoe ons leven was geweest, en ik voelde er niets bij. Maar andere dingen herinnerde ik me nog wel. Dat meisje bijvoorbeeld. Mijn vriendin. Niets specifieks – het feest met het vuurwerk, dat ik met haar op het dak had gestaan, dat ik een jongen had ontmoet die Keith heette – maar de herinnering aan haar was me bijgebleven en toen ik mijn aantekeningen van zaterdag las en herlas, kwamen er meer details naar boven. Het felrode haar, de zwarte kleren die ze graag droeg, de riem met ijzeren noppen, de rode lippenstift, de manier waarop ze rookte en de indruk wekte dat dat heel cool was. Ik kon me haar naam niet herinneren, maar wel de avond dat we elkaar hadden leren kennen in een ruimte die blauw stond van de rook en waar alles overstemd werd door het knallen en rinkelen van flipperkasten en het blikkerige geluid van een jukebox. Ze had me een vuurtje gegeven, zich aan me voorgesteld en gevraagd of ik bij haar en haar vrienden kwam zitten. We dronken wodka en bier en later hield ze mijn haar naar achteren toen ik al die drank in de wc-pot uitbraakte. 'Nu zijn we echt vriendinnen!' had ze lachend geroepen toen ik overeind kwam. 'Dat doe ik echt niet voor iedereen, hoor.'

Ik bedankte haar en zonder dat ik begreep hoe ik erbij kwam, alsof het verklaarde wat er zojuist was gebeurd, vertelde ik haar dat mijn vader dood was. 'Godschristus...' antwoordde ze, en dat was de eerste keer dat ik meemaakte hoe snel zij kon switchen tussen dronken gelal en efficiënt medeleven. Ze nam me mee naar haar kamer, waar we toastjes aten en zwarte koffie dronken terwijl we naar muziek luisterden en tot het ochtendgloren over ons leven zaten te praten.

Tegen de muur en aan het voeteneind van haar bed stonden schilderijen. Overal slingerden schetsboeken rond. 'Ben je kunstenares?' vroeg ik, en ze knikte. 'Ja, ik zit hier op de academie.' Ik herinnerde me dat ze me verteld had dat ze iets met kunst deed. 'Ik eindig natuurlijk voor de klas, maar je moet een beetje dromen, toch?' Ik lachte. 'En jij? Wat doe jij?' Ik vertelde haar dat ik Engels studeerde. 'Aha!' zei ze. 'Wil je romans schrijven of lesgeven?' Ze lachte goedmoedig, maar ik zei niets over het verhaal waaraan ik op mijn kamer had zitten schrijven voor ik naar beneden kwam. 'Weet ik niet,' zei ik, 'ik ben net als jij, denk ik.' Ze schoot weer in de lach en zei: 'Nou, daar drinken we op! Op ons!' Toen we met onze koffie proostten, had ik voor het eerst in maanden het gevoel dat het misschien toch nog ooit goed zou komen.

Dit herinnerde ik me allemaal. Het was een uitputtingsslag, die verkenningstocht door het vacuüm van mijn geheugen, op zoek naar dat ene detail dat, hoe klein ook, een herinnering zou oproepen. Maar de herinneringen aan mijn leven met mijn man? Die waren verdwenen. Wat ik erover las bracht nog geen zweem van een herinnering tot leven. Niet alleen leek het hele uitstapje naar Parliament Hill nooit te hebben plaatsgevonden, dat gold ook voor alles wat hij me daar verteld had.

'Sommige dingen herinner ik me,' zei ik tegen dokter Nash. 'De dingen uit mijn vroege jeugd die ik me gisteren herinnerde, weet ik nu ook nog. Ik herinner me er ook meer details van. Maar ik weet helemaal niets meer van wat we gisteren gedaan hebben. Of zaterdag. Ik kan wel proberen een beeld op te roepen van wat ik gisteren beschreven heb in mijn dagboek, maar ik weet dat dat geen herinnering is, dat het alleen maar een voorstelling is die ik me ervan gemaakt heb.'

Hij knikte. 'Weet je nog iets van eergisteren? Ook al is het maar een detail, is er iets van wat je hebt opgeschreven dat je je herinnert? De avond bijvoorbeeld?'

Ik dacht aan wat ik had opgeschreven over het naar bed gaan. Ik voelde me schuldig, merkte ik. Omdat ik me niet aan mijn man had kunnen geven, hoewel hij aardig voor me was geweest. 'Nee,' loog ik. 'Niets.'

Ik vroeg me af wat hij had moeten doen om in mij de behoefte op te wekken door hem omhelsd te worden, bemind te worden. Bloemen? Bonbons? Moet hij me elke keer eerst uitgebreid verleiden als hij zin heeft in seks, alsof het steeds de eerste keer is? Ik besefte hoe weinig mogelijkheden hij op dat gebied heeft. Hij kan niet eens het eerste liedje draaien waarop we gedanst hebben op onze bruiloft, of de maaltijd klaarmaken van ons eerste etentje samen, omdat ik me die dingen toch niet kan herinneren. En trouwens, ik ben zijn vrouw; het zou niet nodig moeten zijn om mij elke keer te verleiden als hij zin heeft in seks.

Maar zou ik ooit toestaan dat hij met me vrijt, of sterker nog, zou ik er zelf weleens zin in hebben? Word ik ooit wakker met een besef van wat begeerte inhoudt, zonder dat ik van buitenaf geprikkeld word?

'Ik kan me Ben zelfs niet herinneren,' zei ik. 'Ik had vanmorgen geen idee wie hij was.'

Hij knikte. 'Zou je willen dat je dat wel wist?'

Ik schoot haast in de lach. 'Natuurlijk wil ik dat!' zei ik. 'Ik wil me mijn verleden herinneren. Ik wil weten wie ik ben. Met wie ik getrouwd ben. Dat hoort allemaal bij elkaar...'

'Natuurlijk,' zei hij. Hij zweeg een moment, leunde met zijn ellebogen op het bureau naar voren en vouwde zijn handen voor zijn gezicht alsof hij diep nadacht over wat hij ging zeggen, of hoe hij het ging zeggen. 'Wat je me vertelt stemt me optimistisch. Ik maak eruit op dat de herinneringen niet helemaal weg zijn. Het probleem zit hem niet in het opslaan, maar in het terughalen.'

Ik dacht even na, en zei toen: 'Je bedoelt dat mijn herinneringen er wel zijn, maar dat ik er niet bij kan?'

Hij glimlachte. 'Zo zou je het kunnen zeggen, ja,' zei hij.

Ik voelde me gefrustreerd. Ik popelde van ongeduld. 'Hoe kan ik meer herinneringen terughalen?'

Hij leunde achterover en keek in het dossier dat voor hem lag. 'Heb je vorige week,' zei hij, 'toen ik je je dagboek gaf, opgeschreven dat ik je een foto heb laten zien van je ouderlijk huis? Ik geloof dat ik hem je gegeven heb.'

'Ja,' zei ik. 'Dat heb ik opgeschreven.'

'Ik had de indruk dat je je veel meer herinnerde nadat je die foto had gezien dan toen ik je alleen maar vróég naar het huis waar je bent opgegroeid.' Hij zweeg weer even. 'Op zich is dat niet zo gek. Ik ben benieuwd wat er gebeurt als ik je foto's laat zien uit de tijd die je je niet kunt herinneren, of er dan dingen bij je naar boven komen.'

Ik was onzeker, wist niet waar deze benadering toe zou kunnen leiden, maar ik wist ook dat ik het moest doen, een andere mogelijkheid was er niet.

'Oké,' zei ik.

'Goed! Ik heb één foto voor vandaag.' Hij pakte een foto die achter in het dossier zat, liep om zijn bureau heen en ging naast me zitten. 'Voor we gaan kijken, eerst een vraag. Kun je je nog iets van je bruiloft herinneren?'

Ik wist al dat het antwoord nee was. Wat mij betreft had het huwelijk met de man naast wie ik vanmorgen wakker werd nooit plaatsgevonden.

'Nee,' zei ik. 'Niets.'

'Weet je het zeker?'

Ik knikte. 'Ja.'

Hij legde de foto voor me op het bureau. 'Hier zijn jullie getrouwd,' zei hij, op de foto tikkend. Er stond een kerk op. Een kleine kerk met een laag dak en een kleine toren. Volkomen onbekend.

'Roept het iets op?'

Ik sloot mijn ogen en probeerde mijn geest leeg te maken. Ik zag water. Mijn vriendin. Een tegelvloer, zwart en wit. Verder niets.

'Nee. Ik herinner me niet dat ik deze kerk ooit heb gezien.'

Hij keek teleurgesteld. 'Weet je het zeker?'

Weer deed ik mijn ogen dicht. Alles werd zwart. Ik probeerde me mijn huwelijksdag voor de geest te halen, probeerde me Ben voor te stellen, hij in een pak, ik in een bruidsjurk op het gras voor de kerk, maar er kwam niets. Geen herinnering. Verdriet welde in me op. Zoals elke bruid zal ik wekenlang bezig zijn geweest met de voorbereidingen voor de trouwerij, het kiezen van de jurk en het wachten op aanpassingen door de naaister, afspraken met de kapper, ideeën over mijn make-up. Ik stelde me voor hoe ik me het hoofd had gebroken over het menu, de gezangen, de bloemen. En dan maar steeds hopen dat de dag aan mijn onmogelijke verwachtingen zou voldoen. En nu kan ik op geen enkele manier achterhalen of dat ook echt is gebeurd. Alles is me afgenomen, elk spoor uitgewist. Alles behalve de man met wie ik ben getrouwd.

'Nee,' zei ik. 'Er komt niets boven.'

Hij borg de foto op. 'Volgens aantekeningen die zijn gemaakt in het begin van je behandeling, ben je in Manchester getrouwd,' zei hij. 'In een kerk die St. Mark's heet. Het is een recente foto die ik je liet zien – de enige die ik heb kunnen vinden – maar ik denk niet dat er sindsdien veel zal zijn veranderd.'

'Er zijn geen foto's van onze bruiloft?' zei ik. Het was een vraag en een constatering tegelijk.

'Nee, die zijn verloren gegaan. Bij een brand in jullie huis, heb ik begrepen.'

Ik knikte. Op de een of andere manier maakten zijn woorden het definitief, werkelijker. Bijna alsof het feit dat hij arts was hem iets gezaghebbends gaf wat Ben niet had.

'Wanneer ben ik getrouwd?' vroeg ik.

'Dat zal halverwege de jaren tachtig zijn geweest.'

'Voor mijn ongeluk...' zei ik.

Dokter Nash keek ongemakkelijk. Ik vroeg me af of ik ooit met hem over het ongeluk had gepraat, zonder daar een herinnering aan te hebben.

'Je weet wat de oorzaak is van je geheugenverlies?' vroeg hij.

'Ja,' antwoordde ik. 'Ik heb het er gisteren met Ben over gehad. Hij heeft me alles verteld. Ik heb het in mijn dagboek geschreven.'

Hij knikte. 'Wat voor gevoel heb je daarover?'

'Ik weet het niet precies,' zei ik. Ik kon me het ongeluk niet herinneren, daarom leek het onwerkelijk. Ik ervoer alleen de gevolgen. Wat er van mij was geworden. 'Ik heb het gevoel dat ik degene die dit op zijn geweten heeft zou moeten haten,' zei ik. 'Helemaal omdat niemand ooit is aangehouden, niemand ervoor is gestraft dat ik zo geworden ben. Dat mijn leven verpest is. Maar het gekke is dat dat niet zo is. Ik kan niet haten. Ik kan me die persoon niet voorstellen, heb geen beeld van hem. Het is alsof hij niet bestaat.'

Hij keek teleurgesteld. 'Vind je dat echt?' zei hij. 'Dat je leven verpest is?'

'Ja,' zei ik een moment later. 'Ja, dat vind ik.' Hij zweeg. 'Het is toch ook zo?'

Ik weet niet wat voor reactie ik van hem had verwacht. Waarschijnlijk hoopte ik ergens dat hij zou zeggen dat ik het mis had, dat hij een poging zou doen me ervan te overtuigen dat mijn leven de moeite waard was. Maar dat deed hij niet. Hij keek me recht aan. Zijn ogen waren opvallend blauw, zag ik. Blauw met grijze spikkeltjes.

'Het spijt me, Christine,' zei hij. 'Het spijt me, maar ik doe echt alles wat in mijn vermogen ligt en ik denk dat ik je kan helpen. Dat denk ik echt. Je moet me geloven.'

'Ik geloof je,' zei ik. 'Heus.'

Hij legde zijn hand op de mijne, die tussen ons in op het bureau rustte. Zijn hand voelde zwaar. Warm. Hij kneep in mijn vingers en even geneerde ik me, voor hem en ook voor mij, maar toen ik hem aankeek en zag hoe verdrietig hij keek, drong tot me door dat hier slechts sprake was van een jonge man die een oudere vrouw troostte. Meer niet.

'Sorry,' zei ik. 'Ik moet even naar de wc.'

Toen ik terugkwam had hij koffie ingeschonken die we vervolgens aan zijn bureau opdronken. Hij leek er moeite mee te hebben oogcontact te maken en bladerde door de papieren op zijn bureau, schoof ze onbeholpen heen en weer. Aanvankelijk dacht ik dat hij zich ongemakkelijk voelde omdat hij me in mijn hand had geknepen, maar toen keek hij op en zei: 'Christine, ik wil je iets vragen. Twee dingen eigenlijk.' Ik knikte. 'Ten eerste heb ik besloten over jouw geval te schrijven. Het is een tamelijk uitzonderlijk geval in mijn vakgebied en ik denk dat het goed zou zijn de bijzonderheden in bredere wetenschappelijke kring bekend te maken. Zou je daar bezwaar tegen hebben?'

Ik keek naar de tijdschriften die in slordige stapels op de boekenplanken lagen. Wilde hij met die publicatie een impuls geven aan zijn carrière, of zijn positie versterken? *Ben ik daarom hier?* Even kwam het in me op tegen hem te zeggen dat ik liever niet wilde dat hij mijn verhaal zou gebruiken, maar uiteindelijk schudde ik alleen mijn hoofd en zei: 'Nee, hoor. Dat is goed.'

Hij lachte. 'Fijn. Dank je wel. En nu heb ik nog een vraag. Of eerder een idee. Iets wat ik graag wil proberen. Vind je dat goed?'

'Wat had je in gedachten?' vroeg ik. Ik was zenuwachtig, maar ook opgelucht dat hij me eindelijk ging vertellen wat hij van plan was.

'Nou,' zei hij. 'Volgens jouw dossier zijn Ben en jij na jullie trouwen nog een tijd in jullie huis in Oost-Londen blijven wonen.' Hij hield even stil. Uit het niets kwam een stem, waarschijnlijk die van mijn moeder. *In zonde leven* – een afkeurend hoofdschudden en een 'tss, tss' waarmee alles werd gezegd. 'Na ongeveer een jaar zijn jullie verhuisd naar een huis waar jullie hebben gewoond tot je werd opgenomen.' Hij zweeg een moment. 'Het is niet ver van waar je nu woont.' Ik begon te begrijpen waar hij heen wilde. 'Ik dacht, misschien kunnen we er nu even heen, op weg naar jouw huis? Wat denk je ervan?'

Wat dacht ik? Ik wist het niet. Het was een vraag die ik niet kon beantwoorden. Ik wist dat het zinnig was, dat het me zou kunnen helpen op een manier die we geen van beiden nog konden begrijpen, maar toch voelde ik weerstand. Het was alsof mijn verleden me ineens gevaarlijk voorkwam. Alsof het een gebied was dat ik maar beter niet kon betreden.

'Ik weet het niet zeker,' zei ik.

'Je hebt er een aantal jaren gewoond,' zei hij.

'Dat weet ik, maar...'

'We kunnen gewoon even gaan kijken. We hoeven niet naar binnen te gaan.'

'Naar binnen?' zei ik. 'Hoe...?'

'Ja,' zei hij. 'Ik heb de huidige bewoners geschreven. We hebben telefonisch contact gehad. Ze zeiden dat ze je graag het huis willen laten zien als je daar iets aan zou kunnen hebben.'

Daar keek ik van op. 'O ja?' zei ik.

Hij keek een beetje langs me heen – heel even, maar wel zo lang dat me duidelijk werd dat hij in verlegenheid was gebracht. Ik vroeg me af wat hij in zijn schild voerde. 'Ja,' zei hij. 'Zoveel moeite doe ik niet voor al mijn patiënten, hoor.' Ik zei niets. Hij glimlachte. 'Ik denk echt dat dit zou kunnen helpen, Christine.'

Wat had ik voor keus?

Op weg erheen had ik in mijn dagboek willen schrijven, maar het was geen lange rit en ik had nog maar net mijn recentste aantekeningen gelezen, toen dokter Nash de auto voor een huis parkeerde. Ik sloeg het dagboek dicht en keek op. Het leek op het huis waar hij me die ochtend had opgehaald – het huis waarvan ik me steeds moet inprenten dat ik er woon –, met rode baksteen, geschilderd houtwerk, eenzelfde soort erker en een goed onderhouden tuin. Alleen leek dit huis groter en zag ik een dakkapel die deed vermoeden dat de zolder bewoonbaar was gemaakt, wat bij ons niet was gebeurd. Ik begreep niet waarom we hier waren weggegaan om een paar kilometer verderop in eenzelfde soort huis te gaan wonen. Even later drong het tot me door: de herinneringen. De herinneringen aan de betere tijden van voor mijn ongeluk, toen we gelukkig waren en een normaal leven leidden. Ook al had ik die niet, Ben zou ze zeker hebben.

Plotseling was ik er zeker van dat het huis iets bij mij zou oproepen. Mijn verleden zou onthullen.

'Ik wil naar binnen,' zei ik.

Hier stop ik even. Ik wil de rest ook opschrijven, maar het is belangrijk – te belangrijk om het te overhaasten – en Ben kan elk moment thuiskomen. Hij is laat; het is al donker, in de straat klinken portieren die worden dichtgeslagen door mensen die van hun werk komen. Auto's minderen vaart voor het huis – nog even en die van Ben zal daarbij zijn. Ik kan nu maar beter stoppen, mijn dagboek wegleggen, het veilig opbergen in de klerenkast.

Ik ga later verder.

*

Ik deed net de deksel op de schoenendoos toen ik Bens sleutel in het slot hoorde. Hij riep me en ik antwoordde dat ik zo naar beneden kwam. Hoewel ik geen reden had te verhullen dat ik in de klerenkast keek, deed ik de kastdeur zachtjes dicht en ging naar beneden om mijn man te begroeten.

Die avond voelde ik me gespleten. Mijn dagboek riep me. Onder het eten vroeg ik me af of ik er voor de afwas nog in zou kunnen schrijven en toen ik bezig was met de afwas overwoog ik hoofdpijn voor te wenden om na het opruimen nog even te kunnen schrijven. Maar toen ik klaar was in de keuken zei Ben dat hij nog werk te doen had en hij ging naar zijn kamer. Ik slaakte een zucht van verlichting en zei dat ik naar bed ging.

Zover ben ik nu. Ik hoor Ben op zijn toetsenbord tikken en moet bekennen dat het een geruststellend geluid is. Ik heb doorgelezen wat ik heb geschreven voor Ben thuiskwam en zie mezelf weer voor me zoals ik vanmiddag was: in de auto bij een huis dat ooit het mijne was geweest. Ik neem de draad van het verhaal weer op.

Het gebeurde in de keuken.

Een vrouw – Amanda – had opengedaan nadat de bel door het huis had geschald. Ze begroette dokter Nash met een handdruk en mij met een blik die het midden hield tussen medelijden en sensatiezucht. 'En jij bent Christine,' zei ze, en met een scheefgehouden hoofd stak ze me haar gemanicuurde hand toe. 'Kom binnen!'

Ze deed de deur achter ons dicht. Ze droeg een crèmekleurige blouse en gouden sieraden. Nadat ze zich had voorgesteld, zei ze: 'Jullie blijven maar zo lang jullie willen. Zo lang als nodig is, oké?'

Ik knikte en keek om me heen. We stonden in een lichte gang met vaste vloerbedekking. Het zonlicht stroomde door het vensterglas naar binnen en gaf een warme gloed aan de rode tulpen die in een vaas op een tafeltje stonden. Er viel een lange, ongemakkelijke stilte. 'Het is een mooi huis,' zei Amanda uiteindelijk, en heel even was het alsof dokter Nash en ik mogelijke kopers waren en zij de makelaar was die graag zaken wilde doen. 'We hebben het ongeveer tien jaar geleden gekocht en zijn er nog steeds weg van. Het is zo licht. Willen jullie de huiskamer zien?'

We volgden haar naar binnen. De kamer was sober en smaakvol ingericht. Ik voelde niets, ook geen vage gewaarwording van vertrouwdheid; er was niets waarin deze kamer zich onderscheidde van welke kamer in welk huis dan ook.

'Ik ben u zeer dankbaar dat we hier even mogen rondkijken,' zei dokter Nash.

'O, dat is wel goed,' zei ze, en ze maakte een eigenaardig snuifgeluid. Ik zag haar voor me op een paard, of bezig bloemen te schikken.

'Hebt u veel aan het huis veranderd?' vroeg hij.

'Ach, ja, wel iets,' zei ze. 'Hier en daar.'

Ik keek naar de geschuurde houten vloer, de witte muren, de crèmekleurige bank en de moderne kunst aan de muur. Het verschil met het huis waar ik vanmorgen was opgehaald kon niet groter zijn.

'Weet u nog hoe het er hier uitzag toen u hier kwam wonen?' vroeg dokter Nash.

Ze slaakte een zucht. 'Heel vaag, ben ik bang. Er lag vloerbedekking. Een soort beige, geloof ik. En behang, met streepjes als ik het me goed herinner.' Ik probeerde me de kamer voor te stellen zoals ze hem beschreef. Het zei me niets. 'Er was een open haard, die hebben we weggehaald. Daar heb ik nu spijt van want die was origineel.'

'Christine?' vroeg dokter Nash. 'Roept het iets op?' Ik schudde mijn hoofd. 'Zouden we de rest ook mogen zien?'

We gingen naar boven. Twee slaapkamers. 'Giles werkt veel thuis,' zei ze toen we de kamer aan de voorkant binnengingen. De kamer stond vol met een groot bureau, dossierkasten en boeken. 'De vorige bewoners hebben deze kamer waarschijnlijk als slaapkamer gebruikt.' Ze keek naar me, maar ik zei niets. 'Hij is iets groter dan de andere kamer, maar Giles kan hier niet slapen vanwege het verkeer.' Er viel een korte stilte. 'Hij is architect.' Ik hield nog steeds mijn mond. 'Heel toevallig,' vervolgde ze, 'want de man van wie we het huis kochten was ook architect. We hebben hem ontmoet toen we naar het huis kwamen kijken. Ze konden het goed met elkaar vinden. Ik geloof dat er nog een paar duizend van de prijs af ging, alleen maar daardoor.' Weer stilte. Ik vroeg me af of ze soms verwachtte dat we haar zouden feliciteren. 'Giles gaat voor zichzelf beginnen.'

Een architect, dacht ik. Geen leraar, zoals Ben. Dit konden niet de mensen zijn aan wie hij het huis had verkocht. Ik probeerde me de kamer voor te stellen met een bed in plaats van een glazen bureau, en vloerbedekking en behang in plaats van houten planken en witte muren.

Dokter Nash draaide zich naar me om. 'Komt er iets boven?'

Ik schudde mijn hoofd. 'Nee, niets. Ik herinner me niets.'

We bekeken de andere slaapkamer en de badkamer. Er kwam

niets, dus gingen we weer naar beneden, naar de keuken. 'Willen jullie thee?' vroeg Amanda. 'Het is echt geen moeite, ik heb hem al gezet.'

'Nee, dank u,' zei ik. De ruimte had iets hards. Scherpe hoeken. Het keukenblok was verchroomd en wit en het aanrecht leek wel van beton. Alleen een schaal met limoenen gaf wat kleur aan het geheel. 'We moesten zo maar eens gaan,' zei ik.

'Natuurlijk,' zei Amanda. Haar opgewekte efficiëntie had plaatsgemaakt voor teleurstelling. Ik voelde me schuldig; ze had duidelijk gehoopt dat mijn bezoek aan haar huis voor een wonderbaarlijke genezing zou zorgen. 'Heeft u misschien een glas water voor me?'

Ze fleurde meteen weer op. 'Maar natuurlijk!' antwoordde ze. 'Ga ik voor zorgen!' Ze gaf me een glas en op dat moment, het moment waarop ik het van haar aannam, zag ik het.

Amanda en dokter Nash waren verdwenen. Ik was alleen. Op het aanrecht lag een rauwe vis nat en glinsterend op een ovaal bord. Ik hoorde een stem. Een mannenstem. Het was de stem van Ben, dacht ik, maar hij klonk jonger. 'Witte wijn?' zei de stem. 'Of rood?' Ik draaide me om en zag hem de keuken binnenkomen. Het was dezelfde keuken, de keuken waar ik me met dokter Nash en Amanda bevond, alleen hadden de muren een andere kleur. Ben had in elke hand een fles wijn. Het was dezelfde Ben, maar slanker, minder grijs en met een snor. Hij was naakt en zijn half opgerichte penis wiegde grappig heen en weer terwijl hij liep. Zijn huid was glad en lag strak over de spieren van zijn armen en borst. Een lustgevoel joeg door me heen. Mijn adem stokte, maar toen begon ik te lachen.

'Wit, denk ik?' zei hij, en hij lachte met me mee, zette de flessen op tafel en kwam naar me toe. Hij sloeg zijn armen om me heen, ik sloot mijn ogen, opende mijn mond als in een reflex, en toen kuste ik hem en hij mij en voelde ik zijn penis tegen mijn kruis duwen en ging ik er met mijn hand naartoe. Zelfs toen ik hem kuste, dacht ik: ik moet onthouden hoe dit voelt. Dit moet in mijn roman. Dit wil ik beschrijven.

Ik leunde zwaar tegen hem aan, drukte mijn lichaam tegen het zijne en zijn handen begonnen aan mijn jurk te plukken, op zoek naar de rits. 'Hou op!' zei ik. 'Niet doen...' Maar hoewel ik nee zei, hem vroeg te stoppen, verlangde ik meer naar hem dan ik ooit naar iemand had verlangd. 'Naar boven,' zei ik, 'snel.' We liepen de keuken uit en gingen naar boven. Op weg naar de slaapkamer met het grijze tapijt en het blauwe behang met het werkje trokken we onze kleren uit. En de hele tijd ging het door mijn hoofd: ja, dit moet ik in mijn volgende roman beschrijven, dit is het gevoel dat ik wil verwoorden.

Ik struikelde. Het geluid van brekend glas. Het beeld verdween. Het was alsof de film uit de rol was gelopen en de beelden op het doek vervangen werden door flakkerend licht en de schaduw van stofdeeltjes. Ik deed mijn ogen open.

Ik bevond me nog steeds in die keuken, maar nu stond dokter Nash voor me met Amanda iets achter hem. Ze keken me allebei bezorgd en angstig aan. Het drong tot me door dat ik het glas uit mijn hand had laten vallen.

'Christine,' zei dokter Nash. 'Christine, gaat het wel met je?'

Ik gaf geen antwoord. Ik wist niet wat ik moest voelen. Bij mijn weten was het de eerste keer dat ik me mijn man herinnerde.

Ik sloot mijn ogen en probeerde de beelden terug te halen. Ik probeerde de vis te zien, de wijn, mijn man met een snor, naakt, zijn wiegende penis, maar er kwam niets boven. De herinnering was verdwenen, verdampt alsof ze er nooit was geweest, of verbrand was door het heden.

'Ja,' zei ik. 'Het gaat wel. Ik...'

'Wat is er?' vroeg Amanda. 'Gaat het wel goed?'

'Er kwam een herinnering naar boven,' zei ik. Ik zag dat Amanda met een blik van verrukking haar hand voor haar mond sloeg.

'Echt waar?' zei ze. 'Maar dat is geweldig! Wat? Wat voor herinnering?'

'Alstublieft...' zei dokter Nash. Hij deed een stap naar voren en pakte mijn arm. Onder zijn voeten knarsten glasscherven.

'Mijn man,' zei ik. 'Hier. Ik herinnerde me mijn man...'

Amanda's gezicht betrok. *Is dat alles?* leek ze te willen zeggen.

'Dokter Nash?' zei ik. 'Ik herinnerde me Ben!' Ik begon te trillen.

'Mooi,' zei dokter Nash. 'Mooi! Geweldig!'

Samen brachten ze me naar de huiskamer. Ik ging op de bank zitten. Amanda gaf me een mok hete thee en een koekje op een schoteltje. Ze begrijpt er niets van, dacht ik. Dat kan ook niet. Ik heb me Ben herinnerd. En mezelf, op jongere leeftijd. Wij tweeën, samen. Ik weet dat we verliefd waren, en niet alleen omdat hij dat zegt. Dat is belangrijk. Veel belangrijker dan zij kan vermoeden.

De hele weg naar huis was ik opgewonden. Vervuld van een nerveuze energie. Ik keek naar buiten, naar die vreemde, geheimzinnige, mij niet vertrouwde wereld, en zag geen bedreigingen maar mogelijkheden. Dokter Nash zei dat we nu echt vooruitgingen. Ook hij leek opgewonden. *Dit is geweldig*, zei hij steeds. *Geweldig.* Ik wist niet zeker of hij bedoelde dat het geweldig was voor mij of voor hemzelf, voor zijn carrière. Hij zei dat hij graag een scan wilde laten maken en haast zonder erbij na te denken stemde ik toe. Ook gaf hij me een mobiele telefoon, die, vertelde hij, van zijn vriendin was geweest. Hij zag er anders uit dan de telefoon die Ben me had gegeven. Deze was kleiner en als je hem openklapte zag je de toetsen en een klein venstertje. *Die hadden we over*, zei hij. *Je kunt me altijd bellen. Als het belangrijk is. En hou hem steeds bij je. Ik zal dat nummer gebruiken als ik je bel om je aan je dagboek te herinneren.* Dat was uren geleden. Ik realiseer me nu dat hij me dat telefoontje heeft gegeven zodat hij me zonder Bens medeweten kan bellen. Hij zei het zelfs met zoveel woorden. *Een paar dagen geleden belde ik je op en kreeg ik Ben. Dat zou weleens pijnlijk kunnen worden. Dit maakt het makkelijker.* Ik heb het telefoontje zonder slag of stoot van hem aangenomen.

Ik heb me Ben herinnerd. Me herinnerd dat ik van hem hield. Misschien kan ik later, als we naar bed gaan, mijn afwijzing van gisteravond goedmaken. Ik voel me vitaal. Bruisend van de mogelijkheden.

Dinsdag 13 november

Het is middag. Ben komt zo thuis na weer een dag werken. Ik zit hier met een dagboek voor me. Een man – dokter Nash – belde rond lunchtijd op en vertelde me waar ik het kon vinden. Ik zat in de huiskamer toen hij belde, en eerst geloofde ik niet dat hij wist wie ik was. *Kijk eens in de schoenendoos in de klerenkast*, zei hij uiteindelijk. *Daar ligt een boek*. Ik geloofde hem niet, maar hij bleef aan de lijn toen ik ging kijken en het bleek te kloppen. Mijn dagboek lag in de schoenendoos, verpakt in vloeipapier. Ik nam het er voorzichtig uit en toen we hadden opgehangen knielde ik bij de klerenkast neer en begon te lezen, van begin tot eind.

Ik was nerveus, hoewel ik niet wist waarom. Het dagboek had iets van een verboden vrucht, iets gevaarlijks, maar dat kwam misschien alleen doordat ik het met zoveel zorg had weggestopt. Ik keek steeds op de klok en als ik buiten een auto hoorde, deed ik het snel dicht en pakte het in. Maar nu ben ik rustig. Ik zit in de erker van de slaapkamer te schrijven. Het voelt op de een of andere manier vertrouwd, alsof ik hier vaker zit. Ik kan de straat zien, aan de ene kant een rij hoge bomen met daarachter een glimp van een park, en aan de andere kant een rij huizen en een andere, drukkere, weg. Ik besef dat ik er weliswaar voor heb gekozen het dagboek voor Ben verborgen te houden, maar dat het geen ramp zou zijn als hij het zou vinden. Hij is mijn man. Ik kan hem vertrouwen.

Ik lees weer over de opwinding die ik gisteren voelde op weg naar huis. Die is nu helemaal weggeëbd. Ik voel me vredig. Rustig. Er rijden auto's voorbij. Soms loopt er iemand langs, een fluitende man of een jonge moeder die met haar kind naar het park gaat en later weer terugkomt. In de verte zie ik een vliegtuig dat de landing heeft ingezet en roerloos in de lucht lijkt te hangen.

De huizen aan de overkant zijn verlaten, de straat is rustig afgezien van de fluitende man en een blaffende, ongelukkige hond. De commotie van de ochtend met zijn kakofonie van slaande portieren, zangerige afscheidsceremonies en loeiende motoren is verstomd. Het lijkt alsof ik als enige ben overgebleven.

Het begint te regenen. Grote druppels spatten tegen het raam vlak bij mijn gezicht, blijven een moment hangen en glijden dan samen met andere druppels naar beneden. Ik druk mijn hand tegen het koude glas.

Er zijn zoveel barrières die mij van de rest van de wereld scheiden.

Ik lees over mijn bezoek aan het huis waar ik met mijn man heb gewoond. Is het echt nog maar een dag geleden dat ik dat schreef? De woorden lijken niets met mij te maken te hebben. Ik lees ook over de dag die ik me herinnerde. Dat ik mijn man kuste in het huis dat we lang geleden samen kochten, en als ik mijn ogen sluit zie ik het weer. Eerst schemerig en wazig, maar dan trilt het beeld en wordt het scherp met een haast overweldigende intensiteit. Mijn man en ik, die elkaar de kleren van het lijf rukken. Ben, die mij vasthoudt en me steeds heftiger, steeds intenser begint te kussen. Ik herinner me dat we de vis en de wijn onaangeroerd lieten staan en na het vrijen zo lang mogelijk in bed bleven liggen, met ineengevlochten benen, mijn hoofd rustend op zijn borst, zijn hand in mijn haar, opdrogend sperma op mijn buik. We zeiden niets. We werden omhuld door een wolk van geluk.

'Ik hou van je,' zei hij. Hij fluisterde, alsof hij die woorden nog nooit had uitgesproken en hoewel hij dat talloze malen moest hebben gedaan, klonken ze als nieuw. Verboden en gevaarlijk.

Ik keek naar hem op, naar de stoppeltjes op zijn kin, naar zijn lippen en de contouren van zijn neus. 'Ik hou ook van jou,' zei ik, tegen zijn borst fluisterend alsof de woorden breekbaar waren. Toen drukte hij me tegen zich aan en kuste me zachtjes. Op mijn kruin en op mijn voorhoofd. Ik deed mijn ogen dicht en hij kuste mijn oogleden zo zacht dat zijn lippen me haast niet raakten. Ik voelde me veilig, voelde me thuis. Alsof deze plek hier, tegen hem aan, de plek was waar ik hoorde. De enige plek waar ik wilde zijn. We bleven een tijdje zwijgend liggen met onze armen om elkaar heen, als hadden we één huid, één ademhaling. Ik dacht dat ons zwijgen het moment eeuwig kon laten duren, wat nog altijd niet lang genoeg was.

Ben verbrak de betovering. 'Ik moet weg,' zei hij. Ik opende mijn ogen en pakte zijn hand. Hij voelde warm aan. Zacht. Ik bracht hem naar mijn mond en kuste hem. De smaak van glas en aarde.

'Nu al?' vroeg ik.

Hij kuste me weer. 'Ja, het is later dan je denkt. Ik mis mijn trein.'

Ik voelde mijn lichaam verstrakken. Dat we uit elkaar zouden gaan leek ondenkbaar. Ondraaglijk. 'Kun je niet nog even blijven?' vroeg ik. 'En de volgende trein nemen?'

Hij lachte. 'Nee, dat kan niet, Chris,' zei hij. 'Dat weet je best.'

Ik kuste hem. 'Ja, ik weet het,' zei ik. 'Ik weet het.'

Toen hij weg was nam ik een douche. Ik nam de tijd, zeepte me langzaam in. De gewaarwording van het water dat langs mijn huid stroomde, riep een nieuw gevoel in me op. In de slaapkamer deed ik parfum op en trok ik mijn nachtjapon en een ochtendjas aan. Daarna ging ik naar beneden, naar de eetkamer.

Het was donker. Ik deed het licht aan. Op de tafel stond een typemachine waar een leeg vel in was gedraaid. Ernaast lag een dun stapeltje pagina's met de beschreven kant naar beneden. Ik ging achter de typemachine zitten en begon te typen. *Hoofdstuk twee.*

Ik stopte. Wat moest ik schrijven, hoe moest ik beginnen? Ik zuchtte en liet mijn vingers op de toetsen rusten. Ze voelden heel natuurlijk aan, koel en glad, vertrouwde vormen onder mijn vingertoppen. Ik sloot mijn ogen en begon weer te typen.

Mijn vingers dansten over de toetsen, automatisch, bijna gedachteloos. Toen ik mijn ogen opendeed, had ik een enkele zin getypt.

Lizzy wist niet wat ze had gedaan, noch hoe ze het ongedaan kon maken.

Ik keek naar de zin. Onbeweeglijk. Zoals die op het papier stond.

Waardeloos, dacht ik. Ik werd boos. Ik wist dat ik het beter kon.

Dat had ik eerder bewezen, twee zomers geleden, toen de woorden uit me waren gestroomd en ik mijn verhaal als confetti over het papier had gestrooid. Maar nu? De taal was onbeweeglijk geworden. Stijf en hard.

Ik pakte een pen en streepte de zin door. Ik voelde me iets beter, maar nu was ik terug bij af, wist niet waar te beginnen.

Ik stond op en stak een sigaret op uit het pakje dat Ben op tafel had laten liggen. Ik zoog de rook diep in mijn longen, hield mijn adem even vast, en blies uit. Even vond ik het jammer dat het geen wiet was en ik vroeg me af waar ik die zou kunnen krijgen, voor de volgende keer. Ik schonk een borrel in – pure wodka in een whiskyglas – en nam een grote slok. Daar moest ik het maar mee doen. Writer's block, dacht ik. Jezus, sinds wanneer ben ik zo'n cliché geworden?

De vorige keer. Hoe heb ik het de vorige keer voor elkaar gekregen? Met een sigaret bungelend tussen mijn lippen liep ik naar de boekenkast die de hele muur van de eetkamer besloeg, en pakte een boek van de bovenste plank. Daar moest ik toch iets uit kunnen halen?

Ik zette mijn glas neer en draaide het boek om. Mijn vingertoppen rustten op het omslag, alsof het iets kwetsbaars was, en streken zachtjes over de titel. *Vogels in de ochtend*, stond er. *Christine Lucas*. Ik sloeg het boek open en bladerde erdoorheen.

Het beeld verdween. Mijn ogen gingen open. De kamer om mij heen zag er grauw en kleurloos uit, maar mijn ademhaling was op hol geslagen. Ik voelde een vage verbazing over het feit dat ik ooit gerookt had, maar iets anders nam de overhand. Was het waar? Had ik een roman geschreven? En was die roman uitgegeven? Ik stond op, het dagboek gleed van mijn schoot. Als dat zo was, dan was ik iemand geweest, iemand met een eigen leven, met een doel en ambities, iemand die iets bereikt had. Ik rende naar beneden.

Was het waar? Ben had vanmorgen niets tegen me gezegd. Niets over mijn schrijverschap. Ik had vanmorgen gelezen over ons uitstapje naar Parliament Hill. Daar had hij mij verteld dat ik als secretaresse werkte toen ik het ongeluk kreeg.

Ik bekeek de boekenplanken in de huiskamer. Woordenboeken. Een atlas. Een doe-het-zelfgids. Een paar romans, gebonden edities die er nog zo smetteloos uitzagen dat ik niet de indruk kreeg dat ze gelezen waren. Maar geen boek van mij. Niets wees erop dat er een roman van mij was uitgegeven. Met een ruk draaide ik me om, ik werd gek. Dat boek moet hier zijn, dacht ik. Dat moet. Maar toen kwam er een andere gedachte in me op. Misschien waren de beelden geen herinnering maar had ik ze verzonnen. Omdat ik geen echt verleden had om te koesteren en op terug te kijken, had mijn geest misschien een verleden gefabriceerd. Misschien had mijn onderbewustzijn besloten dat ik schrijfster was omdat ik dat altijd had gewild.

Ik rende weer terug naar boven. De planken in de werkkamer stonden vol met archiefdozen en computerhandleidingen, en ook in de twee slaapkamers had ik geen boeken gezien toen ik 's ochtends het huis verkende. Een moment bleef ik staan en toen zag ik de computer, stil en donker. Ik wist wat me te doen stond, hoewel me niet duidelijk was hoe ik dat wist. Ik drukte op een knopje en hij kwam onder het bureau ruisend tot leven. Even later lichtte het scherm op. Uit de blikkerige speaker naast het scherm welde een muziekje op en vervolgens kwam er beeld. Een foto van Ben en mij, lachend. Over onze gezichten heen verscheen een kader. GEBRUIKERSNAAM stond erin, en daaronder was er nog een, met WACHTWOORD.

In de beelden die ik had gezien kon ik blind typen en dansten mijn vingers over de toetsen alsof het een tweede natuur was. Ik zette de knipperende cursor in het kader waar GEBRUIKERSNAAM stond en hield mijn handen boven het toetsenbord. Was het waar? Had ik leren typen? Ik liet mijn vingers een moment op de toetsen rusten. Daarna bewogen ze moeiteloos. Mijn pinken zochten de toetsen die ze moesten hebben en meteen vonden al mijn andere vingers ook hun plaats. Ik sloot mijn ogen en begon gedachteloos te typen; ik luisterde alleen naar mijn ademhaling en naar het tikken van de kunststof toetsen. Toen ik klaar was keek ik naar het resultaat, naar wat ik in het kader had getypt. Ik verwachtte wartaal, maar schrok toen ik zag wat er stond: *De kat krabt de krullen van de trap.*

Ik staarde naar het scherm. Het was waar. Ik kon blind typen. Misschien waren de beelden geen fantasie, maar werkelijke herinneringen.

Misschien had ik inderdaad een roman geschreven.

Ik rende naar de slaapkamer. Het klopte niet. Ik raakte bijna overmand door het gevoel dat ik gek werd. De roman leek te bestaan en tegelijkertijd niet te bestaan, hij leek echt, maar ook volkomen denkbeeldig. Ik kon me er niets van herinneren, de plot niet, de personages niet. Ik wist zelfs niet meer waarom ik het boek die titel had gegeven, toch voelde ik dat het waar was, als een hart voelde ik het in mij kloppen.

Maar waarom had Ben me er niets van verteld? Waarom had hij geen exemplaar in de kast staan? Ik stelde me voor dat het boek ergens in huis verstopt was, verpakt in vloeipapier in een doos op zolder of in de kelder. Waarom?

Een verklaring drong zich aan me op. Ben had me verteld dat ik een baan als secretaresse had gehad. Misschien was dat de enige reden dat ik kon typen.

Ik haalde een van de telefoons uit mijn tas, het maakte me niet uit welke, het maakte me zelfs nauwelijks uit wie ik zou bellen. Mijn man of mijn dokter. Ze kwamen me allebei even vreemd voor. Ik klapte hem open en rolde door het menu tot ik een naam tegenkwam die ik herkende. Ik drukte op het groene knopje.

'Dokter Nash?' zei ik, toen er werd opgenomen. 'Met Christine.' Hij begon iets te zeggen maar ik viel hem in de rede. 'Luister eens. Heb ik ooit iets geschreven?'

'Pardon?' zei hij. Hij klonk verward, en even was ik bang dat ik iets helemaal verkeerd had gedaan. Ik vroeg me zelfs af of hij wel wist wie ik was, maar toen zei hij: 'Christine?'

Ik herhaalde wat ik had gezegd. 'Ik heb me zojuist iets herinnerd. Dat ik schreef, jaren geleden, toen ik Ben nog niet zo lang kende, denk ik. Een roman. Heb ik ooit een roman geschreven?'

Hij leek niet te begrijpen waar ik het over had. 'Een roman?'

'Ja,' zei ik. 'Ik herinner me iets over dat ik schrijfster wilde worden toen ik klein was. Ik vroeg me af of ik ooit iets heb geschreven. Ben vertelde dat ik secretaresse was, maar ik dacht...'

'Heeft hij je dat niet verteld?' vroeg hij. 'Je was met je tweede boek bezig toen je je geheugen verloor. Je eerste is uitgegeven. Het was een succes. Geen bestseller, maar een succes was het zeker.'

De woorden tuimelden over elkaar heen. Een roman. Een succes.

Uitgegeven. Het was waar, het was een echte herinnering. Ik wist niet wat ik moest zeggen, wat ik moest denken.

Ik zei hem gedag en ging naar boven om dit op te schrijven.

*

Het klokje bij het bed geeft halfelf aan. Ik denk dat Ben zo naar boven komt, maar toch blijf ik op de rand van het bed zitten schrijven. Na het eten ben ik erover begonnen. Ik was de hele middag uit mijn doen geweest, had van de ene naar de andere kamer lopen ijsberen terwijl ik alles bekeek alsof ik het voor het eerst zag en ik had mijn hoofd gebroken over de vraag waarom hij het bewijs van dat bescheiden succes zo zorgvuldig had weggewerkt. Het klopte gewoon niet. Schaamde hij zich? Vond hij het gênant? Had ik soms over hem geschreven, over ons leven samen? Of was het iets veel ergers? Zat er iets duisters achter waar ik nog geen zicht op had?

Tegen de tijd dat hij thuiskwam had ik besloten het hem op de man af te vragen, maar nu? Nu leek het me onmogelijk. Het voelde alsof ik hem voor leugenaar zou uitmaken.

Ik sneed het onderwerp zo achteloos mogelijk aan. 'Ben?' vroeg ik. 'Wat deed ik eigenlijk voor de kost?' Hij keek op van zijn krant. 'Had ik een baan?'

'Ja,' antwoordde hij. 'Je hebt een tijdje als secretaresse gewerkt. Vlak na ons trouwen.'

Ik probeerde mijn stem vlak te houden. 'Echt waar? Ik heb zo het gevoel dat ik vroeger wilde schrijven.'

Hij vouwde de krant op en richtte zijn volledige aandacht op mij. 'Het gevoel?'

'Ja. Ik herinner me duidelijk dat ik als kind dol was op boeken. En ik heb een vage herinnering dat ik schrijfster wilde worden.' Hij strekte zijn hand naar me uit over de eettafel en pakte de mijne. Verdrietig keek hij me aan. Teleurgesteld. *Wat jammer,* leek hij te willen zeggen. *Wat een pech. Ik denk niet dat dat er ooit nog van komt.* 'Weet je het zeker?' zei ik. 'Ik herinner me...'

Hij kapte me af. 'Christine,' zei hij, 'alsjeblieft. Je haalt je dingen in het hoofd...'

De rest van de avond heb ik me stil gehouden en geluisterd naar de gedachten die in mijn hoofd resoneerden. Waarom zou hij zoiets doen? Waarom doet hij alsof ik nooit een woord op papier heb gezet? Waarom? Ik keek naar hem, terwijl hij op de bank zachtjes lag te snurken. Waarom zei ik niet tegen hem dat ik wist dat ik een roman had geschreven? Had ik zo weinig vertrouwen in hem? Ik had me herinnerd dat we in elkaars armen lagen terwijl het buiten donker werd. Hoe waren we daar zo ver van afgedwaald?

Maar toen stelde ik me voor wat er zou gebeuren als ik in een kast of ergens achter op de bovenste boekenplank op mijn roman zou stuiten. Wat zou het me nu nog zeggen, behalve dat ik daar nooit meer aan zal kunnen tippen? *Kijk eens wat je kon voordat een auto je dat op die ijskoude dag allemaal afnam en er niet meer dan een nutteloos schepsel van je overbleef.*

Dat zou geen gelukkig moment zijn. Ik zag mezelf hysterisch worden, veel erger nog dan vanmiddag, toen het besef tenminste geleidelijk gekomen was, opgeroepen door mijn intense verlangen me iets te herinneren. Ik zag mezelf krijsen en huilen. De gevolgen zouden rampzalig kunnen zijn.

Geen wonder dat Ben zoiets verborgen wilde houden. Nu zie ik voor me hoe hij alle exemplaren weghaalt en op de barbecue in de achtertuin verbrandt, en dan besluit wat hij me zal vertellen. Hoe hij mijn verleden omvormt tot iets wat draaglijk voor me is. Iets wat ik de rest van mijn leven kan blijven geloven.

Maar daar is nu een eind aan gekomen. Ik ken de waarheid. Mijn eigen waarheid, die me niet verteld is maar die ik me herinnerd heb. En ze is vastgelegd, ze staat in dit dagboek opgetekend, in plaats van in mijn geheugen, maar niettemin blijvend.

Ik weet dat het boek dat ik schrijf – mijn tweede, besef ik trots – niet alleen noodzakelijk is maar ook gevaarlijk zou kunnen zijn. Het is geen fictie. Het zou dingen aan het licht kunnen brengen die beter verborgen kunnen blijven. Geheimen die het daglicht niet verdragen.

Toch blijft mijn pen over het papier bewegen.

Woensdag 14 november

Vanmorgen vroeg ik aan Ben of hij ooit een snor heeft gehad. Ik was nog steeds een beetje in de war, wist niet meer wat waar was en wat niet. Ik was vroeg wakker geworden en in tegenstelling tot de afgelopen dagen verkeerde ik niet in de veronderstelling dat ik een kind was. Ik voelde me volwassen. Een seksueel wezen. De vraag die in me opkwam was niet: *waarom lig ik met een man in bed?* maar: *wie is hij?* en: *wat hebben we gedaan?* In de badkamer keek ik vol afgrijzen naar mijn spiegelbeeld, maar de foto's eromheen leken me authentiek. De naam van de man – Ben – was me op de een of andere manier vertrouwd. Mijn leeftijd, mijn huwelijk – het waren gegevens waar ik aan herinnerd werd, ik nam er niet voor het eerst kennis van. Ze waren begraven, maar niet zo diep.

Toen Ben naar zijn werk was vertrokken, belde dokter Nash. Hij herinnerde me aan mijn dagboek en nadat hij me verteld had dat hij me zou komen ophalen voor de scan, heb ik het gelezen. Er stonden een paar dingen in die ik me vagelijk kon herinneren en van hele passages wist ik nog dat ik ze had opgeschreven. Een residu van herinnering leek de nacht te hebben overleefd.

Misschien was dat waarom ik zeker wilde weten of wat ik had opgeschreven waar was. Ik belde Ben.

'Ben,' zei ik, toen hij had gezegd dat hij het niet te druk had. 'Heb jij ooit een snor gehad?'

'Wat een vreemde vraag!' zei hij. Ik hoorde het tikken van een lepeltje tegen een kopje en zag voor me hoe hij met de krant voor zich uitgespreid suiker in zijn koffie deed. Ik voelde me ongemakkelijk, wist niet goed hoeveel ik tegen hem kon zeggen.

'Ik heb... eh,' begon ik. 'Ik heb me iets herinnerd, geloof ik.'

Stilte. 'Je hebt je iets herinnerd?'

'Ja,' antwoordde ik. 'Ik geloof van wel.' In een flits zag ik voor me wat ik eerder van de week over hem had geschreven – zijn snor, zijn naakte lichaam, zijn erectie – en wat ik me gisteren had herinnerd. Wij samen in bed, elkaar kussend. Het beeld lichtte kortstondig op en zonk toen weer weg. Plotseling werd ik bang. 'Ik herinnerde me jou met een snor, dat is alles.'

Hij begon te lachen en ik hoorde dat hij zijn kopje neerzette. Ik voelde de grond onder me wegzakken. Misschien was alles wat ik had geschreven een leugen. Ik ben tenslotte schrijfster, dacht ik. Dat wás ik althans.

Ineens besefte ik hoe onlogisch mijn gedachtegang was. Vroeger schreef ik fictie, dus mijn bewering dat ik romanschrijfster was geweest zou net zo goed fictie kunnen zijn, en dan had ik dus geen fictie geschreven. Het duizelde me.

Toch had het heel echt aangevoeld. Dat zei ik tegen mezelf. Bovendien kon ik blind typen. Of had ik alleen maar geschreven dat ik dat kon?

'Nou, heb je een snor gehad?' vroeg ik wanhopig. 'Het is eh... belangrijk voor me.'

'Even denken,' zei hij. Ik stelde me voor dat hij zijn ogen sloot en op zijn onderlip beet in een overdreven uitdrukking van concentratie. 'Ja, dat zou best kunnen,' antwoordde hij. 'Maar heel kort. Jaren geleden. Ik weet niet meer...' Hij zweeg even, en toen zei hij: 'Ja. Ja, inderdaad. Ik geloof dat ik een tijdje, een week of zo, een snor heb gehad. Heel lang geleden.'

'Dank je wel,' zei ik opgelucht. De grond onder mijn voeten voelde weer iets steviger aan.

'Gaat het wel goed?' vroeg hij, en ik zei ja.

Dokter Nash haalde me rond het middaguur op. Hij had gezegd dat ik eerst moest lunchen, maar ik had geen honger. Van de zenuwen waarschijnlijk. 'We gaan naar een collega van me,' zei hij in de auto.

'Dokter Paxton.' Ik reageerde niet. 'Hij is gespecialiseerd in hersenonderzoek bij patiënten met problemen zoals jij hebt. Ik werk met hem samen.'

'Oké,' zei ik. We stonden stil in een verkeersopstopping. 'Heb ik jou gisteren gebeld?' vroeg ik. Dat had ik inderdaad gedaan, zei hij.

'Heb je je dagboek gelezen?'

'Het meeste, maar ik heb ook stukjes overgeslagen. Er staat inmiddels heel wat in.'

Hij leek geïnteresseerd. 'Welke gedeeltes heb je overgeslagen?'

Ik dacht even na. 'Er zijn stukken die me bekend voorkomen, alsof ze me herinneren aan iets wat ik al weet, iets wat al in mijn geheugen zit...'

'Wat goed!' Hij keek me zijdelings aan. 'Dat is heel goed.'

Ik gloeide van opwinding. 'Maar waar heb ik je gisteren over gebeld?'

'Je wilde weten of het waar is dat je een roman hebt geschreven,' antwoordde hij.

'En? Is dat zo?'

Hij draaide zich naar me toe en zei lachend: 'Ja, dat is zo.'

Het verkeer kwam weer in beweging en we trokken op. Ik was opgelucht. Nu wist ik dat het waar was wat ik had geschreven. De rest van de rit ontspande ik me.

Dokter Paxton was ouder dan ik had verwacht. Hij droeg een tweedjasje en uit zijn oren en zijn neus staken ongehinderd witte haren naar buiten. Hij zag eruit alsof hij al met pensioen had moeten zijn.

'Welkom in het Vincent Hall Imaging Centre,' zei hij nadat dokter Nash ons aan elkaar had voorgesteld. Zonder zijn blik af te wenden knipoogde hij naar me en schudde me de hand. 'Maak je geen zorgen,' vervolgde hij. 'Het stelt minder voor dan je denkt. Kom binnen, dan laat ik het je zien.'

We liepen door de hoofdingang naar binnen. 'We zijn zowel aan het ziekenhuis als aan de universiteit verbonden,' zei hij. 'En dat heeft voordelen, maar ook nadelen.' Ik begreep niet wat hij bedoelde en wachtte tot hij erop door zou gaan, maar dat deed hij niet. Ik glimlachte.

‘O?’ zei ik. Hij probeerde me te helpen. Ik wilde beleefd zijn.

‘Iedereen wil steeds dat we van alles doen,’ zei hij lachend. ‘Maar niemand wil ons ervoor betalen.’

We liepen een wachtkamer binnen. Her en der stonden lege stoelen en er lagen tijdschriften, dezelfde die Ben thuis voor me had achtergelaten – de *Radio Times* en *Hello!* maar ook *Country Life* en de *Marie Claire* – en gebruikte plastic bekertjes. Het zag eruit alsof er onlangs een feestje was gehouden dat in grote haast was opgebroken. Dokter Paxton bleef staan bij een deur. ‘Vind je het leuk om de controlekamer te zien?’

‘Ja,’ zei ik, ‘zeker.’

‘Functionele MRI is een tamelijk nieuwe techniek,’ zei hij, toen we binnen waren. ‘Heb je weleens van MRI gehoord? Het betekent Magnetic Resonance Imaging.’

We bevonden ons in een kleine ruimte die alleen verlicht werd door het spookachtige schijnsel van een reeks computerschermen. Eén wand bestond uit een raam dat uitkeek op een andere ruimte waarin een groot, cilindervormig apparaat te zien was waar een bed uitstak, als een tong. Het maakte me bang. Dit apparaat was volkomen nieuw voor me. Dat kon ook niet anders, ik had immers geen geheugen.

‘Nee,’ zei ik.

Hij lachte. ‘Geeft niet. Het is een techniek die standaard wordt toegepast. Je kunt het vergelijken met het maken van röntgenfoto’s. Bij een MRI-scan gebruiken we deels dezelfde techniek, maar dan kijken we naar de werking van de hersenen. Naar de functies.’

Toen dokter Nash begon te praten – na een hele tijd gezwegen te hebben – klonk zijn stem iel, haast timide. Ik vroeg me af of hij tegen dokter Paxton opkeek en graag een goede beurt bij hem wilde maken.

‘Als iemand een hersentumor heeft, maken we een scan van zijn hoofd om erachter te komen waar de tumor zich bevindt, welk deel van de hersenen is aangetast. Dan ga je op zoek naar structuren. Een functionele MRI-scan laat zien welk deel van de hersenen bij bepaalde activiteiten actief is. Waar we bij jou benieuwd naar zijn, is hoe jouw hersenen herinneringen verwerken.’

‘Welke delen oplichten, zou je kunnen zeggen,’ zei Paxton. ‘Welke vloeistoffen gaan stromen.’

'En worden we daar wijzer van?' vroeg ik.

'We hopen zo te kunnen bepalen wat er beschadigd is,' zei dokter Nash. 'Wat er is misgegaan, wat niet meer goed functioneert.'

'Zou ik daarmee mijn geheugen terug kunnen krijgen?'

Hij antwoordde niet meteen. 'Dat hopen we.'

Ik deed mijn trouwring en mijn oorbellen af en legde ze op een plastic schaaltje. 'Je moet je tas ook hier laten,' zei dokter Paxton, en hij vroeg of ik soms piercings had. 'Je zou versteld staan,' zei hij toen ik verwonderd m'n hoofd schudde. 'Het is nogal een lawaaischopper, dit ding, dus je hebt deze wel nodig.' Hij gaf me een paar gele oordoppen. 'Ben je zover?'

Ik aarzelde. 'Ik weet het niet.' De angst sloeg me om het hart. De ruimte leek te krimpen en donkerder te worden. Door het glas doemde de scanner op. Ik had het gevoel dat apparaat eerder gezien te hebben, of iets wat erop leek. 'Ik weet het niet zeker,' zei ik.

Dokter Nash kwam naar me toe en legde zijn hand op mijn arm.

'Het doet helemaal geen pijn,' zei hij. 'Het is alleen een beetje lawaaiig.'

'Is het wel veilig?'

'Absoluut. Ik ben hier, aan de andere kant van het glas. We kunnen je de hele tijd zien.'

Ik moet nog steeds onzeker hebben gekeken, want dokter Paxton voegde eraan toe: 'Maak je maar geen zorgen, je bent in goede handen, kind. Er kan niets misgaan.' Ik keek hem aan. Hij glimlachte en zei: 'Probeer je maar in te denken dat je herinneringen ergens in je hoofd verdwaald zijn. Met dit apparaat proberen we te ontdekken waar ze gebleven zijn.'

Het was koud, ondanks de deken die ze over me heen hadden gelegd, en donker, afgezien van een rood lampje en een computerscherm dat ik kon zien via een spiegel die zo'n vijf centimeter boven mijn hoofd aan een houder gemonteerd was. Ik had niet alleen oordoppen in, maar ook nog een koptelefoon op mijn hoofd – om tegen me te kunnen praten, hadden ze gezegd. Tot nu toe was het echter stil gebleven. Ik hoorde niets, alleen een vage brom op de achtergrond, mijn moeizame, zware ademhaling en het doffe kloppen van mijn hart.

In mijn rechterhand had ik een plastic balletje. 'Als je iets tegen ons wilt zeggen, knijp daar dan in,' had dokter Paxton gezegd. 'We horen je namelijk niet als je iets zegt.' Terwijl ik lag te wachten streelde ik het rubberachtige oppervlak. Ik wilde mijn ogen dichtdoen, maar ze hadden me gevraagd naar het scherm te kijken. Wigvormige stukken schuimrubber hielden mijn hoofd op zijn plaats; zelfs als ik had gewild, had ik me niet kunnen verroeren. De deken lag als een lijkwade over me heen.

Even bleef het stil, daarna hoorde ik iets klikken, zo luid dat ik er ondanks de oordoppen van schrok. Er volgde nog een klik en daarna nog een. Er klonk een laag gebrom, uit het apparaat of in mijn hoofd, dat kon ik niet bepalen. Een wanstaltig beest dat ontwaakte, de stilte voor de storm. Ik verstevigde mijn greep op het balletje, maar was vastbesloten er niet in te knijpen. Het lawaai was als een sirene of een drilboor, steeds weer opnieuw, onmogelijk hard, zo hard dat ik telkens schrok en mijn hele lichaam leek te schudden. Ik sloot mijn ogen.

Er klonk een stem in mijn oor. 'Christine, zou je alsjeblieft je ogen open willen houden?' Ze konden me dus zien, op een of andere manier. 'Geen zorgen, het gaat goed.'

Goed? dacht ik. Wat weten zij daarvan? Weten zij soms hoe het is om mij te zijn en hier te liggen, in een stad die ik me niet kan herinneren, met mensen om me heen die ik nooit eerder heb gezien? Ik dobber maar wat rond, zonder anker, overgeleverd aan de wind.

Een andere stem. Die van dokter Nash. 'Zou je naar de plaatjes willen kijken? Bedenk wat je ziet, zeg het in jezelf, maar niet hardop. Niets hardop zeggen.'

Ik opende mijn ogen. In het spiegeltje boven me verschenen tekeningen, de ene na de andere, wit op zwart. Een man. Een ladder. Een stoel. Een hamer. Ik benoemde alles, waarna de woorden DANK JE WEL! ONTSPAN JE MAAR EVEN! over het scherm flitsten. Die woorden sprak ik in gedachten ook uit, om mezelf af te leiden, en tegelijkertijd vroeg ik me af hoe iemand zich ooit zou kunnen ontspannen in de buik van zo'n apparaat.

Er verschenen nieuwe instructies op het scherm. DENK AAN EEN GEBEURTENIS UIT HET VERLEDEN, stond er, en daaronder flitsten de woorden: EEN FEESTJE.

Ik sloot mijn ogen.

Ik probeerde te denken aan het feestje dat bij me boven was gekomen toen ik met Ben naar het vuurwerk keek. Ik probeerde me voor te stellen dat ik naast mijn vriendin op het dak stond en onder ons het feestgedruis hoorde en de geur van het vuurwerk rook en proefde.

Er kwamen wel beelden, maar ze schenen niet authentiek. Ik voelde dat het geen herinneringen waren, maar bedenksels.

Ik probeerde me Keith voor de geest te halen, me te herinneren dat hij me negeerde, maar er kwam niets. Die herinneringen was ik dus kwijt. Ze leken weer voor altijd begraven, maar ik wist nu tenminste dat ze bestonden, dat ze er waren, ergens diep weggestopt.

Mijn geest richtte zich op feestjes uit mijn kindertijd. Verjaardagen met mijn moeder, mijn tante en mijn nichtje Lucy. Koekhappen. Watje-blazen. Stoelendans. Mijn moeder in de weer met zakjes snoep om als prijsjes weg te geven. Boterhammen zonder korst, belegd met cornedbeef en vispaté. Custardpudding en jam.

Ik herinnerde me een witte jurk met pofmouwtjes, sokken met ruches en zwarte schoenen. Mijn haar is nog blond en ik zit aan een tafel achter een taart met kaarsjes. Ik adem diep in, leun naar voren, blaas. Er kringelt rook omhoog.

Toen drongen zich herinneringen aan een ander feest op. Ik zag mezelf in mijn ouderlijk huis voor het slaapkamerraam staan. Ik ben naakt, ongeveer zeventien jaar oud. Op straat zijn lange rijen schraagtafels neergezet, volgeladen met schalen met worstjes en broodjes en kannen jus d'orange. Overal hangen Britse vlaggen, en voor de ramen vaantjes, blauwe, rode en witte.

Er zijn kinderen verkleed als piraat, tovenaar of Viking, en volwassenen die hen in groepjes proberen in te delen voor een wedstrijdje eieren lopen. Aan de overkant zie ik mijn moeder, die Matthew Soper een cape omknoopt, en vlak onder mijn raam zie ik mijn vader in een ligstoel met een glas vruchtensap.

'Kom nou terug naar bed,' zegt een stem. Ik draai me om. Dave

Soper zit rechtop in mijn smalle bed onder mijn poster van The Slits. Om zich heen heeft hij een laken met bloedvlekken erop. Ik had hem niet verteld dat het mijn eerste keer was.

'Nee,' zeg ik. 'Sta nou op! Je moet je aankleden voordat mijn ouders terug zijn!'

Hij lacht, maar niet onaardig. 'Toe nou!'

Ik trek mijn spijkerbroek aan. 'Nee,' zeg ik, terwijl ik een T-shirt pak. 'Wil je alsjeblieft opstaan?'

Hij kijkt teleurgesteld. Ik had niet verwacht dat het zou gebeuren – wat niet wil zeggen dat ik het niet wilde – en nu wil ik graag alleen zijn. Het heeft helemaal niets met hem te maken.

'Oké,' zegt hij, en staat op. Zijn lijf is bleek en mager, zijn penis haast absurd. Terwijl hij zich aankleedt kijk ik de andere kant op, naar buiten. Mijn wereld is veranderd, denk ik. Ik heb een grens overschreden en kan niet meer terug. 'Nou, dag,' zegt hij, maar ik zeg niets terug. Pas als hij weg is kijk ik om.

Een stem in mijn oor bracht me terug in het nu. 'Heel goed. Nu weer wat foto's, Christine,' zei dokter Paxton. 'Alleen maar kijken en tegen jezelf zeggen wat of wie het is. Oké? Ben je er klaar voor?'

Ik slikte moeizaam. Wat, wie zou ik te zien krijgen? Hoe erg zou het kunnen zijn?

Ja, dacht ik bij mezelf, en toen begonnen we.

De eerste foto was in zwart-wit. Een kind – een meisje van vier of vijf – in de armen van een vrouw. Het meisje wijst ergens naar en ze lachen allebei. Op de achtergrond ligt, een beetje onscherp, een tijger achter een hek. Een moeder, zei ik tegen mezelf. En een dochter. In een dierentuin. Plotseling was er een schok van herkenning en zag ik dat het gezicht van het kleine kind het mijne was en de moeder mijn moeder. Mijn adem stokte. Ik kon me niet herinneren ooit in een dierentuin te zijn geweest, toch was het zo, dit was het bewijs. *Ik*, zei ik geluidloos, me herinnerend dat ik niets hardop mocht zeggen. *Moeder*. Ik staarde naar het scherm en probeerde haar beeld in mijn geheugen te branden, maar het vervaagde en werd vervangen door een ander beeld, ook van mijn moeder, maar ouder, hoewel nog niet zo oud dat je zou verwachten dat ze de wandelstok waarop ze leunt nodig heeft. Ze lacht maar ziet er doodmoe uit, haar ogen diep weggezonken in haar smalle gezicht. Mijn moeder, dacht ik weer, en er kwamen nog meer woorden: ze heeft pijn. Onwillekeurig sloot ik mijn ogen en ik moest me ertoe dwingen ze weer open te doen. Ik pakte het balletje steviger vast.

Daarna volgden de beelden elkaar snel op, maar ik herkende er maar een paar. Eentje was van de vriendin die ik me herinnerd had en die ik vrijwel meteen met een scheut van opwinding herkende. Ze zag eruit zoals ik me haar herinnerde, gekleed in een oude spijkerbroek en een T-shirt, rokend, haar rode haar los en in de war. Op een andere foto was haar haar kortgeknipt en zwart geverfd en stond haar zonnebril hoog op haar hoofd. Vervolgens kwam er een foto van mijn vader zoals hij eruitzag toen ik klein was, glimlachend en gelukkig, de krant lezend in onze voorkamer. Daarna een foto van Ben en mij met een ander stel dat ik niet herkende.

Andere foto's toonden onbekenden. Een zwarte vrouw in een verpleegstersuniform, nog een vrouw die, gekleed in een pak, voor een boekenkast zit en met een ernstige blik over haar halve brilletje heen kijkt. Een man met rossig haar en een rond gezicht, een andere man met een baard. Een kind van een jaar of zes, zeven, een jongetje dat een ijsje eet, even later nog een keer dit jongetje, tekenend aan een tafeltje. Een groepje mensen die losjes bij elkaar staan, de blik op de camera gericht. Een aantrekkelijke man met zwart, enigszins lang haar en toegeknepen ogen achter een bril met een donker montuur, en een litteken aan de zijkant van zijn gezicht. Het ging maar door, de ene foto na de andere, ik bekeek ze allemaal en probeerde ze te plaatsen, me te herinneren hoe – en soms alleen maar óf – ze met mijn leven verweven waren. Ik deed keurig wat me gevraagd was, maar begon in paniek te raken. Het gegons van de machine leek hoger en sterker te worden tot het een sirene werd, een waarschuwing. Mijn maag kromp ineen. Ik kreeg geen lucht meer en deed mijn ogen dicht. De deken drukte zwaar op me, als een marmeren plaat, waardoor ik het gevoel kreeg dat ik verdronk.

Ik kneep mijn rechterhand samen, maar maakte alleen een vuist, met niets erin. Nagels priemden in mijn vlees; ik had het balletje laten vallen. Ik schreeuwde het uit, in een woordeloze kreet.

'Christine,' klonk het in mijn oor. 'Christine.'

Ik kon niet horen wie het was of wat er van mij verwacht werd. Ik schreeuwde nog eens en begon de deken van me af te schoppen.

'Christine!'

Nu klonk de stem luider en werd het sireneachtige geluid steeds zachter, tot ook het laatste gegons verstomde. De deur zwaaide open, stemmen vulden de ruimte. Ik voelde handen op mijn armen, benen en borst en opende mijn ogen.

'Het is goed,' zei dokter Nash in mijn oor. 'Alles is in orde. Ik ben bij je.'

Nadat ze me hadden gekalmeerd door me op het hart te drukken dat alles goed was, en ik mijn handtas, oorbellen en trouwring had teruggekregen, gingen dokter Nash en ik naar een koffiebar iets verderop aan dezelfde gang. Het was een kleine ruimte met oranje plastic stoeltjes en vergeelde formica tafeltjes. In het harde licht stonden borden met niet meer zo verse gebakjes en sandwiches. Ik had geen geld bij me, dus liet ik me door dokter Nash op een kop koffie met worteltaart trakteren. Terwijl hij afrekende ging ik aan een tafeltje bij het raam zitten. Buiten scheen de zon en vielen lange schaduwen op het gras van de binnenplaats, dat bezaaid was met paarse bloemetjes.

Dokter Nash schoof zijn stoel met een schrapend geluid onder de tafel. Nu we weer met zijn tweeën waren, leek hij meer ontspannen. 'Nou, tast toe,' zei hij, nadat hij het blad voor me op tafel had gezet. 'Ik hoop dat het lekker is.'

Ik zag dat hij zelf thee had genomen; het zakje dreef nog in de stroperige vloeistof toen hij er suiker in deed uit de suikerpot die midden op tafel stond. Ik nam een slokje van mijn koffie en mijn mond vertrok. Hij was bitter en veel te heet.

'Heerlijk,' zei ik. 'Dank je.'

'Het spijt me,' zei hij even later. Eerst dacht ik dat hij het over de koffie had. 'Ik had geen idee dat je het zo vreselijk zou vinden.'

'Het is claustrofobisch,' zei ik. 'En dat lawaai.'

'Ja, natuurlijk.'

'Ik heb het alarmknopje laten vallen.'

Zwijgend roerde hij in zijn kopje. Toen viste hij het theezakje eruit, legde het op het blad en nam een slokje.

'Wat gebeurde er?' vroeg ik.

'Moeilijk te zeggen. Je raakte in paniek. Gebeurt wel vaker. Het is niet erg comfortabel in dat apparaat, zoals je al zei.'

Ik keek naar het stukje taart. Onaangeroerd. Droog. 'De foto's. Wie waren dat? Waar heb je ze vandaan?'

'Dat verschilt. Sommige foto's komen uit je medisch dossier. Die heeft Ben jaren geleden afgestaan. Verder heb ik jou gevraagd er een paar van thuis mee te nemen voor deze oefening – je zei dat ze om de spiegel heen waren geplakt. Sommige heb ik er zelf bij gedaan – van mensen die je nooit hebt ontmoet. Dat noemen we controlefoto's. We hebben ze allemaal door elkaar gehusseld. Er zitten foto's bij van mensen die je kende toen je nog heel jong was, mensen die je je misschien herinnert, of zou moeten herinneren. Familieleden. Schoolvriendjes en -vriendinnetjes. De overige foto's komen uit perioden in je leven die je je niet kunt herinneren. Dokter Paxton en ik proberen te ontdekken of er verschillen zijn tussen de manier waarop je probeert toegang te krijgen tot herinneringen uit verschillende perioden in je leven. Je reageerde natuurlijk het sterkst op je echtgenoot, maar ook anderen riepen reacties bij je op. Hoewel je je de mensen uit je verleden niet kunt herinneren, zijn er wel degelijk patronen van neurale activiteit.'

'Wie was die roodharige vrouw?' vroeg ik.

Hij glimlachte. 'Een oude vriendin misschien?'

'Weet je hoe ze heet?'

'Nee, helaas niet. Die foto's kwamen uit je dossier. Er stond niets bij.'

Ik knikte. *Een oude vriendin.* Dat wist ik natuurlijk. Het was haar naam die ik zo graag wilde weten.

'Je zegt dat ik wel op de foto's reageerde.'

'Op sommige foto's.'

'Is dat een goed teken?'

'We zullen de resultaten eerst aandachtig moeten bestuderen voor we conclusies kunnen trekken. Het is heel nieuw wat we hier doen,' zei hij. 'Experimenteel.'

‘Ik begrijp het.’ Ik sneed een hoekje van de worteltaart af. Ook de taart was bitter, het glazuur te zoet. Er viel een stilte. Ik bood hem een stukje van mijn taart aan, waar hij op zijn buik kloppend voor bedankte. ‘Ik moet een beetje oppassen!’ zei hij, hoewel ik niet inzag waarom hij zich daar nu al druk om zou maken. Zijn buik was nog plat, maar hij had wel het soort figuur dat op den duur een buikje zou kunnen ontwikkelen. Nu was hij echter nog jong en hadden de jaren nauwelijks vat op hem.

Ik dacht aan mijn eigen lichaam. Ik ben niet dik, niet eens te zwaar, toch wekt mijn lichaam mijn verbazing. Als ik zit neemt het een andere vorm aan dan ik verwacht. Mijn billen zijn slap en mijn dijen schuiven langs elkaar als ik mijn benen over elkaar sla. Als ik naar voren leun om mijn kopje te pakken, bewegen mijn borsten in mijn bh, alsof ze me aan hun bestaan willen herinneren. Hoewel nauwelijks waarneembaar, voel ik onder de douche de huid van mijn bovenarmen bewegen. Ik heb meer massa dan ik denk, neem meer plaats in dan ik me bewust ben. Ik ben geen klein, compact meisje meer met een strak om de botten gespannen huid. Ik ben niet eens een tiener. Mijn lichaam begint laagjes vet op te slaan.

Ik keek naar de worteltaart en vroeg me af wat de toekomst brengen zou. Misschien dij ik steeds meer uit, word ik gezet en dan dik, zo dik als een opgeblazen ballon. Of ik blijf zoals ik nu ben, zonder er ooit aan te wennen, en ik zie de lijnen in mijn gezicht steeds dieper worden, de huid van mijn handen steeds dunner, als de schil van een ui, en langzaam maar zeker zie ik mezelf in de badkamerspiegel in een oude vrouw veranderen.

Dokter Nash boog zijn hoofd en krabde zich op zijn kruin. Boven op zijn hoofd was de huid van zijn schedel duidelijk te zien. Dat heeft hij zelf nog niet in de gaten, dacht ik, maar dat zal niet zo blijven. Op een dag ziet hij een foto van zichzelf van achteren, ziet hij zichzelf in een paskamer vanuit een onverwachte hoek of maakt zijn kapper of zijn vriendin er een opmerking over. De jaren halen ons allemaal in, dacht ik toen hij opkeek. Op verschillende manieren.

‘O,’ zei hij, met een opgewektheid die geforceerd overkwam. ‘Ik heb iets voor je meegebracht. Een cadeautje. Nou ja, niet echt een cadeautje, gewoon iets wat je misschien wilt hebben.’ Hij bukte zich om zijn tas te pakken. 'Je hebt waarschijnlijk al een exemplaar,' zei hij, terwijl hij zijn tas opendeed en er een pakje uit haalde. 'Alsjeblieft.'

Al voor ik het had geopend, wist ik wat het was. Het kon maar één ding zijn. Het voelde zwaar aan in mijn hand. Hij had het in een gewatteerde envelop gedaan die met tape was dichtgeplakt. Met een dikke zwarte viltstift had hij er mijn naam op geschreven: CHRISTINE. 'Je boek,' zei hij. 'Het boek dat je geschreven hebt.'

Ik wist niet wat ik moest voelen. Bewijs, dacht ik. Het bewijs dat het waar is wat ik heb geschreven, mocht ik daar morgen behoefte aan hebben.

Ik haalde het boek uit de envelop. Het was een paperback, en geen nieuw exemplaar. Een koffiekopje had een kring op het omslag achtergelaten en de randen van het papier waren vergeeld van ouderdom. Ik vroeg me af of dokter Nash me zijn eigen exemplaar had gegeven, en of het nog leverbaar was. Met het boek in mijn hand zag ik mezelf weer zoals ik mezelf de dag ervoor had gezien: een jongere, veel jongere versie van mezelf die naar dit boek greep in een poging inspiratie te krijgen voor haar volgende boek. Ergens wist ik dat dat niet gelukt was, dat de tweede roman nooit voltooid was.

'Dank je wel,' zei ik. 'Dank je wel.'

Hij lachte. 'Geen dank.'

Ik stopte het boek onder mijn jas, waar het de hele weg naar huis klopte als een hart.

*

Zodra ik thuiskwam keek ik naar mijn roman, maar alleen vluchtig. Ik wilde zoveel mogelijk van wat ik me nu herinnerde in mijn dagboek schrijven voor Ben thuis zou komen, maar toen ik daarmee klaar was en het dagboek had opgeborgen, haastte ik me terug naar beneden om eens goed te bekijken wat ik had gekregen.

Ik draaide het boek om. Op het omslag stond een pasteltekening van een bureau met een typemachine. Op de wagen zat een kraai die zijn kopje scheef hield, alsof hij probeerde te lezen wat er op het papier stond dat in de rol gedraaid was. Boven de kraai stond mijn naam, en daarboven de titel.

VOGELS IN DE OCHTEND, stond er. CHRISTINE LUCAS.

Met bevende handen sloeg ik het boek open. Op de titelpagina stond een opdracht.

VOOR MIJN VADER, en dan de woorden: IK MIS JE.

Ik sloot mijn ogen. Een herinnering flakkerde op. Ik zie mijn vader in een bed liggen onder schelle witte lampen. Zijn huid is doorschijnend en bedekt met een dun laagje zweet waardoor hij glanst. Ik zie een slang in zijn arm, een zak helder vocht aan een infuusstandaard en een kartonnen blaadje met een bakje met pillen. Een verpleegster controleert zijn hartslag en bloeddruk, maar mijn vader wordt niet wakker. Aan de andere kant van zijn bed zit mijn moeder, ze probeert niet te huilen, terwijl ik juist mijn best doe om mijn tranen te laten komen.

Dan een geur. Snijbloemen en zwarte, morsige aarde. Zoet en wee. Ik zie de dag van zijn crematie. Ik zie mezelf, in het zwart – waarvan ik ergens weet dat het niet ongewoon is – maar deze keer zonder make-up. Mijn moeder, die naast mijn oma zit. De gordijntjes die opengaan, de kist die wegglijdt, mijn tranen als ik me verbeeld hoe mijn vader in as verandert. Mijn moeder die in mijn hand knijpt, waarna we naar huis gaan en goedkope bubbeltjeswijn drinken en broodjes eten terwijl de zon ondergaat en mijn moeder in het schemerlicht oplost.

Ik slaakte een zucht. Het beeld verdween en ik opende mijn ogen. Mijn roman lag voor me.

Ik keek naar het titelblad en de eerste zin. *Op dat moment*, had ik geschreven, *met loeiende motor en haar rechtervoet stevig op het gaspedaal gedrukt, liet ze het stuur los en sloot ze haar ogen. Ze wist wat er zou gebeuren. Ze wist waar het toe zou leiden. Dat had ze altijd geweten.*

Ik bladerde naar het midden en las een alinea, en toen nog een stukje tegen het eind van het boek.

Het ging over een vrouw genaamd Lou, en een man (haar man, nam ik aan) die George heette. In het verhaal speelde een oorlog een belangrijke rol. Ik was teleurgesteld. Wat ik gehoopt had weet ik niet – een autobiografie misschien? – maar het scheen me toe dat deze roman niet veel vragen zou beantwoorden.

Niettemin, dacht ik toen ik het boek omdraaide om naar de achterkant te kijken, had ik het toch maar geschreven, en was het uitgegeven.

Op de plek waar je een foto van de auteur zou verwachten, stond alleen een korte levensbeschrijving.

Christine Lucas werd in 1960 geboren in het noorden van Engeland, stond er. *Ze studeerde Engels aan het University College in Londen, waar ze tegenwoordig ook woont. Dit is haar eerste roman.*

Ik glimlachte bij mezelf terwijl een golf van geluk en trots over me heen spoelde. *Dit heb ik gedaan.* Ik wilde het boek lezen, er geheimen aan ontfutselen, maar tegelijkertijd ook weer niet. Ik was bang dat de realiteit me van mijn geluk zou beroven. Of ik zou het een goed boek vinden en bedroefd zijn dat ik nooit een tweede had geschreven, of ik zou het niet goed vinden en me gefrustreerd voelen dat ik mijn talent niet had ontwikkeld. Wat het meest waarschijnlijk was, kon ik niet zeggen, maar ik wist dat ik op een dag de verleiding niet zou kunnen weerstaan om het boek, mijn enige wapenfeit, te lezen. En dan zou ik ontdekken of het goed was of niet.

Maar vandaag niet. Vandaag was er iets anders waar ik achter moest zien te komen, iets veel ergers dan droefenis, iets veel destructievers dan frustratie. Iets wat me zou kunnen verscheuren.

Ik probeerde het boek weer in de envelop te schuiven, maar er zat nog iets in. Een briefje, in vieren gevouwen, met knisperende hoeken. Dokter Nash had erop geschreven: *Dit is misschien interessant voor je!*

Ik vouwde het open. Bovenaan had hij *Standard, 1986* geschreven. Het was een kopie van een krantenartikel met een foto erbij. Nadat ik een paar seconden naar het papier had gestaard, drong het tot me door dat het een recensie was van mijn roman en dat ik het was op de foto.

Ik huiverde. Waarom wist ik niet. Dit was iets van jaren geleden; wat de strekking ervan ook geweest was, goed of slecht, het deed er niet meer toe. Het was allemaal geschiedenis geworden waarvan geen enkele rimpeling meer restte. Maar voor mij was het belangrijk. Hoe was mijn werk ontvangen al die jaren terug? Had ik succes gehad?

Vluchtig las ik het artikel, in de hoop te weten te komen wat de toon ervan was voor ik gedwongen werd de recensie tot op het bot te analyseren. Woorden sprongen in het oog, de meeste positief. *Doordacht. Opmerkzaam. Kundig. Menselijkheid. Wreed.*

Ik keek naar de foto. Hij was zwart-wit. Ik zit aan een bureau, met mijn lichaam naar de camera gewend. Mijn houding heeft iets onhandigs, alsof ik me niet op mijn gemak voel. Misschien is degene die de foto neemt daarvan de oorzaak of komt het door hoe ik zit? Toch heb ik een lach op mijn gezicht. Mijn lange haar hangt los, en hoewel het een zwart-witfoto is, meen ik te kunnen zien dat het donkerder is dan nu, alsof ik het geverfd heb, of net gewassen. Achter mij zijn deuren naar een binnenplaats en door die deuren is nog net in een hoekje van de foto een kale boom te zien. Het onderschrift luidt: *Christine Lucas in haar huis in Noord-Londen.*

Het moest het huis zijn waar ik met dokter Nash was geweest. Even werd ik overmand door het verlangen daar weer heen te gaan met deze foto en mezelf ervan te overtuigen dat het echt zo was, dat het waar was dat ik toen had geleefd. Dat ik dat echt geweest was.

Maar dat wist ik natuurlijk al. Hoewel ik het me niet meer kon herinneren, wist ik dat ik me daar in de keuken Ben had herinnerd. Ben met zijn deinende erectie.

Glimlachend streek ik met mijn vingertoppen over de foto, als een blinde op zoek naar verborgen aanwijzingen. Ik volgde de contouren van mijn haar, streek langs mijn gezicht. Op de foto zie ik er ongemakkelijk uit, maar op een bepaalde manier ook stralend. Alsof ik een geheim bewaar dat ik als een talisman bij me draag. Mijn boek is uitgekomen, natuurlijk, maar er is nog iets anders, er is meer aan de hand.

Ik kijk nog eens goed. Onder de wijde jurk die ik aanheb is de welving van mijn borsten te zien en mijn arm ligt op mijn buik. Een herinnering borrelt vanuit het niets naar boven: ik, poserend voor de foto, de fotograaf achter zijn statief, in de keuken de journaliste met wie ik zojuist over mijn werk heb gepraat. Ze roept naar ons, vraagt hoe het gaat en we antwoorden tegelijkertijd 'Goed!' en lachen. 'Bijna klaar,' zegt hij, zijn filmpje verwisselend. De journaliste heeft een sigaret opgestoken en roept naar me, niet om te vragen of ik er bezwaar tegen heb, maar of we misschien ook een asbak hebben. Het ergert me, maar niet hevig. Ik hunker namelijk zelf naar een sigaret, maar ik ben gestopt sinds ik weet dat ik...

Ik wierp nog een blik op de foto en toen wist ik het. Ik was zwanger.

Heel even was mijn geest blanco, toen buitelden mijn gedachten over elkaar heen, struikelden over zichzelf, bleven hangen aan de scherpe randjes van het besef, niet alleen dat ik zwanger was toen ik me in die eetkamer liet fotograferen, maar dat ik het ook wist en er dolblij mee was.

Het klopte niet. Wat was er gebeurd? Dat kind zou nu – hoe oud? – achttien, negentien moeten zijn.

Maar er is geen kind, dacht ik. Waar is mijn zoon?

Weer stond mijn wereld op zijn kop. Dat woord, *zoon*. Het was zomaar in me opgekomen en ik had het zonder aarzelen voor mezelf uitgesproken. Ergens heel diep vanbinnen wist ik dat ik zwanger was geweest van een jongen.

Ik klampte me vast aan mijn stoel en terwijl ik dat deed, borrelde er een ander woord naar boven, dat even later explodeerde. *Adam*. Mijn wereld liep uit de rails en kwam in een ander spoor terecht.

Ik had het kind gekregen. We hadden hem Adam genoemd.

Toen ik opstond viel het boek op de grond. Mijn gedachten raceten vooruit als een ronkende motor die ik eindelijk aan de praat had gekregen en ik voelde de energie die zich in mij had opgebouwd heen en weer stuiteren, popelend om naar buiten te komen. Er zaten ook geen foto's van hem in het plakboek in de huiskamer. Dat wist ik. Ik zou het me herinneren als ik vanmorgen, toen ik erin zat te bladeren, een foto van mijn kind had gezien. Ik zou Ben hebben gevraagd wie dat was en er in mijn dagboek over hebben geschreven. Ik propte de recensie samen met het boek in de envelop en rende naar boven. In de badkamer ging ik voor de spiegel staan. Naar mijn gezicht keek ik niet, ik richtte al mijn aandacht op de foto's uit mijn verleden die eromheen geplakt waren. De foto's die ik nodig heb om mezelf een gezicht te geven als ik geen herinneringen heb.

Ben en ik. Ik alleen. Ben alleen. Wij samen met een ander stel, oudere mensen, vermoedelijk zijn ouders. Ikzelf, veel jonger, met een sjaal om mijn nek bezig een hond te aaien, vrolijk lachend. Maar geen

Adam. Geen baby, geen kleuter. Geen foto's van hem op zijn eerste schooldag, op het sportveld, op vakantie. Geen foto's waarop hij zandkastelen bouwt. Niets.

Er klopte niets van. Iedereen die kinderen heeft maakt zulke foto's, die gooi je toch niet weg?

Ze moeten er zijn, dacht ik. Ik lichtte de foto's op om te kijken of er soms andere onder zaten, als laagjes van het verleden die over elkaar heen waren gelegd. Maar ik vond niets. Alleen bleekblauwe tegels en het gladde glas van de spiegel. Niets.

Adam. De naam tolde door mijn hoofd. Zodra ik mijn ogen sloot kwamen er meer herinneringen, ze sloegen keihard in, flakkerden even voor ze verdwenen en weer nieuwe opriepen. Ik zag Adam met zijn blonde haar waarvan ik wist dat het mettertijd bruin zou worden, en het Spiderman-T-shirt dat hij per se wilde dragen, ook toen het hem veel te klein was geworden en moest worden weggegooid. Ik zag hem in een kinderwagen liggen en herinnerde me dat ik hem de volmaaktste baby vond die ik ooit had gezien, dat ik nooit eerder iets zo volmaakts had gezien. Ik zag hem op een blauw fietsje – een plastic driewieler – en wist dat we die voor zijn verjaardag hadden gekocht en dat hij er altijd op reed. Ik zag hem in een park, zijn hoofd gebogen over het stuur, terwijl hij grijnzend van een helling af naar me toe sjeesde, tot hij ineens voorover tegen de grond sloeg doordat zijn fietsje ergens tegenaan was gereden. Ik zag hoe ik hem in mijn armen nam, het bloed van zijn gezicht veegde en op de grond naast het nog draaiende wiel een tandje van hem vond. Ik zag dat hij me iets liet zien wat hij geschilderd had – een blauwe streep is de hemel, een groene de grond en ertussenin staan drie klodderige mensjes en een heel klein huisje. Ik zag het speelgoedkonijn waar hij altijd mee rondsjouwde.

Plotseling was ik weer terug in het nu, in de badkamer, maar ik deed mijn ogen weer dicht. Ik wilde me hem herinneren op school of als tiener, ik wilde hem voor me zien met mij of met zijn vader. Maar het lukte me niet. Zodra ik mijn herinneringen probeerde te ordenen, schoten ze trillend weg, als een veertje in de wind dat van richting verandert wanneer je ernaar grijpt. In plaats daarvan zag ik hem met een druipend ijsje in zijn hand, met zijn gezicht onder de drop en daarna slapend achter in een auto. Ik kon alleen maar kijken naar deze herinneringen die net zo snel verdwenen als ze gekomen waren.

Ik moest mezelf bedwingen de foto's die aan de muur hingen niet aan stukken te scheuren. Ik wilde ze van de muur rukken, op zoek naar sporen van mijn zoon. Alsof ik bang was dat mijn ledematen me bij de geringste beweging in de steek zouden laten, bleef ik stokstijf voor de spiegel staan, elke spier in mijn lichaam tot het uiterste gespannen.

Geen foto's op de schoorsteenmantel. Geen tienerkamer met posters van popsterren aan de muur. Geen T-shirts in de was of tussen het strijkgoed. Geen afgetrapte sportschoenen in de kast onder de trap. Zelfs als hij niet meer thuis woonde zou er toch iets moeten zijn dat aan zijn bestaan herinnerde? Er zouden toch sporen moeten zijn?

Maar nee, hier in huis was hij niet. Met een huivering besefte ik dat het was alsof hij niet bestond en nooit had bestaan.

Ik weet niet hoe lang ik in de badkamer naar zijn afwezigheid heb staan staren. Tien minuten? Twintig? Een uur? Op een gegeven moment hoorde ik een sleutel in de voordeur, het schrapende geluid van Ben die zijn voeten veegt op de mat. Ik verroerde me niet. Hij liep naar de keuken, naar de eetkamer en vervolgens riep hij naar boven en vroeg of alles in orde was. Hij klonk ongerust, had een hoog, nerveus stemmetje dat ik die ochtend niet had gehoord. Maar ik mompelde alleen ja, ja hoor, alles was in orde. Ik hoorde hem in de huiskamer en even later ging de televisie aan.

De tijd was stil blijven staan. Mijn geest was helemaal leeg. Er was niets meer, behalve de behoefte te weten wat er met mijn zoon was gebeurd, een behoefte die gelijke tred hield met de angst voor het antwoord.

Ik verborg mijn boek in de klerenkast en ging naar beneden.

Bij de huiskamerdeur bleef ik staan. Ik probeerde mijn ademhaling onder controle te krijgen, maar dat lukte niet, ik ademde nog steeds met horten en stoten. Ik wist niet wat ik tegen Ben moest zeggen, hoe ik hem moest vertellen dat ik het wist van Adam. Maar dan zou hij vragen hoe ik dat wist, en wat moest ik dan zeggen?

Het deed er eigenlijk niet toe. Niets deed ertoe. Alleen dat ik nu wist dat ik een zoon had. Ik sloot mijn ogen en toen ik me kalm genoeg voelde, zo kalm als mogelijk was, duwde ik zachtjes de deur open. Ik voelde hem over het ruwe tapijt glijden.

Ben zat op de bank televisie te kijken en hoorde me niet. Op zijn schoot balanceerde een bordje waarop een half biscuitje lag. Er kwam een golf van woede in me naar boven. Wat zag hij er ontspannen en gelukkig uit, met dat lachje om zijn mond. Hij begon hardop te lachen. Ik wilde hem vastgrijpen en net zo lang tegen hem schreeuwen tot hij me alles zou vertellen, waarom hij mijn roman had verzwegen en alle sporen van mijn zoon had uitgewist. Ik wilde van hem eisen dat hij me alles teruggaf wat ik was kwijtgeraakt.

Maar ik wist dat dat niet zou werken. In plaats daarvan kuchte ik. Een klein, beschaafd kuchje. Een kuchje dat zei: *ik wil je niet storen, maar...*

Hij zag me en lachte. 'Lieverd!' zei hij. 'Ha, daar ben je!'

Ik stapte de kamer in. 'Ben,' zei ik. Mijn stem klonk gespannen. Het was niet mijn eigen stem. 'Ben? Ik moet met je praten.'

Zijn lach verdween en er verscheen een bezorgde uitdrukking op zijn gezicht. Hij stond op, waardoor het bordje op de grond gleed, en liep op me af. 'Wat is er, schat? Gaat het niet goed met je?'

'Nee,' zei ik. Ongeveer een meter bij mij vandaan bleef hij staan. Hij strekte zijn armen uitnodigend naar me uit, maar ik ging er niet op in.

'Wat is er aan de hand?'

Ik keek naar mijn man, naar zijn gezicht. Hij leek alles onder controle te hebben, alsof hij dit eerder had meegemaakt en gewend was aan dit soort hysterische momenten.

Ik kon niet meer verder zonder de naam van mijn zoon te noemen.

'Waar is Adam?' vroeg ik. Het kwam er haperend uit. 'Waar is hij?'

Bens gezicht veranderde. Was hij verrast? Geschokt? Hij slikte.

'Vertel op!' zei ik.

Hij nam me in zijn armen. Ik wilde hem van me af duwen, maar hield me in. 'Christine,' zei hij. 'Rustig nou, alsjeblieft. Ik kan alles uitleggen, goed?'

Ik wilde antwoorden dat het helemaal niet goed was, maar hield mijn mond. Ik liet mijn gezicht niet aan hem zien, maar verborg het in de plooien van zijn overhemd.

Ik begon te beven. 'Vertel het me,' zei ik. 'Alsjeblieft, ik wil het nu weten.'

We zaten op de bank. Ik aan de ene kant, hij aan de andere. Dichterbij dan dat kon ik niet verdragen.

Eigenlijk wilde ik niet dat hij iets zei, maar dat deed hij wel.

En hij zei het nog een keer.

'Adam is dood.'

Ik verstrakte. Klemde mezelf dicht als een oester. Zijn woorden, scherp als een scheermes.

Ineens moest ik aan mijn vader denken, aan het moment waarop ik hoorde dat hij ziek was. En aan de vlieg die vanaf het huis van mijn oma de hele rit op de voorruit van de auto had gezeten.

Hij begon weer te praten. 'Christine, liefje, ik vind het zo erg.'

Ik was kwaad. Kwaad op hem. *Klootzak*, dacht ik, hoewel ik wist dat hij er niets aan kon doen.

Ik dwong mezelf te spreken. 'Hoe?'

Hij zuchtte. 'Adam zat in het leger.'

Elk gevoel was weg. Alles verdween naar de achtergrond tot ik alleen maar pijn voelde, niets dan pijn. Geconcentreerd in een enkel punt.

Een zoon van wie ik niet eens wist dat ik hem had, was soldaat geworden. Een gedachte rimpelde door me heen. Absurd. *Wat moet mijn moeder wel niet denken?*

Ben begon te praten in korte, hortende zinnen. 'Hij zat bij de mariniers. Ze waren gestationeerd in Afghanistan. Hij is gesneuveld. Vorig jaar.'

Ik slikte. Mijn keel was droog.

'Waarom?' vroeg ik. En toen: 'Hoe?'

'Christine...'

'Ik wil het weten,' zei ik. 'Ik moet het weten.'

Hij stak zijn arm naar me uit om mijn hand te pakken en dat liet ik toe, maar ik was opgelucht dat hij niet dichter bij me kwam zitten.

'Je wilt toch niet alles precies weten?'

Mijn kwaadheid laaide op. Ik kon het niet helpen. Kwaadheid, en paniek. 'Hij was mijn zoon!'

Hij wendde zijn hoofd af en keek naar het raam.

'Hij was onderweg in een pantservoertuig,' zei hij langzaam, bijna fluisterend. 'Ze escorteerden manschappen. Er was een bom, in de berm. Eén soldaat heeft het overleefd. Adam en nog iemand anders zijn omgekomen.'

Ik deed mijn ogen dicht en begon nu ook te fluisteren. 'Was hij op slag dood? Heeft hij geleden?'

Ben zuchtte. 'Nee,' zei hij even later. 'Hij heeft niet geleden. Ze denken dat het heel snel is gegaan.'

Ik keek naast me, naar waar hij zat. Hij keek me niet aan.

Je liegt, dacht ik.

Ik zag Adam voor me, doodbloedend aan de rand van de weg, en bande de gedachte uit. Ik probeerde me op niets, op een leegte te concentreren.

Mijn gedachten sloegen op hol. Vragen. Vragen die ik niet durfde te stellen omdat ik bang was dat ik de antwoorden niet aan zou kunnen. Wat voor jongen was hij geweest, wat voor tiener, wat voor man? Hadden we een hechte band? Maakten we weleens ruzie? Was hij gelukkig geweest? Was ik een goede moeder geweest?

En: hoe had het kunnen gebeuren dat het jongetje op die driewieler in een ver land aan zijn eind was gekomen?

'Wat deed hij in Afghanistan?' vroeg ik. 'Waarom was hij daar?'

Ben antwoordde dat we in een oorlog verwikkeld waren. Een oorlog tegen het terrorisme, zei hij, al begreep ik niet wat hij daarmee bedoelde. Hij zei dat er een aanslag was geweest, een heel ernstige aanslag, in Amerika. Met duizenden doden.

'En dus is mijn zoon in Afghanistan omgekomen?' zei ik. 'Ik begrijp niet...'

'Het is ingewikkeld,' zei hij. 'Hij wilde altijd al in het leger. Hij dacht dat hij zijn plicht deed.'

'Zijn plicht? Vond jij dat hij zijn plicht deed? Vond ik dat? Waarom heb je hem er niet toe overgehaald iets anders te gaan doen? Wat dan ook?'

'Christine, het was wat hij wilde.'

Een vreselijk moment lang moest ik bijna lachen. 'Omkomen? Wilde hij dat? Waarom? Ik heb hem niet eens gekend.'

Ben deed er het zwijgen toe. Hij kneep in mijn hand toen er een traan, heet als zuur, over mijn wang naar beneden rolde, en toen nog een, en nog een. Ik veegde ze weg, bang dat ik nooit meer zou kunnen stoppen als ik ze de vrije loop liet.

Ik voelde dat mijn geest op slot ging, dat ik alles buitensloot en me terugtrok in het niets. 'Ik heb hem niet eens gekend,' zei ik.

Later haalde Ben een doos van boven en zette hem op de salontafel voor ons.

'Deze bewaar ik boven,' zei hij. 'Voor de veiligheid.'

Hoezo veilig? dacht ik. Het was een grijze, metalen doos. Het soort doos waarin je geld of belangrijke documenten bewaart.

Wat erin zat moest wel gevaarlijk zijn. Ik zag wilde dieren voor me, schorpioenen, slangen, hongerige ratten, giftige padden. Of een onzichtbaar virus, iets radioactiefs.

'Voor de veiligheid?' vroeg ik.

Hij zuchtte. 'Er zijn dingen waarvan het niet goed zou zijn als jij daar bij toeval op zou stuiten als je alleen thuis bent. Het is beter als ik er ben om uitleg te geven.'

Hij kwam naast me zitten en deed de doos open. Ik zag alleen maar papieren.

'Dit is Adam als baby,' zei hij, pakte een stapeltje foto's en gaf er een aan mij.

Het was een foto van mij, op straat. Ik loop op de fotograaf af met een baby – Adam – in een draagzak op mijn borst. Hij hangt met zijn gezicht naar me toe, maar kijkt over zijn schouder naar degene die de foto neemt en zijn lachje is een tandeloze versie van mijn lach.

'Heb jij die genomen?'

Ben knikte. Ik keek nogmaals naar de foto. Hij was gescheurd, de hoeken waren groezelig, de kleuren leken vervaagd en bezig te verbleken tot alles wit zou zijn.

Ik. Een baby. Het had iets onwerkelijks. Ik probeerde mezelf in te prenten dat ik moeder was.

'Wanneer?' vroeg ik.

Ben keek over mijn schouder. 'Op die foto zal hij zes maanden zijn geweest,' antwoordde hij. 'Dan was het dus, even denken, 1987.'

Toen was ik zevenentwintig. Een heel leven geleden.

Het hele leven van mijn zoon.

'Wanneer is hij geboren?'

Hij stak zijn hand weer in de doos en reikte me een stukje papier aan. 'In januari,' zei hij. Het papier was geel, broos. Een geboortebewijs. Zwijgend las ik wat er stond. Zijn naam. Adam.

'Adam Wheeler,' zei ik hardop. Niet alleen voor Ben, vooral ook voor mezelf.

'Ik heet Wheeler,' zei hij. 'We vonden dat hij mijn naam moest hebben.'

'Uiteraard,' zei ik. Ik bracht het papier naar mijn gezicht. Het voelde heel licht, te licht om zoveel betekenis te kunnen dragen. Ik wilde alles in me opsnuiven, zodat het een deel van mij werd.

'Geef maar,' zei Ben. Hij pakte het papier en vouwde het op. 'Er zijn nog meer foto's,' zei hij. 'Wil je ze zien?'

Hij gaf me nog een paar foto's.

'We hebben er niet zoveel,' zei hij toen ik ze bekeek. 'We zijn er veel kwijtgeraakt.'

Het klonk alsof ze in de trein waren blijven liggen, of aan vreemden in bewaring gegeven.

'Ja,' zei ik. 'Dat weet ik nog. We hebben brand gehad.' Ik zei het zonder erbij na te denken.

Hij keek me bevreemd aan, met strak samengeknepen ogen.

'Weet je dat nog?' vroeg hij.

Plotseling wist ik het niet meer. Had hij me vanochtend over de brand verteld of herinnerde ik me dat hij dat een paar dagen geleden had gezegd? Of had ik er alleen maar na het ontbijt in mijn dagboek over gelezen?

'Dat heb je me verteld.'

'O ja?' zei hij.

'Ja.'

'Wanneer dan?'

Wanneer was het geweest? Vanmorgen, of dagen geleden? Ik dacht aan mijn dagboek en herinnerde me dat ik erin gelezen had toen hij naar zijn werk was gegaan. Hij had me op dat bankje op Parliament Hill over de brand verteld.

Op dat moment had ik hem over mijn dagboek kunnen vertellen, maar iets hield me tegen. Hij leek er helemaal niet zo blij mee te zijn dat ik me iets kon herinneren. 'Voor je naar je werk ging,' zei ik. 'Toen we het plakboek doorkeken. Het moet toen zijn geweest, denk ik.'

Hij fronste zijn wenkbrauwen. Ik vond het vreselijk om tegen hem te liegen, maar nog meer onthullingen kon ik niet aan. 'Hoe zou ik het anders moeten weten?'

Hij keek me recht in de ogen. 'Je zal wel gelijk hebben.'

Ik wachtte even, en keek naar het stapeltje foto's in mijn hand. Er waren er maar zo weinig en ik zag dat er niet veel meer in de doos zaten. Was dat echt alles wat er voor mij over was van het leven van mijn zoon?

'Hoe is die brand eigenlijk ontstaan?' vroeg ik.

De klok op de schoorsteenmantel begon te slaan. 'Het was jaren geleden, nog in ons oude huis. Het huis waar we woonden voor we hier kwamen.' Ik vroeg me af of hij het had over het huis waar ik geweest was. 'We zijn veel spullen kwijtgeraakt. Boeken, papieren. Dat soort dingen.'

'Maar hoe is de brand ontstaan?' vroeg ik.

Een moment bleef het stil. Zijn mond ging open en weer dicht, en toen zei hij: 'Het was een ongeluk, gewoon een ongeluk.'

Ik vroeg me af wat hij verzweeg. Had ik een sigaret laten branden, de stekker van de strijkbout in het stopcontact laten zitten of een pan droog laten koken? Ik zag mezelf in de keuken waar ik eergisteren geweest was, met het betonnen aanrecht en de witte kastjes, maar dan jaren terug. Ik zag mezelf boven een borrelende pan olie staan, schuddend met het ijzeren mandje met de aardappelschijfjes die ik aan het bakken ben, en als ik het mandje in de olie laat zakken zweven de schijfjes naar het oppervlak, om vervolgens wentelend naar de diepte te zakken. Ik zag mezelf opkijken als de telefoon gaat, mijn handen afvegen aan de schort die ik om mijn middel heb geknoopt, en naar de gang lopen.

En toen? Had de olie vlam gevat toen ik stond te telefoneren of was ik naar de huiskamer gedwaald of naar boven, naar de badkamer, zonder er een moment aan te denken dat ik aan het koken was?

Ik weet het niet en zal het nooit weten. Maar het was lief van Ben dat hij het op een ongeluk hield. Voor iemand met geheugenverlies bergt het huishouden vele gevaren in zich en een andere echtgenoot zou over mijn fouten en tekorten zijn begonnen of zou het niet hebben kunnen laten mij de les te lezen. Ik aaide hem over zijn arm en hij glimlachte naar me.

Ik keek het handjevol foto's door. Er was er een bij van Adam die met een plastic cowboyhoed op en een gele zakdoek om zijn hals een plastic geweertje op de fotograaf richt. Op een andere foto is hij een paar jaar ouder; zijn gezicht smaller en zijn haar al wat donkerder. Hij draagt een bloesje dat tot boven is dichtgeknoopt en een kinderdasje.

'Die is op school genomen,' zei Ben. 'Een officieel portret.' Hij wees naar de foto en lachte. 'Kijk, zo jammer. Dat verpest de hele foto!'

Het elastiek van zijn dasje was te zien, het was niet onder zijn kraag weggewerkt. Ik streelde de foto. Hij was niet verpest, vond ik. Hij was helemaal goed.

Ik probeerde me mijn zoon te herinneren, probeerde me voor te stellen dat ik voor hem op mijn knieën zit met dat dasje aan een elastiekje, of zijn haar kam of opgedroogd bloed van een wondje op zijn knie veeg.

Maar er kwam niets. Het jongetje op de foto had mijn volle lippen en zijn ogen deden me in de verte aan die van mijn moeder denken, maar verder had hij net zo goed een vreemde kunnen zijn.

Ben gaf me nog een andere foto. Daarop was Adam ietsje ouder, misschien zeven. 'Vind je dat hij op mij lijkt?' vroeg hij.

Op de foto stond Adam in een korte broek en een wit T-shirt met een voetbal in zijn handen. Zijn haar was kort en nat van het zweet. 'Een beetje,' antwoordde ik. 'Misschien.'

Ben glimlachte en samen bekeken we de foto's. De meeste waren van mij met Adam, een enkele van hem alleen; Ben zal in de meeste gevallen de fotograaf zijn geweest. Op een paar foto's stond Adam met vriendjes, op een kinderpartijtje, verkleed als piraat met een kartonnen zwaard. Ook was er een foto waarop hij een zwart hondje vasthield.

Tussen de foto's zat een brief. Hij was gericht aan de Kerstman en geschreven met een blauw kleurpotlood. Onbeholpen dansten de letters over het papier. Hij wil graag een fiets, staat er, of een puppy, en belooft dat hij braaf zal zijn. Hij heeft hem ondertekend en zijn leeftijd erbij gezet. Vier.

Waarom weet ik niet, maar toen ik dat las stortte mijn wereld in. Het verdriet explodeerde als een granaat in mijn borst. Ik was kalm geweest – niet blij, niet eens berustend, maar kalm – en dat serene was nu helemaal weg, leek wel verdampt. Er kwam iets heel rauws onder tevoorschijn.

'Het spijt me,' zei ik, en ik gaf Ben het stapeltje terug. 'Ik kan het niet. Niet nu.'

Hij trok me tegen zich aan. Er kwam een golf misselijkheid naar boven, maar die slikte ik weg. Hij zei dat ik me geen zorgen moest maken, dat het goed zou komen, dat hij er voor mij was, dat hij er altijd voor mij zou zijn. Ik klampte me aan hem vast en zo bleven we samen zitten, heen en weer wiegend. Ik voelde me verdoofd en helemaal vervreemd van de kamer waar we waren. Hij haalde een glas water voor me en deed de doos met foto's dicht. Ik zat te snikken. Ik merkte wel dat hij ook ontdaan was, maar hij straalde inmiddels ook iets anders uit. Berusting misschien, of aanvaarding, maar geen ontreddering.

Ik sidderde toen ik me realiseerde dat dit voor hem niet de eerste keer was. Zijn verdriet was niet nieuw. Bij hem had het de tijd gehad om te bezinken, deel te worden van het fundament van zijn leven. Hij trilde niet meer op zijn grondvesten.

Alleen mijn verdriet is elke dag weer nieuw.

Ik bedacht een smoes en ging naar boven, naar de slaapkamer. Terug naar de kast. Ik schreef in mijn dagboek.

*

Gestolen momenten. Geknield voor de klerenkast of leunend op het bed. Schrijvend. Ik voel me koortsig. De woorden vloeien uit mijn pen, bijna zonder dat ik erbij nadenk. Bladzijden vol. Nu zit ik weer hier, terwijl Ben denkt dat ik een dutje doe. Ik kan niet stoppen. Ik wil alles opschrijven.

Ik vraag me af of het ook zo ging toen ik mijn roman schreef, of ik toen ook niet te stuiten was. Of ging het toen trager, meer doordacht? Kon ik het me maar herinneren.

Toen ik weer beneden was, zette ik thee voor ons allebei. Terwijl ik de melk erdoorheen roerde dacht ik aan alle maaltijden die ik voor Adam moest hebben klaargemaakt, de groenten die ik had gepureerd, de vruchtensapjes die ik had geperst. Ik nam de thee mee naar de kamer. 'Was ik een goede moeder?' vroeg ik toen ik hem zijn thee gaf.

'Christine...'

'Ik moet het weten,' zei ik. 'Ik bedoel, hoe heb ik het gered? Met een kind? Hij moet nog heel klein zijn geweest toen ik...'

'... het ongeluk kreeg?' viel hij me in de rede. 'Hij was twee. Maar jij was een geweldige moeder. Tot dat moment. Daarna...'

Hij maakte zijn zin niet af en draaide zich om. Ik vroeg me af wat het was dat hij ongezegd liet, dat hij mij liever niet wilde vertellen.

Maar ik wist genoeg om een paar lacunes op te vullen. Ook al kon ik me die tijd niet herinneren, ik kon me er wel iets bij voorstellen. Ik zag voor me hoe ik er elke dag aan moest worden herinnerd dat ik getrouwd was en een zoon had, dat me verteld werd dat mijn man en zoon op bezoek zouden komen. Ik kon me voorstellen hoe ik ze elke dag begroette alsof ik ze voor het eerst zag, een beetje koel misschien, of eenvoudigweg verbijsterd. Ik kon me voorstellen hoe we hadden geleden. Alle drie.

'Het is goed,' zei ik. 'Ik begrijp het.'

'Je kon niet voor jezelf zorgen. En ik kon je thuis niet meer verzorgen, daar was je te ziek voor. Je kon niet alleen worden gelaten, niet eens een paar minuten. Je vergat wat je aan het doen was. Je ging dwalen. Ik was bang dat je het bad zou laten vollopen en zou vergeten de kraan dicht te draaien, of dat je iets te eten zou maken in de keuken en het gas zou laten branden. Het werd me te veel. Dus bleef ik thuis en zorgde voor Adam. Mijn moeder is me komen helpen. Maar elke avond gingen we naar je toe, en...'

Ik pakte zijn hand.

'Het spijt me,' zei hij. 'Ik vind het moeilijk om aan die tijd terug te denken.'

'Ik weet het,' zei ik. 'Ik weet het. Hoe zat het trouwens met mijn moeder? Heeft zij ook geholpen? Hoe vond ze het om oma te zijn?' Hij knikte en wilde iets gaan zeggen. 'Ze is dood, hè?' zei ik.

Hij pakte mijn hand. 'Ze is een paar jaar geleden overleden. Het spijt me.'

Ik had dus gelijk gehad. Mijn geest begon zich af te sluiten, alsof ik niet nog meer verdriet, niet nog meer brokstukken uit mijn verleden kon verwerken. Maar ik wist dat ik morgen wakker zou worden zonder me iets hiervan te herinneren.

Wat zou ik in mijn dagboek kunnen schrijven dat me in staat zou stellen de volgende dag door te komen, en de dag erna en die daarna?

Een beeld kwam in me naar boven. Een vrouw met rood haar. Adam in het leger. Plotseling kwam er een naam in me op. Zomaar. *Wat zal Claire hiervan vinden?*

Ineens wist ik het weer. De naam van mijn vriendin. Claire.

'En Claire?' vroeg ik. 'Mijn vriendin Claire. Leeft ze nog?'

'Claire?' antwoordde Ben. Hij keek me een hele tijd niet-begrijpend aan. Toen veranderde zijn gezichtsuitdrukking. 'Herinner je je Claire?'

Hij leek verrast. Het schoot me te binnen dat ik hem – volgens mijn dagboek althans – een paar dagen geleden verteld had dat ik me dat feest op het dak herinnerde.

'Ja,' zei ik. 'We waren bevriend. Wat is er met haar gebeurd?'

Ben keek me verdrietig aan en even verstarde ik. Hij sprak langzaam, maar dit bericht was minder erg dan ik had gevreesd. 'Ze is verhuisd,' zei hij. 'Jaren geleden. Al bijna twintig jaar, geloof ik. Een paar jaar na ons trouwen.'

'Waarheen?'

'Nieuw-Zeeland.'

'Hebben we nog contact?'

'Eerst nog wel, maar nu niet meer, nee.'

Ik kon het me haast niet voorstellen. *Mijn beste vriendin*, had ik geschreven nadat de herinnering aan haar bij me naar boven was gekomen op Parliament Hill. En toen ik vandaag aan haar dacht had ik hetzelfde gevoel van vertrouwdheid ervaren. Waarom zou het anders belangrijk voor me zijn wat zij ervan dacht?

'Hebben we ruzie gekregen?'

Hij aarzelde. Weer kreeg ik de indruk dat hij een afweging maakte, dat er iets werd bijgesteld. Ik besefte dat Ben natuurlijk precies wist wat mij overstuur maakte. Hij had jaren de tijd gehad om erachter te komen wat ik aankon en wanneer we ons op gevaarlijk terrein begaven. Per slot van rekening was het niet de eerste keer dat hij dit gesprek met mij voerde. Hij had gelegenheid gehad te oefenen, te onderzoeken welke koers hij moest varen zonder dat ik in al te woelige wateren terecht zou komen en zou kapseizen.

'Nee,' zei hij. 'Dat geloof ik niet. Jullie hebben geen ruzie gekregen, of althans, daar heb je me nooit iets van verteld. Ik geloof dat jullie gewoon uit elkaar zijn gegroeid. Toen leerde Claire iemand kennen en is ze getrouwd en verhuisd.'

Er kwam me een beeld voor ogen. Claire en ik die elkaar gekscherend op het hart drukken dat we nooit zullen trouwen. 'Alleen losers trouwen!' zegt Claire terwijl ze een fles rode wijn naar haar mond brengt en ik beaam het, hoewel ik tegelijkertijd weet dat ik op een dag haar bruidsmeisje zal zijn en zij het mijne en dat we in een hotelkamer in een zijden jurk uit hoge glazen champagne zullen drinken terwijl iemand ons haar doet.

Een golf van liefde overspoelde me. Hoewel ik me nauwelijks iets kon herinneren van de tijd waarin we bevriend waren, van ons leven toen (en ik zelfs dat morgen zal zijn vergeten), voelde ik op een of andere manier dat we nog steeds verbonden waren, dat er een tijd was geweest waarin ze heel veel voor me betekende.

'Zijn we op haar bruiloft geweest?' vroeg ik.

'Ja,' knikte hij terwijl hij de doos op zijn schoot opendeed en naar iets begon te zoeken. 'Er zijn een paar foto's van.'

Het waren foto's van een bruiloft, maar geen formele; ze waren onscherp en donker, gemaakt door een amateurfotograaf. Door Ben, nam ik aan. Aarzelend bekeek ik de eerste. Tot nu toe had ik Claire alleen in gedachten voor me gezien.

Ze was zoals ik me haar had voorgesteld. Lang en slank. Mooier nog dan ik dacht. Ze staat op een rots, de fijne stof van haar jurk bolt op in de wind en achter haar gaat de zon onder in de zee. Prachtig. Ik legde de foto neer en bekeek de andere. Op enkele foto's stond ze met haar man, die ik niet herkende, en op andere stond ik samen met hen, gehuld in een blauwe zijden jurk, bijna even mooi als zij. Het was waar: ik was haar bruidsmeisje geweest.

'Zijn er foto's van onze bruiloft?' vroeg ik.

Hij schudde zijn hoofd. 'Die zaten in een apart album,' zei hij. 'Dat is verloren gegaan.'

Natuurlijk. De brand.

Ik reikte hem de foto's aan. Het leek het leven van een ander, niet dat van mij. Ik popelde om naar boven te gaan en op te schrijven wat ik had ontdekt.

'Ik ben moe,' zei ik. 'Ik moet rusten.'

'Doe dat maar,' zei hij. Hij stak zijn hand naar me uit, pakte het stapeltje foto's aan en legde het terug in de doos.

'Ik neem deze weer onder mijn hoede,' zei hij, de deksel sluitend. Ik ging naar boven, naar mijn dagboek en schreef dit allemaal op.

*

Middernacht. Ik lig in bed. Alleen. Ik probeer wijs te worden uit alles wat er vandaag is gebeurd. Alles wat ik te weten ben gekomen. Ik weet niet of het me zal lukken.

Ik besloot voor het eten in bad te gaan. Nadat ik de deur achter me op slot had gedaan, bekeek ik snel de foto's rond de spiegel, maar nu zag ik alleen maar wat er ontbrak. Ik draaide de warme kraan open.

Meestal, besef ik nu, heb ik geen enkele herinnering aan Adam, maar vandaag kwam hij bij me terug toen ik maar één foto van hem had gezien. Waren deze foto's zo uitgekozen dat ze me houvast zouden bieden zonder me te herinneren aan alles wat ik was kwijtgeraakt?

De ruimte vulde zich met stoom. Beneden hoorde ik mijn man. Hij had de radio aangezet; vage, onbestemde jazzklanken zweefden naar boven. Daardoorheen was het ritmische geluid van een mes op een snijplank te horen; waarschijnlijk was hij wortels, uien en pepers aan het snijden. Hij was aan het koken, alsof het een gewone dag was.

Voor hem is het ook een gewone dag, bedacht ik. Ik ben intens verdrietig, hij niet.

Ik neem het hem niet kwalijk dat hij mij niet elke dag over Adam, mijn moeder en Claire vertelt. Als ik in zijn schoenen stond, zou ik dat ook niet doen. Het zijn pijnlijke dingen en als ik er een hele dag niet aan herinnerd word, bespaart dat mij leed en hem de pijn omdat hij mij dat leed aandoet. Hoe groot moet de verleiding voor hem zijn om niets te zeggen, en hoe moeilijk moet het voor hem zijn om te leven met de wetenschap dat ik deze flarden van herinneringen altijd overal met me meedraag, als kleine bommetjes waarvan er elk moment eentje de oppervlakte uiteen kan rijten, waardoor ik gedwongen word de pijn te voelen alsof het de eerste keer is. En elke keer sleur ik hem daarin mee.

Ik kleedde me langzaam uit, vouwde mijn kleren op en legde ze op de stoel naast het bad. Naakt bekeek ik mijn vreemde lichaam in de spiegel. Ik dwong mezelf naar mijn rimpels te kijken, naar mijn uitgezakte borsten. Ik ken mezelf niet, dacht ik. Ik herken noch mijn lichaam, noch mijn verleden.

Ik ging dichter bij de spiegel staan. Daar zaten ze, op mijn buik, mijn billen en borsten. Dunne, zilverachtige strepen, rafelige littekens van het verleden. Dat ik die niet eerder had gezien, kwam doordat ik er niet naar op zoek was geweest. Ik stelde me voor dat ik ze scherp in de gaten had gehouden, hopend dat ze zouden verdwijnen als ik dikker werd. Nu was ik blij dat ze er waren; als geheugensteuntje.

Mijn spiegelbeeld vervaagde in de damp. Ik heb nog geluk gehad, dacht ik. Ik heb Ben, ik heb iemand die voor me zorgt, hier in dit huis dat mijn thuis is, ook al herinner ik me dat niet. Ik ben niet de enige die lijdt. Hij heeft vandaag hetzelfde doorgemaakt als ik, maar als hij straks naar bed gaat weet hij dat alles zich morgen waarschijnlijk zal herhalen. Een andere man zou dit niet hebben aangekund, of er niet toe bereid zijn geweest. Een andere man zou me hebben verlaten. Ik staarde naar mijn gezicht, alsof ik het beeld in mijn geest probeerde te prenten, het te bewaren zodat het me de volgende ochtend niet zo vreemd zou zijn, me niet zo zou schokken. Toen ik helemaal niets meer kon zien, wendde ik me af en stapte in het water. Ik viel in slaap.

Ik droomde niet – of dacht dat ik niet droomde – maar toen ik wakker werd was ik in de war. Ik bevond me in een andere badkamer. Het water was nog warm; er werd op de deur geklopt. Toen ik mijn ogen opendeed herkende ik niets. Er hing een gewone spiegel, zonder iets eromheen, aan een muur van witte in plaats van blauwe tegeltjes. Aan een rail boven me hing een douchegordijn, twee glazen stonden omgekeerd op een plankje boven de wastafel en naast de wc-pot was een bidet.

Ik hoorde een stem. 'Ik kom,' zei de stem, en het drong tot me door dat het de mijne was. Ik ging rechtop in bad zitten en keek naar de vergrendelde deur. Twee dezelfde ochtendjassen hingen aan de muur tegenover me, allebei wit en met duidelijk zichtbaar de initialen R.G.H. erop.

'Kom nou!' klonk het achter de deur. De stem leek op die van Ben, toch was hij het niet. Nu werd het dreinen: 'Kom nou! Kom nou, kom nou, kom nou!'

'Wie is daar?' vroeg ik, maar het gejengel stopte niet. Ik stapte uit het bad. De vloer, betegeld in zwarte en witte diagonalen, was nat. Ik voelde mezelf wegglijden, voelde hoe mijn voeten en mijn benen het begaven. Ik viel op de grond en trok het douchegordijn mee, dat over me heen viel. Mijn hoofd knalde tegen de wastafel. Ik schreeuwde: 'Help!'

Toen werd ik echt wakker en hoorde ik een andere stem roepen: 'Christine! Chris! Gaat het wel?' Tot mijn opluchting drong het tot me door dat het Ben was en dat ik had gedroomd. Ik deed mijn ogen open. Ik lag in een bad, mijn kleren lagen opgevouwen op een stoel naast me en op de blauwe tegeltjes boven de wastafel hingen foto's van mijn leven.

'Ja,' antwoordde ik. 'Alles is in orde. Ik heb alleen naar gedroomd.'

Ik kwam uit bad, at en ging naar bed. Ik wilde schrijven, alles vastleggen wat ik te weten was gekomen voor het zou verdwijnen. Ik wist niet of ik genoeg tijd zou hebben voor Ben naar bed kwam.

Maar wat kon ik doen? Ik heb vandaag al zo lang zitten schrijven, dacht ik. Hij zal op een gegeven moment toch wel argwaan krijgen en zich afvragen wat ik daar boven in mijn eentje aan het doen ben? Ik heb tegen hem gezegd dat ik moe ben en moet rusten, en dat geloofde hij.

Ik kan niet zeggen dat ik me daar niet schuldig over voel. Ik heb hem door het huis horen sluipen, zachtjes horen doen met deuren om mij niet wakker te maken, en al die tijd zat ik als een bezetene in mijn dagboek te schrijven. Maar ik heb geen keus. Ik moet al deze dingen vastleggen. Het is haast belangrijker dan wat ook, want als ik het niet doe raak ik alles voorgoed kwijt. Ik moet me verontschuldigen en verder gaan met mijn dagboek.

'Ik denk dat ik vannacht in de logeerkamer slaap,' had ik gezegd. 'Ik ben van streek. Begrijp je dat?'

Hij had geknikt en me verteld dat hij de volgende ochtend voor hij naar zijn werk ging zou komen kijken of alles goed met me was. Toen kuste hij me en wenste me welterusten. Ik hoor nu dat hij de televisie uitzet en de sleutel in de voordeur omdraait. Ons opsluit. In mijn toestand zal het wel niet goed voor me zijn dat ik ga dwalen.

Ik kan niet geloven dat ik over een paar minuten, als ik in slaap val, mijn zoon weer zal vergeten. De herinneringen aan hem leken – lijken nog steeds – zo levensecht. En zelfs nadat ik in bad in slaap was gevallen, herinnerde ik me hem nog. Het lijkt onmogelijk dat als ik langer slaap alles weer wordt uitgewist, toch hoor ik van Ben en van dokter Nash dat dat gebeurt.

Durf ik te hopen dat ze ongelijk hebben? Elke dag herinner ik me meer, word ik wakker met meer besef van wie ik ben. Misschien gaat het wel beter met me en brengt het schrijven de herinneringen naar boven.

Misschien is vandaag wel de dag waarop ik later zal terugkijken als de dag van de doorbraak. Het zou kunnen.

Ik ben nu erg moe. Ik houd zo dadelijk op met schrijven, verberg het dagboek en doe het licht uit. Slaap. Ik doe een schietgebedje dat ik morgen bij het wakker worden nog weet dat ik een zoon heb.

Donderdag 15 november

Ik was in de badkamer. Hoe lang ik daar al stond wist ik niet. Ik keek alleen maar naar al die foto's waar Ben en ik vrolijk lachend op stonden terwijl we met zijn drieën hadden moeten zijn. Roerloos staarde ik ernaar, alsof ik daarmee Adams beeltenis op zou kunnen roepen, alsof ik hem met mijn geestkracht tot leven zou kunnen wekken. Maar dat kon ik niet. Hij bleef onzichtbaar.

Ik was wakker geworden zonder enige herinnering aan hem. Niets herinnerde ik me ervan. Ik geloofde nog dat het moederschap iets was dat in het verschiet lag, blinkend en verontrustend. Zelfs nadat ik mijn verouderde gezicht had gezien, had ontdekt dat ik getrouwd was en oud genoeg was om kleinkinderen te hebben, en zelfs nadat deze gegevens me van mijn stuk hadden gebracht, was ik verrast toen dokter Nash belde en me vertelde dat ik een dagboek in de klerenkast bewaar. Ik was er niet op voorbereid te ontdekken dat ik ook nog moeder ben, een kind heb gebaard.

Ik hield het dagboek in mijn hand. Toen ik het gelezen had wist ik dat het waar was. Ik had ooit een kind gekregen. Ik voelde het in al mijn poriën, bijna alsof ik hem nog steeds in me droeg. Ik las het telkens opnieuw, in een poging het in mijn geheugen vast te leggen.

Toen las ik door en ontdekte ik dat hij dood was. Het was onwerkelijk. Het kon niet waar zijn. Mijn hart verzette zich ertegen, probeerde deze wetenschap te verwerpen, ook al wist ik dat het waar was. Ik werd niet goed. Het zuur kwam in mijn keel naar boven; toen ik het wegslikte begon de kamer te draaien. Even voelde ik dat ik begon om te vallen. Het dagboek gleed van mijn schoot en bijna schreeuwde ik het uit van de pijn, maar ik smoorde het geluid. Ik kwam overeind en liep slingerend de slaapkamer uit.

In de badkamer keek ik weer naar de foto's waar hij bij zou moeten hangen. Wanhoop overspoelde me, ik wist niet wat ik doen moest als Ben thuiskwam. Ik stelde me voor dat hij binnenkwam, me een kus gaf, eten maakte en dat we aan tafel zaten. En daarna televisie keken of wat we dan ook meestal deden 's avonds. En de hele tijd zou ik moeten doen alsof ik niet wist dat ik een zoon had verloren. En dan gingen we naar bed, samen, en dan...

Het was meer dan ik verdragen kon. Ik verloor de macht over mezelf, wist niet meer wat ik deed. Ik begon naar de foto's te graaien, trok en scheurde. In wat een mum van tijd leek waren ze weg, lagen ze verspreid op de badkamervloer en dreven ze in de wc-pot.

Ik propte het dagboek in mijn tas. Mijn portemonnee was leeg, dus ik pakte een van de twintigpondbiljetten die volgens mijn dagboek achter de klok op de schoorsteenmantel verstopt zaten, en rende het huis uit. Ik wist niet waar ik heen ging. Ik wilde dokter Nash zien maar had geen idee waar hij was of, al had ik dat wel geweten, hoe ik er moest komen. Ik voelde me hulpeloos. Alleen. Ik zette het op een rennen.

Aan het eind van de straat ging ik linksaf, naar het park. Het was een zonnige middag, het oranje licht werd weerkaatst in de ramen van de geparkeerde auto's en in de plassen die de regenbui van vanmorgen had achtergelaten. Maar het was koud en mijn adem wasemde om mijn gezicht. Ik trok mijn jas strakker om me heen en mijn sjaal over mijn oren en liep haastig door. De bladeren vielen van de bomen, waaiden mee met de wind en verzamelden zich bruin en modderig in de goot.

Ik stapte de weg op. Gierende remmen, een auto kwam knarsend tot stilstand. Een mannenstem gedempt achter de ruit: 'Donder toch op! Stom wijf dat je bent!'

Ik keek op. Ik stond midden op de weg oog in oog met een auto met afgeslagen motor en een woedende chauffeur. Een beeld kwam in me op: een klap, metaal tegen botten, verkreukeld en verschrompeld raken en dan het glijden over de motorkap, of onder de auto, en als een hoopje verknoopte ellende op de weg blijven liggen – het einde van een toch al verpest leven.

Zou het zo eenvoudig kunnen zijn? Zou een tweede aanrijding af kunnen maken wat al die jaren geleden met die eerste was begonnen? Ik heb het gevoel alsof ik al twintig jaar dood ben, maar is dit waar het allemaal toe moest leiden, uiteindelijk?

Wie zou mij missen? Mijn echtgenoot. Misschien de dokter, hoewel ik voor hem alleen maar een patiënt ben. Verder is er niemand. Is mijn kringetje echt zo klein geworden? Hebben al mijn vrienden me in de steek gelaten? Wat zou ik snel vergeten zijn als ik doodging.

Ik keek naar de man in de auto. Hij, of iemand zoals hij, had me dit aangedaan. Me alles afgenomen. Zelfs mezelf. Maar hij leefde nog.

Nog niet, dacht ik. Nog niet. Hoe mijn leven ook zou eindigen, dit wilde ik niet. Ik dacht aan de roman die ik had geschreven, het kind dat ik had grootgebracht, zelfs aan het vuurwerkfeest met mijn vriendin al die jaren geleden. Er zijn nog steeds herinneringen die ik moet zien terug te vinden. Er zijn nog steeds dingen te ontdekken. Mijn eigen waarheid.

Ik mimede 'sorry!' en rende de straat over, een hek door, het park in.

Midden op het gras stond een huisje. Een cafeetje. Ik ging naar binnen en bestelde koffie. Op een van de bankjes warmde ik mijn handen om het plastic bekertje. Aan de overkant was een speeltuin met een glijbaan, schommels, een draaimolen. Een jongetje zat op een stoeltje in de vorm van een lieveheersbeestje dat met een grote veer in de grond was verankerd. Ik zag hoe hij heen en weer wipte met een ijsje in zijn hand, ondanks de kou.

In een flits zag ik mezelf en een ander jong meisje in het park. Ik zag ons omhoog klimmen naar een houten kooi vanwaar we over een metalen glijbaan naar beneden zoefden. Hoe hoog had het geleken, al die jaren geleden, maar nu ik naar de speeltuin keek, zag ik dat ik bijna net zo lang was als de glijbaan hoog was. We maakten onze jurken vies en kregen een standje van onze moeders, waarna we naar huis huppelden met een zakje snoep of paprikachips.

Waren dit herinneringen of verzinsels?

Ik keek naar het jongetje. Hij was alleen. Het park leek verlaten. Alleen wij tweeën, in de kou, onder een donker wolkendek. Ik nam een grote slok van mijn koffie.

'Hé!' riep het jongetje. 'Hé, mevrouw!'

Ik keek op, en keek toen weer naar mijn handen.

'Hé!' Hij begon harder te roepen. 'Mevrouw! Help me, draai me rond!'

Hij stond op en liep naar de draaimolen. 'Draai me rond!' herhaalde hij. Hij probeerde het ijzeren geval in beweging te krijgen, maar ondanks de inspanning die van zijn gezicht was af te lezen, gebeurde er niets. Teleurgesteld gaf hij het op. 'Alstublieft!' zei hij.

'Het komt wel goed,' riep ik. Ik nam een slokje koffie en besloot te blijven wachten tot zijn moeder terug zou komen, van waar ze ook uithing. Ik zou een oogje in het zeil houden.

Hij klom op de draaimolen en schoof net zo lang door tot hij in het midden stond. 'Draai me rond!' zei hij nogmaals. Zijn stem klonk nu zachter, smekend. Ik wou dat ik niet gekomen was, dat ik iets kon doen om van hem af te zijn. Ik voelde me vervreemd van de wereld, onnatuurlijk, gevaarlijk. Ik dacht aan de foto's die ik van de muur had gerukt en in de badkamer had laten slingeren. Ik was hier gekomen voor de rust. Niet hiervoor.

Ik keek naar het jongetje. Hij was nu ergens anders gaan staan en probeerde zich nogmaals af te zetten, maar waar hij stond op de draaimolen kon hij met zijn benen amper bij de grond komen. Hij zag er zo kwetsbaar uit. Zo hulpeloos. Ik ging naar hem toe.

'Duwen!' zei hij. Grijnzend zette ik mijn koffie op de grond.

'Hou je goed vast!' zei ik. Ik gooide mijn gewicht tegen de stang. Het was zwaarder dan ik had gedacht, maar er kwam beweging in en ik begon rondjes te lopen om meer snelheid te maken. 'Daar gaan we!' zei ik, en ging op de rand van de draaimolen zitten.

Hij lachte opgewonden, zich aan de ijzeren stang vastklampend alsof we veel sneller gingen dan in werkelijkheid het geval was. Zijn handen zagen er koud uit, bijna blauw. Hij droeg een groene jas die er veel te dun uitzag en een spijkerbroek met bij de enkels omgeslagen pijpen. Ik vroeg me af wie hem naar buiten had laten gaan zonder handschoenen, sjaal of muts.

‘Waar is je mamma?’ vroeg ik. Hij haalde zijn schouders op. ‘Je pappa?’

‘Kweenie,’ zei hij. ‘Mamma zegt dat pappa weg is. Ze zegt dat hij niet meer van ons houdt.’

Ik keek naar hem. Hij zei het zonder pijn of teleurstelling. Voor hem was het de simpele constatering van een feit. Even leek het alsof de draaimolen helemaal stilstond en de wereld om ons heen draaide, in plaats van andersom.

‘Maar je mamma houdt vast veel van je, hè?’ zei ik.

Hij bleef enkele seconden stil. ‘Soms,’ zei hij.

‘En soms ook niet?’

Hij wachtte even. ‘Nee.’ Ik voelde iets bonzen in mijn borstkas, alsof er iets omviel. Of ontwaakte. ‘Ze zegt van niet. Soms.’

‘Wat erg,’ zei ik. Ik zag de bank waarop ik had gezeten naar ons toe komen en weer wegdraaien. We draaiden en draaiden.

‘Hoe heet je?’

‘Alfie,’ zei hij. We draaiden langzamer en achter zijn hoofd kwam de wereld langzaam tot stilstand. Mijn voeten maakten contact met de grond en ik duwde weer af, zodat we weer draaiden. Ik sprak zijn naam uit, alsof ik hem voor mezelf wilde horen. Alfie.

‘Mamma zegt soms dat ze beter af zou zijn als ik ergens anders woonde,’ zei hij.

Ik probeerde te blijven lachen en mijn stem opgewekt te laten klinken. ‘Dat meent ze vast niet.’

Hij haalde zijn schouders op.

Mijn hele lijf verkrampte. Ik zag al voor me dat ik hem zou vragen met mij mee naar huis te gaan. Bij mij te komen wonen. Zijn gezicht zou opklaren, ook al zou hij zeggen dat hij niet met een vreemde mee mocht gaan. *Maar ik ben geen vreemde*, zou ik dan zeggen. En ik zou hem optillen – een zwaar kind met een zoete geur als van chocola – en we zouden samen het cafeetje binnengaan. *Wat wil je drinken?* zou ik vragen. *Appelsap*, zou hij zeggen. Ik zou appelsap voor hem kopen en iets lekkers, en dan zouden we het park verlaten. Hij zou me een hand geven als we samen naar huis liepen, naar het huis waar ik woon met mijn man, en ’s avonds zou ik zijn vlees voor hem snijden en zijn aardappels prakken. En als hij zijn pyjama aanhad, zou ik hem een verhaaltje voorlezen voor ik hem instopte en als hij sliep zou ik hem zachtjes op zijn kruin kussen. En morgen...

Morgen? Er is voor mij geen morgen, dacht ik. Zoals er ook geen gisteren is.

'Mamma!' riep hij. Even dacht ik dat hij het tegen mij had, maar hij sprong van de draaimolen en rende naar het cafeetje.

'Alfie!' riep ik, maar toen zag ik een vrouw op ons af komen met in elke hand een plastic bekertje.

Toen hij bij haar was, hurkte ze neer. 'Alles goed, kanjer?' zei ze terwijl hij in haar armen vloog. Ze keek langs hem heen in mijn richting. Haar ogen vernauwden zich en haar gezicht kreeg een harde uitdrukking. *Ik heb niets fout gedaan!* wilde ik roepen. *Laat me met rust!*

Maar dat deed ik niet. Ik keek de andere kant op en zodra ze met Alfie was weggelopen kwam ik van de draaimolen af. Het begon te schemeren, de lucht werd inktachtig blauw. Ik zat op een bank, wist niet hoe laat het was of hoe lang ik al weg was. Ik wist alleen dat ik niet naar huis kon, nog niet. Ik kon Ben niet onder ogen komen. Ik kon het niet opbrengen te moeten doen alsof ik niet wist dat Adam had bestaan, dat ik geen idee had dat ik ooit een kind had gehad. Een moment kwam de behoefte in me op hem alles te vertellen. Over mijn dagboek, over dokter Nash. Alles. Maar ik zette de gedachte uit mijn hoofd. Ik wilde niet naar huis, maar kon nergens anders heen.

Ik stond op en begon te lopen. De lucht werd zwart.

Het huis was donker. Ik wist niet wat ik moest verwachten toen ik de voordeur opendeed. Ben zou me wel missen; hij had gezegd dat hij tegen vijven thuis zou zijn. Ik stelde me voor dat hij in de kamer liep te ijsberen en hoewel ik hem die ochtend niet had zien roken, voegde mijn fantasie om de een of andere reden een brandende sigaret aan het tafereel toe. Maar misschien was hij wel naar buiten gegaan en reed hij rond, op zoek naar mij. Ik zag al politiemensen en vrijwilligers voor me, die in groepjes met een foto van mij langs de deuren gingen, en ik voelde me schuldig. Ik probeerde mezelf voor te houden dat ik weliswaar geen geheugen had, maar dat ik geen kind was en ook geen vermiste, nog niet. Toch nam ik een verontschuldigende houding aan toen ik naar binnen ging.

Ik riep: 'Ben?' Er kwam geen antwoord en voor ik ook maar iets hoorde, voelde ik een beweging in huis. Een krakende plank ergens boven me, een bijna onmerkbare verandering in de sfeer van het huis. Ik riep nog eens, nu iets luider: 'Ben?'

'Christine?' klonk een stem, zwak en schor.

'Ben,' zei ik. 'Ben, ik ben het. Ik ben thuis.'

Hij kwam tevoorschijn en bleef boven aan de trap staan. Hij zag eruit alsof hij geslapen had, droeg nog steeds de kleren die hij die ochtend aanhad toen hij naar zijn werk ging, maar zijn overhemd hing los en verkreukeld uit zijn broek en zijn haar stond alle kanten op, wat met zijn geschokte gezichtsuitdrukking een bijna komische associatie opriep met een stripfiguur die onder stroom staat. Er kwam een herinnering langsdrijven – aan natuurkundelessen en de Van de Graaffgenerator – maar ik kreeg er geen vat op.

Hij kwam naar beneden. 'Chris, je bent thuis!'

'Ik eh... ik had wat frisse lucht nodig,' zei ik.

'Goddank,' zei hij. Hij kwam naar me toe en pakte mijn hand. Hij greep hem vast alsof hij hem wilde schudden of zeker wilde weten dat ik er echt was, maar hij bewoog hem niet. 'Goddank!'

Hij keek me met opengesperde, glimmende ogen aan. Ze glansden in het gedempte licht alsof hij gehuild had. Wat houdt hij toch veel van me, dacht ik. Mijn schuldgevoel nam toe.

'Het spijt me,' zei ik. 'Het was niet mijn bedoeling...'

Hij viel me in de rede. 'O, laten we ons daar niet druk over maken, oké?'

Hij bracht mijn hand naar zijn lippen. Zijn uitdrukking veranderde, werd blij, gelukkig. Elke zweem van ongerustheid verdampte. Hij kuste me.

'Maar...'

'Je bent er weer, dat is het belangrijkste.' Hij knipte het licht aan en streek zijn haar glad, zodat hij weer enigszins toonbaar was. 'Goed!' zei hij, terwijl hij zijn overhemd in zijn broek stopte. 'Als jij je nou eens een beetje gaat opknappen? En ik dacht, misschien kunnen we dan uitgaan? Vind je dat leuk?'

'Liever niet,' zei ik. 'Ik...'

'O, Christine. We moeten echt iets leuks gaan doen! Je ziet eruit alsof je dat wel kunt gebruiken.'

‘Maar Ben, ik zie het echt niet zitten.’

‘Alsjeblieft?’ zei hij. Weer pakte hij mijn hand en kneep er zachtjes in. ‘Je zou me er zo’n plezier mee doen.’ Hij pakte mijn andere hand en nam mijn handen tussen de zijne. ‘Ik weet niet meer of ik het vanmorgen heb gezegd, maar ik ben vandaag jarig.’

*

Wat kon ik doen? Ik wilde niet uit, maar ik wilde eigenlijk helemaal niets. Ik zei dat ik zou doen wat hij gevraagd had, dat ik me zou opknappen en dan zou kijken hoe ik me voelde. Ik ging naar boven. Zijn stemming verontrustte me. Eerst leek hij zo bezorgd, maar zodra er niets met mij aan de hand bleek te zijn, was zijn bezorgdheid verdwenen. Hield hij echt zoveel van mij? Vertrouwde hij me dusdanig dat het hem niets kon schelen waar ik was geweest, zolang mij maar niets was overkomen?

Ik ging naar de badkamer. Misschien had hij niet gezien dat de foto’s op de grond lagen en geloofde hij echt dat ik een eindje was gaan wandelen. Er was nog tijd genoeg om de sporen uit te wissen, om mijn boosheid en mijn verdriet te verbergen.

Ik deed de deur achter me op slot en trok aan het koordje om het licht aan te doen. De vloer was schoongeveegd. Rond de spiegel hingen de foto’s, alsof er niets was gebeurd. Er was geen scheurtje te zien.

Ik riep naar Ben dat ik over een halfuur klaar zou zijn, ging in de slaapkamer zitten en schreef dit allemaal op, zo snel als ik kon.

Vrijdag 16 november

Wat er daarna gebeurd is weet ik niet. Wat heb ik gedaan nadat Ben me vertelde dat hij jarig was? Toen ik naar boven ging en ontdekte dat de foto's waren teruggehangen, precies zoals voor ik ze van de muur had gerukt? Geen idee. Misschien heb ik een douche genomen en me verkleed, misschien zijn we uit eten gegaan, en naar de film. Ik weet het niet. Ik heb het niet opgeschreven en kan het me niet herinneren, ook al is het maar een paar uur geleden. Tenzij ik het aan Ben vraag, zal ik het nooit meer kunnen achterhalen. Ik heb het gevoel dat ik gek word.

Vanmorgen werd ik heel vroeg wakker en lag hij naast me. Weer was hij een vreemde voor me. Het was donker en stil in de kamer. Verstijfd van angst lag ik in bed zonder te weten wie ik was of waar ik was. Het enige wat in me opkwam was wegrennen, vluchten, maar ik kon me niet bewegen. Ik voelde me uitgehold, leeg. Plotseling kwamen er woorden naar de oppervlakte van mijn bewustzijn. Ben. Echtgenoot. Geheugen. Ongeval. Dood. Zoon.

Adam.

Ze bleven in de lucht hangen, scherp en dan weer wazig. Ik kon geen verbanden leggen. Wist niet wat ze betekenden. Ze wervelden door mijn hoofd, galmend, als mantra's. Toen kwam de droom bij me terug, de droom waarvan ik waarschijnlijk wakker was geworden.

Ik was in een kamer, ik lag in een bed. In mijn armen een lijf, een mannenlijf. Het lag boven op me, zwaar, met een brede rug. Ik voelde me raar, mijn hoofd te licht en mijn lichaam te zwaar. De kamer wiegde heen en weer en toen ik mijn ogen opendeed kon ik mijn blik niet scherpstellen.

Ik wist niet wie de man was, zijn hoofd lag te dicht bij het mijne om zijn gezicht te kunnen zien, maar ik kon alles wel voelen, zelfs de haren op zijn borst, ruw tegen mijn naakte borsten. Ik had een bepaalde smaak in mijn mond, zoet en harig. Hij was me aan het zoenen. Hij was te ruw, ik wilde dat hij ermee ophield, maar zei niets. 'Ik hou van je,' prevelde hij, de woorden gesmoord door mijn haren en mijn nek. Ik wilde iets zeggen, dat wist ik, hoewel ik niet wist wat, maar ik wist ook niet hoe. Mijn mond leek niet in verbinding te staan met mijn hersenen, dus lag ik daar maar terwijl hij me zoende en dingen in mijn haar zei. Ik herinnerde me dat ik het wel wilde en tegelijkertijd ook wilde dat hij zou stoppen, dat ik toen hij me begon te zoenen tegen mezelf had gezegd dat we geen seks zouden hebben, maar zijn hand was langs de welving van mijn rug naar beneden gegaan, naar mijn billen, en ik had het laten gebeuren. En toen hij zijn hand onder mijn blouse schoof, dacht ik weer: tot hier, verder mag je niet gaan. Maar ik hou je niet tegen, niet nu, omdat ik ervan geniet. Omdat ik je hand warm op mijn borst voel en mijn lichaam reageert met kleine sidderingen van genot. Omdat ik me voor het eerst vrouw voel. Maar tot seks laat ik het niet komen. Vanavond niet. Verder dan dit gaan we niet, het is tot hier en niet verder. En toen had hij mijn blouse uitgedaan en mijn bh losgehaakt en voelde ik niet zijn hand maar zijn mond op mijn borst, en nog steeds dacht ik dat ik er gauw een eind aan zou maken. Het woord 'nee' had zich al gevormd, had postgevat in mijn geest, maar op het moment dat ik het uitsprak, duwde hij me terug op het bed en schoof hij mijn ondergoed naar beneden en ging het over in iets anders, een gekreun dat ik in de verte herkende als genot.

Ik voelde iets tussen mijn knieën. Iets hards. 'Ik hou van je,' zei hij weer, en toen drong het tot me door dat het zijn knie was, dat hij met zijn been mijn benen uit elkaar duwde. Ik wilde het niet, maar wist op hetzelfde moment dat ik er niet onderuit kwam, dat ik te lang gewacht had en mijn kansen om nog iets te zeggen, er iets tegen te doen, een voor een voorbij had laten gaan. Nu had ik geen keus meer.

Ik wilde het toen, toen hij zijn broek had opengeritst en onhandig uit zijn onderbroek was gestapt, dus nu moest ik het ook nog willen, nu ik onder hem lag.

Ik probeerde me te ontspannen. Hij richtte zich half op en kreunde – een laag, angstwekkend geluid dat heel diep uit hem kwam – en toen zag ik zijn gezicht. In mijn droom herkende ik het niet, maar nu wel. Het was Ben. 'Ik hou van je,' zei hij, en ik wist dat ik nu iets moest zeggen, dat hij mijn man was, ook al was het voor mij alsof ik hem die ochtend voor het eerst ontmoet had. Ik kon zorgen dat hij ophield. Ik kon erop vertrouwen dat hij zou stoppen.

'Ben, ik...'

Met zijn natte mond legde hij me het zwijgen op en toen voelde ik hem bruusk in me komen. Pijn, of genot? Ik wist niet waar het ene eindigde en het andere begon. Ik klemde me vast aan zijn rug, nat van het zweet, en probeerde me voor hem open te stellen, probeerde te genieten van wat er gebeurde en toen ik merkte dat dat niet lukte, probeerde ik het te negeren. Ik heb erom gevraagd, dacht ik bij mezelf, tegelijkertijd heb ik er nooit om gevraagd. Is het mogelijk om iets op hetzelfde moment wel en niet te willen? Dat begeerte en angst hand in hand gaan?

Ik sloot mijn ogen en zag een gezicht. Een vreemde man met donker haar en een baard. Een litteken over de zijkant van zijn wang. Hij had iets vertrouwds, maar ik had geen idee waar ik hem van kende. Terwijl ik naar hem keek verdween zijn lach en op dat moment schreeuwde ik het uit, in mijn droom. Ik werd wakker en lag rustig in bed, met Ben naast me en zonder enig idee waar ik was.

Ik stond op. Om naar de wc te gaan? Om te vluchten? Ik wist niet waar ik heen moest, of wat ik doen moest. Als ik ervan had geweten had ik de deur van de klerenkast zo zachtjes mogelijk opengedaan en de schoenendoos eruit gehaald waar mijn dagboek in lag, maar ik wist het niet. Dus ging ik naar beneden. De voordeur zat op slot, blauw maanlicht scheen door het matglas. Ik besefte dat ik naakt was.

Ik ging onder aan de trap zitten. De zon kwam op en het blauwige licht in de hal veranderde in diep oranje. Alles was me onduidelijk, de droom in de eerste plaats. Die voelde veel te werkelijk. Ik was wakker geworden in dezelfde slaapkamer als waar ik over gedroomd had, naast een man die ik niet verwacht had.

En nu, nu ik mijn dagboek heb gelezen nadat dokter Nash me belde, begint zich een gedachte te vormen. Kan het een herinnering zijn geweest? Een herinnering aan de avond ervoor, die ik had vastgehouden?

Ik weet het niet. Als dat zo is, denk ik dat het betekent dat ik vooruitga. Maar het betekent ook dat Ben zich aan me heeft opgedrongen en wat nog erger is, dat ik terwijl hij dat deed een vreemde man voor me zag, met een baard en een litteken op zijn gezicht. Wat gruwelijk dat ik me uitgerekend zoiets herinner.

Maar misschien betekent het helemaal niets en was het alleen maar een droom. Een nachtmerrie, meer niet. Ben houdt van me en de bebaarde vreemde bestaat niet.

Maar hoe kom ik ooit achter de waarheid?

Later had ik een ontmoeting met dokter Nash. We stonden voor het stoplicht. Dokter Nash trommelde met zijn vingers op het stuur, net niet in de maat van de muziek die uit zijn geluidsinstallatie klonk, popmuziek die ik niet herkende en ook niet mooi vond, en ik staarde voor me uit. Vrijwel meteen nadat ik mijn dagboek had gelezen en mijn droom van vannacht, die misschien een herinnering was, had opgeschreven, had ik hem gebeld. Ik moest met iemand praten; het besef dat ik moeder was had een scheurtje in mijn leven veroorzaakt dat nu op barsten stond en alles dreigde te ontwrichten. Hij had voorgesteld onze volgende afspraak te vervroegen en elkaar vandaag te zien. Ook vroeg hij of ik mijn dagboek mee wilde nemen. Ik had hem niet verteld wat er aan de hand was, ik wilde ermee wachten tot we in zijn werkkamer waren, maar nu vroeg ik me af of ik er wel toe in staat was.

Het stoplicht sprong op groen. Zijn vingers kwamen tot rust en de auto kwam met een ruk in beweging. ‘Waarom heeft Ben me niet over Adam verteld?’ hoorde ik mezelf zeggen. ‘Ik begrijp het niet. Waarom niet?’

Hij keek me aan zonder iets te zeggen. We reden een stukje verder. Een plastic hondje op de hoedenplank van de auto voor ons knikte komisch met zijn kop en daarachter zag ik het blonde haar van een peuter. Ik dacht aan Alfie.

Dokter Nash kuchte. 'Vertel me eens wat er is gebeurd.'

Het was dus waar. Ergens had ik gehoopt dat hij zou vragen waar ik het over had, maar zodra ik het woord *Adam* uitsprak, besefte ik hoe onzinnig die hoop was geweest, hoe misplaatst. Adam voelt werkelijk. Hij bestaat in mij, in mijn bewustzijn, is op een unieke manier aanwezig. Niet zoals Ben of dokter Nash. Zelfs niet zoals ikzelf.

Ik werd boos. Hij had het al die tijd geweten.

'En jij,' zei ik. 'Jij gaf me mijn roman. Waarom heb je me niet over Adam verteld?'

'Christine,' zei hij. 'Vertel me wat er gebeurd is.'

Ik staarde door de voorruit. 'Ik had een herinnering,' zei ik.

Hij keek me van opzij aan. 'Echt waar?' Ik reageerde niet. 'Christine,' zei hij. 'Ik probeer je te helpen.'

Toen heb ik het hem verteld. 'Het gebeurde gisteren,' zei ik, 'nadat je me mijn boek had gegeven. Ik bekeek de foto die je erbij had gedaan en ineens herinnerde ik me de dag waarop die foto werd genomen. Waarom weet ik niet. Ineens kwam het bij me naar boven. En toen herinnerde ik me dat ik zwanger was.'

Hij zei niets.

'Was jij op de hoogte?' vroeg ik. 'Van Adam?'

Hij sprak langzaam. 'Ja,' antwoordde hij. 'Ik was op de hoogte. Het staat in je dossier. Hij was een paar jaar oud toen je je geheugen verloor.' Hij stopte even. 'En we hebben het al eerder over hem gehad.'

Ik kreeg het koud. Hoewel het warm was in de auto, ging er een rilling door me heen. Dat het mogelijk was, zelfs waarschijnlijk, dat ik me Adam eerder had herinnerd, wist ik, maar de naakte waarheid – dat ik eerder door dit alles heen was gegaan, en dat ik er weer doorheen zou gaan – raakte me diep.

Hij moest mijn ontsteltenis hebben gevoeld.

'Een paar weken geleden,' zei hij, 'vertelde je me dat je een kind had gezien, op straat. Een jongetje. Eerst had je sterk het gevoel dat je hem kende, dat hij verdwaald was maar nu thuis zou komen, in jouw huis, en dat jij zijn moeder was. Toen is de herinnering bij je teruggekomen. Je hebt het Ben verteld en hij heeft je over Adam verteld. Later die dag heb je het mij verteld.'

Ik herinnerde me er niets meer van. Ik moest mezelf inprenten dat hij het niet over een vreemde had, maar over mij.

'Maar sindsdien heb je me niets meer over hem verteld?'

Hij zuchtte. 'Nee...'

Zomaar ineens herinnerde ik me wat ik vanochtend had gelezen over de beelden die ze me getoond hadden toen ik in de scanner lag.

'Er waren foto's van hem!' zei ik. 'Toen de scan werd gemaakt! Er waren foto's...'

'Ja,' zei hij. 'Die kwamen uit je dossier.'

'Maar je hebt hem niet genoemd! Waarom niet? Ik begrijp het niet.'

'Christine, je moet accepteren dat ik je niet bij elke sessie eerst alles kan gaan vertellen wat ik weet en jij niet. Bovendien leek het me in dit geval niet per se in jouw belang.'

'Mijn belang?'

'Nee. Ik wist dat het heel ingrijpend voor je zou zijn om te horen dat je een kind hebt gehad en dat je dat vergeten bent.'

We reden een ondergrondse garage in. Het zachte daglicht trok weg en maakte plaats voor hard tl-licht en de geur van benzine en beton. Ik vroeg me af of er nog meer was wat hij uit ethische overwegingen voor mij verzweeg, welke tijdbommen er nog meer in mijn hoofd tikten, klaar om te ontploffen.

'Zijn er nog meer...?' vroeg ik.

'Nee,' viel hij me in de rede. 'Alleen Adam. Hij was je enige kind.'

De verleden tijd. Dokter Nash wist dus ook dat hij dood was. Ik wilde het niet vragen, maar wist dat het moest.

'Je weet dat hij is omgekomen?'

Hij bracht de auto tot stilstand en zette de motor af. De parkeergarage was schemerig en stil, met alleen vlakken wit licht van de tl-buizen. Ik hoorde af en toe een portier dichtslaan, gevolgd door het gerammel van een lift. Een moment dacht ik dat er nog een kans was. Misschien vergiste ik me en leefde Adam nog. Ik leefde op bij het idee. Adam had me zo werkelijk toegeschenen toen ik vanmorgen over hem las, maar dat gold nog steeds niet voor zijn dood. Ik probeerde me voor te stellen of me te herinneren hoe het geweest moest zijn toen ik het bericht kreeg dat hij was gesneuveld, maar het ging niet. Ergens klopte dat niet, ik zou toch door verdriet overmand moeten worden? Elke dag zou getekend moeten zijn door pijn en verlangen, door de wetenschap dat een deel van mij gestorven is en ik nooit meer heel kan worden. Mijn liefde voor mijn zoon zou toch zo sterk moeten zijn dat ik me mijn verlies zou herinneren? Als hij echt dood was, zou mijn verdriet sterker moeten zijn dan mijn geheugenverlies.

Het drong tot me door dat ik mijn man niet geloofde. Ik geloofde niet dat mijn zoon dood was. Even balanceerde ik op de rand van geluk. Maar toen nam dokter Nash het woord.

'Ja,' zei hij. 'Ik weet het.'

Er knapte iets in mij met een kleine explosie, en de opwinding sloeg om in haar tegendeel. In iets wat erger was dan teleurstelling. Destructiever dan dat, en doortrokken van pijn.

'Hoe...' was het enige wat ik kon uitbrengen.

Hij vertelde me wat ik al van Ben had gehoord. Adam, die in het leger zat. Een bermbom. Ik hoorde hem aan, vastbesloten de kracht te vinden om mijn tranen tegen te houden. Toen hij klaar was viel er even een stilte, waarna hij zijn hand op de mijne legde.

'Christine,' zei hij zacht. 'Ik vind het zo erg voor je.'

Ik wist niet wat ik moest zeggen en keek hem aan. Hij zat naar me toe gebogen. Ik keek naar zijn hand die op de mijne lag en vol krasjes zat. Ik zag hem voor me, thuis, spelend met een jong katje, of misschien een hondje. Bezig een gewoon leven te leiden.

'Mijn man vertelt me niets over Adam,' zei ik. 'Hij bewaart alle foto's van hem achter slot en grendel in een metalen doos, om mij te beschermen.' Dokter Nash zei niets. 'Waarom?'

Hij keek naar buiten. Op de muur voor ons was het woord KUT met een spuitbus op de muur geschreven. 'Laat ik jou diezelfde vraag stellen. Waarom denk jij dat hij dat doet?'

Ik dacht diep na. Alle redenen die ik kon verzinnen passeerden de revue. Om greep op mij te houden, macht over me te hebben, me het enige te onthouden wat me weer heel zou kunnen maken. Ik besefte dat ik niet echt geloofde dat iets hiervan waar zou kunnen zijn. De enige reden die overbleef was een heel alledaagse. 'Waarschijnlijk is het makkelijker voor hem om het me niet te vertellen. Als ik het me toch niet kan herinneren.'

'Waarom zou dat makkelijker voor hem zijn?'

'Omdat het me zo van streek maakt? Het moet afschuwelijk zijn, niet alleen om mij elke dag te vertellen dat ik een kind heb gehad, maar ook nog dat hij is overleden. En op zo'n afschuwelijke manier.'

'Zou hij nog een andere reden kunnen hebben?'

Eerst zei ik niets, toen drong het tot me door. 'Nou, het zal voor hem ook wel moeilijk zijn. Hij was Adams vader en...' Ik bedacht dat hij niet alleen met *míjn* verdriet moest zien om te gaan, maar ook met dat van hem.

'Het is moeilijk voor jou, Christine,' zei hij. 'Maar je moet niet vergeten dat het voor Ben ook moeilijk is. Moeilijker, in bepaalde opzichten. Hij zal heel veel van je houden en...'

'... en toch kan ik me hem niet eens herinneren van vroeger.'

'Nee, dat is zo,' zei hij.

Ik slaakte een zucht. 'Ik moet ooit van hem gehouden hebben. Ik ben tenslotte met hem getrouwd.' Hij ging er niet op in. Ik dacht aan de vreemde man die naast me lag toen ik vanmorgen wakker werd, aan de foto's die ik had gezien van ons leven samen, aan de droom – of herinnering – die ik midden in de nacht had gehad. Ik dacht aan Adam en aan Alfie, aan wat ik had gedaan of dacht te gaan doen. Er kwam paniek in me op. Ik voelde me gevangen, zonder uitweg, mijn gedachten stuiterden van het een naar het ander, op zoek naar bevrijding.

Ben, dacht ik bij mezelf. Aan Ben kan ik me vasthouden. Hij is sterk.

'Wat een puinhoop,' zei ik. 'Het is gewoon te veel voor me.'

Hij draaide zich naar me toe. 'Ik wou dat ik iets kon doen om het voor je te verlichten.'

Hij zag eruit alsof hij het echt meende, alsof hij alles wilde doen om mij te helpen. Er was tederheid in zijn blik, in de manier waarop hij zijn hand op de mijne had gelegd. In het schemerdonker van de parkeergarage kwam de vraag in me op wat er zou gebeuren als ik mijn andere hand op de zijne legde, of mijn hoofd iets naar voren zou neigen, zijn blik zou vasthouden en mijn mond een beetje open zou doen, een klein beetje maar. Zou hij ook mijn kant op buigen? Zou hij me proberen te kussen? En zou ik hem laten begaan?

Of zou hij me belachelijk, absurd vinden? Ik dacht vanmorgen toen ik wakker werd weliswaar dat ik in de twintig was, maar dat ben ik niet. Ik ben bijna vijftig. Bijna oud genoeg om zijn moeder te zijn. Daarom deed ik het maar niet, en keek ik alleen maar naar hem. Hij zat me roerloos aan te kijken. Hij kwam krachtig over. Krachtig genoeg om mij te helpen. Om me erdoorheen te slepen.

Ik deed mijn mond open zonder te weten wat ik zou gaan zeggen, toen er een gedempt gerinkel klonk. Dokter Nash reageerde niet behalve door zijn hand weg te halen, en ik begreep dat het een van mijn telefoons moest zijn.

Ik pakte de rinkelende telefoon uit mijn tas. Het was niet de telefoon die je moest openklappen, maar de andere, die ik van mijn man had gekregen. BEN stond er op het schermpje.

Toen ik zijn naam zag, besefte ik hoezeer ik hem tekortdeed. Ook hij had een verlies geleden en moest daar elke dag mee leven zonder er met mij over te kunnen praten, zonder zijn vrouw tot steun te hebben.

En alles wat hij deed, deed hij uit liefde voor mij.

En ik zat in een parkeergarage met een man die hij nauwelijks kende. Ik dacht aan de foto's die ik die ochtend in het plakboek had zien staan. Van mij en Ben, telkens weer. Lachend. Gelukkig. Verliefd. Als ik nu naar huis ging en ze weer bekeek, zou ik alleen zien wat eraan ontbrak. Adam. Maar het zijn nog steeds dezelfde foto's en op die foto's kijken we elkaar aan alsof er niemand anders op de wereld is.

We waren verliefd geweest, dat was duidelijk.

'Ik bel hem straks wel terug,' zei ik. Ik stopte de telefoon terug in mijn tas. Ik vertel het hem vanavond, dacht ik. Over mijn dagboek. Over dokter Nash. Alles.

Dokter Nash kuchte. 'We moeten naar boven. Aan het werk.'

'Natuurlijk,' zei ik. Ik keek hem niet aan.

*

Ik begon dit op te schrijven terwijl dokter Nash me naar huis reed. Hele stukken heb ik zo haastig geschreven dat ze nauwelijks te lezen zijn. Hij zei niets, maar ik zag hem naar me kijken als ik naar het juiste woord of een betere omschrijving zocht. Ik vroeg me af wat er in hem omging. Voor we zijn werkkamer verlieten had hij me gevraagd of ik het goed vond dat hij mijn geval zou bespreken op een congres waarvoor hij was uitgenodigd. 'In Genève,' zei hij, waarbij hij een glundering van trots niet kon onderdrukken. Ik zei ja en zag al voor me dat hij me ook om een fotokopie van mijn dagboek zou vragen. *Voor onderzoek.*

Bij het huis aangekomen nam hij afscheid en zei: 'Het verbaast me dat je in de auto in je dagboek wilde schrijven. Je lijkt heel... vastbesloten. Je wilt zeker voorkomen dat er iets verloren gaat.'

Maar ik wist wat hij eigenlijk bedoelde. Hij bedoelde dat ik fanatiek was. Wanhopig. Wanhopig bezig alles vast te leggen.

En dat is ook zo. Ik ben ook vastbesloten. Zodra ik binnen was ging ik aan de eettafel verder met schrijven, waarna ik het dagboek dichtsloeg, teruglegde in zijn geheime bergplaats en me langzaam begon uit te kleden. Ben had een bericht achtergelaten op mijn telefoon. *Laten we vanavond uitgaan*, had hij gezegd. *Uit eten. Het is vrijdag...*

Ik stapte uit de marineblauwe broek die ik die ochtend in de klerenkast had gevonden en trok de lichtblauwe blouse uit die ik er het beste bij vond passen. Ik was perplex. Tijdens de sessie had ik dokter Nash mijn dagboek gegeven – hij had gevraagd of hij het mocht lezen en ik had ja gezegd. Dat was voor hij me verteld had over de uitnodiging voor het congres in Genève, en nu vroeg ik me af of hij het me daarom gevraagd had. 'Maar dit is geweldig!' had hij gezegd toen hij het me teruggaf. 'Echt heel goed. Je herinnert je veel, Christine. Er komt heel veel naar boven. En dat zal vast ook doorgaan. Je hebt alle reden om hier moed uit te putten...'

Maar ik voelde me niet bemoedigd. Ik was in de war. Had ik met hem geflirt, of hij met mij? Hij had zijn hand op de mijne gelegd, en ik had het laten gebeuren. 'Je moet blijven schrijven,' zei hij toen hij me het dagboek teruggaf en ik antwoordde dat ik dat zou doen.

In de slaapkamer probeerde ik mezelf ervan te overtuigen dat ik niets verkeerds had gedaan. Toch voelde ik me schuldig. Omdat ik ervan had genoten. Van de aandacht, het gevoel van verbondenheid. Eventjes, te midden van alles wat er gaande was, had ik een sprankje geluk beleefd. Me aantrekkelijk gevoeld. Begerenswaardig.

Ik liep naar de la waar mijn ondergoed in lag. Helemaal achterin vond ik een zwart zijden slipje met bijbehorende bh. Ik trok ze aan – dit ondergoed waarvan ik weet dat het van mij is, ook al voelt het niet zo – en dacht de hele tijd aan mijn dagboek dat in de klerenkast verborgen lag. Wat zou Ben ervan denken als hij het vond? Als hij zou lezen wat ik over mijn gevoelens had geschreven? Zou hij het begrijpen?

Ik stond voor de spiegel. Ja, zei ik tegen mezelf. Hij moest het begrijpen. Ik bestudeerde mijn lichaam met mijn ogen en handen, liet mijn handen over de contouren en welvingen glijden alsof het iets nieuws voor me was, een geschenk. Iets wat ik nog helemaal moest leren kennen.

Hoewel ik wist dat dokter Nash niet met mij geflirt had, had ik me de korte tijdspanne waarin ik dacht dat dat wel zo was niet oud gevoeld. Ik had me levend gevoeld.

Hoe lang ik daar ben blijven staan weet ik niet. Voor mij is tijd een rekbaar, haast betekenisloos begrip. Jaren van mijn leven zijn voorbijgegaan zonder ook maar enig spoor in mij achter te laten. Minuten bestaan voor mij niet. Alleen het slaan van de klok beneden herinnert me eraan dat de tijd verstrijkt. Ik keek naar mijn lichaam, naar het vet op mijn billen en heupen, de donkere haren op mijn benen en onder mijn armen. Ik haalde een scheermes uit de badkamer, zeepte mijn benen in en haalde het koude mes langs mijn huid. Dit moest ik eerder hebben gedaan, ontelbare keren zelfs, toch vond ik het een rare, ietwat belachelijke bezigheid. Ik sneed me in mijn kuit, het deed eventjes pijn en meteen welde er een rood druppeltje op dat licht trilde en langs mijn been naar beneden sijpelde. Ik stelpte het met mijn vinger, waardoor er een kleverige veeg op mijn been achterbleef, en bracht mijn vinger naar mijn mond. De smaak van zeep en warm metaal. Het bloed stolde niet. Ik liet het straaltje langs mijn gladgeschoren been naar beneden lopen en depte het vervolgens met een vochtig doekje.

Terug in de slaapkamer trok ik kousen aan en een strak zwart jurkje. Ik haalde een gouden ketting uit het doosje op de toilettafel en een paar bijbehorende oorbellen. Aan de toilettafel gezeten maakte ik me op, krulde mijn haar en bracht er haarlak op aan. Ik spoot parfum op mijn polsen en achter mijn oren. En de hele tijd zweefde er een herinnering door me heen. Ik zag mezelf, ik trok kousen aan, bevestigde ze aan jarretels en maakte mijn bh vast, maar ik was zelf anders en ik was ook in een andere ruimte. Een rustige ruimte. Er klonk muziek, maar heel zacht, en in de verte hoorde ik stemmen, deuren die open- en dichtgingen en vaag verkeersgedruis. Ik voelde me kalm en gelukkig. Ik bekeek mijn gezicht in de spiegel bij het licht van een kaars. Niet slecht, dacht ik. Helemaal niet slecht.

De herinnering lag net buiten mijn bereik. Ze fonkelde onder de oppervlakte en hoewel ik de details kon zien, en vluchtige beelden, momenten, lag ze te diep om te kunnen zien waar ze heen leidde. Ik zag een fles champagne op het nachtkastje. Twee glazen. Een bos bloemen op het bed, met een kaartje. Ik zag dat ik me in een hotelkamer bevond, alleen, wachtend op de man die ik liefhad. Er werd geklopt en ik zag mezelf naar de deur lopen, maar daar hield het op, alsof ik televisie zat te kijken en de antenne het begaf. Ik keek op en zag mezelf weer in mijn eigen huis. Hoewel de vrouw die ik in de spiegel zag een vreemde voor me was – iets wat nog versterkt werd door de make-up en de haarlak – was ik er klaar voor. Waarvoor wist ik niet, maar het was wel zo. Ik ging naar beneden om daar op mijn man te wachten, de man met wie ik was getrouwd, die man die ik liefhad.

Liefheb, prentte ik mezelf in. De man die ik liefheb.

Ik hoorde de sleutel in het slot, de deur die werd opengeduwd en vegende voeten op de mat. Gefluit? Of was dat het geluid van mijn zware, moeizame ademhaling?

Een stem. 'Christine? Christine, is alles goed met je?'

'Ja,' antwoordde ik. 'Ik ben hier.'

Een kuchje, en het geluid van een aktetas die op de grond werd gezet en een regenjas die aan de kapstok werd gehangen.

Hij riep naar boven. 'Alles oké?' vroeg hij. 'Ik heb je gebeld en een boodschap achtergelaten.'

Krakende treden. Even dacht ik dat hij meteen naar boven ging, naar de badkamer of zijn werkkamer, zonder mij eerst te begroeten en ik voelde me raar, belachelijk zoals ik hier gekleed in de kleren van iemand anders op de man zat te wachten met wie ik god weet hoeveel jaar getrouwd was. Kon ik deze kleren maar weer uitdoen, mijn make-up afvegen en weer de vrouw zijn die ik ben, maar toen hoorde ik hem kreunend een schoen uittrekken, en nog een, en drong het tot me door dat hij op de trap was gaan zitten om zijn sloffen aan te trekken. De trap kraakte nog een keer en toen verscheen hij in de deuropening.

'Lieverd...' zei hij, maar stopte abrupt. Zijn blik gleed over mijn gezicht, naar beneden, langs mijn lichaam, en weer naar boven, waar hij de mijne ontmoette. Ik had geen idee wat er in hem omging.

'Wauw,' zei hij. 'Je ziet er...' Hij schudde zijn hoofd.

'Deze kleren heb ik gevonden,' zei ik. 'Ik dacht laat ik me eens mooi aankleden. Het is tenslotte vrijdagavond. Weekend.'

'Ja,' zei hij, nog steeds in de deuropening. 'Ja. Maar...'

'Heb je zin om uit te gaan?'

Ik kwam overeind en liep naar hem toe. 'Kus me,' zei ik, en hoewel ik het helemaal niet had gepland, voelde ik dat het goed was, en dus legde ik mijn armen om zijn hals. Hij rook naar zeep, zweet en werken. Zoetig, de geur van kleurpotloden. Een herinnering zweefde door me heen – ik, zittend op mijn knieën op de grond naast Adam die zit te tekenen – en vervaagde weer.

'Kus me,' herhaalde ik. Hij legde zijn handen om mijn middel.

Onze lippen raakten elkaar. Eerst vluchtig. Een kus voor als je komt of gaat, een kus voor in het openbaar, een kus voor je moeder. Mijn armen bleven waar ze waren en hij kuste me nog een keer. Op dezelfde manier.

'Kus me, Ben,' zei ik. 'Kus me eens echt.'

'Ben,' zei ik later. 'Zijn we gelukkig?'

We zaten in een restaurant, een restaurant waar we eerder waren geweest, zei hij, maar daar wist ik natuurlijk niets meer van. Aan de muren hingen ingelijste foto's van mensen van wie ik vermoedde dat ze kleine beroemdheden waren; achterin stond een oven met open klep te wachten op een pizza. Ik nam muizenhapjes van de schijf meloen op mijn bord. Ik kon me niet herinneren dat ik die besteld had.

'Ik bedoel,' vervolgde ik, 'we zijn nu... hoe lang zijn we getrouwd?'

'Even denken,' zei hij. 'Tweeëntwintig jaar.' Het klonk als een onafzienbaar lange periode. Ik dacht aan het beeld dat bij me naar boven was gekomen toen ik me vanmiddag aankleedde. Bloemen in een hotelkamer. Ik wachtte op hem, het kon niemand anders zijn geweest.

'Zijn we gelukkig?'

Hij legde zijn vork neer en nipte van de droge witte wijn die hij besteld had. Er kwam een gezin binnen dat aan de tafel naast ons ging zitten. Oudere ouders en een dochter van in de twintig. Ben nam het woord.

'We zijn verliefd, als je dat bedoelt. Ik hou in elk geval van jou.'

En nu was het de bedoeling dat ik zei dat ik ook van hem hield. Als een man dat tegen je zegt, bedoelt hij het als een vraag.

Maar wat kon ik zeggen? Hij is een vreemde voor me. Liefde ontstaat niet binnen vierentwintig uur, hoezeer ik dat misschien ook ooit had willen geloven.

'Ik weet dat je niet van mij houdt,' zei hij. Geschokt keek ik hem aan. 'Maak je geen zorgen. Ik begrijp in wat voor parket je je bevindt. Wij ons bevinden. Je weet het niet meer, maar ooit waren wij verliefd. Helemaal hoteldebotel. Zoals in de verhalen, weet je wel? Romeo en Julia en al die onzin.' Hij probeerde te lachen maar zag er ongemakkelijk uit. 'Ik hield van jou en jij hield van mij. We waren gelukkig, Christine. Heel gelukkig.'

'Tot mijn ongeluk.'

Bij dat woord kromp hij in elkaar. Had ik te veel gezegd? Ik had mijn dagboek gelezen, maar had hij me vandaag verteld over het ongeluk en de auto die was doorgereden? Ik wist het niet meer, maar het lag nogal voor de hand dat iemand in mijn situatie zou gissen dat er sprake was geweest van een ongeluk. Ik besloot me er niet druk over te maken.

'Ja,' zei hij verdrietig. 'Tot je ongeluk waren we gelukkig.'

'En nu?'

'Nu? Ik zou willen dat alles anders was, maar ik ben niet ongelukkig, Chris. Ik hou van je. Ik zou niemand anders willen.'

En ik? dacht ik. Ben ik ongelukkig?

Ik keek naar de tafel naast ons. De vader hield zijn bril vlak voor zijn ogen en tuurde naar het geplastificeerde menu terwijl zijn vrouw de muts van hun dochter rechtzette en haar sjaal afdeed. Het meisje bleef zitten zonder mee te werken en keek wezenloos voor zich uit, haar mond een beetje open. Onder de tafel trok ze met haar rechterhand. Een dun draadje speeksel hing aan haar kin. Toen de vader me zag kijken, keek ik de andere kant op, naar mijn man, maar ik deed het te snel om de indruk te kunnen wekken dat ik niet had zitten staren. Daar zouden ze wel aan gewend zijn, aan mensen die net iets te laat hun blik afwendden.

Ik zuchtte. 'Ik wou dat ik nog wist wat er was gebeurd.'

'Wat er is gebeurd?' zei hij. 'Waarom?'

Ik dacht aan alle andere herinneringen die bij me waren teruggekomen. Vluchtig, voorbijgaand. Ze waren weer weggezakt, verdwenen. Maar ik had ze opgeschreven; ik wist dat ze er geweest waren, dat ze nog steeds ergens waren, alleen kon ik er niet bij.

Er moest een sleutel zijn, één herinnering die de deur naar alle andere herinneringen zou openen.

'Ik heb zomaar het gevoel dat ik me ook andere dingen zou herinneren als ik me mijn ongeluk zou kunnen herinneren. Niet alles misschien, maar genoeg. Onze bruiloft bijvoorbeeld, onze huwelijksreis. Zelfs daar staat me niets meer van bij.' Ik nam een slokje wijn. Bijna had ik de naam van onze zoon genoemd, maar ik bedacht op tijd dat Ben niet wist dat ik over hem had gelezen. 'Het zou al zo fijn zijn als ik 's ochtends bij het wakker worden wist wie ik was.'

Ben vouwde zijn handen over elkaar en liet zijn kin erop rusten. 'Volgens de artsen zit dat er niet in.'

'Maar ze weten het toch niet zeker? Zij kunnen zich toch vergissen?'

'Ik denk het niet.'

Ik zette mijn glas neer. Hij vergiste zich. Hij dacht dat het niet meer goed kon komen, dat mijn verleden voorgoed verdwenen was. Misschien was dit het moment om hem te vertellen over de heldere momenten die ik soms had, over dokter Nash en mijn dagboek. Alles.

'Maar zo nu en dan herinner ik me iets,' zei ik. Hij keek verrast. 'Ik heb het gevoel dat er bij vlagen dingen terugkomen.'

Hij haalde zijn handen van elkaar. 'O ja? Wat voor dingen?'

'O, dat hangt ervan af. Soms heel weinig, alleen maar een gevoel, een gewaarwording. Beelden. Je kunt ze met dromen vergelijken, maar ze voelen zo werkelijk dat ik niet kan geloven dat het verzinsels zijn.' Hij zei niets. 'Dat moeten herinneringen zijn.'

Ik zweeg in de verwachting dat hij meer zou vragen, dat hij alles zou willen weten wat ik gezien had, en hoe ik kon weten dat ik die herinneringen had gehad.

Maar hij hield zijn mond en bleef me verdrietig aankijken. Ik dacht aan de herinneringen die ik had opgeschreven, die ene waarin hij me wijn had aangereikt in de keuken van ons eerste huis. 'Jij kwam er ook in voor,' zei ik. 'Veel jonger...'

'Wat deed ik?' vroeg hij.

'Niet veel,' antwoordde ik. 'Je stond in de keuken.' Ik dacht aan het meisje dat met haar vader en moeder een meter van ons vandaan zat, dempte mijn stem en fluisterde: 'Je kuste me.'

Toen verscheen er een glimlach op zijn gezicht.

'Als ik in staat ben één herinnering te hebben, dacht ik, dan kan ik me misschien ook meer...'

Hij reikte over de tafel en pakte mijn hand. 'Maar het punt is dat je die dingen morgen weer kwijt bent. Dat is het probleem. Je kunt geen basis leggen en daarop voortbouwen.'

Ik zuchtte. Hij had gelijk; ik kan niet de rest van mijn leven steeds maar alles opschrijven, want ik zal het ook elke dag moeten lezen.

Ik keek naar het gezin aan het tafeltje naast ons. Het meisje lepelde onhandig haar minestrone naar binnen, veelvuldig morsend op de slab die haar moeder om haar hals had geknoopt. Ik zag hun gebroken leven, hoe ze gevangen zaten in hun rol van zorgverlener, een rol waarvan ze ooit dachten jaren eerder verlost te zullen zijn.

Wij zijn net zo, dacht ik. Ik ben ook hulpbehoevend en, besefte ik, net als die dochter en haar ouders kan ik de liefde van Ben op geen enkele manier beantwoorden.

Maar wellicht waren er ook verschillen. Voor ons was er misschien nog hoop.

'Wil je dat ik beter word?' vroeg ik.

Hij keek verbaasd. 'Christine,' zei hij. 'Alsjeblieft...'

'Misschien is er iemand naar wie ik toe kan? Een dokter?'

'Dat hebben we al geprobeerd...'

'Maar het is misschien de moeite waard om nog een poging te wagen. Er zijn voortdurend nieuwe ontwikkelingen, misschien is er inmiddels wel een nieuwe behandeling gekomen.'

Hij kneep in mijn hand. 'Die is er niet, Christine. Geloof me. We hebben alles geprobeerd.'

'Wat?' vroeg ik. 'Wat hebben we geprobeerd?'

'Toe nou, Chris. Laten we niet...'

'Wat hebben we geprobeerd?' zei ik. 'Wat dan?'

'Alles,' zei hij. 'Alles. Je hebt geen idee hoe dat was.' Hij zag er ongemakkelijk uit. Zijn ogen flitsten van links naar rechts, alsof hij een dreun verwachtte maar niet wist van welke kant die zou komen. Ik had erover op kunnen houden, maar dat deed ik niet.

'Hoe dan, Ben? Ik moet het weten. Hoe was het?'

Hij zweeg.

'Vertel het me!'

Hij keek op en slikte moeizaam. Met zijn rode hoofd en opengesperde ogen straalde hij angst uit. 'Je lag in coma,' zei hij. 'Iedereen dacht dat je dood zou gaan, maar ik niet. Ik wist dat je sterk was, dat je erdoorheen zou komen. Ik wist dat je beter zou worden. Op een dag werd ik gebeld door het ziekenhuis met het bericht dat je wakker was geworden. Een wonder vonden ze het, maar ik wist dat het geen wonder was. Jij, mijn Chris, was bij me teruggekomen. Je was verdwaasd, in de war. Je wist niet waar je was en kon je niets van het ongeluk herinneren, maar je herkende mij en je moeder, hoewel je niet precies wist wie wij waren. Ze zeiden dat we ons geen zorgen moesten maken, dat geheugenverlies normaal was bij zulk ernstig letsel en dat het over zou gaan. Maar toen...' Hij haalde zijn schouders op en keek omlaag, naar het servet in zijn handen. Even dacht ik dat hij niet verder zou praten.

'Wat gebeurde er toen?'

'Nou, je leek achteruit te gaan. Op een dag kwam ik binnen en had je geen idee wie ik was. Je dacht dat ik een dokter was. Daarna wist je ook niet meer wie je zelf was. Je naam, je leeftijd, je kon je niets meer herinneren. Ze kwamen erachter dat je ook geen nieuwe herinneringen meer aanmaakte. Ze hebben alles onderzocht, getest, gescand. Maar het leverde niets op. Ze zeiden dat je door het ongeluk geheugenschade had opgelopen die blijvend was. Er was geen remedie, ze konden niets doen.'

'Niets? Konden ze helemaal niets doen?'

'Nee. Ze zeiden dat je geheugen terug zou komen of niet, en dat je kans op herstel met het verstrijken van de tijd steeds kleiner werd. Het enige wat ik kon doen, zeiden ze, was voor je zorgen. En dat heb ik al die tijd geprobeerd te doen.' Hij nam mijn handen in de zijne, streelde mijn vingers en de harde rand van mijn trouwring.

Hij leunde naar voren tot zijn gezicht vlak bij het mijne was. 'Ik hou van je,' fluisterde hij, maar ik kon niet antwoorden en de rest van de maaltijd verliep vrijwel zonder dat we iets tegen elkaar zeiden. Ik merkte dat ik wrokkig werd, bozig. Hij leek er zo van overtuigd dat ik niet te helpen was. Zo stellig. Plotseling was ik niet meer zo geneigd hem over mijn dagboek en over dokter Nash te vertellen. Ik wilde mijn geheimen nog even bewaren, ze waren het enige waarvan ik met recht kon zeggen dat ze van mij waren.

*

We kwamen thuis. Ben zette koffie voor zichzelf en ik ging naar de badkamer. Daar schreef ik zoveel mogelijk op van wat er die dag was voorgevallen, en daarna kleedde ik me uit en verwijderde mijn make-up. Ik trok mijn ochtendjas aan. Weer was er een dag voorbij. Zo dadelijk, als ik slaap, zal mijn brein alles uitwissen. En morgen begint het weer helemaal opnieuw.

Het drong tot me door dat ik geen ambities heb. Die kan ik me niet veroorloven. Ik wil maar één ding: normaal zijn. Leven zoals ieder ander, ervaringen opdoen en erop voortbouwen, leven in een heden dat de basis vormt voor de toekomst. Ik wil groeien, leren, door ervaring wijs worden. Daar, in de badkamer, stelde ik me mijn oude dag voor. Ik probeerde te bedenken hoe het zou zijn, of ik op mijn zeventigste of tachtigste nog steeds wakker zou worden met het idee dat mijn leven nog moest beginnen. Onwetend van de staat waarin mijn oude botten verkeerden, onwetend van de stijfheid van mijn gewrichten.

Ik kan me niet voorstellen hoe ik het zal verwerken als tot me doordringt dat mijn leven achter me ligt en ik niets bereikt heb. Geen schatkamer vol herinneringen, geen rijkdom aan ervaringen, geen verworven wijsheid om door te geven. Hoe zal ik me voelen als ik in de spiegel kijk en mijn grootmoeder me aankijkt? Ik weet het niet, maar kan mezelf niet toestaan daar nu aan te denken.

Ik hoorde Ben de slaapkamer binnengaan, wat betekende dat ik mijn dagboek niet meer in de klerenkast kon verstoppen, dus legde ik het op de stoel naast het bad, onder de kleren die ik had uitgetrokken. Ik leg het straks wel weg, dacht ik, als hij slaapt. Ik deed het licht uit en ging naar de slaapkamer.

Ben zat in bed naar me te kijken. Ik zei niets en kroop naast hem in bed. Hij was naakt. 'Ik hou van je, Christine,' zei hij, en begon mijn hals, mijn wang en lippen te kussen. Zijn adem was warm en rook scherp naar knoflook. Ik wilde niet door hem gekust worden, maar duwde hem ook niet weg. Ik heb erom gevraagd, dacht ik. Door dat stomme jurkje aan te trekken en make-up en parfum op te doen en hem te vragen me te kussen voor we uitgingen.

Ook al wilde ik het niet, ik draaide me naar hem toe en kuste hem. Ik probeerde me ons tweeën voor te stellen in het huis dat we pas hadden gekocht. Op weg naar de slaapkamer rukken we elkaar de kleren van het lijf terwijl de lunch in de keuken staat te verpieteren. Ik hield mezelf voor dat ik toen van hem moest hebben gehouden – waarom was ik anders met hem getrouwd? – en er dus geen reden was waarom ik nu niet van hem zou houden. Ik hield mezelf voor dat het belangrijk was wat ik deed, dat het een uiting was van liefde en dankbaarheid, en toen zijn hand naar mijn borst gleed weerde ik hem niet af, maar zei ik bij mezelf dat het natuurlijk was, normaal. Ook weerde ik hem niet af toen hij zijn hand tussen mijn benen schoof en op mijn geslacht liet rusten, en later, veel later, was ik de enige die wist dat mijn zachte gekreun niet het gevolg was van wat hij deed. Het was geen uiting van genot, het was angst, opgeroepen door wat ik zag toen ik mijn ogen sloot.

Ik zie mezelf in een hotelkamer. Dezelfde kamer die ik eerder die avond had gezien toen ik me aankleedde. Ik zie de kaarsen, de champagne, de bloemen. Ik hoor geklop op de deur, zie dat ik het glas waaruit ik heb gedronken neerzet en opsta om open te doen. Ik ben opgewonden, ik kan bijna niet meer wachten, er hangt een belofte in de lucht. Van seks en verlossing. Ik steek mijn hand uit, pak de koude, harde deurknop vast. Ik adem diep in. Eindelijk zal alles goedkomen.

En dan een gat. Een blinde vlek in mijn geheugen. De deur zwaait open, maar ik kan niet zien wie daar is. Op dat moment, in bed met mijn man, sloeg uit het niets de paniek toe. 'Ben!' schreeuwde ik, maar hij stopte niet, leek me niet eens te horen. 'Ben!' herhaalde ik. Ik deed mijn ogen dicht en klampte me aan hem vast. Ik tuimelde terug in de tijd.

Hij is in de kamer. Achter me. Hoe durft hij! Ik wring me in bochten, maar zie niets. Dan een vlammende pijn en druk op mijn keel. Ik krijg geen lucht. Het is mijn man niet, het is Ben niet, maar ik voel zijn handen overal op mijn lichaam, zijn handen en zijn massa bedekken me. Ik probeer te ademen, maar het lukt niet. Van mijn geplette, sidderende lijf zal niets resten, alleen as en lucht. Water in mijn longen. Ik doe mijn ogen open, maar alles is rood. Ik ga dood, hier, in deze hotelkamer. O mijn god, denk ik, dit heb ik nooit gewild. Iemand moet me helpen. Er moet iemand komen. Ik heb een verschrikkelijke fout gemaakt, dat is waar, maar deze straf heb ik niet verdiend. Ik heb het niet verdiend om te sterven.

Ik voel dat ik verdwijn, wil Adam zien, wil mijn man zien. Maar ze zijn niet hier. Er is niemand, alleen ik en die man, de man die zijn handen om mijn keel heeft gelegd.

Ik glijd naar beneden, steeds verder naar beneden, naar het zwarte niets. Ik mag niet in slaap vallen. Ik mag niet slapen. Ik. Mag. Niet. Slapen.

Plotseling eindigde de herinnering en voelde ik een vreselijke leegte. Mijn ogen gingen open. Ik bevond me weer in mijn eigen huis, in bed, en voelde mijn man in mij. 'Ben!' riep ik uit, maar het was te laat. Met kleine, gesmoorde kreten kwam hij klaar. Ik klampte me aan hem vast, drukte hem zo hard ik kon tegen me aan en even later kuste hij me in mijn hals en zei weer dat hij van me hield. 'Maar Chris, je huilt...'

Ik snikte voluit. 'Wat is er?' vroeg hij. 'Heb ik je pijn gedaan?'

Wat moest ik tegen hem zeggen? Bevend probeerde ik te verwerken wat ik had gezien. Een hotelkamer vol met bloemen. Champagne en kaarsen. Een vreemde die zijn handen om mijn keel heeft gelegd.

Wat moest ik zeggen? Ik kon alleen maar heel hard huilen, hem wegduwen en wachten. Wachten tot hij in slaap viel, ertussenuit knijpen om alles op te schrijven.

Zaterdag 2.07 uur

Ik kan niet slapen. Ben is boven, hij is weer naar bed gegaan terwijl ik dit in de keuken zit te schrijven. Hij denkt dat ik de chocolademelk drink die hij voor me gemaakt heeft, en dat ik straks terug naar bed kom.

Dat zal ik ook doen, maar eerst moet ik nog iets opschrijven.

Het huis is rustig en donker, eerder vanavond leek alles tot leven te zijn gekomen. Verhevigd. Ik had mijn dagboek weggestopt in de klerenkast en was weer in bed gekropen nadat ik had opgeschreven wat ik had gezien toen we aan het vrijen waren. Maar ik was nog steeds onrustig. Ik hoorde het tikken van de klok beneden, het slaan op het hele uur en het zachte gesnurk van Ben. Ik voelde de stof van het dekbed tegen mijn borst en zag het schijnsel van de wekker naast me op het nachtkastje. Ik ging op mijn rug liggen en deed mijn ogen dicht. Ik zag maar één ding: mezelf, naar adem happend terwijl mijn keel werd dichtgedrukt. Ik hoorde maar één ding: de echo van mijn eigen stem. Ik ga dood.

Ik dacht aan mijn dagboek. Zou het helpen om nog wat op te schrijven? Om het nog een keer te lezen? Zou het me lukken het uit de kast te pakken zonder Ben wakker te maken?

Hij lag naast me, een nauwelijks te onderscheiden vorm in de duisternis. Je liegt tegen me, dacht ik. Want dat doet hij. Hij liegt over mijn boek, over Adam. En ik ben er inmiddels van overtuigd dat hij ook liegt over hoe het komt dat ik hier nu vastzit.

Ik had zin om hem wakker te schudden en te schreeuwen: *Waarom?* Waarom heb je tegen me gezegd dat ik in de vrieskou door een auto ben overreden? Ik vraag me af waartegen hij me probeert te beschermen. Hoe erg zou de waarheid zijn?

En wat is er nog meer dat ik niet weet?

Van het dagboek verplaatsten mijn gedachten zich naar de metalen doos waarin Ben de foto's van Adam heeft opgeborgen. Misschien bevat die doos wel antwoorden, dacht ik. Misschien is daarin de waarheid te vinden.

Ik besloot op te staan. Ik vouwde het dekbed terug zodat Ben niet wakker zou worden, haalde mijn dagboek uit zijn geheime bergplaats en sloop op blote voeten naar de gang. Het huis voelde anders, het werd beschenen door blauwachtig maanlicht. Het was roerloos, verstild.

Ik trok de slaapkamerdeur achter me dicht en hoorde het hout zachtjes over het tapijt schrapen, en een klikgeluidje toen ik hem dichtdeed. In de gang las ik snel door wat ik had opgeschreven. Dat Ben me had verteld dat ik door een auto ben aangereden. Dat hij ontkende dat ik een roman heb geschreven. Dat we een zoon hadden.

Ik moest een foto van hem zien. Maar waar moest ik zoeken? 'Ik bewaar deze foto's boven,' had hij gezegd. 'Voor de veiligheid.' Dat wist ik. Ik had het opgeschreven. Maar waar waren ze precies? In de logeerkamer? De werkkamer? Hoe moest ik zoeken naar iets waarvan ik me niet kon herinneren het ooit gezien te hebben?

Ik legde het dagboek terug, ging naar de werkkamer en deed de deur achter me dicht. Er viel maanlicht naar binnen dat een grijzige gloed door de kamer verspreidde. Ik durfde het licht niet aan te doen want ik kon niet riskeren dat Ben me hier zou vinden terwijl ik aan het zoeken was. Hij zou vragen wat ik zocht en dan zou ik geen antwoord hebben, niet kunnen uitleggen wat ik daar deed. Het zou te veel vragen oproepen.

De doos was van metaal, had ik geschreven, en grijs. Eerst keek ik op het bureau. Er stond een piepkleine computer met een onvoorstelbaar plat beeldscherm, een beker met pennen en potloden en een aardewerken presse-papier in de vorm van een zeepaardje. Aan de muur boven het bureau hing een planbord vol gekleurde stickers, rondjes en sterretjes. Onder het bureau stonden een leren schooltas en een prullenmand, allebei leeg. Daarnaast stond een dossierkast.

Daar keek ik eerst in. Langzaam, heel zachtjes trok ik de bovenste la naar me toe. Papieren in mappen met de aanduidingen HUIS, WERK, FINANCIËN. Ik duwde de mappen opzij. Er stond een plastic fles met pillen achter, maar in het halfduister kon ik niet lezen wat erop stond. In de tweede la lagen kantoorartikelen: doosjes, blokjes papier, pennen, Tipp-Ex. Ik deed hem zachtjes dicht en ging op mijn hurken zitten om de onderste la open te trekken.

Een deken of handdoek, het was moeilijk te zien in het schemerdonker. Ik tilde een punt op, stak mijn hand eronder en voelde koud metaal. Ik trok de stof weg. De metalen doos kwam tevoorschijn. Hij was groter dan ik dacht, zo groot dat hij bijna de hele la in beslag nam. Ik manoeuvreerde mijn handen eromheen en merkte dat hij ook zwaarder was dan ik had verwacht. Ik liet hem bijna vallen toen ik hem optilde en op de vloer zette.

De doos stond voor me op de grond. Even wist ik niet wat ik ermee aan moest, of ik hem eigenlijk wel open wilde maken. Wat voor schokkends zou eruit tevoorschijn komen? Net als in het geheugen zelf zouden er waarheden in besloten kunnen liggen die mijn voorstellingsvermogen te boven gingen. Onvermoede dromen en onverwachte verschrikkingen. Ik was bang, maar ik besefte ook dat die waarheden alles zijn wat ik heb. Ze zijn mijn verleden. Ze maken me tot wat ik ben: een mens. Zonder verleden ben ik niets. Hoogstens een dier.

Ik ademde diep in, sloot mijn ogen en tilde de deksel op.

Hij ging maar een klein stukje open, niet verder. Ik dacht dat hij klemde en deed nog een poging en toen nog een, tot me duidelijk werd wat er aan de hand was. De doos zat op slot. Ben had hem op slot gedaan.

Ik probeerde mijn kalmte te bewaren, maar ineens werd ik woedend. Wie dacht hij wel dat hij was, dat hij deze doos met herinneringen afsloot? Me onthield wat van mij was?

De sleutel moest hier ergens zijn, dat wist ik zeker. Ik keek in de la. Pakte de handdoek en sloeg hem uit. Ik ging staan, keerde de beker met pennen en potloden om, maar een sleutel zat er niet bij.

Wanhopig doorzocht ik de andere laden zo goed als ik kon bij het schaarse licht. Er was geen sleutel te bekennen. Het drong tot me door dat hij overal kon zijn. Overal en nergens. Ik ging op mijn knieën zitten.

Toen hoorde ik iets. Een gekraak, zo zacht dat ik het misschien zelf was. Een ander geluid volgde. Iemand die ademhaalde, of zuchtte.

Een stem. Die van Ben. 'Christine?' klonk het, en toen luider: 'Christine!'

Wat moest ik doen? Ik zat in zijn kamer op de grond met de metalen doos waar ik voor zover hij wist geen weet van had. Ik raakte in paniek. Er ging een deur open, het ganglicht ging aan en de kier rond de deur lichtte op. Hij kwam eraan.

Ik handelde heel snel. Legde de doos terug, koos voor snelheid in plaats van stilte en sloeg de la met een klap dicht.

'Christine?' klonk het weer, gevolgd door voetstappen op de overloop. 'Christine, schat? Ik ben het. Ben.' Ik schoof de pennen en potloden terug in de beker en liet me op de grond zakken. De deur ging open.

Ik had geen idee wat ik ging doen, tot ik het deed. Ik reageerde instinctief, vanuit een diepe, onderbewuste bron.

'Help me!' zei ik toen hij in de deuropening verscheen. Zijn gestalte tekende zich af tegen de verlichte overloop en heel even ervoer ik echt de doodsangst die ik voorwendde. 'Alsjeblieft! Help me!'

Hij deed het licht aan en kwam naar me toe. 'Christine! Wat is er met je?' vroeg hij, en hij hurkte neer.

Ik deinsde achteruit, weg van hem, tot ik tegen de muur onder het raam gedrukt zat. 'Wie ben jij?' vroeg ik. Ik merkte dat ik in tranen was en begon hysterisch te beven. Ik klauwde naar de muur achter me, greep naar het gordijn boven me, alsof ik me eraan wilde optrekken. Ben bleef waar hij was, aan de andere kant van de kamer. Hij stak zijn hand naar me uit alsof ik een gevaarlijk dier was, een wild dier.

'Ik ben het,' zei hij. 'Je man.'

'Mijn wat?' zei ik. 'Wat gebeurt er toch met me?'

'Je lijdt aan geheugenverlies,' zei hij. 'We zijn al jaren getrouwd.' En toen, terwijl hij de chocolademelk voor me maakte die nu nog steeds voor me staat, vroeg ik hem me alles te vertellen, alles wat ik al wist.

Zondag 18 november

Dit gebeurde vrijdagnacht. Vandaag is het zondag. Zo rond het middaguur. Een hele dag is voorbijgegaan zonder te zijn vastgelegd. Vierentwintig uur ben ik kwijt. Vierentwintig uur heb ik in de veronderstelling geleefd dat alles waar was wat Ben me vertelde. Dat ik nooit een boek heb geschreven, nooit een zoon heb gehad. Dat een ongeluk me van mijn verleden heeft beroofd.

Misschien heeft dokter Nash me niet gebeld, zoals hij vandaag wel deed, en heb ik het dagboek niet gevonden. Het kan ook zijn dat hij wel heeft gebeld, maar dat ik zelf besloot het dagboek niet te lezen. Een rilling gaat door me heen. Wat zou er gebeuren als hij op een dag besluit niet meer te bellen? Ik zou het nooit vinden, nooit lezen, ik zou niet eens weten dat het bestond. Ik zou niets van mijn verleden weten.

Dat zou ondenkbaar zijn, dat weet ik nu. Mijn man vertelt me zijn versie van hoe het komt dat ik mijn geheugen kwijt ben, mijn gevoel vertelt me iets anders. Ik vraag me af of ik ooit aan dokter Nash heb gevraagd wat er is gebeurd. En als ik dat heb gedaan, kan ik hem dan wel geloven? De enige waarheid die ik heb, is wat in dit dagboek geschreven is.

Door mij geschreven is. Dat moet ik onthouden. Het dagboek is door mij geschreven.

Terugdenkend aan vanmorgen herinner ik me dat de zon door de gordijnen brandde en ik met een ruk wakker werd. Toen ik mijn ogen opendeed zag ik iets wat ik niet begreep en raakte ik in de war. Hoewel me van geen specifieke gebeurtenis iets bijstond, had ik toch het gevoel dat ik op een rijk verleden kon terugkijken, niet slechts een paar luttele jaren. Hoe vaag mijn herinnering ook was, ik wist dat bij dat verleden een kind hoorde, een eigen kind. In die fractie van een seconde voor ik helemaal bij bewustzijn was, wist ik dat ik moeder was. Dat ik een kind had gebaard en dat mijn eigen lichaam niet langer het enige lichaam was dat ik moest voeden en beschermen.

Ik draaide me om, me ervan bewust dat er nog iemand in bed lag en er een arm over mijn buik lag. Dat verontrustte me niet, maar gaf me juist een veilig gevoel. Een geluksgevoel. Naarmate ik verder ontwaakte smolten de beelden en gevoelens samen tot waarheid en herinnering. Eerst zag ik mijn kleine jongen en hoorde ik mij zijn naam – Adam – roepen, en zag ik hoe hij op me af kwam rennen. Toen herinnerde ik me mijn man. Zijn naam. Ik voelde een hevige verliefdheid, en glimlachte.

Het vredige gevoel hield geen stand. Ik keek naar de man die naast me lag en zijn gezicht was niet het gezicht dat ik verwachtte. Even later drong tot me door dat ik de kamer waarin ik had liggen slapen niet herkende, me niet kon herinneren hoe ik er terecht was gekomen. Uiteindelijk besefte ik dat ik me niets echt duidelijk kon herinneren. Die korte, losse flarden waren geen afzonderlijke herinneringen, maar een samenvoeging van allerlei indrukken.

Ben heeft het me natuurlijk uitgelegd. Gedeeltelijk althans. En uit dit dagboek heb ik de rest opgemaakt, toen dokter Nash me gebeld had en ik het in de kast aantrof. Ik had niet genoeg tijd om het helemaal te lezen – ik had naar beneden geroepen dat ik hoofdpijn had en geluisterd of er beneden enige beweging te bespeuren was. Ik was bang dat Ben naar boven zou komen met een aspirientje en een glas water. Maar ik heb genoeg gelezen, door het dagboek weet ik wie ik ben, hoe ik hier terecht ben gekomen, wat ik heb en wat ik kwijt ben. Ik weet ook dat het niet hopeloos is, dat mijn herinneringen terugkomen, langzaam weliswaar, maar toch. Dat heeft dokter Nash tegen me gezegd, de dag waarop hij in mijn bijzijn in mijn dagboek las. *Je herinnert je heel veel, Christine*, zei hij. *En dat zal vast ook doorgaan.* Door het dagboek weet ik ook dat het verhaal dat ik ben aangereden en dat de bestuurder daarna is doorgereden een leugen is, dat ergens heel diep in mij de herinnering ligt opgeslagen aan wat er werkelijk gebeurd is op de avond dat ik mijn geheugen verloor, en dat dat niets te maken had met een auto en gladde wegen, maar met champagne, bloemen en een klop op de deur van een hotelkamer.

En nu is daar een naam bij gekomen. De naam van degene die ik verwachtte te zullen zien toen ik vanmorgen wakker werd, was niet Ben.

Het was Ed. Ik verwachtte wakker te worden naast iemand die Ed heette.

Op dat moment wist ik niet wie hij was, deze Ed. Hij was niet belangrijk, dacht ik, het was maar een naam die ik verzonnen had, zomaar had bedacht. Of misschien was het een minnaar van vroeger, een onenightstand die ik nog niet helemaal vergeten was. Maar nu heb ik het dagboek gelezen en ben ik erachter gekomen dat ik in een hotelkamer ben aangerand. Dus nu weet ik wie Ed is.

Hij is de man die die avond voor de deur stond te wachten. De man die me heeft aangevallen. De man die me mijn leven heeft afgenomen.

*

Vanavond heb ik mijn man op de proef gesteld. Ik wilde het helemaal niet, was het ook niet van plan, maar ik had de hele dag lopen piekeren. Waarom heeft hij tegen mij gelogen? Waarom? En liegt hij elke dag tegen me? Is er maar één versie van het verleden die hij me voorschotelt, of zijn er meerdere? Ik moet hem vertrouwen, dacht ik. Ik heb niemand anders.

We aten lamsvlees; een goedkope, vettige bout die te lang had gesudderd. Ik schoof steeds hetzelfde stukje vlees heen en weer over mijn bord, doopte het in de jus, bracht het naar mijn mond en legde het weer neer. 'Hoe ben ik zo geworden?' vroeg ik. Ik had geprobeerd het beeld van de hotelkamer op te roepen, maar het bleef ongrijpbaar, net buiten mijn bereik. Eigenlijk was ik daar blij om.

Met grote, verbaasde ogen keek Ben op van zijn bord. 'Christine,' zei hij. 'Lieverd, ik denk...'

'Alsjeblieft,' viel ik hem in de rede. 'Ik moet het weten.'

Hij legde zijn vork en mes neer. 'Nou, goed dan,' zei hij.

'Je moet me alles vertellen,' zei ik. 'Alles.'

Hij keek me met toegeknepen ogen aan. 'Weet je het zeker?'

'Ja,' zei ik. Ik aarzelde even, toen besloot ik het te zeggen. 'Je denkt misschien dat het beter is me niet alle details te vertellen. Vooral niet als ze schokkend zijn. Maar daar ben ik het niet mee eens. Ik vind dat je me alles moet vertellen, zodat ik zelf kan bepalen wat ik voel. Begrijp je dat?'

'Chris,' zei hij. 'Wat bedoel je?'

Ik wendde mijn blik af en liet mijn ogen rusten op de foto die op het dressoir stond, de foto van ons samen. 'Ik weet het niet,' zei ik. 'Ik weet dat ik niet altijd zo ben geweest. Nu ben ik wel zo. Er moet dus iets zijn gebeurd. Iets ergs. Wat ik wil zeggen is dat ik dat weet. Ik weet dat er iets heel ergs is gebeurd. Toch wil ik weten wat. Ik moet weten wat er met me gebeurd is. Lieg niet tegen me, Ben,' zei ik. 'Alsjeblieft.'

Hij stak zijn hand uit en pakte de mijne. 'Lieverd, dat zou ik nooit doen.'

Toen begon hij te praten. 'Het was in december,' zei hij. 'De wegen waren glad...' Met toenemende ontzetting luisterde ik naar zijn relaas over het auto-ongeluk. Toen hij klaar was pakte hij zijn mes en vork en begon weer te eten.

'Weet je het zeker?' vroeg ik. 'Weet je zeker dat het een ongeluk was?'

'Hoezo?' zei hij met een zucht.

Ik probeerde in te schatten hoeveel ik los kon laten. Hoewel ik niet wilde onthullen dat ik weer was gaan schrijven en dat ik een dagboek bijhield, wilde ik zo eerlijk mogelijk zijn.

'Vandaag had ik zo'n rare gewaarwording,' zei ik. 'Bijna een soort herinnering. Op de een of andere manier had ik het gevoel dat het iets te maken had met hoe ik zo geworden ben.'

'Wat voor gewaarwording?'

'Ik weet het niet.'

'Een herinnering?'

'Zoiets.'

'En? Herinnerde je je specifieke dingen van wat er is gebeurd?'

Ik dacht aan de hotelkamer, de kaarsen, de bloemen. Het gevoel dat ze niet van Ben kwamen, dat hij niet degene was op wie ik wachtte in die kamer. Ik dacht ook aan het gevoel dat ik geen lucht kon krijgen. 'Wat voor soort dingen?' vroeg ik.

'Details, wat dan ook. Het type auto dat je heeft aangereden. Of alleen de kleur. Wie er achter het stuur zat.'

Ik wilde tegen hem schreeuwen: Waarom wil je me laten geloven dat het een auto-ongeluk was? Zou dat echt makkelijker te geloven zijn dan wat er werkelijk is gebeurd?

Makkelijker om te horen, dacht ik, of makkelijker om te vertellen?

Ik vroeg me af wat hij zou doen als ik zou zeggen: Nee, bij nader inzien herinner ik me geen auto-ongeluk. Ik herinner me dat ik in een hotelkamer was en op een man wachtte, maar niet op jou.

'Nee,' zei ik. 'Niet echt. Het was meer een algemene indruk.'

'Een algemene indruk?' zei hij. 'Wat bedoel je met een algemene indruk?'

Hij was harder gaan praten, klonk bijna kwaad. Ik was er niet meer zo zeker van of ik het gesprek wilde voortzetten.

'Niets,' zei ik. 'Het was niets, gewoon een vreemde gewaarwording, alsof er iets ergs te gebeuren stond, en ik voelde pijn. Maar ik herinner me geen details.'

Hij leek zich te ontspannen. 'Het is waarschijnlijk niets,' zei hij. 'Het is je geest die je misleidt. Ik zou het proberen te negeren.'

Proberen te negeren? dacht ik. Hoe kon hij dat van me vragen? Was hij soms bang dat ik me de waarheid zou herinneren?

Het zou kunnen. Hij heeft me vandaag al verteld dat ik door een auto ben aangereden. Het zal geen pretje voor hem zijn als leugenaar te worden ontmaskerd, ook al is het maar voor de rest van die ene dag dat ik zoiets kan onthouden. Vooral niet als hij het doet om mij te beschermen. Ik begrijp nu wel dat het voor ons allebei makkelijker is het autoverhaal te geloven. Maar hoe kom ik er ooit achter wat er werkelijk is gebeurd?

En op wie ik in die hotelkamer zat te wachten?

'Oké,' zei ik, want wat moest ik anders? 'Je zult wel gelijk hebben.' We concentreerden ons weer op de lamsbout, die inmiddels koud was geworden. Een andere gedachte kwam in me op. Een wrede, vreselijke gedachte. Stel dat het wel waar is? Dat ik ben aangereden en de bestuurder is doorgereden. Stel dat mijn geest die hotelkamer en die aanranding heeft verzonnen? Het zouden allemaal verzinsels kunnen zijn. Fantasie in plaats van herinnering. Zou het kunnen dat ik het allemaal verzonnen heb omdat ik het simpele feit dat het een ongeluk door gladheid was geweest niet kon bevatten?

Als dat zo is, werkt mijn geheugen niet, en komen er geen herinneringen terug. Als dat zo is, word ik niet beter, maar gek.

Ik keerde mijn tas om boven het bed. Er viel van alles uit. Mijn portemonnee, mijn gebloemde agenda, een lippenstift, een poederdoosje, een paar papieren zakdoekjes. Een mobiele telefoon, en nog eentje. Een doosje pepermuntjes. Een geel papiertje.

Ik ging op het bed zitten en zocht tussen de rommel. Het eerste wat ik eruit viste was de kleine agenda en ik dacht geluk te hebben toen ik in zwarte letters dokter Nash achterin zag staan, maar naast zijn telefoonnummer stond tussen haakjes 'werk', en het was zondag. Daar zou ik hem dus niet kunnen bereiken.

Het gele papiertje had een plakrand waar stof en haren aan vastgekleefd zaten, maar er stond niets op. Ik begon me net af te vragen hoe ik er in godsnaam bij kwam dat hij me zijn privénummer zou hebben gegeven, toen ik me herinnerde dat ik had gelezen dat hij zijn nummers voor in mijn dagboek had opgeschreven. *Bel me als je in de war raakt*, had hij gezegd.

Ik vond de nummers en pakte de twee telefoons. Ik wist niet meer welke ik van dokter Nash had gekregen. Snel controleerde ik de grootste van de twee en zag dat alle inkomende en uitgaande gesprekken met Ben waren geweest. De tweede telefoon – de uitklapbare – was nauwelijks gebruikt. Is dit niet precies het soort moment waarvoor dokter Nash me de telefoon heeft gegeven? dacht ik. Ik ben immers danig in de war. Ik klapte het mobieltje open, koos zijn nummer en drukte op de beltoets.

Een paar seconden bleef het stil. Toen klonk er een zoemtoon die werd onderbroken door een stem.

'Hallo?' Hij klonk slaperig, hoewel het niet laat was. 'Met wie spreek ik?'

'Dokter Nash,' fluisterde ik. Ben was beneden gebleven en ik kon horen dat hij naar een of andere talentenjacht op tv zat te kijken. Er klonk gezang en gelach, met nu en dan tussendoor applaus. 'Met Christine.'

Hij zweeg een moment. Moest mentaal omschakelen.

'O. Oké. Hoe...'

Ineens was ik hevig teleurgesteld. Hij klonk helemaal niet blij toen hij hoorde dat ik het was.

'Neem me niet kwalijk,' zei ik. 'Je nummer stond voor in mijn dagboek.'

'Natuurlijk,' zei hij. 'Natuurlijk. Hoe gaat het?' Ik zei niets. 'Is het wel goed met je?'

'Neem me niet kwalijk,' zei ik. De woorden vielen een voor een uit mijn mond. 'Ik moet je zien. Nu. Of morgen. Ja. Morgen. Ik heb me iets herinnerd. Vannacht. Ik heb het opgeschreven. Een hotelkamer. Iemand klopte op de deur. Ik kreeg geen adem. Ik... Dokter Nash?'

'Christine,' zei hij. 'Rustig maar. Wat is er gebeurd?'

Ik ademde diep in. 'Er is een herinnering bovengekomen. Ik weet zeker dat het te maken heeft met de oorzaak van mijn geheugenverlies. Maar het slaat nergens op. Ben zegt dat ik door een auto ben aangereden.'

Ik hoorde iets bewegen, alsof hij ging verzitten, en er klonk een andere stem. Een vrouwenstem. 'Het is niks,' zei hij zacht, en mompelde nog iets wat ik net niet kon verstaan.

'Dokter Nash?' zei ik. 'Dokter Nash? Ben ik aangereden door een auto?'

'Ik kan nu eigenlijk niet praten,' zei hij, en ik hoorde de vrouwenstem weer, luider nu, klagend. Er roerde zich iets in mij. Boosheid, of paniek.

'Alsjeblieft!' zei ik. Het woord kwam er sissend uit.

Eerst bleef het stil, toen hoorde ik zijn stem weer, nu met gezag. 'Het spijt me,' zei hij. 'Ik ben een beetje druk. Heb je het opgeschreven?'

Ik antwoordde niet. *Een beetje druk*. Ik dacht aan hem en zijn vriendin en vroeg me af wat ze aan het doen waren toen ik belde. Hij zei weer iets. 'Wat je je herinnert – heb je dat opgeschreven in je dagboek? Zorg dat je het opschrijft.'

'Goed,' zei ik, 'maar...'

Hij onderbrak me. 'We praten morgen verder. Ik zal je bellen, op dit nummer. Ik beloof het je.'

Opluchting, vermengd met iets anders. Iets onverwachts, moeilijk te definiëren. Geluk? Vreugde?

Nee, het was meer dan dat. Deels angst, deels zekerheid, doortrokken van een lichte opwinding over wat er komen zou. Ik voel het nog steeds nu ik dit opschrijf, ongeveer een uur later, maar nu weet ik wat het is. Iets waarvan ik niet weet of ik het ooit eerder heb gevoeld. Verwachting.

Maar wat verwacht ik? Dat hij me vertelt wat ik weten moet, dat hij bevestigt dat mijn herinneringen langzaam terugkomen, dat de behandeling vruchten afwerpt? Of is er meer aan de hand?

Ik stel me voor wat ik moet hebben gevoeld toen hij me in de auto aanraakte, wat me bezielde toen ik een telefoontje van mijn man besloot te negeren. Misschien is de waarheid veel simpeler. Ik verheug me erop om met hem te praten.

'Ja,' had ik gezegd toen hij zei dat hij me zou bellen. 'Ja, graag.' Maar de verbinding was al verbroken. Ik dacht aan de vrouwenstem en realiseerde me dat ze in bed lagen toen ik belde.

Ik ban de gedachte uit. Als ik daarop doorga, word ik echt gek.

Maandag 19 november

Het was druk in het café. Het hoorde bij een keten. Alles was groen of bruin en gemaakt van wegwerpmateriaal dat echter volgens de posters die aan de beklede muren hingen milieuvriendelijk was. Ik nam een slok koffie uit een veel te grote papieren beker, terwijl dokter Nash zich tegenover me in een leunstoel liet zakken.

Het was de eerste keer dat ik de gelegenheid had hem eens goed te bekijken; althans, de eerste keer vandaag, maar dat komt op hetzelfde neer. Kort nadat ik het ontbijt had afgeruimd had hij me gebeld – op het uitklapbare telefoontje – en ongeveer een uur later, nadat ik mijn dagboek bijna helemaal had doorgelezen, was hij me komen ophalen. In de auto op weg naar het café had ik uit het raam zitten staren. Ik voelde me verward. Hopeloos verward. Hoewel ik niet zeker wist hoe ik heette, wist ik toen ik vanmorgen wakker werd dat ik volwassen was en moeder, maar ik had geen idee dat ik van middelbare leeftijd was en dat mijn zoon was overleden. Tot dat moment was mijn dag hevig desoriënterend geweest, ik had de ene schok na de andere te verduren gekregen – de badkamerspiegel, het plakboek en later dit dagboek – en alles had me tot de overtuiging gebracht dat ik mijn man niet kon vertrouwen. De lust om de dingen nog nader te onderzoeken was me vergaan.

Maar nu zag ik dat dokter Nash jonger was dan ik had verwacht en hoewel ik had geschreven dat hij niet aan zijn lijn hoefde te denken, zag ik nu dat hij niet zo slank was als ik had gedacht. Hij had iets stevigs dat benadrukt werd door het te grote jasje dat hij aanhad en waar zijn onderarmen, die verrassend harig bleken te zijn, zo nu en dan uitstaken.

'Hoe voel je je vandaag?' vroeg hij, toen hij rustig zat.

Ik haalde mijn schouders op. 'Ik weet het niet. In de war, geloof ik.'

Hij knikte. 'Ga verder.'

Ik schoof het koekje van me af dat dokter Nash me had gegeven zonder dat ik erom gevraagd had. 'Nou, toen ik wakker werd wist ik min of meer dat ik volwassen was. Ik had er geen weet van dat ik getrouwd was, maar ik was ook niet verbaasd dat er iemand naast me in bed lag.'

'Dat is goed, hoewel...' begon hij.

Ik viel hem in de rede. 'Maar gisteren schreef ik dat ik wakker werd en wist dat ik getrouwd was.'

'Je schrijft dus nog steeds in je dagboek?' vroeg hij, en ik knikte. 'Heb je het meegenomen?'

Ja, het zat in mijn tas. Maar er stonden dingen in waarvan ik niet wilde dat hij, of wie dan ook, ze zou lezen. Persoonlijke dingen. Mijn geschiedenis. De enige geschiedenis die ik heb.

En dingen die ik over hem had geschreven.

'Ik heb het thuis laten liggen,' loog ik. Als hij al teleurgesteld was, liet hij dat niet merken.

'Oké,' zei hij. 'Geeft niet. Ik begrijp dat het frustrerend moet zijn dat je je iets herinnert en het de dag daarna weer kwijt bent. Toch ga je vooruit. Over het algemeen herinner je je meer dan in het begin.'

Ik vroeg me af of dat wel waar was. De eerste aantekeningen in mijn dagboek gingen over mijn jeugd, mijn ouders, een feestje met mijn beste vriendin. Ik had me mijn man herinnerd toen we nog jong en net verliefd waren, en mezelf als romanschrijfster. Maar daarna? De laatste tijd had ik alleen mijn overleden zoon voor me gezien, en de aanranding waardoor ik zo ben geworden. Dingen die ik eigenlijk maar beter zou kunnen vergeten.

'Je zei dat je twijfels hebt over Ben, over wat hij heeft gezegd over de oorzaak van je geheugenverlies.'

Ik slikte. Wat ik gisteren had opgeschreven leek ineens heel ver weg, een verzinsel. Een auto-ongeluk. Geweld in een hotelkamer. Geen van beide leek ook maar iets met mij te maken te hebben. Toch had ik geen keus, ik moest wel geloven dat het waar was, dat Ben echt tegen me gelogen had over wat mij is overkomen.

'Ga eens door...' zei hij.

Ik vertelde wat ik had opgeschreven, beginnend met Bens relaas over het auto-ongeluk en eindigend met mijn herinnering aan de hotelkamer. Maar ik zei niets over de vrijpartij waar we middenin zaten toen de herinnering bovenkwam, en ook niets over de romantische sfeer ervan, de bloemen, de kaarsen, de champagne.

Terwijl ik praatte keek ik naar hem. Af en toe mompelde hij iets bemoedigends en op een gegeven moment krabde hij aan zijn kin en kneep hij zijn ogen samen, hoewel zijn uitdrukking niet zozeer verbaasd als wel aandachtig was.

'Jij wist dit al, hè?' zei ik toen ik klaar was met mijn verhaal. 'Je was al op de hoogte.'

Hij zette zijn beker neer. 'Lang niet alles. Ik wist dat jouw problemen niet door een auto-ongeluk zijn veroorzaakt, al las ik gisteren in je dagboek dat Ben je dat verteld heeft. Wat ik ook wist was dat je de avond van je... van je... de avond waarop je je geheugen verloor in een hotel verbleef. Alle andere details zijn nieuw voor me. En voor zover ik weet is het de eerste keer dat je je zelf iets hebt herinnerd. Dat is goed nieuws, Christine.'

Goed nieuws? Ik vroeg me af of hij nu verwachtte dat ik blij zou zijn. 'Het is dus waar?' vroeg ik. 'Het was geen auto-ongeluk?'

Het bleef even stil, toen zei hij: 'Nee, het was geen auto-ongeluk.'

'Maar waarom heb je me niet gezegd dat Ben heeft gelogen? Toen je mijn dagboek las? Waarom heb je me de waarheid niet verteld?'

'Omdat Ben zijn redenen zal hebben,' antwoordde hij. 'En het leek me niet juist, op dat moment, om tegen je te zeggen dat hij loog.'

'Dus jij hebt ook tegen mij gelogen?'

'Nee,' zei hij. 'Ik heb nooit tegen je gelogen. Ik heb nooit tegen je gezegd dat het een auto-ongeluk was.'

Ik dacht aan wat ik vanmorgen had gelezen. 'Maar in jouw werkkamer vorige week hebben we het erover gehad...' Hij schudde zijn hoofd.

'Toen had ik het niet over een ongeluk,' zei hij. 'Je zei tegen mij dat

Ben je had verteld hoe het gegaan was, dus ik dacht dat je de waarheid wist. Vergeet niet dat ik je dagboek nog niet gelezen had. We hebben denk ik langs elkaar heen zitten praten...'

Ik begreep hoe het gegaan was. We waren allebei met een boog om iets heen gelopen wat we niet wilden benoemen.

'Maar wat is er dan wel gebeurd in die hotelkamer?' vroeg ik. 'Wat deed ik daar eigenlijk?'

'Ik weet niet alles,' zei hij.

'Vertel me dan in elk geval wat je weet.' Het klonk boos, maar het was te laat om het terug te nemen. Hij veegde een denkbeeldig kruimeltje van zijn broek.

'Weet je zeker dat je het wilt weten?' vroeg hij. Ik had het gevoel dat hij me een laatste kans gaf. *Je kunt er nog voor weglopen*, leek hij te zeggen. *Je kunt nu nog verder met je leven zonder te weten wat ik je ga vertellen.*

Maar daarin vergiste hij zich. Dat kon ik niet. Zonder de waarheid te kennen zou mijn leven op zijn zachtst gezegd incompleet zijn.

'Ja,' zei ik.

Hij begon langzaam, haperend te praten. Als hij aan een zin begon, onderbrak hij die meteen weer. Het verhaal cirkelde om iets heen, iets vreselijks wat maar beter ongezegd kon blijven. Iets waarbij het gezellige gepraat in een café als dit in het niet zou vallen.

'Het is waar. Je bent aangevallen. Het was...' Hij stokte. 'Het was behoorlijk ernstig. Je bent zwalkend op straat gevonden, helemaal in de war. Je had niets bij je waaruit je identiteit bleek en je wist zelf ook niet meer wie je was en wat er gebeurd was. Je was gewond aan je hoofd. Aanvankelijk dacht de politie dat je beroofd was.' Weer stokte hij. 'Je had een deken om je heen en zat onder het bloed.'

Er ging een koude rilling door me heen. 'Wie heeft me gevonden?'

'Dat weet ik niet precies...'

'Ben?'

'Nee, niet Ben. Een onbekende heeft je gekalmeerd. En de ambulance gebeld. Je werd natuurlijk opgenomen. Er waren inwendige bloedingen en je moest met spoed geopereerd worden.'

'Maar hoe wisten ze wie ik was?'

Even was er een verschrikkelijk moment waarop ik dacht dat ze misschien nooit achter mijn identiteit waren gekomen. Dat alles, de hele geschiedenis en zelfs mijn naam voor me bedacht waren nadat ik gevonden was. Zelfs Adam.

Dokter Nash antwoordde: 'Dat was niet zo moeilijk. In het hotel had je je eigen naam opgegeven en Ben had de politie gebeld en je als vermist opgegeven. Voor je gevonden werd.'

Ik dacht aan de man die op de deur had geklopt, de man die ik verwachtte.

'Ben wist niet waar ik was?'

'Nee,' zei hij. 'Kennelijk had hij geen idee.'

'Ook niet met wie ik was? Degene die me dit heeft aangedaan?'

'Nee,' zei hij. 'Er is nooit iemand aangehouden. Er was maar weinig bewijsmateriaal en jij kon de politie natuurlijk niet echt behulpzaam zijn bij het onderzoek. Men ging ervan uit dat de dader alle sporen had uitgewist voor hij ervandoor ging. Niemand heeft iets gezien. Er was die avond blijkbaar een of andere bijeenkomst in het hotel, dus er liepen heel veel mensen in en uit. Je bent waarschijnlijk naderhand een tijdje buiten bewustzijn geweest. Het was midden in de nacht toen je naar beneden ging en het hotel verliet. Niemand heeft je weg zien gaan.'

Ik slaakte een zucht. De politie had de zaak waarschijnlijk al jaren geleden gesloten. Voor iedereen – zelfs voor Ben – was dit oud nieuws, iets van heel lang geleden. Alleen voor mij niet. Ik zal er nooit achter komen wie me dit heeft aangedaan en waarom. Tenzij ik het me herinner.

'Wat is er daarna gebeurd?' vroeg ik. 'Nadat ik naar het ziekenhuis was gebracht?'

'De operatie zelf was geslaagd, maar er waren complicaties. Ze hadden moeite je te stabiliseren na de operatie. Vooral je bloeddruk.' Hij zweeg een moment. 'Je hebt een tijdje in coma gelegen.'

'In coma?'

'Ja,' zei hij. 'Het was kantje boord, maar eh... je hebt geluk gehad. Je was in goede handen en ze hebben je zeer intensief behandeld. Je kwam weer bij. Maar toen werd duidelijk dat je je geheugen kwijt was. Eerst dachten ze dat het tijdelijk zou zijn. Een combinatie van hoofdletsel en anoxie. Dat had ook goed gekund...'

'Sorry,' zei ik. 'Anoxie?' Ik was achter dat woord blijven haken.

'Neem me niet kwalijk,' zei hij. 'Zuurstofgebrek.'

Mijn hoofd begon te zweven. Alles kromp in elkaar en raakte verwrongen, alsof alles kleiner werd, of ik groter. Ik hoorde mezelf zeggen: 'Zuurstofgebrek?'

'Ja,' zei hij. 'Je had symptomen die wezen op ernstig zuurstofgebrek in je hersenen. Zoals bij kooldioxidevergiftiging – hoewel daar verder geen enkele aanwijzing voor was – of wurging. Op je nek zaten sporen die daarop wezen. Maar wat als de meest voor de hand liggende verklaring werd beschouwd, was dat je bijna was verdronken.' Hij hield op met praten terwijl ik dit tot me door liet dringen. 'Kun je je er iets van herinneren dat je bijna bent verdronken?'

Ik deed mijn ogen dicht, maar zag alleen een kaart op een kussen met daarop de tekst IK HOU VAN JOU. Ik schudde mijn hoofd.

'Je herstelde wel, maar je geheugen werd niet beter. Je bent een paar weken in het ziekenhuis gebleven, eerst op de intensive care en toen op de verpleegafdeling. Toen je goed genoeg was om vervoerd te worden, ben je naar Londen teruggebracht.'

Naar Londen teruggebracht. Natuurlijk. Ik was in de buurt van een hotel gevonden; ik moest dus een eind van huis zijn geweest. Ik vroeg waar het was gebeurd.

'In Brighton,' antwoordde hij. 'Heb je enig idee wat je daar deed? Heb je enige binding met die contreien?'

Ik probeerde me vakanties te herinneren, maar er kwam niets boven.

'Nee,' zei ik. 'Nee, geen enkele binding, voor zover ik weet.'

'Misschien zou het helpen om er een keer heen te gaan. Om te kijken of het iets in je oproept.'

Ik werd helemaal koud vanbinnen en schudde mijn hoofd.

Hij knikte. 'Oké. Nou ja, je kunt natuurlijk allerlei redenen hebben gehad om daar te zijn.'

Ja, dacht ik. Maar er was er maar één waar mijn man niet, en flakkerende kaarsen en bossen rozen wél in voorkwamen.

'Ja,' zei ik. 'Inderdaad.' Ik vroeg me af of een van ons het woord 'verhouding' in de mond zou nemen, en hoe Ben zich moest hebben gevoeld toen hij besefte waar ik was geweest, en waarom.

Plotseling drong het tot me door waarom Ben me de ware toedracht niet had verteld. Waarom zou hij me eraan willen herinneren dat ik ooit, hoe kortstondig ook, de voorkeur had gegeven aan een andere man? Een rilling ging door me heen. Ik had een ander verkozen boven mijn eigen man, en dit was de prijs die ik had moeten betalen.

'Wat is er daarna gebeurd?' vroeg ik. 'Ben ik weer bij Ben ingetrokken?'

Hij schudde zijn hoofd. 'Nee, nee,' antwoordde hij. 'Je was nog steeds heel ziek, je moest in het ziekenhuis blijven.'

'Hoe lang?'

'Eerst op de verpleegafdeling. Een paar maanden.'

'En toen?'

'Toen ben je verplaatst.' Hij aarzelde. Net toen ik dacht dat ik hem moest aansporen, zei hij: 'Naar een psychiatrische afdeling.'

Het woord schokte me. 'Een psychiatrische afdeling?' Ik stelde me daar een angstaanjagende omgeving bij voor, met krijsende, gestoorde gekken. Ik kon me niet voorstellen dat ik daartussen had gezeten.

'Ja.'

'Maar waarom? Waarom daar?'

Hij sprak zachtjes, maar aan zijn toon hoorde ik dat hij misnoegd was. Plotseling wist ik zeker dat we dit al eerder hadden besproken, misschien wel vele malen, vermoedelijk voor ik begonnen was in mijn dagboek te schrijven. 'Het was veiliger,' zei hij. 'Tegen die tijd was je redelijk hersteld van je lichamelijke verwondingen, maar je geheugenproblemen waren niet minder geworden. Je wist niet wie of waar je was. Je vertoonde symptomen van paranoia en beweerde dat de artsen tegen je samenspanden. Je probeerde telkens weer te ontsnappen.' Hij wachtte even. 'Je werd onhandelbaar. Het was voor je eigen veiligheid, maar ook voor die van anderen, dat je verplaatst bent.'

'Anderen?'

'Soms haalde je naar ze uit.'

Ik probeerde me er een voorstelling van te maken. Elke dag wakker worden, volledig in de war, niet weten wie je bent, waar je bent en waarom je in het ziekenhuis ligt. Vragen stellen en geen antwoord krijgen. Omringd worden door mensen die meer over jou weten dan jijzelf. Het moet een hel zijn geweest.

Ik besefte dat dit over mij ging.

'En toen?'

Hij antwoordde niet. Ik zag zijn blik naar boven gaan, langs me heen, naar de deur, alsof hij op iemand wachtte. Maar er was niemand, de deur bleef dicht, er ging niemand weg en er kwam niemand binnen. De gedachte kwam in me op dat hij misschien hoopte op ontsnapping.

'Dokter Nash,' zei ik. 'Wat is er toen gebeurd?'

'Je bent daar een tijdje gebleven,' zei hij. Zijn stemgeluid was niet meer dan gefluister. Hij heeft me dit eerder verteld, dacht ik, maar deze keer weet hij dat ik het ga opschrijven en het langer dan een paar uur met me mee zal dragen.

'Hoe lang?'

Hij zweeg. Ik herhaalde mijn vraag. 'Hoe lang?'

Hij keek me aan met een gezicht dat droefheid en pijn uitdrukte. 'Zeven jaar.'

Hij rekende af en we verlieten de koffieshop. Ik voelde me murw. Wat ik had gedacht, waar ik had verwacht mijn slechtste tijd te hebben doorgebracht weet ik niet, maar niet daar. Niet te midden van al die gekwelde zielen.

Terwijl we op straat liepen draaide dokter Nash zich naar me om. 'Christine,' zei hij. 'Ik heb een voorstel.' Het viel me op dat het er heel terloops uit kwam, alsof hij vroeg van wat voor ijs ik hield. Zo terloops dat het wel gespeeld moest zijn.

'O?' zei ik.

'Ik denk dat het je zou kunnen helpen om de afdeling te bezoeken waar je al die tijd hebt doorgebracht.'

Ik reageerde zonder aarzeling, in een reflex. 'Nee! Waarom?'

'Omdat zo'n ervaring je helpt te herinneren,' antwoordde hij. 'Denk maar aan die keer dat we in je oude huis waren.' Ik knikte. 'Toen kwam er een herinnering boven. Het zou weer kunnen gebeuren dat zo'n bezoek iets bij je activeert.'

'Maar...'

'Voel je niet verplicht, maar... weet je, ik zal eerlijk zijn. Ik heb al een afspraak met ze gemaakt. Ze willen je graag ontvangen. Ons. Maakt niet uit wanneer. Een telefoontje is genoeg, om te zeggen dat we eraan komen. Ik ga met je mee. Als je overstuur raakt of je ongemakkelijk voelt gaan we weg. Het gaat vast goed. Vertrouw me maar.'

'Denk je dat het me zal helpen bij mijn herstel? Denk je dat echt?'

'Ik weet het niet,' antwoordde hij. 'Maar het zou kunnen.'

'Wanneer? Wanneer wil je gaan?'

Hij bleef staan. Het drong tot me door dat de auto waar we naast stonden die van hem was.

'Vandaag,' zei hij. 'Ik vind dat we vandaag moeten gaan.' En toen zei hij iets merkwaardigs. 'We hebben geen tijd te verliezen.'

*

Ik had niet hoeven gaan. Dokter Nash had me er niet toe gedwongen met het bezoek in te stemmen. Maar hoewel ik me dat niet kan herinneren – ik herinner me überhaupt weinig – moet ik ja hebben gezegd.

Het was niet zo'n lange rit, die we zwijgend aflegden. Ik wist niet wat ik moest denken en ook niet wat ik moest zeggen of voelen. Mijn hoofd was leeg. Uitgehold. Ik pakte het dagboek uit mijn tas – het kon me niets schelen dat ik tegen dokter Nash had gezegd dat ik het niet bij me had – en schreef wat er tot dat moment gebeurd was. Ik wilde alles vastleggen, elk woord dat we hadden gewisseld. In stilte schreef ik het op, bijna zonder nadenken. We zwegen allebei toen hij de auto parkeerde, en bleven dat doen toen we door de steriele gangen liepen waar het naar oude koffie en nieuwe verf rook. Er werden mensen met infuus en al op brancards langsgereden. De posters aan de muren hingen gedeeltelijk los en boven ons hoofd zoemden en flikkerden lichtbakken. Ik kon alleen maar denken aan de zeven jaar die ik hier had doorgebracht. Het voelde als een heel leven; een leven waarvan ik me niets kon herinneren.

Bij een dubbele deur bleven we staan. De Fisher Ward, zo heette de afdeling. Dokter Nash drukte op het knopje van de intercom die aan de muur hing en mompelde iets in het microfoontje. Hij vergist zich, dacht ik toen de deur openzwaaide. Ik heb die aanranding niet overleefd. De Christine Lucas die de deur van de hotelkamer opendeed is dood.

Nog een dubbele deur. 'Gaat het, Christine?' vroeg hij toen de eerste deuren achter ons dichtvielen en ons insloten. Ik antwoordde niet. 'Het is een gesloten afdeling.' Plotseling werd ik bevangen door het denkbeeld dat de deur voor altijd achter ons was dichtgevallen en ik hier nooit meer weg zou gaan.

Ik slikte. 'Juist, ja,' zei ik. De tweede dubbele deur opende zich. Ik had geen idee wat ik te zien zou krijgen, kon niet geloven dat ik hier ooit eerder was geweest.

'Ben je er klaar voor?' vroeg hij.

Een lange gang. Deuren aan weerszijden waarvan ik toen we er langsliepen zag dat ze toegang gaven tot kamers met een glazen wand. In elke kamer stond een bed. Sommige bedden waren opgemaakt, er waren ook bedden bezet, maar de meeste niet. 'Er zijn hier patiënten met verschillende soorten aandoeningen,' zei dokter Nash. 'Veel van hen hebben een schizoaffectieve stoornis, maar er zijn ook patiënten met een bipolaire aandoening, acute angstaanvallen of depressies.'

Ik keek door een van de ramen en zag een meisje dat naakt op een bed naar de televisie zat te staren. In een andere kamer zat een man op zijn hurken heen en weer te wiegen. Hij had zijn armen om zijn knieën geslagen alsof hij zich beschermde tegen de kou.

'Zijn zij hier opgesloten?' vroeg ik.

'De patiënten op deze afdeling zijn gedwongen opgenomen. Voor hun eigen bestwil, maar tegen hun zin.'

'Voor hun eigen bestwil?'

'Ja. Ze zijn een gevaar voor zichzelf, of voor anderen. Ze moeten in de gaten worden gehouden.'

We bleven maar lopen. Een vrouw keek op toen ik haar kamer passeerde en hoewel onze blikken elkaar kruisten, veranderde er niets aan haar gezichtsuitdrukking. Ze sloeg zichzelf en toen ze me ineen zag krimpen, deed ze het nog een keer. Er flitste een beeld door me heen van mezelf als kind in de dierentuin, bij een kooi waarin een tijgerin heen en weer liep. Maar ik duwde het weg en liep door, vastbesloten alleen nog maar voor me te kijken.

'Maar waarom hebben ze me toen hiernaartoe gebracht?' vroeg ik.

'Je was eerst opgenomen op een gewone verpleegafdeling. In een bed, net als iedereen. Soms ging je een weekend naar huis, naar Ben, maar je werd steeds moeilijker te hanteren.'

'Hoezo moeilijk?'

'Je ging dwalen. Ben moest alle deuren op slot doen. Je bent een paar keer hysterisch geworden, ervan overtuigd dat hij je iets had aangedaan en dat je tegen je wil werd opgesloten. Een tijdje ging het weer goed zodra je terug was op zaal, maar toen begon je daar hetzelfde gedrag te vertonen.'

'Vandaar dat ze een manier moesten vinden om me op te sluiten,' zei ik. We waren bij een zusterpost aangekomen waar een man in uniform aan een computer zat te werken. Hij keek op, zei dat de dokter zo zou komen en dat we maar even moesten gaan zitten. Ik bekeek zijn gezicht – de haakneus en de gouden oorbel – in de hoop dat er een lichtje bij me zou opgaan. Maar er gebeurde niets. De afdeling was volkomen vreemd voor mij.

'Ja,' zei dokter Nash. 'Je was zoekgeraakt. Ongeveer vier en een half uur lang. De politie vond je ergens bij het kanaal. Je had alleen je pyjama en een ochtendjas aan. Ben moest je bij het politiebureau op komen halen. Je wilde niet mee met de verplegers, dus ze hadden geen keus.'

Hij vertelde dat Ben zich toen meteen is gaan beijveren om mij naar een andere afdeling te laten verplaatsen. 'Hij had het gevoel dat de psychiatrische afdeling niet de juiste plek voor je was. Hij had wel gelijk. Je was niet gevaarlijk, noch voor jezelf, noch voor je omgeving. Het was zelfs denkbaar dat je alleen maar zieker werd doordat je omringd werd door mensen die er veel slechter aan toe waren dan jij. Hij schreef naar de artsen, naar de directeur van het ziekenhuis, naar het parlement. Maar er was nergens plaats voor je.

En toen werd er een centrum geopend voor mensen met chronisch hersenletsel. Hij heeft zich er sterk voor gemaakt, je werd gekeurd en geschikt bevonden, alleen waren de kosten nog een probleem. Ben had verlof moeten nemen om voor je te kunnen zorgen en kon het niet betalen, maar hij gaf niet op. Het schijnt dat hij gedreigd heeft met jouw verhaal naar de pers te gaan. Er waren vergaderingen en beroepsprocedures, en uiteindelijk heeft hij het voor elkaar gekregen en kon je er worden opgenomen. Hoe lang je er ook zou moeten blijven, het zou door de staat betaald worden. Ongeveer tien jaar geleden ben je hier gekomen.'

Ik dacht aan mijn man, probeerde me voor te stellen dat hij brieven had geschreven, acties op touw had gezet, dreigementen had geuit. Ik kon het me bijna niet voorstellen. De man die ik die ochtend had meegemaakt was zo bescheiden, zo respectvol. Geen slappe man, maar iemand die de dingen accepteerde zoals ze waren. Hij leek me niet iemand die op de barricaden klom.

Ik ben niet de enige, dacht ik, die veranderd is door mijn aandoening.

'Het tehuis was vrij klein,' zei dokter Nash. 'Een paar kamers in een afkickcentrum. Er waren niet veel patiënten, maar wel veel mensen die voor je zorgden. Je had daar iets meer onafhankelijkheid. Je was er veilig en je ging vooruit.'

'Maar Ben was niet bij me?'

'Nee. Hij woonde thuis. Hij moest blijven werken en dat was niet mogelijk als hij ook voor jou moest zorgen. Hij besloot...'

Plotseling kwam er een herinnering bij me naar boven waardoor ik met een ruk terug was in het verleden. Alles was een beetje onscherp en omgeven door een waas, maar de beelden waren zo schel dat ik de neiging had mijn blik af te wenden. Ik zag mezelf door deze gangen lopen. Ik word teruggebracht naar een kamer waarvan ik vaag besef dat het de mijne is. Ik draag slippers en een blauwe hes met knopen op mijn rug. De vrouw die me begeleidt is zwart en draagt een uniform. 'Daar zijn we,' zegt ze tegen me. 'Kijk eens wie daar is!' Ze laat mijn hand los en brengt me naar het bed.

Ik word bekeken door een groep vreemden. Er is een donkerharige man bij en een vrouw met een baret, maar ik kan hun gezichten niet onderscheiden. Dit is de verkeerde kamer, wil ik zeggen. Er is een fout gemaakt. Maar ik zeg niets.

Een kind van een jaar of vier, vijf staat op van de rand van het bed. Hij komt naar me toe gerend, zegt mammie, en ik zie dat hij het tegen mij heeft. Pas dan besef ik wie hij is. *Adam*. Ik ga op mijn hurken zitten, hij vliegt me om de hals en ik omhels hem en kus hem op zijn kruin. Dan ga ik staan. 'Wie zijn jullie?' vraag ik aan de mensen die om het bed zitten. 'Wat komen jullie doen?'

Het gezicht van de man betrekt en de vrouw met de baret gaat staan en zegt: 'Chris. Chrissy. Ik ben het. Je weet toch wel wie ik ben?' Als ze naar me toe komt zie ik dat ze huilt.

'Nee,' zeg ik. 'Nee! Weg jullie! Weg!' en ik draai me om en wil de kamer uit gaan, maar er staat een vrouw achter me – ik weet niet wie zij is of waar ze vandaan komt en begin te huilen. Ik zak in elkaar, maar het kind houdt zich aan mijn knieën vast. Ik weet niet wie hij is maar hij zegt mammie tegen me, en blijft het herhalen. Mammie. Mammie. Mammie, en ik weet niet waarom, ik weet niet wie hij is en waarom hij me vasthoudt...

Ik voelde een hand op mijn arm en deinsde terug alsof ik gestoken werd. Een stem. 'Christine? Gaat het wel? Dokter Wilson is hier.'

Ik deed mijn ogen open en keek om me heen. Er stond een vrouw in een witte jas tegenover ons. 'Dokter Nash,' zei ze. Ze schudde hem de hand en wendde zich tot mij. 'Christine?'

'Ja,' zei ik.

'Aangenaam kennis te maken,' zei ze. 'Ik ben Hilary Wilson.' Ik gaf haar een hand. Ze was iets ouder dan ik, ze werd al een beetje grijs. Een halfbrilletje hing aan een gouden ketting om haar hals. 'Hoe gaat het?' vroeg ze, en zomaar ineens wist ik zeker dat ik haar eerder had ontmoet. Ze knikte naar de gang. 'Zullen we?'

Haar werkkamer was ruim, met overal boeken aan de wand en dozen die uitpuilden van de papieren. Ze ging achter haar bureau zitten en wees naar twee stoelen tegenover haar. We gingen zitten. Ik zag hoe ze een dossier van een stapel op haar bureau pakte en opensloeg. 'Nou,' zei ze. 'Eens even zien.'

Het beeld verstarde. Ik kende haar. Ik had haar foto gezien toen ik in de scanner lag, en hoewel ik haar toen niet had herkend, deed ik dat nu wel. Ik was hier eerder geweest. Vele malen. Ik had in dezelfde stoel gezeten, of eentje die erop leek, en haar aantekeningen zien maken in een dossier, turend door het brilletje dat ze met gevoel voor precisie op haar neus had gezet.

'Ik heb u eerder ontmoet...' zei ik. 'Dat herinner ik me.' Dokter Nash keek me even aan, en richtte zijn blik toen weer op dokter Wilson.

'Ja,' zei ze. 'Dat klopt. Maar niet zo vaak.' Toen ik wegging, legde ze uit, werkte ze hier nog maar net en aanvankelijk was ik niet eens haar patiënt. 'Maar het is buitengewoon hoopgevend dat je nog weet wie ik ben,' zei ze. 'Het is lang geleden dat je hier verbleef.' Dokter Nash leunde naar voren en zei dat het misschien zou helpen als ik de kamer zou kunnen zien waar ik gewoond heb. Ze knikte en bestudeerde het dossier. Na een minuut zei ze dat ze niet wist welke kamer het was. 'Mogelijk ben je sowieso nogal vaak van kamer veranderd,' zei ze. 'Dat geldt voor veel patiënten. Zouden we het je man kunnen vragen? Volgens het dossier kwam hij vrijwel elke dag met jullie zoon op bezoek.'

Ik had die ochtend over Adam gelezen en ik leefde op toen zijn naam viel, voelde opluchting dat ik hem toch een beetje had zien opgroeien. Maar ik schudde mijn hoofd. 'Nee,' zei ik. 'Ik bel Ben liever niet.'

Dokter Wilson ging er niet tegenin. 'Er was ook een vriendin, Claire, die vrij regelmatig op bezoek kwam. Kunnen we het haar vragen?'

Ik schudde mijn hoofd. 'We hebben geen contact meer.'

'Ah,' zei ze. 'Wat jammer. Maar goed. Ik kan je wel iets vertellen over hoe het leven hier indertijd was.' Ze keek in haar aantekeningen en vouwde haar handen. 'Je behandeling was grotendeels in handen van een psychiater. Je onderging hypnose, maar helaas was dat maar beperkt succesvol en alleen op de korte termijn.' Ze las verder. 'Je kreeg niet veel medicijnen. Zo nu en dan een kalmeringsmiddel, maar dat was vooral om je te laten slapen, het kan hier namelijk nogal lawaaiig zijn, zoals je je vast wel kunt voorstellen,' zei ze.

Ik moest denken aan het gejammer dat ik me eerder had voorgesteld en vroeg me af of ik dat geluid ook ooit gemaakt had. 'Hoe was ik?' vroeg ik. 'Was ik opgewekt?'

Ze glimlachte. 'Over het algemeen wel. Je was geliefd. Je schijnt het vooral met een bepaalde verpleegster goed te hebben kunnen vinden.'

'Hoe heette ze?'

Ze keek haar aantekeningen door. 'Het staat er helaas niet bij. Je speelde veel patience.'

'Patience?'

'Een kaartspel. Misschien kan dokter Nash je dat straks uitleggen?' Ze keek op. 'Volgens mijn aantekeningen was je af en toe agressief,' zei ze. 'Daar moet je niet van schrikken. Het komt vaak voor in gevallen als het jouwe. Mensen die ernstig hersenletsel hebben opgelopen vertonen vaak gewelddadig gedrag, vooral wanneer er schade is aan dat deel van de hersenen dat te maken heeft met zelfbeheersing. Bovendien hebben patiënten zoals jij, die aan amnesie lijden, vaak de neiging iets te doen wat wij "confabulatie" noemen. Als de wereld om hen heen onbegrijpelijk is, voelen ze zich geroepen dingen te verzinnen, zowel over zichzelf als over de mensen om hen heen, of over hun geschiedenis, wat er met hen gebeurd is. We denken dat dat komt door de behoefte om lacunes in het geheugen op te vullen. Ergens is dat wel begrijpelijk. Maar het kan tot agressie leiden wanneer werkelijkheid en fantasie met elkaar botsen. Het leven moet voor jou heel desoriënterend zijn geweest. Vooral als je bezoek had.'

Bezoek. Ineens was ik bang dat ik mijn zoon had geslagen.

'Wat heb ik gedaan?'

'Je hebt zo nu en dan uitgehaald naar iemand van de verpleging,' antwoordde ze.

'Maar niet naar Adam? Mijn zoon?'

'Nee, daar zie ik hier niets over staan.' Ik slaakte een zucht, hoewel ik nog niet helemaal gerust was. 'We hebben enkele bladzijden van een soort dagboek dat je hebt bijgehouden,' zei ze. 'Zou het zinvol zijn om daar naar te kijken? Misschien begrijp je je verwarring dan beter.'

Het leek me gevaarlijk. Ik wierp een blik op dokter Nash. Hij knikte. Dokter Wilson schoof een blauw papier naar me toe en ik pakte het aan. Eerst durfde ik er niet eens naar te kijken.

Toen ik dat wel deed, zag ik dat het vol stond met wilde krabbels. Boven aan de pagina waren de letters nog goed gevormd en bleven ze binnen de gedrukte lijnen, maar verder naar beneden werden ze groot en slordig, centimeters hoog, soms pasten er maar een paar woorden op een regel. Met angst en beven begon ik te lezen.

8.15 's ochtends, begon het. *Ik ben wakker geworden. Ben is hier.* Op de volgende regel stond: *8.17. Negeer wat hierboven staat. Dat is geschreven door iemand anders*, en daaronder: *8.20 NU ben ik wakker. Eerst was ik dat niet. Ben is hier.*

Mijn blik ging verder naar beneden. *9.45 Ik ben net wakker geworden, VOOR HET EERST*, en een paar regels verder: *10.07 NU ben ik echt wakker. Al het eerdere is gelogen. Ik ben NU wakker.*

Ik keek op. 'Was ik echt zo?' vroeg ik.

'Ja. Je had lange tijd voortdurend het gevoel dat je net uit een lange, diepe slaap was ontwaakt. Kijk maar.' Dokter Wilson wees naar de bladzijde voor me en begon voor te lezen. *'Ik heb een eeuwigheid geslapen. Het leek wel alsof ik DOOD was. Ik ben net wakker geworden. Ik kan voor het eerst weer iets zien.* Kennelijk hebben ze je aangemoedigd op te schrijven wat je voelde, in de hoop dat het je geheugen zou stimuleren, maar helaas raakte je er alleen maar van overtuigd dat alle eerdere aantekeningen door iemand anders waren geschreven. Je begon te denken dat er experimenten met je werden uitgevoerd en dat je hier tegen je zin werd vastgehouden.'

Ik keek weer naar het papier, dat vol stond met bijna identieke aantekeningen die om de paar minuten waren gemaakt. Er ging een rilling door me heen.

'Was het echt zo erg met me gesteld?' vroeg ik. De woorden leken in mijn hoofd te galmen.

'Gedurende een bepaalde periode wel, ja,' antwoordde dokter Nash. 'Uit je notities blijkt dat je iets maar een paar seconden kon onthouden. Soms een minuut, of twee minuten. Die tijdspanne is door de jaren heen geleidelijk langer geworden.'

Ik kon niet geloven dat ik dit had geschreven. Het leek wel het werk van iemand wier geest aan gruzelementen lag. Alsof er een explosie had plaatsgevonden in haar hoofd. Ik zag de woorden weer staan. *Het leek wel alsof ik DOOD was.*

'Het spijt me,' zei ik. 'Ik kan het niet...'

Dokter Wilson nam de bladzijde terug. 'Ik begrijp het, Christine. Het is ook schokkend. Ik...'

Op dat moment raakte ik in paniek. Ik ging staan, maar de kamer begon te draaien. 'Ik wil hier weg,' zei ik. 'Dit ben ik niet, dit kan ik niet geweest zijn, ik... ik zou nooit iemand slaan. Dat zou ik nooit doen. Ik ben...'

Dokter Nash kwam ook overeind, en toen stond dokter Wilson ook op. Ze deed een stap naar voren en botste tegen haar bureau, waardoor er allerlei papieren door de lucht vlogen. Een foto viel op de grond. 'Mijn god...' zei ik, en zij keek naar beneden, hurkte en bedekte de foto met een papier. Maar ik had genoeg gezien.

'Was ik dat?' vroeg ik, en ik begon te schreeuwen: 'Was ik dat?'

Op de foto was het gezicht van een jonge vrouw te zien. Haar haar was naar achteren getrokken. Eerst leek het net alsof ze een griezelmasker op had. Ze had haar ene oog open, en daarmee keek ze in de lens. Haar andere oog zat dicht en was bedekt met een enorme paarse bloeduitstorting. Ze had dikke, roze lippen vol sneetjes. Haar wangen stonden bol, waardoor haar gezicht een groteske uitdrukking kreeg. Ik kreeg een associatie met fruitpulp, met rotte, gebarsten pruimen.

'Was ik dat?' schreeuwde ik, hoewel ik in het verwrongen, opgezwollen gezicht het mijne herkend had.

Hier splitst mijn herinnering zich. Een deel van mij was kalm en verstild. Sereen. Het keek toe terwijl het andere deel schreeuwend om zich heen sloeg en door dokter Nash en dokter Wilson in bedwang moest worden gehouden. *Gedraag je toch*, leek het te zeggen. *Dit is gênant*.

Maar het andere deel was te sterk, het had de overhand gekregen en bezit genomen van mijn echte ik. Ik schreeuwde het uit, telkens weer, draaide me om en rende naar de deur. Dokter Nash kwam achter me aan. Ik rukte de deur open en rende weg, hoewel ik nergens heen kon. Een beeld van vergrendelde deuren. Alarmbellen. Een man die me achtervolgt. Mijn huilende zoon. *Ik heb dit eerder meegemaakt*, dacht ik. *Ik heb dit allemaal eerder meegemaakt*.

Mijn geheugen valt uit.

Ze moeten me op een of andere manier gekalmeerd hebben, ze moeten me ervan overtuigd hebben met dokter Nash mee te gaan; het eerste dat ik me herinner is dat ik naast hem in de auto zat terwijl hij reed. De lucht begon te betrekken, de straten waren grauw en vlak. Hij praatte tegen me, maar ik kon me niet concentreren. Het leek alsof mijn geest was gestruikeld, een terugval had gehad en zich niet goed kon herstellen. Ik keek uit het raam naar de passanten die winkelden of hun hond uitlieten, naar mensen met kinderwagens en fietsen, en ik vroeg me af of dit – deze zoektocht naar de waarheid – echt was wat ik wilde. Misschien zou ik nog wat vooruitgang boeken, maar wat had ik erbij te winnen? Ik denk niet dat ik ooit zal meemaken dat ik, zoals normale mensen, wakker word en alles nog weet, nog weet wat ik de vorige dag gedaan heb, wat voor plannen ik heb voor de nieuwe dag en welke omwegen ik heb bewandeld om in het hier en nu te belanden en te worden wie ik ben. Het hoogst haalbare is dat ik op een dag in de spiegel kijk zonder me lam te schrikken, dat ik nog weet dat ik getrouwd ben met een man die Ben heet en een zoon verloren heb die Adam heette, en dat ik me ook zonder het tastbare bewijs in handen te hebben, kan herinneren dat ik een boek heb geschreven.

Maar zelfs dat lijkt nu buiten mijn bereik. Ik dacht aan wat ik gezien had op de Fisher Ward. De waanzin, de pijn. Mensen met een vermorzelde geest. Daar zit ik dichterbij, dacht ik, dan bij herstel. Misschien is het uiteindelijk toch beter om te leren leven met hoe ik nu ben. Ik zou tegen dokter Nash kunnen zeggen dat ik hem niet meer wil zien en ik zou mijn dagboek kunnen verbranden, alles wat ik te weten ben gekomen begraven, net zo grondig wegstoppen als ik gedaan heb met alles wat ik niet meer weet. Het zou betekenen dat ik voor mijn verleden vluchtte, maar daar zou ik geen spijt van krijgen – een paar uur later zou ik niet eens meer weten dat ik ooit een dagboek had gehad, dat er een dokter in mijn leven was geweest – en dan zou het leven eenvoudig kunnen zijn. De ene dag zou op de andere volgen, zonder enig onderling verband. Maar af en toe zou de herinnering aan Adam bovenkomen. Er zou weleens een dag zijn waarop ik me verdrietig en gekweld voelde, me zou herinneren wat ik miste, maar dat zou overgaan. Het zou niet lang duren voor ik weer ging slapen en alles zachtjes onder liet sneeuwen. Wat zou dat gemakkelijk zijn, dacht ik. Zoveel gemakkelijker dan dit.

Ik zag de foto weer voor me. Het beeld stond op mijn netvlies gebrand. *Wie heeft me dat aangedaan? Waarom?* Ik herinnerde me wat ik me over de hotelkamer had herinnerd. Die herinnering was er nog steeds, vlak onder de oppervlakte, net buiten mijn bereik. Vanmorgen had ik gelezen dat ik waarschijnlijk een verhouding had gehad, maar nu drong tot me door dat ik, zelfs als dat waar was, geen idee had met wie. Ik had alleen een voornaam, de voornaam die een paar dagen geleden bij het wakker worden bij me naar boven was gekomen. Ik had geen hoop me ooit meer te herinneren dan dat, zelfs als ik dat wilde.

Dokter Nash was nog steeds aan het woord. Ik had geen idee waar hij het over had en onderbrak hem. 'Ga ik eigenlijk vooruit?' vroeg ik.

Een seconde dacht ik dat hij niet wist wat hij moest zeggen, toen zei hij: 'Vind je zelf dat je vooruitgaat?'

Vond ik dat? Moeilijk te zeggen. 'Dat weet ik niet. Ja. Ik denk het wel. Soms herinner ik me dingen uit mijn verleden. Flarden van herinneringen. Ze doen zich voor als ik mijn dagboek lees. Ze voelen werkelijk aan. Ik herinner me Claire. Adam. Mijn moeder. Maar ze zijn als draden waar ik geen greep op krijg. Ballonnen die wegzweven voor ik ze kan pakken. Ik kan me mijn bruiloft niet herinneren. Adams eerste stapjes en eerste woordjes ook niet. Ik kan me zijn eerste schooldag niet herinneren, zijn eindexamen. Wat dan ook. Ik weet niet eens of ik daar bij was. Misschien vond Ben het zinloos om mij mee te nemen.' Ik ademde in. 'Ik herinner me niet eens dat me verteld werd dat hij dood was. Ook niet dat hij begraven werd.' Ik begon te huilen. 'Ik word er gek van. Soms denk ik zelfs dat hij helemaal niet dood is. Kun je dat geloven? Soms denk ik dat Ben ook daarover tegen me heeft gelogen, zoals hij ook over al het andere heeft gelogen.'

'Al het andere?'

'Ja,' zei ik. 'Over mijn boek. Over de aanranding. De oorzaak van mijn geheugenverlies. Over alles.'

'Maar waarom zou hij dat doen?'

Een gedachte kwam in me op. 'Omdat ik een verhouding had?' zei ik. 'Omdat ik hem ontrouw was?'

'Christine,' zei hij. 'Dat is toch niet erg waarschijnlijk?'

Ik ging er niet op in. Hij had natuurlijk gelijk. Op een dieper niveau geloofde ik niet dat zijn leugens een soort jarenlange wraakactie waren vanwege iets van jaren en jaren geleden. Er was waarschijnlijk een veel gewonere verklaring voor.

'Weet je,' zei dokter Nash. 'Volgens mij ga je wel degelijk vooruit. Je herinnert je dingen, en dat gebeurt veel vaker dan toen we net begonnen. En die flarden van herinneringen? Die wijzen echt op vooruitgang. Ze betekenen...'

Ik keek hem aan. 'Vooruitgang? Noem je dit vooruitgang?' Bijna was ik weer aan het schreeuwen, ik voelde een woede die ik nauwelijks kon beteugelen. 'Als dit vooruitgang is, weet ik niet of ik het wel wil!' De tranen stroomden over mijn gezicht. 'Ik wil het niet!'

Ik deed mijn ogen dicht en gaf me over aan mijn verdriet. Op de een of andere manier voelde het beter om aan mijn hulpeloosheid toe te geven. Ik schaamde me niet. Dokter Nash praatte tegen me. Hij zei eerst dat ik niet overstuur moest raken, dat het goed zou komen, en daarna zei hij dat ik rustig moest worden. Ik negeerde hem. Ik kon niet rustig worden en wilde het ook niet.

Hij bracht de auto tot stilstand en zette de motor uit. Ik deed mijn ogen open. We waren afgeslagen en stonden bij een park. Door een waas van tranen zag ik een groepje jongens – tieners, zo te zien – die aan het voetballen waren, met twee stapels jassen als doelpalen. Het was gaan regenen, maar ze speelden door. Dokter Nash draaide zich naar me om.

'Christine,' zei hij. 'Het spijt me. Misschien was het geen goed idee om te gaan. Ik weet het niet. Ik dacht dat het misschien andere herinneringen zou oproepen. Ik heb me vergist. Hoe dan ook, je had die foto nooit mogen zien...'

'Ik weet niet eens of het de foto was,' zei ik. Ik was opgehouden met snikken, maar mijn gezicht was helemaal nat en ik voelde dat er een lange sliert snot uit mijn neus liep. 'Heb je een zakdoekje voor me?' vroeg ik. Hij boog voor me langs en keek in het dashboardkastje. 'Het kwam door alles,' vervolgde ik. 'Die mensen daar, het idee dat ik ooit ook zo was. En dat dagboek. Ik kan me niet voorstellen dat ik dat was, dat ik dat geschreven heb. Onvoorstelbaar dat ik zo ziek was.'

Hij gaf me een zakdoekje. 'Maar je bent niet meer ziek,' zei hij. Ik pakte het zakdoekje aan en snoot mijn neus.

'Misschien is dit wel erger,' zei ik zacht. 'Ik schreef toen dat het was alsof ik dood was. Maar dit? Dit is nog erger. Het is alsof ik elke dag doodga. Telkens weer. Ik moet echt beter worden,' zei ik. 'Ik kan me niet voorstellen nog langer op deze manier door te moeten. Als ik vanavond ga slapen, weet ik dat ik me morgenochtend niets meer kan herinneren, en de volgende dag gebeurt het weer, en ga zo maar door. Dat kan ik me niet voorstellen, en ik kan het niet aan. Het is geen leven, het is alleen maar bestaan, van het ene naar het andere moment hoppen, zonder verleden, zonder toekomstplannen. Zo stel ik me voor dat dieren leven. Het ergste is dat ik niet eens weet wat ik niet weet. Er kunnen nog allerlei dingen zijn die liggen te wachten om mij pijn te doen. Dingen waar ik niet eens van heb kunnen dromen.'

Hij legde zijn hand op de mijne. Ik liet me zijn kant op vallen, wetend hoe hij zou reageren, hoe hij wel móést reageren, en dat gebeurde ook. Hij opende zijn armen en hield me vast, en ik liet me door hem omhelzen. 'Het is goed,' zei hij. 'Het is goed.' Onder mijn wang voelde ik zijn borstkas en ik snoof zijn geur op, de geur van schone kleren en nog iets anders, iets vaags. Zweet, en seks. Ik voelde zijn hand op mijn rug, tegen mijn haren, mijn hoofd. Eerst licht, en wat steviger toen ik weer begon te snikken. 'Het komt goed,' zei hij op fluistertoon, en ik sloot mijn ogen.

'Ik wil me alleen maar herinneren wat er die nacht gebeurd is,' zei ik, 'toen ik ben aangevallen. Op de een of andere manier heb ik het gevoel dat alles terug zou komen als ik me dat kon herinneren.'

Hij sprak zacht. 'Dat staat allerminst vast. Er is geen reden...'

'Maar ik denk het,' zei ik. 'Ik weet het gewoon.'

Hij kneep me. Heel zacht, zo zacht dat ik het nauwelijks voelde. Ik voelde zijn lijf hard tegen het mijne, en ademde diep in. Terwijl ik dat deed dacht ik aan een ander moment waarop iemand mij had vastgehouden. Een andere herinnering. Ook nu zijn mijn ogen gesloten en wordt mijn lichaam tegen een ander lichaam gedrukt, maar dit is anders. Door deze man wil ik niet omhelsd worden. Hij doet me pijn. Ik worstel en probeer me uit zijn greep los te maken, maar hij is sterk en trekt me weer tegen zich aan. Hij doet zijn mond open. Teef, zegt hij. Slet, en hoewel ik ertegenin wil gaan, doe ik het niet. Mijn gezicht drukt tegen zijn overhemd en net als bij dokter Nash ben ik aan het huilen en schreeuwen. Als ik mijn ogen opendoe zie ik de blauwe stof van zijn overhemd, een deur, een kaptafel met drie spiegels waar een schilderijtje van een vogel boven hangt. Ik zie zijn arm, een sterke, gespierde arm met een duidelijk zichtbare ader die van boven naar beneden loopt. Laat me los! zeg ik, en dan begin ik te tollen en te vallen, of is het de grond die omhoogkomt? Ik weet het niet. Hij grijpt me bij mijn haar en sleurt me naar de deur. Ik draai mijn hoofd om zijn gezicht te kunnen zien.

Weer is dit het moment waarop mijn geheugen me in de steek laat. Hoewel ik me herinner dat ik naar zijn gezicht keek, kan ik me niet herinneren wat ik zag. Het gezicht is blanco, heeft geen trekken. Alsof ik zo'n vacuüm niet kan verdragen, laat mijn geest allerlei gezichten de revue passeren, de onwaarschijnlijkste mogelijkheden komen voorbij. Dokter Nash. Dokter Wilson. De receptionist van de Fisher Ward. Mijn vader. Ben. Zelfs mijn eigen gezicht, lachend, terwijl ik een gebalde vuist in de lucht steek.

Alsjeblieft! schreeuw ik, laat me los. Maar mijn belager met de vele gezichten slaat me toch, en ik proef bloed. Hij sleurt me over de grond en even later lig ik op de koude, zwarte en witte tegels van de badkamer. De vloer is vochtig van de condens en het ruikt er naar oranjebloesem. Ik herinner me dat ik me erop verheugd had om in bad te gaan, mezelf mooi te maken. Als hij kwam zou ik misschien nog in bad liggen en dan zou hij bij me komen en terwijl we vrijden klotste het schuimende water over de badrand en werd alles nat, de vloer en onze kleren. Ik ben er namelijk na maanden van twijfel eindelijk achter. Ik hou van deze man. Eindelijk weet ik het zeker. Ik hou van hem.

Mijn hoofd slaat tegen de grond. Een keer, twee keer, nog een keer. Alles wordt wazig, ik zie dubbel en dan trekt het weer bij. Mijn oren suizen als hij iets roept wat ik niet kan verstaan. Er is een echo, alsof er twee van hem zijn die me allebei vasthouden, me bij mijn haren grijpen terwijl ze met hun knieën mijn rug naar beneden drukken. Ik smeek hem mij met rust te laten, en dan zijn er ook twee van mij. Ik slik. Bloed.

Mijn hoofd wordt met een ruk naar achteren getrokken. Ik zit op mijn knieën. Ik zie water, bubbels die alweer kleiner worden. Ik probeer iets te zeggen maar het lukt niet. Zijn hand drukt tegen mijn keel, ik krijg geen lucht. Ik word naar voren geduwd, en dan heel snel naar beneden, in een beweging die nooit meer op lijkt te houden. Mijn hoofd is onder water. Oranjebloesem in mijn keel.

Er klonk een stem. 'Christine!' zei de stem. 'Christine! Blijf staan!' Ik deed mijn ogen open. Ineens zat ik niet meer in de auto maar was ik aan het rennen. Zo hard als ik kon rende ik door het park, met dokter Nash achter me aan.

We zaten op een bank. Een betonnen bank met houten latten overdwars. Er ontbrak er een, waardoor de zitting onder ons gewicht doorboog. Ik voelde de warmte van de zon in mijn nek, zag de lange schaduwen op de grond. De jongens waren nog steeds aan het voetballen, maar het wedstrijdje was zo te zien afgelopen; er slenterden er een paar weg, anderen stonden te praten en een van de stapels jassen was verdwenen, zodat er geen doel meer was. Dokter Nash vroeg wat er gebeurd was.

'Ik herinnerde me iets,' antwoordde ik.

'Over de avond waarop je bent aangevallen?'

'Ja,' zei ik. 'Hoe weet jij dat?'

'Je schreeuwde,' zei hij. 'En je riep "Ga van me af", en dat herhaalde je steeds.'

'Het was net alsof ik daar was,' zei ik. 'Het spijt me.'

'Alsjeblieft, zeg. Je hoeft je niet te verontschuldigen. Wil je me vertellen wat je hebt gezien?'

Eigenlijk wilde ik dat niet. Een of ander oerinstinct vertelde me dat ik deze herinnering beter voor mezelf kon houden. Maar ik had zijn hulp nodig en wist dat ik hem kon vertrouwen. Ik vertelde hem alles.

Toen ik was uitgesproken viel er een stilte, waarna hij vroeg of er nog meer was.

'Nee,' antwoordde ik. 'Ik geloof het niet.'

'Herinner je je niet hoe hij eruitzag, je belager?'

'Nee, daar heb ik niets van kunnen zien.'

'Zijn naam ook niet?'

'Nee,' zei ik. 'Niets.' Ik aarzelde. 'Zou het helpen, denk je, als ik wist wie het gedaan heeft? Als ik hem zou ontmoeten? Als ik me hem herinnerde?'

'Christine, er is geen enkel bewijs dat het zou helpen om je te herinneren wat er die avond gebeurd is.'

'Maar het zou wel kunnen?'

'Het lijkt een van de herinneringen te zijn die je het meest hebt verdrongen...'

'Dus het zou kunnen helpen?'

Hij zweeg een moment, en zei toen: 'Ik heb het je al eerder voorgesteld, maar het zou kunnen helpen om terug te gaan...'

'Nee,' zei ik. 'Nee, geen denken aan.'

'Ik kan met je meegaan. Het gaat goed, dat verzeker ik je. Als je daar zou zijn... terug in Brighton...'

'Nee.'

'... dan zou je je kunnen...'

'Nee! Alsjeblieft!'

'... zou het je niet helpen?'

Ik keek naar mijn gevouwen handen in mijn schoot.

'Ik kan niet teruggaan,' zei ik. 'Dat kan ik gewoon niet.'

Hij zuchtte. 'Goed,' zei hij. 'Misschien kunnen we het er later nog eens over hebben?'

'Nee,' fluisterde ik. 'Ik kan het niet.'

Hij glimlachte, maar leek teleurgesteld. Ik had behoefte om hem iets te geven, om te voorkomen dat hij het zou opgeven. 'Dokter Nash?'

'Ja?'

'Gisteren heb ik opgeschreven dat ik me iets herinnerde. Het is misschien relevant, ik weet het niet.'

Hij keek me aan.

'Vertel eens.' Onze knieën raakten elkaar. Dat lieten we zo.

'Toen ik wakker werd,' begon ik, 'wist ik min of meer dat ik met een man in bed lag. Ik herinnerde me een naam, maar het was niet die van Ben. Ik vroeg me af of het de naam was van degene met wie ik een verhouding had. Degene die me heeft aangevallen.'

'Dat zou kunnen,' zei hij. 'Het zou een deel van de onderdrukte herinnering kunnen zijn. Wat was de naam?'

Plotseling wilde ik het hem niet vertellen, wilde ik de naam niet hardop uitspreken. Als ik dat deed zou het te werkelijk worden, zou ik mijn belager weer tot leven wekken. Ik deed mijn ogen dicht.

'Ed,' fluisterde ik. 'Ik dacht dat ik wakker was geworden naast een man die Ed heette.'

Stilte. Seconden die een eeuwigheid leken te duren.

'Christine,' zei hij. 'Zo heet ik. Ik heet Ed. Ed Nash.'

Even duizelde het me. Mijn eerste gedachte was dat híj mijn belager was. 'Wat?' zei ik, in paniek.

'Zo heet ik. Dat heb ik je wel verteld, maar je hebt het misschien niet opgeschreven. Mijn naam is Edmund. Ed.'

Het drong tot me door dat hij het niet kon zijn. Hij was toen nog niet eens geboren.

'Maar...'

'Misschien is het een confabulatie,' zei hij. 'Zoals dokter Wilson heeft uitgelegd?'

'Ja,' zei ik. 'Ik...'

'Of misschien ben je aangevallen door iemand die ook zo heet.'

Hij glimlachte onhandig toen hij dat zei, probeerde er iets lichts van te maken, maar daarmee liet hij blijken dat hij al had bedacht wat pas later – nadat hij me naar huis had gebracht – tot me doordrong. Toen ik die ochtend wakker werd, voelde ik me gelukkig. Gelukkig, omdat ik in bed lag met iemand die Ed heette. Maar het was geen herinnering, het was fantasie. Wakker worden naast deze man, deze Ed, was niet iets wat ik had meegemaakt, maar iets wat ik – ook al wist mijn bewuste, wakende geest niet wie hij was – graag wílde meemaken. Ik wilde met dokter Nash naar bed.

En dat had ik hem nu onbedoeld verteld. Ik had laten merken wat ik voor hem voelde. Hij stelde zich natuurlijk professioneel op. We deden allebei alsof we geen betekenis hechtten aan wat er was gebeurd, maar dat gaf aan hoe belangrijk het eigenlijk was. We liepen terug naar de auto en hij bracht me naar huis. We praatten over koetjes en kalfjes. Het weer. Ben. Er zijn maar weinig dingen waar we het over kunnen hebben; er zijn hele ervaringsgebieden waar ik geen deel aan heb. Op een gegeven moment zei hij dat ze die avond naar een toneelstuk gingen, en het viel me op dat hij nadrukkelijk de meervoudsvorm gebruikte. Wees maar niet bang, wilde ik tegen hem zeggen. Ik ken mijn plaats. Maar ik zei niets. Ik wilde niet dat hij me bitter zou vinden.

Hij zei dat hij me de volgende dag zou bellen. 'Weet je zeker dat je ermee door wilt gaan?'

Ik weet dat ik nu niet kan stoppen. Niet voor ik de waarheid weet. Dat ben ik aan mezelf verplicht, anders leef ik maar half. 'Ja,' zei ik. 'Dat weet ik zeker.' Ik heb hem in elk geval nodig om me aan mijn dagboek te herinneren.

'Oké,' zei hij. 'Goed. Volgende keer moesten we maar eens een andere plek uit je verleden bezoeken.' Hij keek mijn kant op. 'Niet bang zijn. Ik bedoel niet daarheen. Ik bedoel het verpleeghuis waar je na de Fisher Ward bent opgenomen. Het heet Waring House.' Ik zei niets. 'Het is niet ver van je huis. Zal ik ze bellen?'

Ik dacht er even over na, vroeg me af wat voor nut het zou hebben, maar toen besefte ik dat we niet veel keus hadden en dat iets altijd beter was dan niets.

Ik zei: 'Ja. Ja, bel ze maar.'

Dinsdag 20 november

Het is ochtend. Ben heeft me gevraagd de ramen te lappen. 'Ik heb het op het bord geschreven,' zei hij toen hij in de auto stapte. 'In de keuken.'

Ik keek op het bord. RAMEN LAPPEN had hij geschreven, met een weifelend vraagteken erachter. Zou hij soms denken dat ik er geen tijd voor heb? Ik vraag me af wat hij denkt dat ik de hele dag doe. Hij weet niet dat ik tegenwoordig urenlang in mijn dagboek lees en er soms ook nog urenlang in schrijf. Hij weet niet dat er dagen zijn waarop ik dokter Nash ontmoet.

Ik vraag me af wat ik voor die tijd deed, toen ik die bezigheden nog niet had. Zou ik echt de hele dag voor de tv hebben gezeten, hebben gewandeld of me aan het huishouden hebben gewijd? Zat ik misschien urenlang in een leunstoel naar het tikken van de klok te luisteren, me afvragend hoe je dat deed, leven?

Ramen lappen. Op sommige dagen zal ik wrokkig zijn als ik zoiets lees, omdat ik er een poging in zie mijn leven te beheersen, maar vandaag roept het alleen maar affectie in me op en lees ik er niets sinisters in, alleen de behoefte me te helpen invulling te geven aan mijn dagen. Ik glimlachte bij mezelf, maar bedacht op hetzelfde moment hoe moeilijk het moest zijn om met mij te leven. Hij moet zich wel in duizend bochten wringen om ervoor te zorgen dat me niets overkomt, en nog zal hij voortdurend bang zijn dat ik verward raak, ga dwalen, of nog erger. Ik herinnerde me dat ik las over de brand die ons verleden grotendeels heeft vernietigd; de brand waarvan Ben me nooit verteld heeft dat ik die heb veroorzaakt, ook al moet dat het geval zijn geweest. Er verscheen een beeld op mijn netvlies: een brandende deur, bijna niet te zien door de dikke rookwalmen, en een smeulende bank die begint te laaien. Het beeld hing net buiten mijn bereik en stolde niet tot een herinnering, bleef een half verzonnen droom. Maar Ben heeft het me vergeven, zoals hij me vast heel veel andere dingen vergeven heeft. Ik keek door het keukenraam naar buiten en zag door de weerspiegeling van mijn gezicht heen het gemaaide gazon, de keurige borders, het schuurtje, de schuttingen. Ik realiseerde me dat Ben moet hebben geweten dat ik vreemdging, in elk geval nadat ze me in Brighton hadden gevonden, maar misschien al eerder. Wat zal het veel van hem gevergd hebben om voor mij te zorgen, zeker toen ik mijn geheugen kwijt was en hij wist dat ik toen dat gebeurde van huis was geweest om met iemand anders te gaan neuken. Ik dacht aan wat ik had gezien, aan het dagboek dat ik had bijgehouden. Mijn geest lag in de vernieling. Was verwoest. Toch is hij bij me gebleven. Een andere man zou hebben gezegd dat het mijn verdiende loon was en me aan mijn lot hebben overgelaten.

Ik draaide me om en keek onder de gootsteen. Schoonmaakmiddelen. Zeep. Dozen met zeeppoeder, plastic spuitflessen. Ik vulde een rode emmer met warm water, deed er een scheutje zeep en een druppel azijn bij. En wat heb ik hem ervoor teruggegeven? Met een spons begon ik het raam van boven naar beneden in te zepen. Ik ben er stiekem tussenuit geknepen, heb artsen bezocht, een scan laten maken, bezoekjes gebracht aan ons oude huis en de plaatsen waar ik behandeld ben. En dat alles achter zijn rug om. En waarom? Omdat ik hem niet vertrouw? Omdat hij heeft besloten me te beschermen tegen de waarheid, mijn leven zo eenvoudig en gemakkelijk mogelijk te maken? Ik zag het sop in kleine stroompjes naar beneden lopen en een plasje vormen op de vensterbank, en pakte een nieuwe doek waarmee ik het raam glanzend oppoetste.

Inmiddels weet ik dat de waarheid vele malen erger is. Vanochtend werd ik wakker met een immens schuldgevoel. De woorden *je moest je schamen* tolden door mijn hoofd. *Je zult het berouwen.* Eerst dacht ik dat ik wakker was geworden naast een vreemde man, pas later kwam ik erachter hoe het zat, dat ik hem heb bedrogen. Tot twee keer toe. De eerste keer was jaren geleden, met een man die me uiteindelijk alles af zou nemen, en nu heb ik het weer gedaan, in elk geval in mijn hart. Ik heb een belachelijke, kinderachtige liefde opgevat voor een dokter die me probeert te helpen, probeert te troosten. Een dokter die ik me op dit moment niet eens voor de geest kan halen, die ik me niet eens kan herinneren ooit te hebben gezien, maar van wie ik weet dat hij een stuk jonger is en een vriendin heeft. En nu heb ik hem ook nog verteld wat ik voor hem voel! Per ongeluk, weliswaar, maar toch. Ik voel me meer dan schuldig, ik voel me stom. Hoe is het mogelijk dat ik het zover heb laten komen? Het is gewoon zielig.

Terwijl ik de ramen lapte, nam ik een besluit. Al gelooft Ben misschien niet dat ik baat zou kunnen hebben bij een behandeling, ik kan niet geloven dat hij het me niet gunt om daar zelf achter te komen. Niet als dat is wat ik wil. Ik ben een volwassen vrouw, hij is geen monster, ik kan toch eerlijk tegen hem zijn? Ik liet het water door de gootsteen weglopen en vulde de emmer opnieuw. Ik ga het mijn man vertellen. Vanavond. Als hij thuiskomt. Zo kan het niet langer. Ik ging verder met de ramen.

*

Dat heb ik een uur geleden geschreven, inmiddels ben ik er niet meer zo zeker van. Ik moet aan Adam denken. In mijn dagboek las ik over de foto's in de metalen doos, maar er staan nog steeds geen foto's van hem in de kamer. Niet één. Ik kan me niet voorstellen dat Ben – of wie dan ook – een zoon verliest en dan elk spoor van hem uit zijn huis verwijdert. Dat klopt niet, dat kan niet, vind ik. Kan ik iemand vertrouwen die zoiets doet? Ik herinnerde me dat ik had gelezen over de dag dat we op Parliament Hill op een bankje hadden gezeten en ik het hem op de man af had gevraagd. Hij had gelogen. Ik blader terug door mijn dagboek en lees het nog een keer door. *Hebben we nooit kinderen gekregen?* vroeg ik, en hij had geantwoord: *Nee, nooit.* Zou hij dat echt alleen maar gedaan hebben om mij te beschermen? Zou hij echt denken dat dat het beste is? Om mij niets te vertellen, behalve als het echt moet of als het hem goed uitkomt?

En verder houdt hij het zo kort mogelijk. Het moet hem wel verschrikkelijk de keel uithangen om me elke dag weer dezelfde dingen te moeten vertellen. Misschien heeft het niets met mij te maken dat hij zijn uitleg inkort en zijn verhalen verandert. Misschien doet hij dat alleen maar om zelf niet gek te worden van die eeuwige herhaling.

Ik denk dat ik gek word. Alles beweegt, alles verandert. Ik denk iets en even later denk ik het tegendeel. Ik geloof alles wat mijn man zegt, en dan geloof ik er niets van. Ik vertrouw hem wel, dan weer niet. Niets voelt werkelijk, alles lijkt verzonnen. Zelfs ikzelf.

Ik wou dat ik één ding zeker wist. Eén enkel ding dat me niet verteld hoeft te worden, waaraan ik niet herinnerd hoef te worden.

Ik wou dat ik wist met wie ik was, die dag in Brighton. Ik wou dat ik wist wie mij dit heeft aangedaan.

*

Later. Zojuist heb ik dokter Nash gesproken. Ik zat te dutten in de huiskamer toen de telefoon ging. De televisie stond aan met het geluid af. Even wist ik niet waar ik was, of ik sliep of wakker was. Ik dacht dat ik stemmen hoorde die steeds luider werden. Toen drong het tot me door dat een van de stemmen de mijne was, en in de andere meende ik de stem van Ben te herkennen. Maar hij riep *jij klerewijf*, en nog ergere dingen. Ik schreeuwde naar hem, eerst omdat ik kwaad was, toen uit angst. Een deur werd dichtgesmeten, het geluid van een vuistslag, brekend glas. Op dat moment besefte ik dat ik droomde.

Ik deed mijn ogen open. Er stond een gebutste beker met koude koffie voor me op de tafel, en daarnaast lag een telefoon – de uitklapbare – nerveus te zoemen. Ik nam op.

Het was dokter Nash. Hij vertelde wie hij was, hoewel zijn stem me al bekend voorkwam, en vroeg of het goed met me ging. Ik zei ja, en vertelde dat ik mijn dagboek had gelezen.

'Weet je nog waar we het gisteren over hebben gehad?' vroeg hij.

Er ging een schok door me heen. Ontzetting. Hij had kennelijk besloten dat er iets moest gebeuren. Ik voelde een sprankje hoop – misschien was hij ten prooi aan dezelfde gevoelens als ik, een mengeling van begeerte en angst – maar het was van korte duur. 'Dat we naar Waring House zouden gaan, de instelling waar je hebt gewoond na je tijd op de Fisher Ward.'

'Ja.'

'Nou, ik heb ze vanmorgen gebeld en het is geen punt. We kunnen er zo heen, wanneer we maar willen.' De toekomst. Weer was het bijna alsof die er voor mij niet toe deed. 'Ik heb het de komende dagen nogal druk,' vervolgde hij. 'Zouden we donderdag kunnen gaan?'

'Lijkt me prima,' antwoordde ik. Het maakte me niet uit wanneer we gingen. Ik had toch niet het gevoel dat het iets zou opleveren.

'Goed,' zei hij. 'Ik zal je bellen.'

Toen ik hem gedag wilde zeggen herinnerde ik me wat ik had geschreven voor ik was ingedut. Erg diep kon ik niet geslapen hebben, want dan was ik alles kwijt geweest.

'Dokter Nash?' zei ik. 'Kan ik je nog even spreken?'

'Ja.'

'Over Ben?'

'Natuurlijk.'

'Nou, ik weet het gewoon niet meer. Hij verzwijgt dingen voor me. Belangrijke dingen. Adam. Mijn roman. En hij liegt ook over andere zaken. Hij heeft me verteld dat ik door een ongeluk zo ben geworden.'

'Oké,' zei hij. Het bleef even stil. 'Waarom denk jij dat hij dat doet?' Hij legde de nadruk op 'jij' en niet op 'waarom'.

Ik dacht even na. 'Hij weet niet dat ik dingen opschrijf. Hij weet niet dat ik beter weet. Waarschijnlijk is het makkelijker voor hem.'

'Alleen voor hem?'

'Nee, het zal ook wel makkelijker zijn voor mij. Of dat denkt hij. Maar dat is niet zo, het betekent alleen maar dat ik niet eens weet of ik hem kan vertrouwen.'

'Christine, we veranderen de feiten voortdurend, we herschrijven onze geschiedenis om dingen makkelijker te maken, te zorgen dat ze passen in de versie van ons leven waar we de voorkeur aan geven. Dat doen we automatisch. We verzinnen herinneringen. Zonder erbij na te denken. Als we onszelf maar vaak genoeg wijsmaken dat iets gebeurd is, gaan we het geloven en op een gegeven moment kunnen we het ons zelfs herinneren. Is dat niet precies wat Ben aan het doen is?'

'Ja, misschien,' zei ik. 'Toch voelt het alsof hij misbruik van me maakt. Van mijn ziekte. Hij denkt dat hij de geschiedenis kan herschrijven zoals hij wil, ik kom er immers toch nooit achter. Maar ik kom er wel achter, ik weet precies wat hij doet. Daarom vertrouw ik hem niet. Het komt erop neer dat hij me van zich vervreemdt, dokter Nash, en alles kapotmaakt.'

'Wat denk je daaraan te kunnen doen?' vroeg hij.

Ik wist het antwoord al. Ik heb gelezen en herlezen wat ik vanmorgen heb opgeschreven. Dat ik hem zou moeten vertrouwen. En dat ik dat niet doe. Uiteindelijk kwam er nog maar één gedachte: zo kan het niet langer doorgaan.

'Ik moet hem vertellen dat ik een dagboek bijhoud,' zei ik. 'En ik moet hem ook vertellen over mijn ontmoetingen met jou.'

Eerst zei hij helemaal niets. Ik weet niet wat ik verwacht had. Afkeuring? Maar toen zei hij: 'Daar kon je weleens gelijk in hebben.'

Ik voelde een grote opluchting. 'Denk je dat?'

'Ja,' zei hij. 'De afgelopen dagen heb ik ook bedacht dat dat misschien een goed idee is. Ik wist niet dat Bens versie van het verleden zo afweek van wat jij je nu begint te herinneren. Ik wist niet dat dat je zo zou aangrijpen. Maar het is ook zo dat we nu maar één kant van het verhaal kennen. Uit wat je me hebt verteld maak ik op dat er steeds meer verdrongen herinneringen bij je naar boven komen. Het zou weleens heel goed kunnen zijn om met Ben over het verleden te praten. Het zou het proces kunnen stimuleren.'

'Denk je dat echt?'

'Ja,' zei hij. 'Misschien is het niet goed geweest dat we Ben niet hebben betrokken bij wat we de afgelopen weken hebben gedaan. Bovendien had ik vandaag een gesprek met iemand van Waring House. Ik wilde me een beeld vormen van de situatie daar, toen jij er zat. Ik sprak een vrouw met wie je indertijd een goede band had. Iemand die daar werkt, ze heet Nicole. Ze vertelde me dat ze er een tijdje uit is geweest en er sinds kort weer werkt, maar ze was zo blij toen ze hoorde dat je weer thuis woont. Ze zei dat niemand meer van je had kunnen houden dan Ben. Hij kwam je vrijwel elke dag opzoeken en dan zaten jullie samen in je kamer of in de tuin. Hij deed zo zijn best om ondanks alles toch opgewekt te zijn. Op den duur leerde iedereen hem goed kennen en zagen ze naar zijn bezoekjes uit.' Hij wachtte even, en zei toen: 'Is het een idee om Ben te vragen met ons mee te gaan naar Waring House?' Weer een korte stilte. 'Ik zal hem toch een keer moeten ontmoeten.'

'Heb je hem dan nooit ontmoet?'

'Nee,' antwoordde hij. 'Ik heb hem alleen even aan de telefoon gehad toen ik hem belde om te vragen of ik jou kon ontmoeten. Dat gesprek liep niet zo goed...'

Ineens begreep ik het. Daarom stelde hij voor dat ik Ben meevroeg. Hij wilde hem nu weleens ontmoeten. Hij wilde alles in de openheid brengen, zodat de ongemakkelijke situatie van gisteren zich nooit meer zou herhalen.

'Oké,' zei ik. 'Als jij denkt dat dat goed is.'

Hij zei dat hij dat dacht. Hij wachtte een hele tijd, en zei toen: 'Christine? Je zei dat je je dagboek had gelezen.'

'Ja,' zei ik.

Weer wachtte hij even. 'Ik heb je vanmorgen niet gebeld. Ik heb je niet verteld waar het lag.'

Hij had gelijk, besefte ik. Ik was zelf naar de klerenkast gegaan, en hoewel ik niet wist wat ik er zou vinden, vond ik de schoenendoos en deed ik hem zonder nadenken open. Ik had het dagboek zelf gevonden, alsof ik me herinnerde dat het daar lag.

'Dat is geweldig,' zei hij.

*

Ik zit dit in bed te schrijven. Het is laat, maar Ben is in zijn werkkamer, aan de andere kant van de gang. Aan het ratelen van het toetsenbord en het geklik van de muis hoor ik dat hij aan het werk is. Af en toe klinkt er een zucht of kraakt zijn stoel. Ik zie voor me hoe hij in opperste concentratie naar het scherm tuurt, zijn ogen half dichtgeknepen. Ik vertrouw erop dat ik het zal horen als hij de computer uitzet voor hij naar bed komt en dat ik dan genoeg tijd zal hebben om mijn dagboek te verbergen. In weerwil van wat ik vanmorgen dacht en met dokter Nash heb afgesproken, weet ik nu zeker dat ik niet wil dat mijn man leest wat ik heb opgeschreven.

Vanavond hadden we een gesprek in de eetkamer. 'Mag ik je iets vragen?' zei ik, en toen hij opkeek: 'Waarom hebben we eigenlijk nooit kinderen gekregen?' Ik denk dat ik hem uit zijn tent wilde lokken. Ik duwde hem in de richting van de waarheid, hoopte dat hij de bewering die in mijn vraag besloten lag zou ontkrachten.

'Het leek gewoon nooit het juiste moment,' zei hij. 'En toen was het te laat.'

Ik duwde mijn bord, waar nog eten op lag, opzij. Ik was teleurgesteld. Hij was laat thuisgekomen en had mijn naam geroepen toen hij binnenkwam, en gevraagd hoe het met me ging. 'Waar ben je toch?' had hij gezegd. Het klonk beschuldigend.

Ik riep dat ik in de keuken was. Ik was aan het koken, uien aan het snijden om te fruiten in de olijfolie die ik op het gas warm liet worden. In de deuropening bleef hij staan, alsof hij aarzelde om binnen te komen. Hij zag er moe uit. Ongelukkig. 'Gaat het wel goed met je?' vroeg ik.

Hij zag me met het mes in de weer. 'Wat ben je aan het doen?'

'Gewoon, eten aan het maken,' zei ik. Ik lachte naar hem, maar hij lachte niet terug. 'Ik dacht dat een omelet wel lekker zou zijn. Er lagen nog eieren in de koelkast, en champignons. Zijn er nog aardappels? Ik kon ze niet vinden, ik...'

'Ik had gedacht dat we karbonaadjes zouden eten,' zei hij. 'Ik heb er een paar gekocht. Gisteren. Ik dacht dat we die vandaag zouden eten.'

'O, sorry,' zei ik. 'Ik...'

'Laat ook maar. Omelet is ook lekker. Als jij daar zin in hebt.'

Ik voelde dat het gesprek een kant opging waar ik niet heen wilde. Hij staarde naar de snijplank, waar mijn hand met het mes boven hing.

'Nee,' zei ik. Ik lachte, maar hij lachte niet mee. 'Het maakt me niet uit. Ik wist het niet. Ik kan altijd...'

'Je hebt de uien nu al gesneden,' zei hij. Zijn stem klonk mat. Hij constateerde een feit, meer niet.

'Dat is wel zo, maar... we kunnen toch nog wel karbonaadjes eten?'

'Doe maar wat je wilt,' zei hij, draaide zich om en liep naar de eetkamer. 'Ik zal de tafel dekken.' Ik antwoordde niet. Als ik al iets verkeerd had gedaan, dan wist ik niet wat. Ik ging verder met de uien.

Nu zaten we tegenover elkaar aan tafel. We hadden vrijwel in stilte gegeten. Ik had hem gevraagd of het wel goed met hem ging, maar hij had zijn schouders opgehaald en ja gezegd. 'Het was een lange dag,' was het enige wat hij erover kwijt wilde, behalve dat hij er nog 'op mijn werk' aan toevoegde toen ik hem vragend aankeek. Het gesprek liep al dood voor het goed en wel was begonnen, en het leek me geen goed moment om hem over mijn dagboek en dokter Nash te vertellen. Ik at zonder animo en probeerde me geen zorgen te maken. Hij heeft tenslotte ook recht op zijn slechte dagen, hield ik mezelf voor, maar de spanning knaagde aan me. Ik voelde dat de gelegenheid om met hem te praten me ontglipte, en wist niet of ik het morgenochtend nog steeds een goed idee zou vinden. Uiteindelijk kon ik het niet meer verdragen. 'Maar wilden we wel kinderen?'

Hij slaakte een zucht. 'Christine, moet dit echt nu?'

'Het spijt me,' zei ik. Ik wist nog steeds niet wat ik zou gaan zeggen, als ik al iets ging zeggen. Het was misschien beter geweest het te laten rusten. Maar ik besefte dat dat niet ging. 'Er is vandaag zoiets geks gebeurd,' zei ik, en ik probeerde enige lichtheid in mijn toon te brengen, een opgewektheid die ik niet voelde. 'Ik geloof dat ik me iets herinnerd heb.'

'Iets?'

'Ja. Eh, nou, ik weet niet...'

'Ga door,' zei hij. Hij leunde naar voren, plotseling geïnteresseerd. 'Wat heb je je herinnerd?'

Ik staarde naar de muur achter hem. Er hing een ingelijste foto. Een close-up van een bloemblaadje, in zwart-wit, met dauwdruppels erop. Een beetje goedkoop, vond ik. Eerder iets voor in de openbare ruimte, niet voor in je eigen huis.

'Ik herinnerde me dat ik een kind baarde.'

Hij leunde naar achteren in zijn stoel. Eerst sperde hij zijn ogen open, toen deed hij ze dicht. Hij ademde in en liet de lucht in een lange zucht ontsnappen.

'Is het waar?' vroeg ik. 'Hebben we ooit een kind gekregen?' Als hij nu liegt, dacht ik, dan weet ik niet wat ik moet doen. Ertegenin gaan, denk ik. Alles tegen hem zeggen in één grote, onbeheerste, catastrofale ontboezeming. Hij deed zijn ogen open en keek me aan.

'Ja,' zei hij. 'Het is waar.'

Hij vertelde me over Adam en een grote opluchting spoelde door me heen. Opluchting gemengd met pijn. Al die jaren, voor altijd voorbij. Al die momenten waaraan ik geen herinnering heb en die ik nooit terug zal vinden. Een verlangen werd in mij wakker, ik voelde het groeien en groeien, tot het me dreigde te verzwelgen. Hij vertelde over Adams geboorte, zijn jeugd, zijn leven. Waar hij naar school was gegaan, het kerstspel waaraan hij had meegedaan, hoe goed hij was geweest op het voetbalveld en de atletiekbaan en hoe teleurstellend zijn examenresultaten waren geweest. Zijn vriendinnetjes. Die keer dat een slordig gerold sigaretje dat hij rookte werd aangezien voor een joint. Ik stelde vragen en hij gaf antwoord; het leek hem goed te doen om over zijn zoon te praten, alsof de herinneringen zijn slechte bui verdreven.

Al luisterend deed ik mijn ogen dicht. Beelden gingen door me heen – van Adam, mij en Ben – maar ik wist niet of het herinneringen of fantasieën waren. Toen hij klaar was opende ik mijn ogen en ik schrok toen ik zag wie er tegenover me zat, hoe oud hij was geworden vergeleken bij de jonge vader die ik in mijn verbeelding had gezien. 'Maar er zijn nergens foto's van hem,' zei ik. 'Niet één.'

Hij keek benard. 'Ja, dat klopt,' zei hij. 'Ze maken je overstuur.'

'Overstuur?'

Hij zei niets. Misschien had hij de kracht niet om me over Adams dood te vertellen. Hij zag er verslagen uit. Uitgeput. Ik voelde me schuldig over wat ik hem aandeed, over wat ik hem elke dag weer aandeed.

'Het is goed, Ben,' zei ik. 'Ik weet dat hij dood is.'

Hij keek verrast. Onzeker. 'Je... weet dat?'

'Ja,' zei ik. Ik stond op het punt om hem te vertellen over mijn dagboek en dat hij me alles al eerder had verteld, maar ik deed het niet. Hij maakte nog steeds een wankele indruk, de spanning was nog niet geweken. Het kon wel wachten. 'Ik voel het gewoon,' zei ik.

'Dat zou goed kunnen. Ik heb je er eerder over verteld.'

Dat was natuurlijk zo. Hij had me er eerder over verteld. Zoals hij me ook over Adams leven had verteld. En toch, bedacht ik nu, voelde het ene verhaal waar aan, en het andere niet. Ik geloofde niet dat mijn zoon dood was.

'Vertel het me nog eens.'

En weer vertelde hij me over de oorlog, de bermbom. Ik luisterde zo kalm als ik kon. Hij praatte over Adams begrafenis, vertelde over de schoten die bij zijn kist waren gelost en de Britse vlag die eroverheen lag. Ik probeerde mijn geest naar die herinneringen te leiden, hoe moeilijk en verschrikkelijk ze ook waren. Maar er kwam niets.

'Ik wil erheen,' zei ik. 'Ik wil zijn graf zien.'

'Chris,' zei hij. 'Ik weet niet of...'

Als ik er geen herinnering aan had, besefte ik, moest ik het bewijs zien dat hij dood was, anders zou ik mijn hele leven blijven hopen dat hij nog leefde. 'Ik wil het,' zei ik. 'Het moet.'

Nog steeds verwachtte ik dat hij zou weigeren. Dat hij zou zeggen dat het geen goed idee was, dat het me te zeer aan zou grijpen. En wat moest ik dan? Hoe kon ik hem ertoe dwingen?

Maar het liep anders. 'We gaan in het weekend,' zei hij. 'Dat beloof ik je.'

Opluchting vermengde zich met angst. Ik voelde me verdoofd.

We ruimden de tafel af. Ik stond bij het aanrecht, dompelde de borden die hij me aangaf in het hete sop, borstelde ze schoon en gaf ze aan hem terug zodat hij ze kon afdrogen. Al die tijd vermeed ik mijn weerspiegeling in het raam. Ik dwong mezelf aan Adams begrafenis te denken, stelde me voor dat ik op een bewolkte dag op het gras stond naast een berg aarde en naar een kist keek die was neergezet boven een gat in de grond. Ik probeerde me het salvo voor te stellen en de eenzame bugel terwijl wij – zijn familie en vrienden – stil stonden te snikken.

Maar ik kon het niet. Het was nog niet zo lang geleden, toch zag ik het niet voor me. Ik probeerde me voor te stellen hoe ik me moest hebben gevoeld. Ik moet die ochtend wakker zijn geworden zonder zelfs maar te weten dat ik moeder was; Ben zal me er eerst van hebben moeten overtuigen dat ik een zoon had en dat we hem diezelfde middag zouden begraven. Ik stelde me geen ontzetting voor, maar gevoelloosheid, ongeloof. Vervreemding. Er is een grens aan wat de menselijke geest kan verdragen en dit gaat die grens ver te buiten. Mijn geest in elk geval. Ik zag voor me hoe me verteld werd wat ik moest aantrekken, dat ik naar een wachtende auto werd geleid en achterin ging zitten. Misschien vroeg ik me onder het rijden af naar wiens begrafenis we op weg waren. Misschien voelde het wel als mijn eigen begrafenis.

Ik keek naar Bens gezicht in het raam. Hij had heel wat met mij te stellen gehad, terwijl hij toen ook kapot moest zijn geweest. Het zou misschien voor iedereen beter zijn geweest om mij niet mee te nemen naar de begrafenis. Ik huiverde bij de gedachte dat hij dat misschien ook niet had gedaan.

Ik wist nog steeds niet of ik hem over dokter Nash moest vertellen. Hij zag er weer moe, bijna gedeprimeerd uit. Hij glimlachte alleen toen ik hem aankeek en naar hem lachte. Later misschien, dacht ik, hoewel ik niet wist of zich een beter moment zou voordoen. Ergens was ik ervan overtuigd dat het mijn schuld was dat hij zich zo voelde, dat het kwam door iets wat ik had gedaan of had nagelaten. Het drong tot me door hoeveel ik om hem gaf. Ik kon niet zeggen dat ik van hem hield – dat kan ik nog steeds niet – maar dat komt doordat ik eigenlijk niet weet wat liefde is. Ondanks de vage, flakkerende herinnering die ik aan hem heb, voel ik liefde voor Adam, de instinctieve neiging om hem te beschermen en de behoefte hem alles te geven. Ik heb het gevoel dat hij deel van mij is en dat ik incompleet ben zonder hem. Ook voor mijn moeder voel ik liefde, een ander soort liefde, als ik haar voor me zie. Met haar is de verbondenheid complexer, er is voorbehoud en er zijn reserves. Het is een verbondenheid die ik niet helemaal begrijp. En Ben? Ik vind hem aantrekkelijk. Ik vertrouw hem, ondanks de leugens die hij me heeft verteld weet ik dat hij het beste met me voorheeft. Maar kan ik zeggen dat ik van hem houd als mijn herinnering aan hem nauwelijks verder teruggaat dan de afgelopen paar uur?

Ik wist het niet. Maar ik wilde dat hij gelukkig was, en op een bepaald niveau begreep ik dat ik degene wilde zijn die daarvoor zou zorgen. Ik nam me voor meer mijn best te doen. Het heft in handen te nemen. Dit dagboek zou het middel kunnen zijn waarmee we niet alleen mijn leven, maar ook dat van hem beter zouden kunnen maken.

Het gebeurde toen ik op het punt stond te vragen hoe het met hem ging. Waarschijnlijk liet ik het bord al los voor hij het had aangepakt; het kletterde op de grond en terwijl Ben 'Shit!' mompelde, viel het in honderd scherven uiteen. 'Sorry!' zei ik, maar Ben keek niet naar me. Binnensmonds vloekend ging hij op zijn hurken zitten. 'Ik doe het wel,' zei ik, maar hij negeerde me en begon met zijn rechterhand de grotere scherven te verzamelen.

'Het spijt me,' zei ik nogmaals. 'Ik ben ook zo onhandig!'

Wat ik had verwacht weet ik niet. Vergeving, denk ik, of de geruststelling dat het niet belangrijk was. In plaats daarvan zei hij 'Fuck!', liet de restanten van het bord vallen en stak zijn linkerduim in zijn mond. Druppels bloed spetterden op het linoleum.

'Gaat het wel?' vroeg ik.

Hij keek op. 'Ja, ja. Ik heb me gesneden, dat is alles. Dat stomme klote...'

'Laat mij eens kijken.'

'Het is niet erg,' zei hij, en hij kwam overeind.

'Laat me even kijken,' zei ik weer. Ik wilde zijn hand pakken. 'Ik haal wel een verbandje. Of een pleister. Hebben we...?'

'Verdomme!' zei hij, terwijl hij mijn hand wegsloeg. 'Laat het nou, oké?'

Ik was perplex. De snee was diep, dat kon ik zien; het bloed welde aan de randen op en liep in een dun straaltje langs zijn pols. Ik wist niet wat ik moest doen, wat ik moest zeggen. Hij had net niet tegen me geschreeuwd, maar hij had ook geen enkele moeite gedaan om zijn ongenoegen te verbergen. We keken elkaar aan, in tweestrijd, balancerend op de rand van een ruzie, allebei wachtend tot de ander iets zou zeggen. Het was ons geen van beiden duidelijk wat er precies aan de hand was, wat dit voorval betekende.

Ik kon het niet verdragen en zei dat het me speet, al was het niet van harte.

Zijn gezicht ontspande. 'Het is wel goed, het spijt mij ook.' Hij wachtte even. 'Ik voel me gespannen, daar komt het denk ik door. Ik heb een lange dag achter de rug.'

Ik scheurde een stuk papier van de keukenrol en gaf het aan hem. 'Je moet het wel even schoonmaken.'

Hij pakte het papier van me aan. 'Dank je,' zei hij, en depte het bloed van zijn pols en zijn vingers. 'Ik ga naar boven. Even douchen.' Hij boog zich naar me toe en gaf me een kus. 'Goed?'

Hij draaide zich om en liep de keuken uit.

Ik hoorde de badkamerdeur dichtgaan; even later begon de kraan te lopen. Naast me sloeg de boiler aan. Ik schoof de scherven van het bord bij elkaar, deed er een krant omheen en gooide ze in de vuilnisbak. Daarna veegde ik de kleinere stukjes op en ten slotte waste ik met een spons het bloed van de vloer. Toen ging ik naar de huiskamer.

De uitklapbare telefoon ging, het geluid werd gedempt door mijn tas. Ik haalde hem tevoorschijn. Het was dokter Nash.

De televisie stond nog aan. Boven me hoorde ik aan het kraken van de vloer dat Ben heen en weer liep. Ik wilde niet dat hij me hoorde bellen met een telefoon waarvan hij niets wist, en ik fluisterde: 'Hallo?'

'Christine,' klonk het. 'Met Ed. Dokter Nash. Kun je praten?'

In plaats van de kalme, haast beschouwelijke toon die hij vanmiddag had gehad, klonk zijn stem nu dringend. Het maakte me angstig.

'Ja,' zei ik, nog zachter dan eerst. 'Wat is er?'

'Luister,' zei hij. 'Heb je al met Ben gepraat?'

'Ja,' zei ik. 'Min of meer. Hoezo? Wat is er aan de hand?'

'Heb je hem over je dagboek verteld? En over mij? Heb je gevraagd of hij meegaat naar Waring House?'

'Nee,' antwoordde ik. 'Dat wilde ik net gaan doen. Hij is boven. Ik... is er iets mis?'

'Het spijt me,' zei hij. 'Het zal wel niets zijn om je zorgen over te maken, maar ik werd net gebeld door iemand van Waring House. De vrouw die ik vanmorgen heb gesproken, Nicole, weet je wel? Ze had een telefoonnummer voor me. Blijkbaar heeft je vriendin Claire haar gebeld. Ze wil je spreken. Ze heeft haar nummer achtergelaten.'

Ik verstijfde. Boven werd de wc doorgetrokken en daarna hoorde ik de kraan lopen. 'Ik begrijp het niet,' zei ik. 'Kort geleden?'

'Nee,' zei hij. 'Een paar weken nadat je was vertrokken om bij Ben te gaan wonen. Toen je er niet meer bleek te zijn, noteerde ze het nummer van Ben, maar eh... ze zeiden dat ze later nog een keer gebeld had. Ze kreeg Ben niet te pakken. Toen heeft ze om je adres gevraagd, maar dat konden ze natuurlijk niet geven. Ze hebben haar gezegd dat ze haar nummer achter kon laten, voor het geval jij of Ben ooit weer contact met ze op zou nemen. Nicole vond die notitie in jouw dossier nadat we elkaar vanmorgen aan de lijn hadden gehad. Ze belde me terug om me het nummer te geven.'

Ik begreep er niets van. 'Maar waarom hebben ze het niet gewoon naar me doorgestuurd? Of naar Ben?'

'Nou, Nicole zegt dat ze dat ook gedaan hebben. Maar ze hebben nooit meer iets van jullie gehoord.' Hij zweeg.

'Ben maakt de post altijd open,' zei ik. 'Die haalt hij 's ochtends uit de bus. Nou ja, vandaag deed hij dat...'

'Heeft hij je Claires nummer niet gegeven?'

'Nee,' zei ik. 'Nee. Hij zei dat we in geen jaren contact met elkaar hebben gehad. Ze is verhuisd, niet lang na ons trouwen. Naar Nieuw-Zeeland.'

'Juist,' zei hij. 'Christine? Dat heb je me eerder verteld, maar eh... het is geen internationaal nummer.'

Angst sloeg me om het hart, maar ik wist nog steeds niet waarom. 'Dus ze is teruggekomen?'

'Nicole zei dat Claire je heel vaak in Waring House heeft opgezocht. Bijna net zo vaak als Ben. Nicole heeft nooit iets gehoord over een emigratie. Niet over Nieuw-Zeeland of welk ander land dan ook.'

Alles leek plotseling in een stroomversnelling te raken met een vaart die ik niet kon bijhouden. Boven hoorde ik Ben. Er stroomde geen water meer, de boiler was stil. Hier moet een logische verklaring voor zijn, dacht ik. Dat moet. Ik had het gevoel dat ik het zou begrijpen als ik ervoor kon zorgen dat alles weer langzamer ging, zodat ik weer greep op de zaken kreeg. Ik wilde dat dokter Nash zijn mond hield en alles wat hij gezegd had zou inslikken, maar dat deed hij niet.

'Er is nog iets anders,' zei hij. 'Het spijt me, Christine, maar Nicole vroeg hoe het met je ging en dat heb ik haar verteld. Ze was nogal verbaasd dat je weer bij Ben bent gaan wonen. Ik vroeg waarom.'

'Oké,' hoorde ik mezelf zeggen. 'Ga verder.'

'Het spijt me, Christine, maar luister naar me. Ze zei dat Ben en jij gescheiden zijn.'

De kamer kantelde. Ik greep de leuning van mijn stoel alsof ik anders onderuit zou gaan. Het sloeg nergens op. Op de televisie stond een blonde vrouw tegen een oudere man te schreeuwen. Ze haatte hem, riep ze. Ik wilde ook schreeuwen.

'Wat?' zei ik.

'Ze zei dat Ben en jij uit elkaar zijn gegaan. Ben heeft je verlaten toen je ongeveer een jaar in Waring House zat.'

'Uit elkaar gegaan?' zei ik. Het leek alsof de kamer zich terugtrok, wegebde. Verdween. 'Weet je het zeker?'

'Ja. Het schijnt zo. Dat is wat ze zei. Ze zei dat ze dacht dat het misschien iets met Claire te maken had. Meer wilde ze er niet over kwijt.'

'Met Claire?' zei ik.

'Ja,' zei hij. Ondanks mijn eigen verwarring hoorde ik aan zijn stem hoe moeilijk dit gesprek voor hem was. Hij klonk aarzelend, tastte voor hij iets ging zeggen langzaam de mogelijkheden af en koos zijn woorden zorgvuldig. 'Ik weet niet waarom Ben je niet alles vertelt,' zei hij. 'Ik ben er zeker van dat hij denkt dat wat hij doet het beste is. Dat hij je wil beschermen. Maar nu weet ik het niet meer. Dat hij je niet vertelt dat Claire weer in de buurt woont? Dat hij je niets over jullie scheiding heeft verteld? Ik weet het niet. Het voelt niet goed, maar hij zal er zijn redenen voor hebben.' Ik zei niets. 'Ik dacht misschien is het een goed idee om met Claire te gaan praten. Misschien kan zij voor verheldering zorgen. Misschien wil ze wel met Ben praten. Ik weet het niet.' Weer viel er een stilte. 'Christine? Heb je een pen bij de hand? Zal ik je het nummer geven?'

Ik slikte moeizaam. 'Ja,' zei ik. 'Ja, graag.'

Ik pakte een hoekje van de krant die op de salontafel lag en schreef met de pen die ernaast lag het nummer op. Ik hoorde het schuifje van de badkamer opengaan en Bens voetstappen op de overloop.

'Christine,' zei dokter Nash. 'Ik bel je morgen. Zeg maar niets tegen Ben. We moeten eerst weten wat er aan de hand is, goed?'

Ik hoorde mezelf ja zeggen en afscheid nemen. Hij zei nog dat ik niet moest vergeten in dit dagboek te schrijven voor ik ging slapen. Naast het telefoonnummer schreef ik CLAIRE, nog steeds onzeker over wat ik moest doen. Ik scheurde het af en stopte het in mijn tas.

Ik zei niets toen Ben beneden kwam, ook niet toen hij tegenover me op de bank ging zitten. Ik hield mijn ogen op de televisie gericht.

Een natuurfilm. Over wezens die op de bodem van de oceaan leefden. Een op afstand bestuurd onderzeebootje verkende met schokkerige bewegingen een trog in de zeebodem. Twee lampen beschenen plaatsen waar het nog nooit licht was geweest. Geesten in de diepte.

Ik wilde hem vragen of ik nog contact had met Claire, maar ik wilde niet nog meer leugens horen. Een enorme pijlinktvis hing in het schemerige water en dreef mee met de zachte stroming. Dit dier is nog nooit eerder gefilmd, zei een commentaarstem. Er klonk elektronische muziek op de achtergrond.

'Gaat het wel goed met je?' vroeg hij. Ik knikte, maar hield mijn blik op het scherm gericht.

Hij stond op. 'Ik moet nog werken,' zei hij. 'Boven. Ik kom niet laat naar bed.'

Toen keek ik hem aan. Ik wist niet wie hij was.

'Goed,' zei ik. 'Tot straks.'

Woensdag 21 november

Ik heb de hele ochtend in het dagboek zitten lezen, maar dat betekent niet dat ik alles heb gelezen. Sommige pagina's heb ik alleen vluchtig doorgenomen, andere heb ik telkens opnieuw gelezen, in een poging te begrijpen wat er staat. En nu zit ik in de erker van de slaapkamer te schrijven.

De telefoon ligt op mijn schoot. Waarom is het zo moeilijk om Claires nummer in te toetsen? Neuronale impulsen, spiersamentrekkingen, meer is er niet voor nodig. Niets ingewikkelds. Niets moeilijks. Toch valt het me veel gemakkelijker om een pen te pakken en erover te schrijven.

Toen ik vanmorgen de keuken binnenliep, dacht ik: mijn leven is gebouwd op drijfzand. Ik zwalk van de ene dag naar de andere. Dingen die ik denk te weten, kloppen niet en dingen waar ik zeker van ben, feiten van mijn leven, van mijzelf, hebben betrekking op het verre verleden. De geschiedenis die ik heb, lijkt verzonnen. Dokter Nash, Ben. Adam, en nu ook Claire. Ze bestaan wel, maar alleen als schaduwen in het donker. Als vreemden doorkruisen ze mijn leven, maken contact en breken het dan weer af. Ongrijpbaar, vluchtig, als geesten.

En niet alleen zij. Alles. Het is allemaal fantasie. Uit het niets tevoorschijn getoverd. Ik verlang naar vaste grond onder mijn voeten, naar iets echts, iets wat niet verdwijnt als ik slaap. Ik moet houvast zien te vinden.

Ik deed de klep van de vuilnisbak open. Er steeg warmte uit op – de hitte van ontbinding en bederf – en een vage stank. De zoete, ziekelijke lucht van rottend eten. Ik zag een krant waarvan de kruiswoordpuzzel gedeeltelijk was ingevuld. Er lag een theezakje tegenaan dat er een bruine, natte plek op had achtergelaten. Ik hield mijn adem in en knielde op de grond.

In de krant zaten scherven porselein, kruimels, fijn wit stof en onder de krant lag een dichtgeknoopt plastic tasje. Ik viste het eruit, denkend aan vieze luiers, en besloot het later open te maken, als het nodig was. Eronder lagen aardappelschillen en een bijna lege fles tomatenketchup die was gaan lekken. Ik duwde de schillen en de fles opzij.

Vier of vijf eierschalen en een handje knisperende uienschillen. Het restant van een rode peper waaruit de zaadjes waren verwijderd en een grote, half verrotte champignon.

Tevreden legde ik alles terug in de vuilnisbak en deed de deksel dicht. Het was waar. Gisteravond hadden we omelet gegeten. Er was een bord stuk gevallen. Ik keek in de koelkast. Er lagen twee karbonaadjes in een plastic bakje. De sloffen van Ben stonden onder aan de trap in de gang. Alles was er, precies zoals ik het gisteravond in mijn dagboek had beschreven. Ik had het niet verzonnen. Het was allemaal waar.

En dat betekende dat het telefoonnummer echt dat van Claire was. Dokter Nash had me inderdaad gebeld. Ben en ik waren gescheiden.

Ik wil dokter Nash nu bellen en hem vragen wat ik moet doen, of eigenlijk wil ik hem vragen of hij het voor mij wil doen. Maar hoe lang kan ik nog toeschouwer zijn van mijn eigen leven? Passief blijven? Ik moet de regie in handen nemen. Het komt in me op dat ik dokter Nash misschien nooit meer zal zien – nu ik hem heb verteld over mijn gevoelens, mijn zwak voor hem – maar ik druk de gedachte weg. Ik zal hoe dan ook zelf met Claire moeten praten.

Maar wat moet ik zeggen? We hebben zoveel beleefd samen, maar ook zo weinig. Er staat zoveel geschiedenis tussen ons in, maar die geschiedenis is me onbekend.

Ik denk aan wat dokter Nash heeft gezegd over de reden waarom Ben en ik uit elkaar zijn gegaan. *Het had iets te maken met Claire.*

Het valt allemaal op zijn plaats. Jaren geleden, toen ik hem het meest nodig had maar hem het minst begreep, is mijn man van mij gescheiden en nu we weer bij elkaar zijn, vertelt hij me dat mijn beste vriendin naar de andere kant van de wereld is verhuisd voor we weer bij elkaar kwamen.

Is het daarom zo moeilijk om haar te bellen? Omdat ik bang ben dat ze meer te verbergen heeft dan ik me kan voorstellen? Is dat waarom Ben er niet op zit te wachten dat er meer herinneringen bij mij bovenkomen? Is dat misschien zelfs de reden dat hij beweert dat elke vorm van behandeling zinloos is, zodat ik er nooit toe in staat zal zijn de ene herinnering met de andere te verbinden en erachter te komen wat er werkelijk gebeurd is?

Dat kan ik me niet van hem voorstellen. Van niemand trouwens. Het is belachelijk. Ik moet denken aan iets wat dokter Nash heeft gezegd over mijn tijd in het ziekenhuis. *Je beweerde dat de artsen tegen je samenspanden*, had hij gezegd. *Je vertoonde symptomen van paranoia.*

Misschien doe ik dat nu weer.

Plotseling word ik overrompeld door een herinnering. Op een haast gewelddadige manier komt ze naar boven uit het niets van mijn verleden en ik tuimel door de tijd. Maar even snel als ze gekomen is, is ze ook weer verdwenen. Claire en ik, alweer op een feestje. 'Jezus,' zegt ze. 'Het is zo vervelend! Weet je wat ik denk dat er mis is? Iedereen is alleen maar bezig met seks. Maar het is gewoon net als dieren die paren, weet je? Hoe we ook proberen er iets bijzonders van te maken. Meer is het echt niet.'

Is het mogelijk dat Claire en Ben troost bij elkaar hebben gezocht toen ik in mijn eigen hel zat opgesloten?

Ik kijk omlaag. De telefoon ligt levenloos op mijn schoot. Ik heb geen idee waar Ben elke ochtend naartoe gaat, en of hij op weg naar huis nog bij iemand langs gaat. Hij zou overal heen kunnen gaan. Ik krijg de kans niet mijn argwaan te voeden, het ene feit aan het andere te verbinden. Zelfs al zou ik Ben en Claire samen in bed aantreffen, dan zou ik de volgende dag vergeten zijn wat ik had gezien. Ik ben de ideale partner om te bedriegen. Misschien gaan ze nog steeds met elkaar om. Misschien heb ik ze allang betrapt en ben ik het allang weer vergeten.

Dit denk ik allemaal, en tegelijkertijd denk ik het ook niet. Ik vertrouw Ben, maar ook niet. Het is heel goed mogelijk heen en weer te slingeren tussen twee tegenovergestelde denkbeelden.

Maar waarom zou hij liegen? Hij denkt dat wat hij doet goed is, prent ik mezelf in. Hij beschermt me. Hij houdt de dingen achter die ik niet hoef te weten.

Natuurlijk heb ik het nummer ingetoetst. Het was ondenkbaar dat ik dat niet zou doen. De telefoon ging een tijdje over, toen hoorde ik een klik gevolgd door een stem: 'Hoi,' zei de stem. 'Laat alsjeblieft een boodschap achter.'

Ik herkende de stem meteen. Het was die van Claire. Geen twijfel mogelijk.

Ik liet een boodschap achter. 'Met Christine,' zei ik. 'Bel me alsjeblieft.'

Ik ging naar beneden. Ik had alles gedaan wat ik kon doen.

*

Ik wachtte. Een uur, nog een uur. De tijd bracht ik door met schrijven in mijn dagboek en toen ze niet terugbelde maakte ik een boterham die ik opat in de huiskamer. Toen ik in de keuken het aanrecht schoonveegde en op het punt stond de kruimels in mijn hand in de gootsteen te gooien, ging de bel. Het geluid deed me opschrikken. Ik legde de spons neer, droogde mijn handen af aan de theedoek die over de handgreep van de oven hing, en liep naar de voordeur.

Door het matglas zag ik de contouren van een man. Hij had geen uniform aan, maar iets wat op een pak leek, met een das. Ben? dacht ik, voor ik besefte dat hij nog op zijn werk zou zijn. Ik deed de deur open.

Het was dokter Nash. Dat ik dat wist kwam deels omdat het niemand anders kon zijn, maar ook omdat ik hem herkende, en dat terwijl ik me hem niet voor de geest had kunnen halen toen ik vanochtend over hem las en zelfs mijn man, nadat hij me verteld had wie hij was, een onbekende voor me was gebleven. Hij had kort haar met een scheiding. Zijn das zat los en scheef en onder zijn jasje droeg hij een trui die er niet bij paste.

Ik moet hem verbaasd hebben aangekeken. 'Christine?' zei hij.

'Ja,' zei ik. 'Ja.' Ik deed de deur maar een heel klein stukje open.

'Ik ben het. Ed. Ed Nash. Dokter Nash?'

'Ik weet het,' zei ik. 'Ik eh...'

'Heb je je dagboek gelezen?'

'Ja, maar...'

'Gaat het wel goed?'

'Ja,' antwoordde ik. 'Het gaat goed.'

Hij ging zachter praten. 'Is Ben thuis?'

'Nee. Nee, hij is er niet. Het is alleen, eh... ik verwachtte je niet. Hadden we een afspraak?'

Hij wachtte even, een fractie van een seconde, maar voldoende om het ritme van de conversatie te verstoren. We hadden geen afspraak, dat wist ik. Of in elk geval had ik er niets over opgeschreven.

'Ja,' zei hij. 'Heb je het niet opgeschreven?'

Dat had ik niet, maar ik zei niets. We stonden tegenover elkaar in de deuropening van het huis dat ik nog steeds niet als het mijne beschouwde, en keken elkaar aan. 'Mag ik even binnenkomen?' vroeg hij.

Ik antwoordde niet meteen, ik twijfelde of ik hem wel binnen wilde vragen. Het voelde verkeerd. Als verraad.

Maar waarvan? Van Bens vertrouwen? Ik wist niet hoeveel dat nog voor mij betekende. Niet na al zijn leugens. Leugens waarover ik een groot deel van de ochtend had zitten lezen.

'Ja,' zei ik. Ik deed de deur verder open. Hij knikte toen hij het huis binnenstapte en wierp een blik naar rechts en naar links. Ik nam zijn jas aan en hing hem aan de kapstok, naast een regenjas die waarschijnlijk van mij was. 'Kom verder,' zei ik, en ik wees hem de weg naar de huiskamer.

Ik maakte iets te drinken, gaf hem zijn kopje en ging met het mijne tegenover hem zitten. Hij zweeg en ik nam langzaam een slok en wachtte terwijl hij hetzelfde deed. Toen zette hij zijn kopje op de salontafel tussen ons in.

'Herinner je je niet dat je me gevraagd hebt langs te komen?' vroeg hij.

‘Nee,’ antwoordde ik. ‘Wanneer was dat?’

Zijn antwoord deed me huiveren. ‘Vanmorgen. Toen ik je belde om je te vertellen waar je je dagboek kon vinden.’

Er stond me niets meer van bij dat hij me vanmorgen had gebeld en nu nog steeds niet, nu hij weg is.

Ik dacht aan andere dingen waar ik over had geschreven. Een bordje meloen dat ik me niet herinnerde besteld te hebben. Een koekje waar ik niet om had gevraagd.

‘Ik weet het niet meer,’ zei ik, en ik voelde paniek in me opkomen.

Een bezorgde trek gleed over zijn gezicht. ‘Heb je vandaag nog geslapen? Meer dan alleen een dutje, bedoel ik.’

‘Nee,’ zei ik. ‘Nee, absoluut niet. Ik kan het me gewoon niet herinneren. Wanneer was dat dan?’

‘Christine,’ zei hij. ‘Rustig nou maar. Er is waarschijnlijk niets aan de hand.’

‘Maar stel nou... ik weet niet...’

‘Christine, alsjeblieft. Het betekent niets. Je bent het gewoon vergeten, meer niet. Iedereen vergeet weleens wat.’

‘Maar een heel gesprek? En het is maar een paar uur geleden!’

‘Ja,’ zei hij. Hij praatte zacht, probeerde me te kalmeren, maar hij kwam niet van zijn plaats. ‘Je hebt heel veel meegemaakt de laatste tijd. Je geheugen is altijd wisselend geweest. Dat je nu iets vergeten bent betekent niet dat je achteruitgaat en dat je niet meer beter zult worden. Oké?’ Ik knikte en probeerde hem te geloven, wilde hem zo graag geloven. ‘Je hebt gevraagd of ik wilde komen omdat je met Claire wilde praten, maar niet wist of je het zou kunnen. En je wilde dat ik namens jou met Ben zou praten.’

‘Wilde ik dat?’

‘Ja. Je zei dat je niet het gevoel had dat je dat zelf kon.’

Ik keek hem aan en dacht aan alles wat ik had opgeschreven. Het drong tot me door dat ik hem niet geloofde. Ik moest mijn dagboek zelf hebben gevonden. Ik had hem niet gevraagd te komen. Ik wilde helemaal niet dat hij met Ben zou praten. Integendeel, ik had juist besloten nog niets tegen Ben te zeggen. En waarom zou ik hebben gezegd dat ik hem nodig had omdat ik met Claire wilde praten, terwijl ik haar allang had gebeld en een boodschap had achtergelaten?

Hij liegt. Ik vroeg me af wat voor andere redenen hij zou kunnen hebben om langs te komen. Misschien is er iets wat hij me niet durft te vertellen.

Ik mag dan geen geheugen hebben, maar ik ben niet dom. 'Wat is de werkelijke reden dat je bent gekomen?' vroeg ik. Hij schoof heen en weer in zijn stoel. Misschien wilde hij alleen maar weten hoe ik woon. Of hij wilde me nog één keer zien voor ik met Ben zou gaan praten. 'Ben je bang dat we elkaar niet meer mogen zien van Ben, als ik het hem heb verteld?'

Dan komt een andere gedachte in me op. Misschien is hij helemaal geen wetenschappelijk artikel aan het schrijven. Misschien heeft hij andere redenen om zoveel tijd met mij door te willen brengen. Die gedachte zet ik onmiddellijk uit mijn hoofd.

'Nee,' zei hij. 'Daar ben ik helemaal niet bang voor. Ik ben gekomen omdat jij me dat gevraagd hebt. Je had trouwens besloten Ben niet te vertellen dat wij contact hebben. Dat zou je pas doen als je Claire had gesproken. Weet je nog?'

Ik schudde mijn hoofd. Ik wist het niet meer. Ik had geen idee waar hij het over had.

'Claire doet het met mijn man,' zei ik.

Hij keek geschokt. 'Christine,' zei hij. 'Ik...'

'Hij behandelt me alsof ik achterlijk ben,' zei ik. 'Liegt over alles en iedereen. Nou, ik ben niet achterlijk.'

'Dat weet ik,' zei hij. 'Maar ik denk niet...'

'Ze doen het al jaren met elkaar,' zei ik. 'Het verklaart alles. Waarom hij me verteld heeft dat ze geëmigreerd is. En waarom ik haar nooit meer heb gezien, terwijl ze mijn beste vriendin zou zijn geweest.'

'Christine,' zei hij. 'Je denkt niet helder.' Hij kwam naast me zitten op de bank. 'Ben houdt van je. Dat is echt zo. Ik heb hem gesproken toen ik hem ervan wilde overtuigen dat hij me met je moest laten praten. Hij was volkomen loyaal. Volkomen. Hij zei dat hij je één keer was kwijtgeraakt en dat hij dat niet nog eens wilde meemaken. Dat hij je elke keer dat ze je probeerden te behandelen had zien lijden en dat hij dat niet meer kon aanzien. Hij houdt van je. Dat is overduidelijk. Hij probeert je te beschermen, tegen de waarheid, denk ik.'

Ik dacht aan wat ik vanmorgen had gelezen. Over de scheiding. 'Maar hij heeft me verlaten. Om bij haar te kunnen zijn.'

'Christine,' zei hij. 'Het klopt niet wat je denkt. Als dat zo zou zijn, waarom zou hij je dan hebben teruggehaald? Hiernaartoe? Dan had hij je toch in Waring House achtergelaten? Maar dat heeft hij niet gedaan. Hij zorgt voor je. Elke dag.'

Langzaam stortte ik in. Ik implodeerde. Enerzijds begreep ik wat hij zei, anderzijds begreep ik er niets van. Ik voelde de warmte van zijn lichaam, zag de vriendelijke uitdrukking van zijn ogen. Hij glimlachte toen ik hem aankeek, leek op te zwellen, net zolang tot ik alleen zijn lichaam nog maar zag en zijn ademhaling het enige geluid was dat ik hoorde. Hij zei iets, maar ik hoorde niet wat. Ik hoorde maar één woord. *Liefde.*

Wat er toen gebeurde was niet mijn bedoeling. Ik was het niet van plan. Het gebeurde plotseling, mijn leven kwam in beweging als een deksel die klemde en eindelijk losschoot. Voor ik het wist voelde ik alleen nog maar mijn lippen op de zijne, mijn armen om zijn nek. Zijn haar was vochtig, ik begreep niet hoe dat kwam en het kon me ook niets schelen. Ik wilde iets zeggen, hem vertellen wat ik voelde, maar ik deed het niet, want dan zou ik moeten stoppen met wat ik aan het doen was, het moment moeten onderbreken waarvan ik juist wilde dat het eeuwig zou duren. Eindelijk voelde ik me weer vrouw. Ik had weer greep op de dingen. Hoewel het eerder moest zijn gebeurd, had ik – voor zover ik me kon herinneren, voor zover ik erover had geschreven – nooit met iemand anders gezoend dan met mijn man. Het had net zo goed mijn eerste zoen kunnen zijn.

Hoe lang het duurde weet ik niet. Ik weet niet eens hoe het gebeurde. Hoe ik, gezeten op de bank naast hem met een gevoel alsof ik kleiner en kleiner werd en bijna verdween, hem ineens was gaan kussen. Ik herinner me niet dat ik erop aanstuurde, maar dat wil niet zeggen dat ik er niet naar verlangde. Hoe het begon weet ik niet meer. Ik weet alleen nog dat de ene situatie naadloos in de andere overging, zonder dat er een bewuste gedachte, een beslissing aan te pas was gekomen.

Hij duwde me niet ruw van zich af. Hij was zachtzinnig, dat moet ik hem nageven. Hij heeft me niet beledigd door te vragen waar ik mee bezig was, of waar ik mee bezig dacht te zijn. Hij trok eenvoudigweg zijn mond terug, haalde mijn handen weg waar ik ze had laten rusten, op zijn schouders, en zei zacht: 'Nee.'

Ik was verbijsterd. Over wat ik had gedaan? Of over zijn reactie daarop? Ik weet het niet. Het leek alsof ik weg was geweest en er even een nieuwe Christine was opgestaan die het helemaal van me had overgenomen en vervolgens weer was verdwenen. Ik voelde echter geen afschuw, zelfs geen teleurstelling. Ik was blij. Omdat er dankzij die andere Christine iets was gebeurd.

Hij keek me aan. 'Sorry,' zei hij. Ik kon niet peilen wat hij voelde. Boosheid? Medelijden? Spijt? Het kon allemaal. Misschien was zijn gezichtsuitdrukking een combinatie van de drie. Hij hield nog steeds mijn handen vast, legde ze in mijn schoot en toen liet hij ze los. 'Sorry, Christine,' herhaalde hij.

Ik wist niet wat ik moest zeggen, wat ik moest doen. Ik zweeg, wilde me verontschuldigen, en toen zei ik: 'Ed, ik hou van je.'

Hij deed zijn ogen dicht. 'Christine,' begon hij, 'ik...'

'Alsjeblieft,' zei ik. 'Zeg niet dat je het niet ook hebt gevoeld.' Hij fronste. 'Je weet dat je van me houdt.'

'Christine,' zei hij. 'Alsjeblieft, je bent... je bent...'

'Wat?' zei ik. 'Gek?'

'Nee, in de war. Je bent in de war.'

Ik schoot in de lach. 'In de war?'

'Ja,' zei hij. 'Je houdt niet van mij. Weet je nog dat we het hebben gehad over confabulatie? Dat komt vrij vaak voor bij mensen die...'

'O,' zei ik. 'Dat weet ik, dat herinner ik me. Bij mensen die geen herinneringen hebben. Denk je dat het dat is?'

'Het kan. Het kan heel goed.'

Op dat moment haatte ik hem. Hij dacht dat hij alles wist, dat hij mij beter kende dan ikzelf. Maar hij kende alleen de toestand waarin ik verkeerde.

'Ik ben niet achterlijk,' zei ik.

'Dat weet ik heus wel, Christine. Dat denk ik ook niet. Ik denk alleen...'

'Je móét van me houden.'

Hij zuchtte. Ik begon op zijn zenuwen te werken. Zijn geduld raakte op.

'Waarom ben je hier dan zo vaak geweest? Al die keren dat je met me door Londen hebt gereden. Doe je dat met al je patiënten?'

'Ja,' begon hij, 'nou, nee, dat niet.'

'Waarom was dat dan?'

'Ik wilde je helpen,' zei hij.

'Meer niet?'

Hij dacht even na. Toen zei hij: 'Eh, nee. Ik ben ook met een artikel bezig, een wetenschappelijk artikel...'

'Je maakt een studie van me?'

'In zekere zin wel, ja,' zei hij. Ik probeerde dit ogenblikkelijk uit mijn gedachten te bannen.

'Maar je hebt me niet verteld dat Ben en ik uit elkaar waren,' zei ik. 'Waarom niet? Waarom heb je dat verzwegen?'

'Omdat ik het niet wist!' zei hij. 'Nergens anders om. Het stond niet in je dossier en Ben heeft het me niet verteld, ik wist het echt niet!' Ik zei niets. Hij maakte een beweging alsof hij mijn handen weer wilde pakken, maar dat deed hij niet. In plaats daarvan krabde hij op zijn voorhoofd. 'Ik had het je zeker verteld als ik het had geweten.'

'Ja?' zei ik. 'Net zoals je me over Adam hebt verteld?'

Dat raakte hem. 'Christine, alsjeblieft.'

'Waarom heb je hem van mij weggehouden?' vroeg ik. 'Je bent geen haar beter dan Ben!'

'Jezus, Christine,' zei hij. 'Dit hebben we toch allang besproken? Ik heb gedaan wat ik dacht dat het beste was. Ben vertelde je niet over Adam, dus ik vond dat het niet aan mij was om dat wel te doen. Dat zou niet ethisch zijn geweest.'

Ik lachte. Het was een holle, honende lach. 'Ethisch? Wat is er ethisch aan om me mijn zoon te onthouden?'

'Het was aan Ben om te bepalen of je van Adam moest weten, niet aan mij. Maar ik heb je wel aangeraden een dagboek bij te houden, om vast te leggen wat je te weten kwam. Dat leek me goed voor je.'

'En die aanval dan? Je had er geen enkele moeite mee me in de waan te laten dat het een ongeluk was geweest en dat de auto was doorgereden!'

'Nee, Christine, zo zat het niet. Ben heeft je dat verteld. Ik wist niet wat hij je vertelde, hoe had ik dat kunnen weten?'

Ik dacht aan de visioenen die ik had gehad. Geurende baden, handen die mijn keel dichtknepen, de gewaarwording dat ik geen adem kon krijgen. De man wiens gezicht voor mij verborgen bleef. Ik begon te huilen. 'Waarom heb je het me dan eigenlijk verteld?' vroeg ik.

Hij reageerde vriendelijk, maar raakte me nog steeds niet aan. 'Dat heb ik niet gedaan,' zei hij. 'Ik heb je niet verteld dat je bent aangevallen. Dat heb je je herinnerd.' Dat was natuurlijk zo. Ik was boos. 'Christine, ik...'

'Ik wil dat je weggaat,' zei ik. 'Alsjeblieft.' Inmiddels stroomden de tranen over mijn gezicht, maar op een merkwaardige manier voelde ik me heel levend. Wat er net gebeurd was wist ik niet, ik kon me zelfs nauwelijks herinneren wat er was gezegd, maar ik voelde me bevrijd van een vreselijke druk, alsof een dam in mij eindelijk was doorgebroken.

'Ga,' zei ik. 'Alsjeblieft.'

Ik verwachtte dat hij ertegenin zou gaan, dat hij me zou smeken te mogen blijven. Ik hoopte het een beetje. Maar dat deed hij niet. 'Weet je het zeker?' vroeg hij.

'Ja,' fluisterde ik. Ik draaide me naar het raam toe, vastbesloten niet meer zijn kant op te kijken. Althans niet vandaag, wat in mijn geval betekent dat het morgen misschien weer zal zijn alsof ik hem nog nooit heb gezien. Hij stond op en liep naar de deur.

'Ik bel je,' zei hij. 'Morgen? Je behandeling. Ik eh...'

'Ga nou maar,' zei ik. 'Alsjeblieft.'

Hij zei niets meer. Ik hoorde de voordeur achter hem dichtvallen.

Ik bleef nog een poosje zitten. Een paar minuten of een paar uur? Ik weet het niet. Mijn hart ging tekeer. Ik voelde me leeg en alleen. Uiteindelijk ging ik naar boven. In de badkamer bekeek ik de foto's. Mijn man. Ben. *Wat heb ik gedaan?* Nu heb ik niets meer over. Niemand die ik kan vertrouwen. Niemand tot wie ik me kan wenden. Mijn gedachten holden vooruit, waren niet te stuiten. Telkens kwamen de woorden van dokter Nash bij me naar boven. *Hij houdt van je. Hij probeert je te beschermen.*

Maar waartegen wil hij me beschermen? Tegen de waarheid. Ik

vind niets belangrijker dan de waarheid. Misschien is dat een vergissing.

Ik liep naar de werkkamer. Ben heeft zoveel leugens verteld dat ik hem nooit meer kan geloven. Helemaal nooit meer.

Ik wist wat me te doen stond. Ik moest het weten. Ik moest weten dat ik hem op dit ene punt wel kon vertrouwen.

De doos stond op de plek die ik beschreven had. Op slot, zoals ik al vermoedde. Ik bleef kalm.

Ik begon te zoeken, en zei tegen mezelf dat ik net zo lang door zou gaan tot ik de sleutel had gevonden. Eerst doorzocht ik de werkkamer. De andere laden, het bureau. Heel systematisch. Ik legde alles terug waar ik het gevonden had en toen ik klaar was ging ik naar de slaapkamer. Ik keek in de laden, wroette tussen zijn onderbroeken, zijn keurig gestreken zakdoeken, hemden en T-shirts. Niets. Ook niets in mijn laden.

De nachtkastjes hadden ook laatjes. Die wilde ik ook bekijken, en ik begon aan Bens kant van het bed. Ik deed het bovenste laatje open en doorzocht de inhoud: pennen, een horloge dat stilstond, een doordrukstrip met pillen die ik niet herkende. Toen trok ik het onderste laatje open.

Aanvankelijk dacht ik dat er niets in lag. Ik deed hem zachtjes dicht, maar terwijl ik dat deed hoorde ik een heel zacht geluid, iets van ijzer dat langs het hout schraapte. Ik trok het laatje weer open. Mijn hart klopte in mijn keel.

Een sleutel.

Ik ging met de geopende doos op de grond zitten. Hij zat vol. Hoofdzakelijk met foto's. Van Adam, van mij. Sommige kwamen me bekend voor – waarschijnlijk had hij me die weleens laten zien – maar er waren ook veel foto's die me niets zeiden. Ik vond zijn geboortebewijs en de brief die hij aan de Kerstman had geschreven. Een handjevol foto's van hem als baby – kruipend, lachend naar de camera, bij mij drinkend, slapend, ingestopt met een groen dekentje – en als opgroeiend kind. De foto in cowboypak, de schoolfoto's, zijn driewielertje. Ze waren er allemaal, precies zoals ik ze in mijn dagboek had beschreven.

Ik haalde ze allemaal tevoorschijn, bekeek ze een voor een en spreidde ze uit op de grond. Er waren ook foto's bij van Ben en mij; een ervan was voor de Houses of Parliament genomen, we lachen, maar staan er toch een beetje ongemakkelijk bij, alsof we ons niet bewust zijn van elkaars bestaan; nog een foto van onze bruiloft, een formeel portret. We staan voor een kerk onder een bewolkte hemel. We zien er gelukkig uit, belachelijk gelukkig, en op een andere foto, die later moet zijn genomen, tijdens onze huwelijksreis, zien we er nog gelukkiger uit. We zitten in een restaurant te eten en leunen lachend over de tafel naar elkaar toe met gezichten die blozen van liefde en de warmte van de zon.

Ik staarde naar de foto. Opluchting stroomde door me heen. Ik staarde naar de foto van de vrouw die naast haar kersverse echtgenoot uitkeek naar een toekomst die ze niet kon en niet wilde voorzien, en ik bedacht hoeveel ik met die vrouw gemeen heb. Maar dat is allemaal fysiek. Cellen en weefsel. DNA. Onze chemische signatuur, maar meer ook niet. Zij is een vreemde voor mij. Er is niets wat mij met haar verbindt, er is geen weg terug naar haar.

Toch is zij mij en ben ik haar en kan ik zien dat ze verliefd was. Op Ben, de man met wie ze zojuist getrouwd is. De man naast wie ik nog steeds wakker word, elke dag. Hij heeft de beloften die hij deed in dat kerkje in Manchester niet gebroken. Hij heeft me niet in de steek gelaten. Ik keek naar de foto en opnieuw welde er liefde in me op.

Toch legde ik de foto weg en ging ik door met zoeken. Ik wist waarnaar ik op zoek was en tegelijkertijd was ik bang het te vinden. Het zou het bewijs zijn dat mijn man niet tegen me gelogen had, het zou me mijn partner teruggeven, ook al betekende het dat ik mijn zoon kwijt was.

Het was er. Onder in de doos lag een envelop. Er zat een fotokopie in van een krantenknipsel. Opgevouwen, de hoeken broos. Nog voor ik het openvouwde wist ik wat het was, toch beefde ik toen ik het las. *De identiteit van de Britse soldaat die is omgekomen tijdens het escorteren van troepen in de Afghaanse provincie Helmand, is door het ministerie van Defensie bekendgemaakt. Adam Wheeler*, stond er, *was negentien jaar oud. Geboren in Londen...* Er zat een foto aan vastgeniet. Bloemen op een graf. Op de steen stond: ADAM WHEELER, 1987-2006.

Het verdriet trof me met een ongekende kracht. Ik liet het papier vallen en klapte dubbel van de pijn, een pijn zo hevig dat ik niet kon huilen, maar een gierend gebrul uitbracht als van een gewond, uitgehongerd dier dat smeekte om uit zijn lijden te worden verlost. Toen ik mijn ogen sloot, zag ik het. Een korte flits. Een beeld dat trillend voor me hing. Een medaille die me werd aangereikt in een zwarte fluwelen doos. Een kist, een vlag. Ik keek weg en hoopte hartgrondig dat het beeld niet terug zou komen. Sommige herinneringen kunnen je maar beter bespaard blijven. Kunnen maar beter voorgoed verloren gaan.

Ik begon de papieren op te bergen. Ik had hem moeten vertrouwen. Vanaf het begin. Ik had in moeten zien dat hij alleen maar dingen voor me achterhield omdat het te pijnlijk voor me zou zijn om er elke dag opnieuw mee geconfronteerd te worden alsof het de eerste keer was. Hij wilde me dit alleen maar besparen. Deze harde realiteit. Ik stopte de foto's en de papieren terug in de doos, precies zoals ik ze gevonden had. Tevreden legde ik de sleutel weer in de la en zette de doos terug in de dossierkast. Nu kon ik ze bekijken als ik dat wilde en zo vaak ik maar wilde.

Er stond me nog één ding te doen. Ik moest weten waarom Ben me had verlaten en wat ik al die jaren geleden in Brighton te zoeken had gehad. Ik moest weten wie mij van mijn leven had beroofd. Ik moest het nog één keer proberen.

Voor de tweede keer vandaag toetste ik Claires nummer in.

Een statische stilte, en vervolgens ging de telefoon tweetonig over. Ze neemt niet op, dacht ik. Ze heeft tenslotte ook niet op mijn boodschap gereageerd. Ze heeft iets te verbergen, ze houdt iets achter.

Bijna voelde ik me opgelucht. Dit was een gesprek dat ik slechts in theorie wilde voeren. Ik zag in dat het me alleen maar pijn zou doen om haar te spreken en bereidde me al voor op de vlakke stem die me uitnodigde een boodschap achter te laten.

Een klik, een stem. 'Hallo?'

Het was Claire. Ik wist het meteen. Haar stem was me net zo vertrouwd als mijn eigen stem. 'Hallo?' herhaalde ze.

Ik kon geen woord uitbrengen. Beelden overspoelden me, flitsen van beelden. Ik zag haar gezicht, haar korte haar, de baret die ze droeg. Haar lach. Ik zag haar op een bruiloft – de mijne, vermoed ik, hoewel ik het niet zeker weet – gekleed in smaragdgroen, champagne inschenkend. Ik zag haar met een kind op de arm, ze geeft hem aan mij met de woorden *etenstijd!* Ik zag haar op een bedrand zitten in gesprek met degene die in het bed lag, en besefte dat ik het zelf was.

'Claire?' zei ik.

'Yep,' zei ze. 'Hallo? Met wie spreek ik?'

Ik probeerde me te concentreren, prentte mezelf in dat we ooit hartsvriendinnen waren geweest, wat er ook gebeurd was in de tussenliggende jaren. Ik zag haar op mijn bed liggen met een fles wodka terwijl ze giechelend tegen me zegt dat mannen 'belachelijk' zijn.

'Claire?' zei ik. 'Met mij, Christine.'

Stilte. De tijd werd uitgerekt, leek eindeloos te duren. Eerst dacht ik dat ze niets wilde zeggen, dat ze me was vergeten of niet met me wilde praten. Ik sloot mijn ogen.

'Chrissy!' riep ze. Een explosie. Ik hoorde haar slikken, alsof ze aan het eten was. 'Chrissy! Mijn god, schat, ben jij het echt?'

Ik deed mijn ogen open. Een traan biggelde langzaam langs de onvertrouwde lijnen van mijn gezicht.

'Claire?' zei ik. 'Ja, ik ben het. Chrissy.'

'Jezus. Fuck,' zei ze, en toen nog een keer: 'Fuck!' Even klonk haar stem gedempt.

'Roger! Rog! Het is Chrissy! Aan de telefoon!' Toen plotseling luider: 'Hoe gaat het met je, waar ben je?' En even later weer: 'Roger!'

'O, ik ben thuis,' antwoordde ik.

'Thuis?'

'Ja.'

'Met Ben?'

Opeens voelde ik me in de verdediging gedrukt. 'Ja,' zei ik. 'Met Ben. Heb je mijn boodschap gekregen?'

Ze ademde hoorbaar in. Was ze verrast, of zat ze te roken? 'Yep!' antwoordde ze. 'Ik had je terug willen bellen, maar dit is mijn vaste telefoon en je had geen nummer achtergelaten.' Ze aarzelde. Even vroeg ik me af of ze misschien andere redenen had gehad om me niet terug te bellen. Ze vervolgde: 'Maar lieverd, hoe gaat het met je? Het is zo fijn om je stem te horen!' Ik wist niet wat ik moest zeggen en toen ik niet antwoordde zei Claire: 'Waar woon je?'

'Dat weet ik niet precies,' zei ik. Er ging een golf van blijdschap door me heen omdat ik uit haar vraag afleidde dat ze geen contact had met Ben, maar daarna drong het tot me door dat ze me dit misschien vroeg om me te misleiden. Ik wilde haar zo graag vertrouwen, wilde zo graag geloven dat Ben me niet had verlaten om iets wat zij hem te bieden had, een liefde die hij bij mij niet meer vond. Als ik Claire kon vertrouwen betekende dat dat ik mijn man ook kon vertrouwen. 'Crouch End?' zei ik.

'Oké,' zei ze. 'Maar hoe gaat het? Hoe is het met je?'

'Ach, weet je,' antwoordde ik. 'Ik herinner me geen fuck.'

We schoten allebei in de lach. Wat voelde het goed dat er eens een andere emotie opwelde dan verdriet. Het duurde echter niet lang voor er weer een stilte viel.

'Je klinkt goed,' zei ze even later. 'Echt goed.' Ik vertelde haar dat ik weer was gaan schrijven. 'Echt waar? Wauw, super! Waar ben je mee bezig, een roman?'

'Nee,' zei ik. 'Het zou nogal een opgaaf zijn om een roman te schrijven als ik me niet eens kan herinneren wat er gisteren gebeurd is.' Stilte. 'Ik schrijf gewoon over wat ik allemaal meemaak.'

'Oké,' antwoordde ze, maar daar bleef het bij. Ik vroeg me af of ze mijn situatie eigenlijk wel begreep, en haar toon verontrustte me. Ze klonk koeltjes. Ik vroeg me af hoe het tussen ons was geweest toen we elkaar voor het laatst zagen. 'Wat maak je dan mee op het moment?' vroeg ze.

Wat moest ik zeggen? Ik wilde haar mijn dagboek geven, het haar helemaal laten lezen, maar dat kon natuurlijk niet. Nog niet, in elk geval. Er was zoveel te vertellen, zoveel dat ik zelf wilde weten. Mijn hele leven.

'Ik weet het niet,' zei ik. 'Het is moeilijk...'

Waarschijnlijk klonk ik een beetje overstuur, want ze vroeg: 'Chrissy, schat, wat is er met je?'

'Niets,' antwoordde ik. 'Het gaat goed, alleen...' Ik wist niet hoe ik mijn zin moest afmaken.

'Schat?'

'Ik weet het niet,' zei ik. Ik dacht aan dokter Nash, aan de dingen die ik tegen hem had gezegd. Kon ik er wel zeker van zijn dat hij niet met Ben zou praten? 'Ik ben gewoon in de war. Ik denk dat ik iets stoms heb gedaan.'

'O, vast niet.' Weer viel er een stilte – maakte ze een afweging? Toen zei ze: 'Luister eens, kan ik Ben ook even spreken?'

'Hij is er niet,' antwoordde ik. Het was een opluchting dat het gesprek iets feitelijker, iets concreter werd. 'Hij is op zijn werk.'

'Oké,' zei Claire. Weer een stilte. Plotseling vond ik het gesprek absurd.

'Ik moet je zien,' zei ik.

'"Moet"?' zei ze. 'Niet "wil"?'

'Nee,' begon ik. 'Natuurlijk wil ik...'

'Rustig maar, Chrissy,' zei ze. 'Ik maak maar een grapje. Ik wil jou ook zien. Ik popel om je te zien.'

Ik was opgelucht. Ik was bang geweest dat ons gesprek zou stokken en zou eindigen met een beleefd 'tot ziens' en de vage belofte elkaar wel weer te spreken, en dan zou er weer een deur naar mijn verleden voorgoed worden dichtgeslagen.

'Dank je,' zei ik. 'Dank je wel.'

'Chrissy,' zei ze. 'Ik heb je zo gemist. Elke dag. En steeds hoopte ik maar dat die klotetelefoon zou gaan en dat jij het zou zijn, maar ik had het al bijna opgegeven.' Ze zweeg een moment. 'Hoe... hoe is het nu met je geheugen? Hoeveel weet je nog?'

'Ik weet het niet zo goed,' zei ik. 'Beter dan eerst, geloof ik. Maar ik herinner me nog steeds weinig.' Ik dacht aan alles wat ik had opgeschreven, alle beelden van mij en Claire. 'Ik herinner me een feestje,' zei ik. 'Vuurwerk op een dak. Dat jij schilderde. Dat ik studeerde. Maar van daarna weet ik eigenlijk niets meer.'

'Ah!' zei ze. 'Het grote feest! Jezus wat lijkt dat allemaal lang geleden! O, we hebben zoveel bij te praten, ongelofelijk!'

Ik vroeg me af wat ze bedoelde, maar informeerde er niet naar. Het kan wel wachten, dacht ik. Er waren belangrijkere dingen die ik moest weten.

'Ben jij ooit verhuisd?' vroeg ik. 'Naar het buitenland?'

Ze begon te lachen. 'Ja,' zei ze. 'Dat heeft ongeveer een halfjaar geduurd. Ik had een vent leren kennen, jaren geleden. Maar het liep uit op een ramp.'

'Waarheen?' vroeg ik. 'Waar ben je naartoe gegaan?'

'Naar Barcelona,' antwoordde ze. 'Hoezo?'

'O,' zei ik. 'Zomaar.' Ik voelde me weer in het nauw gedreven, geneerde me dat ik dit soort dingen niet van haar wist, van mijn beste vriendin. 'Iemand zei daar iets over. Dat je in Nieuw-Zeeland had gewoond. Maar dat moet een vergissing zijn geweest.'

'Nieuw-Zeeland?' riep ze lachend. 'Nee hoor, nooit geweest.'

Daar had Ben dus ook over gelogen. Het was me nog steeds niet duidelijk waarom, ik kon geen reden bedenken waarom hij Claire zo drastisch uit mijn leven zou willen verwijderen. Was het om dezelfde reden als al het andere waarover hij gelogen of gezwegen had? Was het voor mijn eigen bestwil?

Dat was ook iets wat ik hem zou moeten vragen als we het gesprek hadden waar het nu echt van moest komen. Het gesprek waarin ik hem alles vertel wat ik weet, en hoe ik daar achter ben gekomen.

We praatten nog een tijdje door, soms vielen er lange stiltes en dan volgde weer een heftige woordenvloed. Claire vertelde me dat ze getrouwd was geweest en nu samenwoonde met Roger. 'Hij is academicus,' zei ze. 'Psycholoog. Wil met me trouwen, alleen hoef ik nog niet zo nodig. Maar ik hou wel van hem.'

Het deed me goed om met haar te praten, haar stem te horen. Het ging zo makkelijk, het was zo vertrouwd. Bijna alsof ik thuiskwam. Ze eiste weinig, leek te begrijpen dat ik weinig te geven had. Uiteindelijk stopte ze met praten en dacht ik dat ze ging ophangen. Ik realiseerde me dat we het helemaal niet over Adam hadden gehad.

'Maar vertel eens over Ben,' zei ze. 'Hoe lang zijn jullie... eh...'

'Weer bij elkaar?' vulde ik aan. 'Weet ik niet. Ik wist niet eens dat we uit elkaar waren geweest.'

'Ik heb geprobeerd hem te bellen,' zei ze. Ik verstijfde, al wist ik niet waarom.

'Wanneer?'

'Vanmiddag. Nadat je me gebeld had. Ik nam aan dat hij jou mijn nummer had gegeven. Hij nam niet op, maar ik heb alleen een oud nummer van hem, van zijn werk. Ze zeiden dat hij daar weg was.'

Een angstig gevoel bekroop me. Ik keek de slaapkamer rond, die me vreemd was, niet vertrouwd. Ik wist zeker dat ze loog.

'Spreek je hem vaak?' vroeg ik.

'Nee, de laatste tijd niet meer.' Haar toon veranderde, kreeg iets heimelijks wat me helemaal niet beviel. 'Al een paar jaar niet meer.' Ze aarzelde. 'Ik heb me zo'n zorgen om je gemaakt.'

Ik was bang. Bang dat Claire Ben zou vertellen dat ik haar gebeld had voor ik met hem gepraat had.

'Wil je hem alsjeblieft niet bellen?' vroeg ik. 'Wil je hem niet vertellen dat ik je gebeld heb?'

'Chrissy!' zei ze. 'Waarom niet?'

'Ik wil het gewoon liever niet.'

Ze slaakte een diepe zucht, en klonk geërgerd. 'Hoor eens, wat is er in godsnaam aan de hand?'

'Ik kan het niet uitleggen,' zei ik.

'Probeer het eens.'

Ik kon het niet opbrengen Adams naam te noemen, maar ik vertelde haar wel over dokter Nash en over de herinnering aan de hotelkamer, over Ben die volhield dat ik een auto-ongeluk had gehad. 'Volgens mij vertelt hij me niet de waarheid omdat hij bang is dat ik overstuur raak,' zei ik. Ze ging er niet op in. 'Claire?' zei ik. 'Wat moest ik toch in Brighton?'

De stilte strekte zich tussen ons uit. 'Chrissy,' zei ze. 'Als je dat echt wilt weten zal ik het je vertellen. Althans, dat wat ik ervan weet. Maar niet aan de telefoon. Als we elkaar zien. Ik beloof het je.'

De waarheid. Als een glinsterend object hing ze in de lucht, zo dichtbij dat ze zo voor het grijpen leek.

'Wanneer kun je komen?' vroeg ik. 'Vandaag? Vanavond?'

'Ik kom liever niet naar jou toe,' zei ze. 'Als je het niet erg vindt.'

'Waarom niet?'

'Ik denk eh... nou... dat het beter is om elkaar ergens anders te ontmoeten. Kunnen we niet ergens koffie drinken?'

Er klonk iets uitgelatens door in haar stem, maar het kwam geforceerd over, geveinsd. Ik vroeg me af waar ze bang voor was, maar zei: 'Goed.'

'Alexandra Palace?' zei ze. 'Lijkt je dat wat? Dat is niet al te ver van Crouch End.'

'Goed,' zei ik.

'Gaaf. Vrijdag? Is elf uur oké?'

Ik ging akkoord. Dat moest maar. 'Dat gaat lukken,' zei ik. Ze legde me uit welke bussen ik moest nemen en ik schreef de aanwijzingen op een papiertje. Na nog een paar minuten te hebben gekletst namen we afscheid. Ik pakte mijn dagboek en begon te schrijven.

*

'Ben?' zei ik, toen hij thuis was en in een leunstoel in de huiskamer de krant zat te lezen. Hij zag er moe uit, alsof hij slecht had geslapen. 'Vertrouw je mij?' vroeg ik.

Hij keek op. Zijn ogen kwamen tot leven, er lichtte liefde in op, maar ik zag ook nog iets anders. Iets angstigs. Niet zo vreemd, denk ik; op die vraag volgt meestal een bekentenis dat dat vertrouwen misplaatst is. Hij streek zijn haar van zijn voorhoofd.

'Natuurlijk, schat,' antwoordde hij. Hij kwam naar me toe, ging op de leuning van mijn stoel zitten en nam mijn hand tussen de zijne. 'Natuurlijk.'

Plotseling was ik er niet meer zo zeker van of ik verder wilde gaan. 'Spreek je Claire weleens?'

Hij keek me in de ogen. 'Claire?' antwoordde hij. 'Herinner je je haar?'

Ik had er niet aan gedacht dat Claire tot voor kort – om precies te zijn tot ik me dat feest met het vuurwerk herinnerde – voor mij niet had bestaan. 'Vaag,' zei ik.

Hij wendde zijn blik af, keek naar de klok op de schoorsteenmantel.

'Nee,' zei hij. 'Ik geloof dat ze verhuisd is. Jaren geleden.'

Ik kromp in elkaar, alsof ik pijn had. 'Weet je dat zeker?' vroeg ik. Ik kon niet geloven dat hij nog steeds tegen me loog. Het leek nog erger dat hij hierover loog, dan over al die andere dingen. Dit was toch niet beladen, hier kon hij toch eerlijk over zijn? Het feit dat Claire nog steeds in de buurt woonde kon toch niet pijnlijk voor mij zijn? Het zou mijn geheugen zelfs goed kunnen doen om haar terug te zien. Dus waarom die oneerlijkheid? Een duistere gedachte dook op in mijn hoofd – diezelfde zwarte argwaan – maar ik duwde hem weg.

'Weet je het heel zeker? Waar is ze dan heen gegaan?' Zeg het me nou, dacht ik. Het is nog niet te laat.

'Dat weet ik echt niet meer,' antwoordde hij. 'Nieuw-Zeeland, geloof ik. Of Australië.'

Beetje bij beetje vervloog mijn hoop, maar ik wist wat me te doen stond. 'Weet je het zeker?' vroeg ik. Ik waagde het erop. 'Ik heb een rare herinnering dat ze me ooit gezegd heeft dat ze van plan was een tijdje in Barcelona te gaan wonen. Dat moet jaren geleden zijn geweest.' Hij zei niets. 'Weet je zeker dat ze niet naar Barcelona is verhuisd?'

'Herinner je je dat?' vroeg hij. 'Sinds wanneer?'

'Weet ik niet,' antwoordde ik. 'Het is gewoon een gevoel.'

Hij kneep in mijn hand, alsof hij me wilde troosten. 'Je hebt het je vast verbeeld.'

'Het voelde wel heel echt. Weet je zeker dat het niet Barcelona was?'

Hij zuchtte. 'Nee, niet Barcelona. Australië, dat weet ik zeker. Adelaide, geloof ik, maar het kan ook een andere plaats zijn geweest. Het is nogal lang geleden allemaal.' Hij schudde zijn hoofd. 'Claire,' zei hij met een glimlach. 'Aan haar heb ik in geen eeuwen gedacht. Dat is echt jaren en jaren geleden.'

Ik sloot mijn ogen. Toen ik ze opendeed, zat hij naar me te grinniken. Hij zag er dommig uit. Een beetje sneu. Ik had zin om hem een mep te geven. 'Ben,' fluisterde ik. 'Ik heb haar gesproken.'

Ik had geen idee hoe hij zou reageren. Eerst gebeurde er niets, alsof ik de woorden niet had uitgesproken, maar toen kwam er een felle glans in zijn ogen.

'Wanneer?' vroeg hij. Zijn stem was hard als glas.

Ik kon kiezen: hem de waarheid vertellen, of toegeven dat ik had opgeschreven wat ik meemaakte. 'Vanmiddag,' antwoordde ik. 'Ze heeft me gebeld.'

'Ze heeft je gebeld?' zei hij. 'Hoezo? Hoezo heeft ze je gebeld?'

Ik besloot te liegen. 'Ze zei dat jij haar mijn nummer had gegeven.'

‘Wat voor nummer? Dat is belachelijk! Hoe had ik dat moeten doen? Weet je zeker dat zij het was?’

‘Ze zei dat jullie elkaar tot voor kort weleens spraken.’

Hij liet mijn hand los, die zwaar in mijn schoot viel. Hij kwam overeind en draaide zich naar mij om. ‘Wát zei ze?’

‘Ze zei dat jullie contact hebben gehouden. Tot een paar jaar geleden.’

Hij boog zich over me heen. Zijn adem rook naar koffie. ‘Dus dat mens heeft je zomaar ineens opgebeld? Hoe weet je zo zeker dat zij het was?’

Ik sloeg mijn ogen ten hemel. ‘O, Ben!’ zei ik. ‘Wie had het anders kunnen zijn?’ Ik lachte. Hoewel ik geen moment had gedacht dat dit een makkelijk gesprek zou zijn, was er een ernstige ondertoon die me niet beviel.

Hij haalde zijn schouders op. ‘Dat weet jij niet, maar er hebben in het verleden nogal wat mensen geprobeerd contact met je te krijgen. De pers, journalisten, mensen die over je gelezen hadden, over wat er gebeurd was, en die jouw verhaal wilden horen. Of ze wilden alleen maar rond komen neuzen, waren benieuwd hoe slecht het met je ging of hoezeer je veranderd was. Het zou niet de eerste keer zijn geweest dat iemand zich als iemand anders voordeed, alleen maar om jou te spreken te krijgen. Dokters. Kwakzalvers die dachten je te kunnen helpen. Homeopaten, alternatieve genezers. Zelfs wonderdokters.’

‘Ben,’ zei ik. ‘Ze is jarenlang mijn beste vriendin geweest. Ik herkende haar stem.’ Zijn gezicht betrok. Hij zag er verslagen uit. ‘Je hebt haar dus gesproken.’ Ik zag dat hij zijn rechterhand telkens tot een vuist balde en dan weer ontspande. ‘Ben?’ zei ik nogmaals.

Hij keek op. Zijn gezicht was rood geworden, zijn ogen vochtig. ‘Oké,’ zei hij. ‘Oké. Ik heb contact met Claire. Ze heeft me gevraagd haar op de hoogte te houden over jou. We spreken elkaar eens in de paar maanden, meestal maar kort.’

‘Waarom heb je me dat niet verteld?’ Hij gaf geen antwoord. ‘Ben. Waarom niet?’ Stilte. ‘Heb je besloten dat het makkelijker was om haar van mij weg te houden? Te doen alsof ze verhuisd was? Is dat de reden? Zoals je ook hebt gedaan alsof ik nooit een roman heb geschreven?’

'Chris,' zei hij, 'wat...'

'Het is niet eerlijk, Ben,' zei ik. 'Je hebt het recht niet om deze dingen voor jezelf te houden. Om tegen me te liegen omdat dat makkelijker voor je is. Je hebt het recht niet.'

Hij ging staan. 'Makkelijker voor mij?' zei hij, zijn stem verheffend. 'Makkelijker voor mij? Dus jij denkt dat ik heb gezegd dat Claire naar het buitenland was verhuisd omdat dat makkelijker voor mij was? Dan vergis je je toch echt, Christine. Niets is makkelijk voor mij, helemaal niets. Ik heb je niet verteld over je roman omdat ik het niet kan verdragen als ik eraan denk hoe graag je een tweede boek had willen schrijven, omdat ik niet kan verdragen hoe pijnlijk het voor je is te beseffen dat je nooit meer iets zult schrijven. Ik heb je verteld dat Claire naar het buitenland is gegaan omdat ik het niet kan verdragen hoe gekweld je klinkt als het tot je doordringt dat ze je in de steek heeft gelaten toen je was opgenomen. Dat ze je heeft laten stikken, net als alle anderen.' Hij wachtte op een reactie. 'Heeft ze je dat ook verteld?' vroeg hij toen ik niet reageerde, en ik dacht nee, nee, dat heeft ze me niet verteld. Sterker nog: vandaag las ik in mijn dagboek dat ze me heel vaak kwam opzoeken toen ik was opgenomen.

'Heeft ze je dat ook verteld?' zei hij nogmaals. 'Dat ze niet meer kwam opdagen toen ze besefte dat je je een kwartier na haar bezoek niets meer van haar kon herinneren? O ja, met kerst belde ze weleens op om te vragen hoe het met je ging, maar *ík* ben nooit van je zijde geweken, Chris. Ik zocht je op, elke dag weer. Ik was er, wachtte op je, hoopte dat je goed genoeg zou zijn om je daar weg te halen en je mee te nemen naar huis, veilig bij mij. Ik was er steeds. Ik heb niet tegen je gelogen omdat dat makkelijker voor me was. Maak nooit meer de fout te denken dat dat wel zo was. Nooit!'

Ik moest denken aan wat ik gelezen had dat dokter Nash me had verteld. Ik keek hem in de ogen. Het was alleen niet zo, dacht ik. Je bent wel degelijk van mijn zijde geweken.

'Claire vertelde dat je je hebt laten scheiden.'

Hij verstijfde en stapte naar achteren alsof hij een klap had gekregen. Zijn mond ging open en weer dicht. Het was haast grappig. Ten slotte ontsnapte één woord aan zijn lippen.

'De teef.'

Zijn gezicht vertrok in een woedende grimas. Ik dacht dat hij zou gaan slaan, en merkte dat het me niets kon schelen.

'Is het waar?' vroeg ik. 'Heb je je van mij laten scheiden?'

'Lieveling...'

Ik ging staan. 'Geef antwoord,' zei ik. 'Geef antwoord!' We stonden tegenover elkaar. Ik wist niet wat hij zou gaan doen of wat ik verwachtte. Ik wist alleen dat ik wilde dat hij eerlijk was. Dat hij niet meer tegen me loog. 'Ik wil alleen maar de waarheid weten.'

Hij deed een stap naar voren, viel op zijn knieën en pakte mijn handen vast. 'Lieveling...'

'Heb je je laten scheiden? Is dat waar, Ben? Vertel op!' Hij liet zijn hoofd hangen, keek me vervolgens met grote, angstige ogen aan. 'Ben!' schreeuwde ik. Hij begon te huilen. 'Ben, ze heeft me ook over Adam verteld. Dat we een zoon hadden. Ik weet dat hij dood is.'

'Het spijt me,' zei hij. 'Het spijt me zo. Ik dacht dat het beter was zo.' En toen zei hij snikkend dat hij me alles zou vertellen.

Het was inmiddels helemaal donker geworden, de schemering had plaatsgemaakt voor de avond. Ben deed een lamp aan en in het roze schijnsel gingen we tegenover elkaar aan de eettafel zitten. Tussen ons in lag een stapel foto's, dezelfde foto's die ik eerder had doorgekeken. Bij elke foto die hij naar me toe schoof en waar hij over vertelde, deed ik alsof ik verrast was. Bij onze trouwfoto's stond hij wat langer stil, hij vertelde dat het zo'n bijzondere dag was geweest en hoe prachtig ik eruit had gezien. Maar toen raakte hij overstuur. 'Ik ben altijd van je blijven houden, Christine,' zei hij. 'Dat moet je geloven. Het kwam door je ziekte. Je moest in dat oord blijven en, eh... ik kon het niet... ik kon het niet verdragen. Ik wilde bij je zijn. Ik had alles gedaan om je terug te krijgen. Alles. Maar... maar ze... Ik mocht niet meer naar je toe... dat was beter voor je, zeiden ze.'

'Wie?' vroeg ik. 'Wie zeiden dat?' Hij antwoordde niet. 'De artsen?'

Hij keek me aan. Nog steeds stroomden de tranen over zijn gezicht en zijn ogen waren roodomrand.

'Ja,' zei hij. 'Ja. De artsen. Ze zeiden dat het beter was. Dat het niet anders kon...' Hij veegde een traan weg. 'Ik heb hun raad opgevolgd. Had ik dat maar niet gedaan. Had ik maar voor je gevochten. Ik was zwak en dom.' Hij begon te fluisteren. 'Ik ben inderdaad niet meer naar je toe gekomen, nee,' zei hij. 'Maar ik deed het voor jou, al ging ik er zelf bijna aan onderdoor. Ik deed het voor jou, Christine. Je moet me geloven. Voor jou en voor onze zoon. Maar ik heb me nooit laten scheiden, niet echt. Niet hier.' Hij leunde over de tafel, pakte mijn hand en drukte hem tegen zijn borst. 'Hier zijn we altijd verbonden geweest.' Ik voelde het warme katoen, dat nat was van het zweet. Het snelle kloppen van zijn hart. Liefde.

Wat ben ik toch dom geweest, dacht ik. Te denken dat hij dat allemaal deed om me te kwetsen, terwijl hij me nu vertelt dat het juist uit liefde was. Ik moet hem niet veroordelen. Ik moet proberen hem te begrijpen.

'Ik vergeef het je,' zei ik.

Donderdag 22 november

Toen ik vanmorgen wakker werd en mijn ogen opendeed, zag ik een man op een stoel in de slaapkamer zitten. Hij zat doodstil. Keek naar mij. Wachtte op iets.

Ik raakte niet in paniek. Ook al wist ik niet wie hij was, ik raakte niet in paniek. Een deel van mij wist dat er niets aan de hand was. Dat hij het recht had om daar te zitten.

'Wie ben je?' vroeg ik. 'Hoe ben ik hier terechtgekomen?' Hij vertelde het me. Ik voelde geen afgrijzen, geen ongeloof. Ik begreep het. In de badkamer benaderde ik mijn spiegelbeeld zoals ik een bijna vergeten familielid zou benaderen, of de geest van mijn moeder. Behoedzaam, benieuwd. Ik kleedde me aan, wende aan de nieuwe vormen en onverwachte gedragingen van mijn lichaam, ontbeet met een vaag besef dat we ooit met z'n drieën aan tafel hadden gezeten. Ik kuste mijn man toen hij wegging en dat voelde niet alsof er iets mis mee was, en daarna, zonder te weten waarom, opende ik de schoenendoos die in de klerenkast stond en vond ik dit dagboek. Ik wist meteen wat het was. Ik was ernaar op zoek geweest.

De realiteit van mijn situatie ligt nu dichter onder de oppervlakte. Het is niet onmogelijk dat ik op een dag wakker word en weet hoe het zit. Ik begin dingen te begrijpen. Desondanks zal ik nooit helemaal normaal worden, dat weet ik. Mijn geschiedenis is onvolledig. Jaren zijn spoorloos verdwenen. Er zijn dingen uit mijn verleden die niemand me zal kunnen vertellen. Dokter Nash niet – wat hij van me weet, heb ik hem verteld of heeft hij in mijn dagboek of in mijn dossier gelezen – en Ben ook niet. Dingen die gebeurd zijn voor ik hem kende. Dingen die daarna gebeurd zijn maar die ik voor hem heb achtergehouden. Geheimen.

Maar er is één persoon die misschien wel op de hoogte is. Eén persoon die me dat deel van de waarheid kan vertellen dat ik nog niet weet. Met wie ik in Brighton had afgesproken, en wat de werkelijke reden is dat mijn beste vriendin uit mijn leven verdween.

Ik heb dit dagboek gelezen. Ik weet dat ik morgen met Claire heb afgesproken.

Vrijdag 23 november

Ik zit dit thuis te schrijven. De plek die ik nu eindelijk herken als mijn eigen plek, mijn thuis. Ik heb het hele dagboek gelezen en Claire ontmoet, en uit die twee bronnen weet ik nu alles wat ik weten moet. Claire heeft me op het hart gedrukt dat ze terug is in mijn leven en nooit meer weg zal gaan. Voor me op tafel ligt een verweerde envelop waar mijn naam op staat. Het is een belangrijk document. Iets wat mij compleet maakt. Eindelijk kan ik wijs uit mijn verleden.

Het zal niet lang meer duren voor mijn man thuiskomt en daar verheug ik me op. Ik hou van hem, dat weet ik nu.

Ik ga dit verhaal opschrijven en dan zullen we er samen in slagen om alles weer goed te maken.

Het was een mooie, heldere dag toen ik uit de bus stapte. Het licht was doortrokken van de blauwe koelte van de winter, de grond was hard. Claire had gezegd dat ze boven op de heuvel op me zou wachten, bij de treden die naar het paleis leiden. Ik vouwde het papier met haar aanwijzingen op en begon de flauwe helling op te lopen die in een boog om het park liep. Het was verder dan ik had gedacht en omdat ik nog steeds niet gewend was aan de beperkingen van mijn lichaam, moest ik even uitrusten toen ik bijna boven was. Ooit was ik vast fit geweest, of in elk geval fitter dan nu. Misschien zou ik iets aan lichaamsbeweging moeten doen.

Het park liep uit in een gemaaid grasveld waar verharde paden kriskras doorheen liepen. Er wandelden vrouwen met kinderwagens en hier en daar stonden afvalbakken. Ik was gespannen, wist niet wat ik moest verwachten. Hoe kon ik dat ook weten? Als ik Claire voor me zag droeg ze zwart. Spijkerbroeken en T-shirts. Ik zag haar voor me met zware laarzen en een regenjas. Of in een lange, geknoopverfde rok van een stof die je volgens mij 'luchtig' zou noemen. Zo kon ik me haar nu niet voorstellen, niet op onze leeftijd, maar ik had geen idee wat ervoor in de plaats zou zijn gekomen.

Ik keek op mijn horloge. Ik was vroeg. Zonder erbij na te denken zei ik bij mezelf dat Claire altijd te laat was, en meteen vroeg ik me af hoe ik dat wist, wat was dit voor flard? Er zit zoveel onder de oppervlakte. Herinneringen die als kleine witvisjes door ondiep water schieten. Ik besloot haar op een bankje op te wachten.

Lange schaduwen strekten zich lui uit over het gras. Boven de bomen uit zag ik rijen nauw op elkaar gepakte huizen. Met een schok besefte ik dat ik zelf in een van die nauwelijks van elkaar te onderscheiden huizen woonde.

Ik stelde me voor dat ik een sigaret opstak en de rook gretig inhaleerde. Ik probeerde de verleiding te weerstaan om heen en weer te gaan lopen. Ik was zo nerveus, het was gewoon belachelijk. Er was geen enkele reden toe. Claire was een goede vriendin geweest, mijn beste vriendin, dus ik hoefde me nergens zorgen om te maken. Bij haar was ik veilig.

Er bladderde verf van het bankje en ik pulkte eraan, waardoor nog een stuk van het vochtige hout eronder zichtbaar werd. Iemand had twee paar initialen in het hout gekerfd en er een hart omheen getekend met een datum erbij. Ik sloot mijn ogen. Zal ik ooit niet meer geschokt zijn als ik zie in welk jaar we leven? Ik snoof de lucht van vochtig gras op, de penetrante geur van hotdogs en benzine.

Een schaduw viel over mijn gezicht en ik opende mijn ogen. Er stond een vrouw voor me, rijzig, met een grote bos rood haar. Ze droeg een lange broek en een nappa jasje. Naast haar stond een jongetje. Hij hield haar hand vast en had onder zijn andere arm een bal. 'Neem me niet kwalijk,' zei ik, maar toen ik opschoof om ruimte voor ze te maken, begon ze te lachen.

'Chrissy!' zei ze. Het was de stem van Claire. Onmiskenbaar. 'Chrissy, lieverd! Ik ben het.' Ik keek van het kind naar haar gezicht.

Er zaten rimpeltjes waar haar huid eens glad moest zijn geweest en haar ogen hadden iets melancholieks dat er in mijn beeld van haar niet was, maar er was geen twijfel mogelijk, het was Claire. 'Jezus,' zei ze. 'Ik heb me zo'n zorgen over je gemaakt.' Ze duwde het kind naar me toe. 'Dit is Toby.'

Het jongetje keek me aan. 'Toe dan,' zei Claire. 'Zeg eens gedag.' Ik dacht even dat ze het tegen mij had, maar toen deed hij een stap naar voren. Ik lachte naar hem. Het enige wat ik dacht was: is dit Adam? hoewel ik wist dat dat onmogelijk was.

'Hallo,' zei ik. Toby schoof wat met zijn voeten en mompelde iets onverstaanbaars. Toen draaide hij zich om naar Claire en zei: 'Mag ik nou gaan spelen?'

'Zorg wel dat ik je kan zien, oké?' Ze streek over zijn haar en hij rende het park in.

Ik stond op en keek haar aan. Misschien was ik liever ook omgedraaid en weggerend, zo groot was de kloof tussen ons, maar toen strekte ze haar armen naar me uit. 'Chrissy, lieverd,' zei ze. De plastic armbanden die ze om haar polsen droeg rammelden. 'Ik heb je zo gemist. Het is zo klote geweest.' Het gewicht dat op me gedrukt had, kwam plotseling in beweging, maakte een buiteling en verdween. Snikkend viel ik haar in de armen.

Even had ik het gevoel dat ik alles van haar wist, en ook alles van mezelf. Het was alsof de leegte, het vacuüm in de kern van mijn ziel beschenen werd door een licht dat sterker was dan dat van de zon. Een geschiedenis – míjn geschiedenis – trok vliegensvlug aan me voorbij, zo vlug dat ik er alleen maar naar kon grijpen. 'Ik herinner me jou,' zei ik. 'Ik herinner me jou,' en toen was het voorbij en kwam de duisternis terug.

We gingen op het bankje zitten en keken een hele tijd zonder iets te zeggen naar Toby, die met een groepje jongens was gaan voetballen. Hoewel het me gelukkig maakte dat er een verbinding was met mijn onbekende verleden, voelde het ongemakkelijk tussen ons en dat gevoel kon ik niet van me afzetten. Er speelde steeds een zinnetje door mijn hoofd: *het had iets met Claire te maken.*

'Hoe gaat het met je?' zei ik uiteindelijk, waarop ze begon te lachen.

‘Ik voel me klote,’ antwoordde ze. Ze deed haar tas open en haalde er een pakje shag uit. ‘Je houdt het nog steeds vol, hè?’ zei ze, terwijl ze me het pakje voorhield en ik nee schudde, me ervan bewust dat ik weer met iemand te maken had die veel meer van mij wist dan ikzelf.

‘Wat is er dan met je?’ vroeg ik.

Ze begon een sigaret te rollen en knikte naar haar zoon. ‘Ach, weet je, Tobes heeft ADHD. Hij was de hele nacht wakker, dus ik ook.’

‘ADHD?’ zei ik.

Ze glimlachte. ‘Sorry. Het is een tamelijk recent begrip, geloof ik. Hij heeft last van concentratieproblemen en hyperactiviteit en hij is aan de Ritalin, hoewel ik dat vreselijk vind, maar het kan niet anders. We hebben ongeveer alles geprobeerd, maar hij is niet te harden als hij het niet slikt. Een ramp.’

Ik keek naar het jongetje dat in de verte over het gras rende. Weer zo’n gehavende, verwarde geest in een gezond lichaam.

‘Maar het komt toch wel goed met hem?’

‘Ja,’ zei ze zuchtend. Ze legde een vloeitje op haar knie en begon plukjes tabak in de vouw te leggen. ‘Alleen is hij soms zo vermoeiend, dan lijkt het wel alsof hij de peuterpuberteit nooit ontgroeid is.’

Ik glimlachte. Ik wist wat ze bedoelde, maar alleen theoretisch. Ik had geen referentiekader, geen herinnering aan hoe Adam was geweest op Toby’s leeftijd, of jonger.

‘Toby is nog vrij jong,’ zei ik. Ze schoot in de lach.

‘Je bedoelt dat ik vrij oud ben!’ Ze likte langs het gegomde randje van het vloeitje. ‘Ja. Ik heb hem laat gekregen. We waren er zeker van dat het toch nooit zou gebeuren, dus werden we een beetje slordig...’

‘O,’ zei ik. ‘Je bedoelt...?’

Ze lachte. ‘Nou, hij was geen ongelukje, hoor, maar we stonden wel even te kijken.’ Ze stopte de sigaret in haar mond. ‘Herinner je je Adam?’

Ik keek naar haar. Ze had haar hoofd afgewend en schermde haar aansteker af tegen de wind, zodat ik haar gezichtsuitdrukking niet kon zien en niet kon uitmaken of ze me opzettelijk ontweek.

‘Nee,’ zei ik. ‘Een paar weken geleden herinnerde ik me dat ik een zoon had en vanaf het moment dat ik erover ben gaan schrijven, heb ik het gevoel dat ik die wetenschap als een steen in mijn borst met me meedraag. Maar nee, echte herinneringen aan hem heb ik niet.'

Ze blies een wolk blauwe rook de lucht in. 'Wat is dat jammer,' zei ze. 'Ontzettend rot voor je. Ben zal je wel foto's laten zien, helpt dat een beetje?'

Ik overwoog wat ik aan haar kwijt wilde. Ze schenen contact te hebben gehad, bevriend te zijn geweest. Ik moest voorzichtig zijn, maar voelde een steeds grotere behoefte de waarheid te spreken en te horen.

'Hij laat foto's zien, ja, maar er hangt er niet één in huis. Hij zegt dat dat te aangrijpend voor me is. Hij houdt ze verborgen.' Bijna had ik 'achter slot en grendel' gezegd.

Ze leek verbaasd. 'Verborgen? Echt waar?'

'Ja,' zei ik. 'Hij denkt dat het te veel overhoophaalt als ik ineens op een foto van hem stuit.'

Claire knikte. 'Misschien zou je hem niet herkennen, niet weten wie hij is?'

'Nee, misschien niet.'

'Nou, hij zou weleens gelijk kunnen hebben,' zei ze. Ze aarzelde. 'Nu hij weg is.'

Weg, dacht ik. Ze zei het alsof hij voor een paar uurtjes de deur uit was gegaan, met zijn vriendin naar de film of naar een winkel om schoenen te kopen. Maar ik begreep het wel. Ik begreep de stilzwijgende afspraak om het niet over Adams dood te hebben. Nog niet. Ik begreep dat ook Claire me probeert beschermen.

Ik zei niets. In plaats daarvan probeerde ik me voor te stellen hoe het geweest moest zijn om mijn kind elke dag te zien, in de tijd waarin het begrip 'elke dag' nog enige betekenis had, die tijd voordat de ene dag rigoureus van de volgende gescheiden was. Ik probeerde me voor te stellen hoe het zou zijn om elke ochtend wakker te worden en te weten wie hij is, in staat te zijn plannen te maken, me te verheugen op zijn verjaardag of op Kerstmis.

Het is toch idioot, dacht ik. Ik weet niet eens wanneer hij jarig is.

'Zou je hem willen zien?'

Mijn hart sloeg een slag over. 'Heb je foto's?' vroeg ik. 'Zou ik...'

Ze keek verbaasd. 'Natuurlijk! Stapels! Thuis.'

'Ik zou er graag een willen hebben,' zei ik.

'Ja,' zei ze. 'Maar...'

'Alsjeblieft. Het betekent zoveel voor me.'

Ze legde haar hand op de mijne. 'Natuurlijk. Ik zal er volgende keer een meenemen, maar...'

Ze werd onderbroken door een kreet in de verte. Ik keek het park door. Toby kwam huilend op ons af gerend terwijl het voetballen achter hem gewoon doorging.

'Fuck,' zei Claire binnensmonds. Ze ging staan en riep: 'Tobes! Toby! Wat is er gebeurd?' Hij rende maar door. 'Shit,' zei ze. 'Ik moet even gaan kijken wat er met hem aan de hand is.'

Ze liep naar haar zoon toe, hurkte naast hem en vroeg wat er was gebeurd. Ik keek naar de grond. Het pad was bedekt met mos en hier en daar een grasspriet die zich tussen het asfalt omhoog had gewerkt, naar het licht. Ik voelde me goed. Niet alleen omdat Claire me een foto van Adam had beloofd, maar ook omdat ze had gezegd dat ze hem de volgende keer mee zou nemen. We zouden elkaar dus vaker zien. Ik besefte dat het voor mij elke keer de eerste keer zou zijn. Het ironische is dat ik de neiging heb te vergeten dat ik geen geheugen heb.

Ook realiseerde ik me dat de toon waarop ze over Ben praatte iets treurigs had, waardoor het hele idee dat ze een verhouding zouden hebben me belachelijk voorkwam.

Ze kwam terug.

'Niets aan de hand,' zei ze. Ze gooide haar sigaret op de grond en trapte hem uit met haar hak. 'Een klein misverstand over wie de eigenaar is van de bal. Zullen we een eindje wandelen?' Toen ik knikte wendde ze zich tot Toby. 'Wil je een ijsje, schat?'

Hij zei ja en we begonnen in de richting van het paleis te lopen. Toby hield Claires hand vast. Wat leken ze op elkaar, allebei met die vurige ogen.

'Ik vind het heerlijk hier boven,' zei Claire. 'Het uitzicht is zo inspirerend, vind je ook niet?'

Ik keek naar de grijze huizen met groen ertussen. 'Ja, best wel. Schilder je nog?'

'Nauwelijks,' antwoordde ze. 'Ik rommel wat. Het stelt niet zoveel voor. Onze muren hangen tjokvol met mijn schilderijen, maar verder heeft niemand er een. Jammer genoeg.'

Ik glimlachte. Mijn roman bracht ik niet ter sprake, hoewel ik eigenlijk wilde weten of ze hem gelezen had en wat ze ervan vond. 'Maar wat doe je dan nu?'

'Hoofdzakelijk voor Toby zorgen,' zei ze. 'Hij krijgt thuis les.'

'O, ja?' zei ik.

'Dat is niet onze keuze,' zei ze. 'Maar geen enkele school wil hem hebben. Ze zeggen dat hij de boel te veel verstoort, ze kunnen hem niet aan.'

Ik keek naar haar zoon. Hij leek volkomen op z'n gemak zoals hij aan de hand van zijn moeder met ons meeliep. Hij vroeg naar zijn ijsje en Claire antwoordde dat hij nog even geduld moest hebben. Ik kon me niet voorstellen dat het zo'n moeilijk kind was.

'Hoe was Adam eigenlijk?' vroeg ik.

'Als kind, bedoel je? Het was een lief jongetje. Heel beleefd, welgemanierd.'

'Was ik een goede moeder? Was hij gelukkig?'

'O, Chrissy,' antwoordde ze. 'Ja, ja. Er werd zoveel van hem gehouden! Dat herinner je je niet meer, hè? Jullie waren al een tijdje bezig geweest en je had een buitenbaarmoederlijke zwangerschap gehad. Je was bang dat je misschien niet meer zwanger kon worden, maar toen kwam Adam. Jullie waren zo gelukkig allebei. En je vond het heerlijk om zwanger te zijn. Ik vond het een ramp. Vet als een varken was ik, en zo misselijk! Afschuwelijk vond ik het. Maar bij jou ging het heel anders, je genoot met volle teugen, en je straalde helemaal, je hele zwangerschap. Als jij de kamer binnenkwam werd het licht, Chrissy.'

Ik deed onder het lopen mijn ogen dicht; eerst probeerde ik me te herinneren dat ik zwanger was, daarna probeerde ik het me voor te stellen. Het lukte geen van beide. Ik keek naar Claire.

'En toen?'

'Toen? De bevalling. Fantastisch. Ben was er natuurlijk bij. Ik kwam zo snel als ik kon.' Ze bleef staan en keek me aan. 'En je was een geweldige moeder, Chrissy. Geweldig. Adam was een gelukkig kind, er werd goed voor hem gezorgd en veel van hem gehouden. Hij had alles wat hij zich maar wensen kon.'

Ik probeerde me het moederschap te herinneren en de jeugd van mijn kind. Maar het lukte niet.

'En Ben?'

Ze wachtte even en zei toen: 'Ben was een geweldige vader. Altijd. Hij was gek op dat joch. Wist niet hoe snel hij elke avond naar huis moest racen om hem weer te zien. Toen hij zijn eerste woordje had gezegd, belde hij iedereen op om het te vertellen. Hetzelfde toen Adam begon te kruipen, en toen hij zijn eerste stapje zette. Zodra hij kon lopen ging Ben met hem naar het park, met een bal of iets anders. En kerst! Al dat speelgoed! Ik geloof dat dat het enige is waar ik jullie weleens over heb zien kibbelen: hoeveel cadeautjes Adam zou krijgen. Je was bang dat hij werd verwend.'

Ik voelde een steek van spijt, de neiging om me te verontschuldigen voor het feit dat ik mijn zoon ooit iets had willen onthouden.

'Ik zou hem nu alles geven wat hij wilde,' zei ik. 'Als ik kon.'

Ze keek me verdrietig aan. 'Dat weet ik,' zei ze. 'Dat weet ik. Maar wees gerust dat hij nooit iets bij je tekort is gekomen, nooit.'

We wandelden verder. Op het pad stond een bestelbus geparkeerd waar ijsjes te krijgen waren. Toby begon aan zijn moeders arm te trekken. Ze boog zich naar hem toe en gaf hem een biljet uit haar portemonnee. 'Eén smaak kiezen!' riep ze hem na. 'Eentje! En wachten op het wisselgeld!'

Ik keek hoe hij naar de bestelbus rende. 'Claire,' zei ik. 'Hoe oud was Adam toen ik mijn geheugen verloor?'

Ze glimlachte. 'Hij moet drie zijn geweest, of net vier.'

Nu begaf ik me op onbekend terrein, in een gevarenzone. Maar ik wist dat het moest, om achter de waarheid te kunnen komen. 'Mijn dokter heeft me verteld dat ik ben aangevallen,' zei ik. Ze reageerde niet. 'In Brighton. Wat deed ik in Brighton?'

Ik keek naar Claire, bestudeerde haar gezicht. Ze leek een besluit te nemen, een afweging te maken. 'Ik weet het niet zeker,' zei ze. 'Niemand weet het zeker.'

Ze stopte met praten en we keken allebei een tijdje naar Toby. Hij had zijn ijsje bemachtigd en was ingespannen bezig het papier eraf te halen. De stilte strekte zich voor me uit. Als ik zelf niet iets zei, dacht ik, zal die stilte voor altijd voortduren.

'Ik had een verhouding, hè?'

Er kwam geen reactie. Geen stokkende adem, geen ontkennend gesnuif, geen geschokte blik. Claire keek me kalm aan. 'Ja,' zei ze. 'Je hebt Ben bedrogen.'

Haar stem verried geen enkele emotie. Ik vroeg me af wat ze van me dacht. Nu, en toen.

'Vertel,' zei ik.

'Oké,' zei ze. 'Maar laten we wel even gaan zitten. Ik snak naar een kop koffie.'

We liepen naar het hoofdgebouw.

In het cafetaria, waar ook een bar was, stonden ijzeren stoelen en eenvoudige tafeltjes. Overal waren palmbomen neergezet, maar de sfeer die men daarmee had willen scheppen werd verstoord door de golf koude lucht die naar binnen waaide zodra iemand de deur opendeed. We gingen tegenover elkaar zitten aan een tafeltje waarop koffie was gemorst, en warmden onze handen aan onze drankjes.

'Wat is er gebeurd?' vroeg ik nogmaals. 'Ik moet het weten.'

'Die vraag is niet zo gemakkelijk te beantwoorden,' zei Claire. Ze sprak langzaam, alsof ze zich voorzichtig een weg baande door moeilijk begaanbaar gebied. 'Ik geloof dat het kort na Adams geboorte begon. Toen de eerste euforie voorbij was, brak er een heel moeilijke periode voor jullie aan.' Ze zweeg even. 'Het is zo moeilijk, vind je ook niet? Om in te zien wat er gaande is als je ergens middenin zit. Vaak begrijpen we pas achteraf wat er eigenlijk aan de hand was.' Ik knikte, hoewel ik het helemaal niet begreep. Er bestaat voor mij geen achteraf. Ze vervolgde: 'Je huilde veel. Je was bang dat je geen band kreeg met de baby. Veel moeders hebben dat. Ben en ik hebben gedaan wat we konden, en je moeder ook, als ze er was, maar het was heel moeilijk. Je kwam niet meer aan het werk. Midden op de dag belde je me op, helemaal overstuur. Je voelde je mislukt, niet als moeder – je zag hoe gelukkig Adam was – maar als schrijfster. Je dacht dat je nooit meer zou kunnen schrijven. Dan kwam ik naar je toe en trof een hoopje ellende aan. Je huilde wat af.' Ik vroeg me af hoeveel erger het nog zou worden. 'Ben en jij lagen ook met elkaar overhoop. Je was wrokkig naar hem, omdat hij alles zo makkelijk nam. Hij bood aan een nanny te betalen, maar, nou ja...'

'Nou?'

'Je zei dat dat typisch Ben was. Om een probleem met geld op te lossen. Daar zat wel iets in, maar... Het was misschien ook niet helemaal fair van je.'

Misschien niet, dacht ik. Het schoot door me heen dat we in die tijd dus geld hadden – meer dan toen ik mijn geheugen verloor, en vermoedelijk ook meer dan we nu hadden. Mijn ziekte moest ook een aanslag zijn geweest op onze financiën.

Ik probeerde me voor te stellen dat ik problemen had met Ben, de baby moest verzorgen, pogingen deed om te schrijven. Ik zag flesjes voor me, of Adam aan mijn borst. Vieze luiers. Ochtenden waarop het hoogst haalbare was mezelf en de baby gevoed te krijgen, en middagen waarop ik zo uitgeput was dat ik alleen nog maar wilde slapen – een slaap die nog uren op zich zou laten wachten – en ik er niet eens aan toekwam aan schrijven te denken. Ik zag het allemaal voor me, en voelde de rancune knagen.

Maar meer dan verbeelding was het niet, er stond me niets van bij. Het verhaal dat Claire vertelde leek niets met mij te maken te hebben.

'Dus ik kreeg een verhouding?'

Ze keek op. 'Ik had toen geen verplichtingen, omdat ik alleen maar schilderde. Ik bood aan twee middagen per week op Adam te passen, zodat jij kon schrijven. Ik heb erop aangedrongen.' Ze pakte mijn hand. 'Het was mijn schuld, Chrissy. Ik heb je zelfs aangeraden om eens naar een café te gaan.'

'Een café?'

'Het leek me goed voor je om het huis uit te komen en jezelf wat ruimte te geven. Een paar uur per week even weg te zijn van alles. Na een paar weken leek je al een beetje op te knappen. Je zat beter in je vel en zei dat het goed ging met je werk. Op een gegeven moment ging je bijna elke dag naar het café. Als ik niet op Adam kon passen, nam je hem mee. Toen begon me op te vallen dat je je anders ging kleden. Klassieke symptomen eigenlijk, maar dat besefte ik toen niet. Ik dacht dat het kwam doordat je je beter voelde, meer zelfvertrouwen kreeg. Maar op een avond belde Ben me op. Ik had de indruk dat hij gedronken had. Hij zei dat je moeilijk was, ruzie zocht, dat het steeds erger werd en dat hij zich geen raad wist. Je had ook geen zin meer in seks. Ik zei tegen hem dat het waarschijnlijk door de baby kwam, dat hij zich vast onnodig zorgen maakte. Maar...'

Ik viel haar in de rede: 'Ik ging vreemd.'

'Ik heb het je gevraagd. Eerst ontkende je het, maar toen zei ik dat ik niet gek was, en Ben ook niet. We kregen woorden, maar even later vertelde je me de waarheid.'

De waarheid. Geen verheffend, opwindend verhaal. Alleen maar kale feiten. Ik was een cliché geworden, was met iemand gaan neuken die ik in een café had ontmoet terwijl mijn beste vriendin op mijn kind paste en mijn man het geld verdiende dat ik gebruikte om de kleren en het ondergoed te kopen die ik aantrok voor een andere man. Ik stelde me de steelse telefoontjes voor, de afspraakjes die niet doorgingen omdat er iets tussenkwam en de vunzige, armzalige middagen die ik, als ze wél doorgingen, in bed doorbracht met een man die ik tijdelijk verkoos boven mijn eigen man. En waarom? Was hij opwindender, aantrekkelijker, rijker, een betere minnaar? Was dit de man op wie ik in die hotelkamer wachtte, de man die me uiteindelijk te grazen zou nemen en me van mijn verleden en mijn toekomst zou beroven?

Ik deed mijn ogen dicht. Er kwam een herinnering naar boven. Handen die me bij mijn haar, bij mijn keel grijpen. Mijn hoofd onder water. Happen naar adem, huilen. Ik herinnerde me dat ik dacht: ik wil mijn zoon zien. Eén laatste keer. Ik wil mijn man zien. Ik had hem dit nooit aan mogen doen, had hem nooit met deze man mogen bedriegen. Ik zal hem nooit kunnen zeggen dat het me spijt. Nooit.

Ik deed mijn ogen open. Claire kneep in mijn hand. 'Gaat het?' vroeg ze.

'Vertel het me,' zei ik.

'Ik weet niet of...'

'Alsjeblieft,' zei ik. 'Vertel me wie hij was.'

Ze zuchtte. 'Je zei dat je iemand ontmoet had die ook regelmatig naar dat café ging. Hij was leuk, zei je. Aantrekkelijk. Je had het wel geprobeerd, maar je kon er geen weerstand aan bieden.'

'Hoe heette hij?' vroeg ik. 'Wie was hij?'

'Dat weet ik niet.'

‘Maar dat moet je weten!’ riep ik. ‘Op z’n minst zijn naam! Wie heeft me dit aangedaan?’

Ze keek me in de ogen. ‘Chrissy,’ zei ze met kalme stem, ‘je hebt zijn naam nooit genoemd. Je hebt alleen maar gezegd dat je hem in een café had ontmoet. Ik vermoed dat je niet wilde dat ik er verder iets van wist. In elk geval niet meer dan nodig was.’

Weer was er een sprankje hoop vervlogen, in rook opgegaan. Ik zou nooit te weten komen wie me dit had aangedaan.

‘Hoe ging het verder?’

‘Ik heb tegen je gezegd dat ik vond dat je raar bezig was. Dat je geen rekening hield met Adam en Ben, en dat je ermee moest stoppen. Dat je hem niet meer moest zien.’

‘Maar ik luisterde niet.’

‘Nee,’ zei ze. ‘Aanvankelijk niet. We kregen ruzie. Ik zei tegen je dat je me in een onmogelijke positie had gebracht. Ik was ook bevriend met Ben. Je verwachtte dat ik tegen hem zou liegen.’

‘Maar hoe ging het verder? Hoe lang is het nog doorgegaan?’

Ze dacht even na. ‘Dat weet ik niet. Op een dag – het was nog maar een paar weken aan de gang – zei je dat het uit was. Je had tegen hem gezegd dat het niet ging, dat je een fout had gemaakt. Je bood je excuses aan, zei dat je je als een idioot had gedragen.’

‘Maar dat was een leugen?’

‘Ik weet het niet, maar ik denk het niet. Jij en ik logen niet tegen elkaar, dat deden we gewoon niet.’ Ze blies over haar koffie. ‘Een paar weken later werd je in Brighton gevonden,’ zei ze. ‘Ik heb geen idee wat er in de tussentijd is gebeurd.’

Misschien was die laatste zin – *ik heb geen idee wat er in de tussentijd is gebeurd* – de druppel, maar ineens besefte ik dat ik misschien nooit te weten zou komen wat er aan de aanval vooraf is gegaan en plotseling ontsnapte me een geluid. Ik probeerde het te onderdrukken, maar tevergeefs. Het was alsof mijn adem stokte, er klonk een gierende uithaal, als van een gewond dier. Toby keek op van zijn kleurboek. Iedereen staarde naar mij, naar de gekkin zonder geheugen. Claire greep me bij de arm.

‘Chrissy!’ zei ze. ‘Wat is er aan de hand?’

Ik was in snikken uitgebarsten. Mijn lijf schokte en ik hapte naar adem. Ik huilde om alle jaren die ik had verloren en om alle jaren die ik nog zou verliezen tussen dit moment en het moment van mijn dood. Ik huilde ook om Claire, want hoe zwaar het haar ook viel om mij over mijn verhouding, mijn huwelijk en mijn zoon te vertellen, ze zou het morgen weer helemaal opnieuw moeten doen. Maar ik huilde vooral omdat ik het allemaal over mezelf had afgeroepen.

'Het spijt me,' zei ik. 'Het spijt me.'

Claire stond op en liep om het tafeltje heen. Ze hurkte naast me en sloeg een arm om mijn schouder. Ik liet mijn hoofd tegen het hare rusten. 'Stil maar, stil maar,' zei ze terwijl ik snikte. 'Chrissy, schat, het komt allemaal goed. Ik ben weer bij je. Ik ben er voor je.'

We verlieten het cafetaria. Alsof hij zich niet wilde laten overtroeven, was Toby na mijn uitbarsting heel baldadig geworden en had zijn kleurboek op de grond gegooid, samen met zijn beker frisdrank. Toen Claire de boel had schoongemaakt zei ze: 'Ik heb behoefte aan frisse lucht. Zullen we gaan?'

We gingen weer op een bankje zitten met uitzicht over het park. We hadden ons naar elkaar toe gewend en Claire had mijn handen gepakt en wreef erover alsof ze koud waren.

'Heb ik...' begon ik. 'Heb ik veel verhoudingen gehad?'

Ze schudde haar hoofd. 'Niet een. Toen we studeerden namen we het er wel van, maar niet meer dan de meesten. En toen je Ben leerde kennen was dat voorbij. Je bent hem altijd trouw geweest.'

Ik vroeg me af wat er zo bijzonder was geweest aan die man in het café. Claire had gezegd dat ik hem als 'leuk' en 'aantrekkelijk' had beschreven. Was dat alles geweest? Was ik echt zo oppervlakkig?

Mijn man was toch ook leuk en aantrekkelijk? Was ik maar tevreden geweest met wat ik had.

'Wist Ben dat ik een verhouding had?'

'Eerst niet, nee. Pas toen je werd gevonden. Het was een vreselijke schok voor hem. Voor ons allemaal. Eerst zag het er zelfs naar uit dat je het niet zou halen. Later heeft Ben me gevraagd of ik wist waarom je in Brighton was. Ik heb het hem verteld. Ik moest wel. Ik had de politie al alles verteld wat ik wist. Ik had geen keus, ik moest het Ben wel vertellen.'

Weer werd ik gekweld door schuldgevoel toen ik me mijn man voorstelde, de vader van mijn zoon, die probeerde te begrijpen hoe het het kon dat zijn stervende vrouw zo ver van huis was aangetroffen. Hoe had ik hem dat aan kunnen doen?

'Hij heeft het je wel vergeven, hoor,' zei Claire. 'Hij heeft je nooit verwijten gemaakt, nooit. Het enige wat telde was dat je het zou overleven, dat je beter zou worden. Daar had hij alles voor over, alles. Niets deed er verder toe.'

Een golf van liefde welde in me op. Het gevoel was echt, niet geforceerd. Ondanks alles had hij me weer opgenomen. En verzorgd.

'Wil jij met hem praten?' zei ik. Ze glimlachte.

'Natuurlijk! Maar waarover?'

'Hij is niet eerlijk tegen me,' zei ik. 'Of in elk geval niet altijd. Hij probeert me te beschermen. Vertelt me wat hij denkt dat ik aankan, wat hij denkt dat ik horen wil.'

'Maar dat is niets voor Ben,' zei ze. 'Hij houdt van je, dat heeft hij altijd gedaan.'

'Nou, toch is het zo,' zei ik. 'Hij weet niet dat ik het weet en ook niet dat ik dingen opschrijf. Hij vertelt niets over Adam, behalve als ik me hem herinner en ernaar vraag. Hij vertelt niet dat hij bij me is weggegaan. Hij zegt dat jij aan de andere kant van de wereld bent gaan wonen. Hij gelooft niet dat ik het aankan. Hij heeft het opgegeven, Claire. Hoe hij er vroeger ook over gedacht heeft, hij gelooft er niet meer in. Hij wil niet dat ik naar een dokter ga omdat hij niet gelooft dat ik ooit nog beter zal worden dan ik nu ben, maar Claire, ik heb wel contact gezocht met een dokter. Dokter Nash. In het geheim. Dat kan ik Ben niet eens vertellen.'

Claires gezicht betrok. Ze keek teleurgesteld. Teleurgesteld in mij, denk ik. 'Dat is niet goed,' zei ze. 'Je moet het hem vertellen. Hij houdt van je, hij vertrouwt je.'

'Dat kan ik niet. Pas eergisteren heeft hij toegegeven dat hij nog steeds contact met jou heeft. Daarvoor hield hij vol dat hij je in geen jaren had gesproken.'

De afkeuring verdween van haar gezicht. Voor het eerst zag ik dat ze verbaasd was.

'Chrissy!'

'Het is waar,' zei ik. 'Ik weet dat hij van me houdt, maar hij moet ook eerlijk tegen me zijn. Over alles. Ik weet niets van mijn eigen verleden. Alleen hij kan me helpen, ik heb zijn hulp nodig.'

'Dan moet je gewoon met hem gaan praten. Vertrouw hem nou maar.'

'Hoe kan ik hem vertrouwen?' zei ik. 'Als hij zo tegen me liegt? Dat kan toch niet?'

Ze kneep in mijn handen. 'Chrissy, Ben houdt van je. Je weet dat dat zo is. Hij houdt meer van jou dan van het leven zelf. Dat is altijd zo geweest.'

'Maar...' begon ik, maar ze onderbrak me.

'Je moet hem vertrouwen. Geloof me. Het kan allemaal goed komen, maar dan moet je hem de waarheid vertellen. Over dokter Nash, en ook dat je dingen hebt opgeschreven. Er is geen andere mogelijkheid.'

Ergens wist ik dat ze gelijk had, alleen kon ik mezelf er nog niet van overtuigen dat ik Ben over mijn dagboek moest vertellen.

'Maar stel dat hij wil lezen wat ik heb geschreven?'

Ze kneep haar ogen samen. 'Er staat toch niets in wat hij niet mag lezen?' Ik antwoordde niet. 'Chrissy?'

Ik keek weg. We zeiden geen van beiden iets. Toen deed Claire haar tas open.

'Chrissy,' zei ze. 'Ik ga je nu iets geven. Ben heeft het me gegeven toen hij besloot dat hij bij je weg moest gaan.' Ze gaf me een envelop. Hij was gekreukt maar nog dichtgeplakt. 'Hij zei dat alles hierdoor verklaard werd.' Ik staarde ernaar. Mijn naam stond er in blokletters op geschreven. 'Hij heeft me gevraagd je deze envelop te geven als ik ooit het idee zou hebben dat je voldoende hersteld was om het te lezen.' Ik keek haar aan terwijl er verschillende emoties tegelijkertijd door me heen gingen. Opwinding, angst. 'Ik denk dat dat moment nu is aangebroken,' zei ze.

Ik pakte de envelop van haar aan en stopte hem in mijn tas. Waarom wist ik niet, maar ik wilde de brief niet ter plekke lezen, met Claire erbij. Misschien was ik bang dat ze van mijn gezicht kon aflezen wat erin stond, en dan zou het niet meer alleen van mij zijn.

'Dank je wel,' zei ik. Ze lachte niet.

‘Chrissy,’ zei ze. Ze keek naar haar handen. ‘Er is een reden voor dat Ben tegen je heeft gezegd dat ik geëmigreerd was.’ Mijn wereld begon te kantelen, maar ik wist nog niet hoe. ‘Ik moet je nog iets vertellen. Over waarom we geen contact meer hadden.’

Op dat moment werd het me duidelijk. Voor ze iets had gezegd, wist ik het. Het nog ontbrekende stukje van de puzzel, de reden waarom mijn beste vriendin uit mijn leven was verdwenen en waarom mijn man daarover had gelogen. Ik had gelijk gehad. De hele tijd al. Ik had gelijk gehad.

‘Het is dus waar,’ zei ik. ‘O, god, het is waar. Je hebt iets met Ben. Je doet het met mijn man.’

Vol afgrijzen keek ze me aan. ‘Nee!’ riep ze. ‘Nee!’

Er kwam een stelligheid over me en ik wilde ‘leugenaar!’ roepen, maar ik deed het niet. Toen ik haar nogmaals wilde vragen wat ze me te vertellen had, veegde ze iets uit haar oog. Een traan? Ik wist het niet.

‘Niet nu,’ fluisterde ze, en keek naar haar handen die in haar schoot lagen. ‘Maar ooit wel.’

Ik had allerlei emoties verwacht, maar opluchting was daar niet bij. Toch was het zo: ik voelde opluchting. Omdat ze eerlijk was? Omdat alles nu verklaard kon worden op een voor mij geloofwaardige manier? Ik zou het niet weten. Maar de boosheid die ik had kunnen voelen, voelde ik niet, en ik was ook niet gekwetst. Misschien was ik wel blij dat ik een klein beetje jaloers was, want het bewees dat ik van mijn man hield. Maar misschien was ik alleen maar opgelucht omdat Bens ontrouw tegenover de mijne stond. We waren quitte.

‘Vertel,’ fluisterde ik.

Ze keek niet op. ‘We waren altijd hecht geweest,’ zei ze zacht. ‘Wij drieën, bedoel ik. Jij, ik en Ben. Maar er was nooit iets tussen Ben en mij geweest, dat moet je van me aannemen. Nooit.’ Ik zei dat ze door moest gaan. ‘Na jouw ongeluk wilde ik alles doen om te helpen. Je kunt je wel voorstellen hoe moeilijk het was voor Ben, alleen al in praktisch opzicht. Hij moest voor Adam zorgen... Ik deed wat ik kon. We brachten veel tijd met elkaar door, maar we gingen niet met elkaar naar bed. Toen niet, dat zweer ik je, Chrissy.’

'Wanneer dan?' vroeg ik. 'Wanneer is het dan wel gebeurd?'

'Vlak voor je naar Waring House ging,' antwoordde ze. 'Je was op je slechtst. Adam was moeilijk. Het was heel zwaar allemaal.' Ze keek de andere kant op. 'Ben was gaan drinken. Niet heel veel, maar toch behoorlijk. Hij kon het niet aan. Op een avond kwamen we terug nadat we bij jou waren geweest. Ik had Adam naar bed gebracht. Ben zat in de huiskamer te huilen. "Ik kan het niet meer," zei hij steeds. "Ik hou het niet meer vol. Ik hou van haar, maar ik ga eraan kapot."'

De wind zwiepte tegen de heuvel op. Koud en bijtend. Ik trok mijn jas dicht om me heen.

'Ik zat naast hem. En...'

Ik zag het helemaal voor me. De hand op de schouder, en vervolgens de omhelzing. Monden die elkaar vinden door de tranen heen, het moment waarop schuldgevoel en de overtuiging dat het niet verder mag gaan het afleggen tegen de lust en de zekerheid dat er geen weg meer terug is.

En daarna? De vrijpartij. Op de bank? Op de grond? Ik wil het niet weten.

'En?'

'Het spijt me,' zei ze. 'Het was nooit mijn bedoeling geweest, maar het is toch gebeurd en... ik voelde me er zo slecht over. Zo slecht. Dat gold voor ons allebei.'

'Hoe lang?'

'Wat?'

'Hoe lang heeft het geduurd?'

Na enige aarzeling zei ze: 'Ik weet het niet. Niet lang. Een paar weken. We hebben het maar... maar een paar keer met elkaar gedaan. Het voelde niet goed. We voelden ons allebei zo slecht, naderhand.'

'Hoe is het gegaan?' vroeg ik. 'Wie heeft er een punt achter gezet?'

Ze haalde haar schouders op en fluisterde: 'Wij allebei. We hebben erover gepraat. Het kon zo niet doorgaan. Ik besloot dat ik het aan jou – en aan Ben – verplicht was voortaan uit de buurt te blijven. Uit schuldgevoel, denk ik.'

Een vreselijke gedachte kwam in me op.

'Is dat ook het moment geweest waarop hij besloot bij me weg te gaan?'

'O nee, Chrissy,' zei ze snel. 'Dat moet je niet denken. Hij voelde zich er ook vreselijk over, maar hij heeft je niet om mij verlaten.'

Nee, dacht ik. Misschien niet direct. Maar door jou wist hij wel hoeveel hij miste.

Ik keek naar haar. Nog steeds voelde ik geen boosheid. Dat kon ik niet. Misschien was het anders geweest als ik te horen had gekregen dat ze nog steeds met elkaar naar bed gingen. Wat ze me vertelde klonk alsof het zich in een andere tijd afspeelde. In de prehistorie. Ik kon nauwelijks geloven dat het ook maar iets met mij te maken had.

Claire keek op. 'Eerst heb ik contact gehouden met Adam, maar toen heeft Ben hem waarschijnlijk verteld wat er was gebeurd en zei Adam dat hij me niet meer wilde zien. Ik moest uit zijn buurt blijven en jou mocht ik ook niet meer zien. Maar dat kon ik niet, Chrissy. Ik kon het gewoon niet. Ben had me de brief gegeven en gevraagd of ik een oogje in het zeil wilde houden. Dus bleef ik je bezoeken in Waring House. Eerst eens in de paar weken, daarna om de paar maanden. Maar het maakte je overstuur. Vreselijk overstuur. Ik weet dat het heel zelfzuchtig van me was, maar ik kon je daar niet aan je lot overlaten. Dus bleef ik komen, alleen maar om te zien hoe het met je was.'

'En dan vertelde je dat aan Ben?'

'Nee. We hadden geen contact meer.'

'Is dat de reden dat je me de laatste tijd niet meer bezocht hebt? Sinds ik thuis ben? Omdat je Ben niet wilt ontmoeten?'

'Nee. Een paar maanden geleden was ik in Waring House en vertelden ze dat je er niet meer was, dat je weer bij Ben was gaan wonen. Ik wist dat Ben was verhuisd en vroeg of ze me je adres konden geven, maar dat deden ze niet. Dat was vertrouwelijk, zeiden ze. Ze wilden jou wel mijn telefoonnummer geven, en als ik je wilde schrijven zouden ze mijn brieven doorsturen.'

'Dus je hebt me geschreven?'

'Ik heb Ben geschreven om te zeggen dat het me speet wat er gebeurd was. Ik heb hem gesmeekt me toe te staan je te bezoeken.'

'Maar dat vond hij niet goed?'

'Nee. Jij hebt me teruggeschreven, Chrissy. Je schreef dat het veel beter met je ging en dat je gelukkig was met Ben.' Ze keek de andere kant op, naar het park. 'Je schreef dat je me niet wilde zien, dat er soms herinneringen bovenkwamen en dat je dan wist dat ik je verraden had.' Ze pinkte een traan weg. 'Ik moest het niet wagen je ooit nog te benaderen. Het was het beste voor jou om mij te vergeten, en ik moest jou ook uit mijn hoofd zetten.'

Er ging een koude rilling door me heen. Ik probeerde me de woede voor te stellen die ik gevoeld moest hebben toen ik die brief schreef, maar besefte ook dat ik misschien wel helemaal niet woedend was geweest. Claire had voor mij nauwelijks bestaan, de vriendschap die er ooit tussen ons geweest was, was uitgewist.

'Het spijt me,' zei ik. Ik kon me niet voorstellen dat ik in staat was geweest me haar verraad te herinneren. Ben moest me geholpen hebben bij het schrijven van de brief.

Ze lachte. 'Nee, geen spijt hebben. Je had gelijk. Maar ik ben altijd blijven hopen dat je van gedachten zou veranderen. Ik wilde je zien. Ik wilde je de waarheid vertellen, recht in je gezicht.' Ik zei niets. 'Het spijt me zo,' zei ze. 'Kun je het me ooit vergeven?'

Ik pakte haar hand. Hoe kon ik kwaad op haar zijn? Of op Ben? Mijn toestand was een ondraaglijke last voor ons allemaal.

'Ja,' zei ik. 'Ja, ik vergeef het je.'

Even later gingen we weg. Beneden aan de heuvel draaide ze zich naar me toe.

'Zien we elkaar nog eens?' vroeg ze.

Ik glimlachte. 'Dat mag ik hopen!'

Ze keek opgelucht. 'Ik heb je zo gemist, Chrissy. Je hebt geen idee.'

En dat was ook zo. Ik had geen idee. Maar zij en dit dagboek gaven me een kans om weer een leven op te bouwen dat de moeite waard was om geleefd te worden. Ik dacht aan de brief in mijn tas. Een bericht uit het verleden. Het laatste stukje van de puzzel. De antwoorden die ik nodig had.

'We zien elkaar gauw,' zei ze. 'Begin volgende week, goed?'

'Goed,' zei ik terwijl ze me omhelsde en mijn stem door haar krullen werd gesmoord. Ze was mijn enige vriendin, zo voelde het. De enige, naast Ben, op wie ik kon vertrouwen. Mijn zusje. Ik drukte haar tegen me aan. 'Bedankt dat je me de waarheid hebt willen vertellen,' zei ik. 'Bedankt voor alles. Ik hou van je.' Toen we wegliepen waren we allebei in tranen.

*

Thuisgekomen ging ik zitten om de brief van Ben te lezen. Ik was nerveus: zou erin staan wat ik wilde weten? Zou ik er eindelijk achter komen waarom Ben me had verlaten? Maar ik voelde ook opwinding. Ik was ervan overtuigd dat ik antwoorden zou krijgen. Dat Ben en Claire de enigen waren die ik nodig had.

Liefste Christine,

Dit is het moeilijkste wat ik ooit heb moeten doen. Ik ben nog niet begonnen of er staat al een cliché van heb ik jou daar, maar je weet dat ik geen schrijver ben – jij was altijd degene die kon schrijven! – dus het spijt me, maar ik doe mijn best.

Als je dit onder ogen krijgt weet je het al, maar ik heb besloten bij je weg te gaan. Ik kan het nauwelijks uit mijn pen krijgen, kan de gedachte niet verdragen, maar ik heb geen keus. Ik heb zo hard geprobeerd een andere oplossing te vinden, maar die is er niet. Geloof me.

Je moet begrijpen dat ik van je houd. Dat is altijd zo geweest en zal altijd zo zijn. Het kan me niet schelen wat er gebeurd is, of waarom. Ik doe dit niet uit wraak, daar heeft het niets mee te maken. Er is ook geen ander. Toen je in coma lag, besefte ik hoezeer je deel van mij bent – elke keer dat ik naar je keek ging ik zelf dood. Ik besefte dat het me niet uitmaakte wat je die nacht in Brighton deed, met wie je daar was. Ik wilde alleen maar dat je bij mij terugkwam.

En toen kwam je bij me terug, en ik was dolgelukkig. Je zult nooit weten hoe gelukkig ik was toen ze me vertelden dat je niet meer in levensgevaar was, dat je niet zou sterven. Dat je me niet zou verlaten. Ons niet zou verlaten. Adam was nog maar klein, maar ik geloof dat hij het begreep.

Toen duidelijk werd dat je je niet herinnerde wat er gebeurd was, leek me dat wel goed. Ongelofelijk, hè? Nu schaam ik me ervoor, maar ik dacht toen echt dat het beter was. Maar toen merkten we dat je andere dingen ook vergat. Dat ging geleidelijk. Eerst vergat je de namen van de mensen die bij je op zaal lagen en van de artsen en verpleegkundigen bij wie je in behandeling was. Maar het werd steeds erger. Je wist niet meer waarom je in het ziekenhuis lag, waarom je niet met mij mee naar huis mocht. Je praatte jezelf aan dat de artsen je voor experimenten gebruikten. Toen ik je een weekend mee naar huis nam, herkende je onze straat en ons huis niet. Je nicht kwam op bezoek en je had geen idee wie ze was. We brachten je terug naar het ziekenhuis en je had geen idee waar we heen gingen.

Ik geloof dat dat het moment was waarop het echt moeilijk werd. Je hield zoveel van Adam. Je straalde als we binnenkwamen. Dan rende hij op je af en gooide zich in je armen, en jij tilde hem op en wist meteen wie hij was. Maar toen – het spijt me dat ik je dit moet vertellen, Chris – begon je te geloven dat Adam als baby bij je was weggehaald. Elke keer dat je hem zag, dacht je dat het voor het eerst was sinds hij een paar maanden oud was. Dan vroeg ik hem je te vertellen wanneer hij je voor het laatst had gezien, en dan zei hij: 'Gisteren, mammie,' of: 'Vorige week,' maar je geloofde hem niet. 'Wat heb je hem wijsgemaakt?' vroeg je aan mij. 'Dat is een leugen.' Je begon me ervan te beschuldigen dat ik je had laten opsluiten. Je dacht dat een andere vrouw Adam opvoedde als haar eigen kind terwijl jij in het ziekenhuis lag.

Op een dag kwam ik binnen en herkende je me niet. Je werd hysterisch. Je greep Adam vast toen ik even niet keek en rende naar de deur. Ik denk dat je hem wilde redden, maar hij begon te schreeuwen. Hij begreep niet waarom je dat deed. Ik nam hem mee naar huis en probeerde het hem uit te leggen, maar hij begreep het niet. Hij begon vreselijk bang voor je te worden.

Het werd steeds erger. Op een dag heb ik het ziekenhuis gebeld en gevraagd hoe je was als Adam en ik er niet bij waren. 'Kunt u beschrijven hoe ze op dit moment is?' Kalm, zeiden ze. Gelukkig. Je zat op een stoel naast je bed. Toen ik vroeg wat je aan het doen was, zeiden ze dat je met een van de andere patiënten praatte, iemand met wie je bevriend was geraakt en weleens een kaartje legde.

'Een kaartje legde?' zei ik. Ik geloofde mijn oren niet. Ze zeiden dat je er heel goed in was. Wel moesten ze elke dag de regels uitleggen, maar vervolgens versloeg je bijna iedereen.

'Is ze gelukkig?' vroeg ik.

'Ja,' zeiden ze. 'Ja, ze is eigenlijk altijd gelukkig.'

'Herinnert ze zich mij?' vroeg ik. 'En Adam?'

'Alleen als u hier bent,' antwoordden ze.

Ik denk dat ik me op dat moment realiseerde dat ik je moest verlaten. Ik heb een plek voor je gevonden waar je zo lang kan blijven als nodig is. Een plek waar je gelukkig kan zijn. Want je bent gelukkig zonder mij, zonder Adam. Je herinnert je ons niet, dus je mist ons ook niet.

Ik hou zo ontzettend veel van je, Chrissy. Dat moet je geloven. Er is niets of niemand van wie ik zoveel hou. Maar onze zoon heeft recht op een normaal leven. Het zal niet lang duren voor hij oud genoeg is om te begrijpen wat er aan de hand is. Ik ga niet tegen hem liegen, Chris. Ik zal hem uitleggen waarom ik deze keuze heb gemaakt. Ik zal het uitleggen dat het ontzettend schokkend voor hem is om jou te zien, ook al wil hij dat nog zo graag. Misschien zal hij me erom haten en me verwijten maken. Dat hoop ik niet. Ik wil dat hij gelukkig wordt. En ik wil ook dat jij gelukkig bent. Zelfs als je dat alleen maar kunt zijn zonder mij.

Je bent nu al een tijd in Waring House. Je raakt niet meer in paniek, en er is een routine ontstaan. Dat is goed. Dus is het voor mij nu tijd om weg te gaan.

Ik geef deze brief aan Claire. Ik zal haar vragen hem te bewaren en aan jou te geven als je goed genoeg bent om hem te lezen en te begrijpen. Ik wil hem zelf niet houden, dan blijf ik er maar op broeden en zal ik me niet kunnen bedwingen en hem volgende week of volgende maand, misschien zelfs volgend jaar, aan je geven. Als de tijd nog niet rijp is.

Geloof me, ik hoop dat we ooit weer samen kunnen zijn. Als je beter bent. Dat we weer met z'n drieën kunnen zijn. Een gezin. Daar moet ik in geloven. Dat moet, anders ga ik dood van verdriet.

Ik laat je niet in de steek, Chris. Dat zal ik nooit doen. Ik hou te veel van je.

Geloof me, dit moet echt, er staat me niets anders te doen.

Heb geen hekel aan me. Ik hou van je.

Ben

X

*

Ik lees de brief nog een keer en vouw hem dan dicht. Het papier knispert tussen mijn vingers, alsof de brief gisteren geschreven is, maar de envelop is zacht, de hoekjes zijn versleten en er hangt een zoete geur omheen. Heeft Claire hem steeds bij zich gehad, weggestopt in een hoekje van haar tas? Of, wat me waarschijnlijker lijkt, heeft ze hem thuis uit het zicht in een la bewaard, maar nooit helemaal vergeten? Jaren heeft hij daar gelegen, in afwachting van het juiste moment om gelezen te worden. Jaren waarin ik niet wist wie mijn man was, zelfs niet wie ik zelf was. Jaren waarin ik de kloof tussen ons nooit had kunnen overbruggen, omdat ik niet eens wist dat die kloof er was.

Ik schuif de brief tussen de bladzijden van mijn dagboek. Ik huil terwijl ik dit schrijf, maar ik ben niet ongelukkig. Alles is me duidelijk geworden. Waarom hij is weggegaan, waarom hij tegen me heeft gelogen.

Want hij heeft tegen me gelogen. Hij heeft me niet over mijn roman verteld, om te voorkomen dat ik in zak en as zou zijn omdat ik nooit een tweede zal schrijven. Hij heeft gezegd dat mijn beste vriendin verhuisd is zodat ik niet geconfronteerd zou worden met het feit dat ze me samen hebben bedrogen. Omdat hij er niet op vertrouwde dat ik genoeg van hen hield om het hun te vergeven. Hij heeft me verteld dat ik ben aangereden, dat het een ongeluk was, zodat ik niet in het reine zou hoeven komen met het feit dat iemand me te lijf is gegaan, dat er opzet, verzengende haat in het spel is geweest. Hij heeft me voorgehouden dat we nooit kinderen hebben gekregen, om me te beschermen tegen de wetenschap dat mijn enige zoon dood is en me ervoor te behoeden dat ik elke dag van mijn leven opnieuw om zijn dood zou moeten rouwen. En hij heeft me niet verteld dat hij, na jaren geprobeerd te hebben ons gezin bij elkaar te houden, onder ogen heeft moeten zien dat dat niet langer mogelijk was en dat hij mij samen met onze zoon heeft moeten verlaten om nog gelukkig te kunnen worden.

Toen hij de brief schreef moet hij hebben gedacht dat onze scheiding voorgoed zou zijn, maar hij moet ook hebben gehoopt van niet, waarom zou hij hem anders hebben geschreven? Wat zou er door hem heen zijn gegaan toen hij daar zat in zijn huis – in óns huis – en zijn pen pakte om aan iemand van wie hij niet kon verwachten dat ze het zou begrijpen, uit te leggen waarom hij haar moest verlaten? Ik ben geen schrijver, stond er, toch vind ik zijn woorden prachtig, diepzinnig. Als ik ze lees lijkt hij het over iemand anders te hebben en toch, ergens in mij, onder mijn huid en botten, onder het weefsel en het bloed, weet ik dat dat niet zo is. Hij heeft het over mij, en tegen mij, Christine Lucas. Zijn gebroken vrouw.

Maar het is niet voor altijd gebleken. Zijn hoop is in vervulling gegaan. Mijn toestand is toch verbeterd, of hij vond het nog moeilijker om van mij gescheiden te zijn dan hij had gedacht, en is daarom bij mij teruggekomen.

Alles lijkt nu anders. De kamer om me heen is me nu niet vertrouwder dan vanmorgen, toen ik er binnenliep op zoek naar de keuken omdat ik snakte naar een glas water, toen ik vertwijfeld probeerde te reconstrueren wat er gisteravond gebeurd is. Maar alles is niet meer doortrokken van pijn en verdriet. Het gaat niet meer over een leven dat ik niet kan en niet wil leven. De klok bij mijn schouder tikt niet meer alleen de minuten weg. Hij spreekt tot mij. *Ontspan je*, zegt hij. *Ontspan je, en neem de dingen zoals ze komen.*

Ik heb me vergist. Ik heb een fout gemaakt. Telkens weer heb ik die fout gemaakt; wie weet hoe vaak? Mijn man is mijn beschermer, ja, maar ook mijn minnaar. En ik besef nu dat ik van hem houd. Ik heb altijd van hem gehouden en als ik elke dag opnieuw van hem moet leren houden, dan moet dat maar. Dan zal ik dat doen.

Het zal nu niet lang meer duren voor Ben thuiskomt, ik voel dat hij onderweg is. En zodra hij thuis is vertel ik hem alles. Dat ik Claire heb ontmoet, dokter Nash, zelfs dokter Paxton, en dat ik zijn brief heb gelezen. Ik zal hem vertellen dat ik begrijp waarom hij destijds zo gehandeld heeft, waarom hij me heeft verlaten en dat ik hem dat vergeef. Ik zal hem vertellen dat ik weet dat ik ben aangevallen, maar dat ik niet meer hoef te weten wat er precies is gebeurd, dat het me niet meer uitmaakt wie me dit heeft aangedaan.

Ik zal hem ook vertellen dat ik weet van Adam. Wat er met hem gebeurd is, en ook al vervult de gedachte dat ik dat elke dag weer zal moeten beleven me met afgrijzen, toch kan ik niet anders. De herinnering aan onze zoon moet in dit huis en in mijn hart levend worden gehouden, ongeacht de pijn die dat met zich meebrengt.

En ik zal hem ook vertellen over dit dagboek, dat ik er eindelijk in geslaagd ben mijn eigen verhaal te vertellen, mijn eigen leven vorm te geven. Als hij erom vraagt, zal ik het hem laten zien. Ik zal ermee doorgaan, mijn verhaal blijven vertellen, mijn autobiografie, mezelf steeds weer creëren vanuit het niets.

'Geen geheimen meer,' zal ik tegen mijn man zeggen, 'ik hou van je, Ben, en zal altijd van je blijven houden. We hebben elkaar onrecht aangedaan. Vergeef me alsjeblieft. Het spijt me dat ik me al die jaren geleden van je heb afgewend om bij iemand anders te zijn en het spijt me dat we nooit zullen weten met wie ik in die hotelkamer had afgesproken, of wat daar is voorgevallen. Maar weet alsjeblieft dat ik vastbesloten ben om het goed te maken.'

En dan, als er alleen nog maar liefde tussen ons is, kunnen we proberen de weg naar elkaar terug te vinden.

Ik heb dokter Nash gebeld. 'Ik wil je nog één keer zien,' zei ik. 'Ik wil je mijn dagboek laten lezen.' Ik geloof dat hij verbaasd was, maar hij stemde toe. 'Wanneer?' vroeg hij.

'Volgende week,' zei ik. 'Kom het volgende week halen.'

Hij zei dat hij dinsdag langs zou komen.

III

Vandaag

Ik sla de bladzijde om, maar er staat niets meer. Hier eindigt het verhaal. Ik heb uren zitten lezen.

Ik beef, krijg nauwelijks lucht. Niet alleen lijkt het alsof ik de afgelopen uren een heel leven heb geleefd, ik heb ook het gevoel dat ik veranderd ben, dat ik niet meer dezelfde persoon ben die dokter Nash vanmorgen ontmoette en het dagboek is gaan lezen. Ik heb een verleden gekregen. Ik ben iemand. Ik weet wat ik heb, en wat ik ben kwijtgeraakt. De tranen stromen over mijn wangen.

Als ik het dagboek dichtsla en mezelf dwing tot rust te komen, komt het heden langzaam terug. De schemerige kamer om me heen. De drilboor buiten die ik nog steeds hoor. Het lege koffiekopje op de grond bij mijn voeten.

Ik kijk op de klok naast me en er gaat een schok door me heen. Pas nu dringt het tot me door dat het de klok is waar ik in mijn dagboek over heb gelezen, dat ik me in dezelfde huiskamer bevind, dat ik diezelfde persoon ben. Pas nu begrijp ik ten volle dat het verhaal dat ik gelezen heb *míjn* verhaal is.

Met het dagboek en het kopje loop ik naar de keuken. Aan de wand hangt het memobord van vanmorgen, met hetzelfde lijstje suggesties in keurige blokletters en de aantekening die ik er zelf aan heb toegevoegd: TAS INPAKKEN VOOR VANAVOND?

Ik kijk ernaar. Er is iets wat me verontrust, maar ik weet niet wat.

Ik denk aan Ben, aan hoe moeilijk het voor hem moet zijn geweest. Nooit te weten met wie hij wakker zou worden, hoe ik eraan toe zou zijn. Nooit te weten hoeveel ik me zou herinneren en hoeveel liefde ik hem zou kunnen geven.

Maar nu? Nu begrijp ik het allemaal. Nu weet ik genoeg om ons in staat te stellen weer te gaan leven. Ik vraag me af of het gesprek dat ik van plan was met hem te voeren ook echt heeft plaatsgevonden. Dat moet haast wel, zo zeker was ik ervan dat het moest gebeuren, maar ik heb er niets over opgeschreven. Ik heb een hele week niets opgeschreven. Misschien heb ik mijn dagboek aan dokter Nash gegeven voor ik de gelegenheid had om het op te schrijven. Na het gesprek met Ben vond ik het misschien niet meer nodig om in mijn dagboek te schrijven.

Ik blader terug naar de eerste bladzijde. Daar staat het, in blauwe inkt. Onder mijn naam zijn vijf woorden gekrabbeld: BEN IS NIET TE VERTROUWEN.

Ik pak een pen en streep ze door. In de huiskamer zie ik het plakboek op tafel liggen. De foto's van Adam ontbreken nog steeds. En vanmorgen heeft hij nog steeds niets over hem gezegd. De inhoud van de metalen doos heeft hij me nog steeds niet laten zien.

Ik moet aan mijn boek denken – *Vogels in de ochtend* – en kijk naar het dagboek in mijn hand. Een gedachte schiet door me heen: stel dat ik het allemaal verzonnen heb?

Ik sta op. Ik moet bewijzen hebben. Een verbinding tussen wat ik heb gelezen en wat ik meemaak, een teken dat ik het verleden waarover ik gelezen heb niet uit mijn duim heb gezogen.

Ik stop het dagboek in mijn tas en loop de kamer uit. Onder aan de trap staat de kapstok met een paar pantoffels ernaast. Zal ik boven de werkkamer vinden met de dossierkast? En ligt de grijze metalen doos onder een handdoek in de onderste la, en de sleutel in het onderste laatje van het nachtkastje?

En als dat zo is, vind ik dan sporen van mijn zoon terug?

Ik moet het weten. Met twee treden tegelijk ren ik de trap op.

*

De werkkamer is kleiner dan ik me had voorgesteld en netter dan ik had verwacht, maar de staalgrijze dossierkast staat er.

In de onderste la ligt een handdoek met daaronder een metalen doos. Ik pak de doos vast en til hem uit de la. Ik voel me belachelijk, ben ervan overtuigd dat hij op slot zit of leeg is.

Geen van beide is het geval. In de doos ligt mijn roman. Niet het exemplaar dat dokter Nash me heeft gegeven – er zit geen koffiekring op het omslag, de bladzijden ogen nieuw. Dit moet het exemplaar zijn dat Ben al die tijd bewaard heeft, tot de dag zou aanbreken waarop ik genoeg zou weten om er iets mee te kunnen. Ik vraag me af waar mijn eigen exemplaar is, het exemplaar dat ik van dokter Nash heb gekregen.

Ik haal het boek uit de doos. Er ligt een foto onder. Ben en ik kijken lachend in de lens, maar met een droevige oogopslag. Het is een recente foto, mijn gezicht lijkt op het gezicht dat ik vanmorgen in de spiegel zag en Ben ziet eruit zoals hij er vanmorgen uitzag toen hij naar zijn werk ging. Op de achtergrond is een huis te zien, een oprit met grind en potten met helderrode geraniums. Op de achterkant heeft iemand WARING HOUSE geschreven. De foto moet zijn genomen op de dag dat hij me daar heeft opgehaald en mee naar huis heeft genomen.

Maar dat is alles. Er zijn geen andere foto's. Niet één van Adam. Ook de foto's die ik eerder in de doos heb aangetroffen en waar ik in mijn dagboek over heb geschreven, zitten er niet in.

Er is een verklaring, zeg ik tegen mezelf, dat moet. Ik kijk de papieren door die op het bureau liggen: tijdschriften, catalogi van computersoftware, een schoolrooster waarop sommige lessen geel gemarkeerd zijn. Er ligt een gesloten envelop die ik in een opwelling oppak, maar er zitten geen foto's van Adam in.

Ik ga naar beneden en maak iets te drinken. Zet de ketel op, pak een theezakje. Niet te lang laten trekken en niet met de achterkant van een lepel op het zakje drukken, anders komt er te veel looizuur vrij en wordt de thee bitter. *Hoe komt het toch dat ik me deze dingen herinner, maar de bevalling van mijn zoon helemaal kwijt ben?* Ergens in de kamer gaat een telefoon. Ik haal hem uit mijn tas. Het is niet de telefoon die je moet openklappen, maar de andere, die mijn man me heeft gegeven. Ik neem op. Het is Ben.

'Christine, gaat het goed? Ben je thuis?'

'Ja,' antwoord ik. 'Ja, hoor, dank je.'

'Ben je vandaag nog de deur uit geweest?' vraagt hij. Zijn stem is me vertrouwd, maar er klinkt ook iets kils in door. Ik denk terug aan ons laatste gesprek. Ik kan me niet herinneren dat hij iets over mijn afspraak met dokter Nash heeft gezegd. Misschien weet hij het echt niet. Het kan ook dat hij me op de proef stelt, dat hij benieuwd is of ik het hem zal vertellen. Ik denk aan de opmerking die ik naast de afspraak in mijn agenda heb geschreven: NIET TEGEN BEN ZEGGEN. Toen ik dat opschreef wist ik zeker nog niet dat ik hem kon vertrouwen.

Ik wil hem vertrouwen. Ik wil geen leugens meer.

'Ja,' antwoord ik. 'Ik had een afspraak met een dokter.' Hij gaat er niet op in. 'Ben?'

'O, sorry,' zegt hij. 'Ik heb je wel gehoord, hoor.' Het valt me op dat hij niet verrast is. Hij was dus op de hoogte, wist dat ik een afspraak had met dokter Nash. 'Ik zit op de weg,' zegt hij. 'Het is nogal druk. Luister, ik wilde alleen maar even weten of je niet vergeet te pakken, we gaan namelijk weg...'

'Natuurlijk niet,' zeg ik, en ik voeg eraan toe: 'Ik verheug me erop!' en dat is ook zo, besef ik. Het zal ons goed doen om er even uit te zijn. Het zou een nieuw begin voor ons kunnen zijn.

'Ik ben zo thuis,' zegt hij. 'Zou je ervoor kunnen zorgen dat onze tassen gepakt zijn? Ik kan je wel helpen als ik thuiskom, maar het zou fijn zijn om op tijd te vertrekken.'

'Ik doe mijn best,' zeg ik.

'In de logeerkamer staan twee tassen, in de klerenkast. Die kun je gebruiken.'

'Goed.'

'Ik hou van je,' zegt hij, en na iets te lang gewacht te hebben, zo lang dat hij het gesprek al heeft beëindigd, zeg ik dat ik ook van hem hou.

*

Ik ga naar de badkamer. Ik ben een vrouw, zeg ik tegen mezelf. Een volwassen vrouw. Ik heb een man. Een man van wie ik hou. Ik denk terug aan wat ik heb opgeschreven. Over de seks. Dat hij met me neukte. Er stond niet bij dat ik ervan had genoten.

Ben ik in staat van seks te genieten? Zelfs dat weet ik niet. Ik spoel de wc door, trek mijn broek, panty en slipje uit en ga op de rand van het bad zitten. Wat ben ik vervreemd van mijn lichaam. Het is onbekend gebied voor mij. Hoe kan ik mijn lichaam aan iemand anders geven als ik het zelf amper herken?

Ik draai de badkamerdeur op slot en spreid mijn benen. Eerst een beetje, dan helemaal. Ik trek mijn blouse omhoog en kijk naar beneden. Ik zie de zwangerschapsstrepen die ik ook zag op de dag waarop ik me Adam herinnerde, en de stevige bos schaamhaar. Ik vraag me af of ik het ooit afscheer, of het mijn eigen keus is dat niet te doen of dat mijn man het zo liever heeft. Misschien doen die dingen er niet toe. Of niet meer.

Ik leg mijn hand op mijn venusheuvel. Mijn vingers raken mijn schaamlippen, en ik trek ze ietsje uit elkaar. Ik strijk over het topje van wat mijn clitoris moet zijn en als ik erop druk en mijn vingers zachtjes beweeg voel ik al een vage prikkeling. De belofte van een gewaarwording, niet de gewaarwording zelf.

Ik vraag me af wat er straks zal gebeuren.

De tassen staan in de logeerkamer, op de plek die hij heeft aangegeven. Ze zijn compact en stevig, de ene iets groter dan de andere. Ik neem ze mee naar de slaapkamer waar ik vanmorgen wakker ben geworden, en zet ze op het bed. Ik trek de bovenste la open en daar ligt mijn ondergoed, naast dat van hem.

Ik zoek kleren uit voor ons allebei, sokken voor hem, panty's voor mij. Ik herinner me dat ik las over de avond waarop we met elkaar naar bed waren geweest en bedenk dat ik nog ergens kousen en jarretelles moet hebben. Ik besluit dat het een leuk idee is om ze mee te nemen. Misschien doet het ons goed.

Ik doe de klerenkast open en kies een jurk uit en een rok. Een broek, jeans. Op de grond zie ik een schoenendoos staan – de lege doos waarin ik mijn dagboek bewaarde. Ik vraag me af wat voor soort stel we zijn, als we op vakantie gaan. Of we de avonden in een restaurant doorbrengen of rozig onderuitzakken bij een haardvuur in een gezellige kroeg. Ik ben benieuwd of we wandelaars zijn en te voet de omgeving verkennen, of dat we met de auto naar zorgvuldig uitgekozen bestemmingen rijden. Er zijn dingen die ik nog steeds niet weet. Maar ik heb de rest van mijn leven de tijd om ze te ontdekken en ervan te genieten.

Ik pak zomaar wat kleren voor ons allebei, vouw ze op en stop ze in de tassen. Terwijl ik bezig ben gaat er ineens een stoot energie door me heen en ik sluit mijn ogen. Er verschijnt een helder, maar trillend beeld. Eerst nog een beetje vaag, alsof het in de lucht hangt, buiten bereik is. Ik probeer me open te stellen, het te laten komen.

Ik zie mezelf staan met een koffer van zacht, versleten leer voor me. Ik ben opgewonden. Ik voel me weer jong, een kind dat op het punt staat op vakantie te gaan, of een tiener die zich voorbereidt op een afspraakje en zich afvraagt hoe het zal gaan, of hij me mee zal vragen naar zijn huis, of we zullen vrijen. Ik voel dat nieuwe, dat reikhalzen, ik kan het proeven. Probeer het ten volle te ervaren omdat ik weet dat dat gevoel niet blijvend is. Een voor een open ik mijn laden, pak blouses, kousen, ondergoed. Opwindend, sexy ondergoed dat alleen gedragen wordt in de verwachting dat het zal worden uitgetrokken. Behalve de platte schoenen die ik aanheb, pak ik ook een paar met hoge hakken in, haal ze er weer uit, stop ze er weer in. Ik ben niet dol op die schoenen, maar vanavond gaat het om de fantasie, om het verkleden, het gevoel even iemand anders te zijn. Pas dan richt ik me op de praktische dingen. Ik pak een gevoerde toilettas van felrood leer en stop er parfum, douchegel en tandpasta in. Vanavond wil ik mooi zijn voor de man van wie ik hou, de man die ik bijna kwijt was geweest. Ik pak badzout in. Oranjebloesem. Ik realiseer me dat het een herinnering is aan de avond waarop ik mijn tas inpakte voor ik naar Brighton ging.

De herinnering vervliegt. Mijn ogen gaan open. Ik kon toen niet weten dat de man op wie ik me verheugde degene was die me alles af zou nemen.

Ik ga door met pakken voor de man die ik nog heb.

Buiten hoor ik een auto stoppen. De motor wordt afgezet. Er gaat een deur open, dan weer dicht. Ik hoor de sleutel in het slot. Ben. Hij is thuis.

Ik voel me gespannen. Bang. Ik ben niet meer degene die hij hier vanmorgen heeft achtergelaten; mijn eigen verhaal is me nu bekend. Ik heb mezelf ontdekt. Wat zal hij denken als hij mij ziet? Wat zal hij zeggen?

Ik moet hem vragen of hij weet van mijn dagboek. Of hij het gelezen heeft. Wat hij ervan denkt.

Als hij de deur achter zich dichttrekt, roept hij naar me. 'Christine? Chris? Ik ben thuis.' Maar zijn stem klinkt niet zangerig; hij klinkt uitgeput. Ik roep terug dat ik in de slaapkamer ben.

De onderste tree kraakt onder zijn gewicht en ik hoor een zucht als hij de eerste schoen uittrekt, en daarna de tweede. Hij trekt zijn pantoffels aan en komt naar me toe. Een voldaan gevoel komt over me als ik bedenk dat ik zijn rituelen ken; mijn geheugen schiet weliswaar tekort, maar door mijn dagboek ken ik ze toch. Terwijl hij de trap op loopt krijgt een ander gevoel echter de overhand. Angst. Ik zie de woorden voor me die ik voor in mijn dagboek heb geschreven: BEN IS NIET TE VERTROUWEN.

De slaapkamerdeur gaat open. 'Lieveling!' zegt hij. Ik heb me niet verroerd, zit nog steeds op de rand van het bed met de geopende tassen achter me. Hij blijft bij de deur staan tot ik overeind kom en mijn armen uitspreid. Dan komt hij naar me toe en kust me.

'Hoe was je dag?' vraag ik.

Hij doet zijn das af. 'Ach,' zegt hij. 'Laten we het over iets anders hebben. We hebben vakantie!'

Hij knoopt zijn overhemd open. Ik verzet me tegen de aanvechting om de andere kant op te kijken, prent mezelf in dat hij mijn man is, dat ik van hem hou.

'Ik heb gepakt,' zeg ik. 'Ik hoop dat ik aan alles heb gedacht. Ik weet niet wat jij mee wilt nemen.'

Hij trekt zijn broek uit, vouwt hem dubbel en hangt hem in de klerenkast. 'Het is vast wel in orde.'

'Ik weet alleen niet waar we heen gaan, dus wist ik ook niet precies wat ik in moest pakken.'

Hij draait zich om en er flitst iets in zijn ogen dat op ergernis lijkt. 'Ik kijk de tassen nog wel even na voor ik ze in de auto zet. Het is heus wel goed, bedankt alvast.' Hij gaat op de stoel bij de toilettafel zitten en trekt een verschoten spijkerbroek aan. De broek is zo netjes gestreken dat er van voren een kaarsrechte vouw in zit. De twintiger in mij moet zich bedwingen om hem niet belachelijk te vinden.

'Ben?' zeg ik. 'Je weet toch waar ik vandaag geweest ben?'

Hij kijkt me aan. 'Ja,' zegt hij. 'Dat weet ik.'

'Je weet van dokter Nash?'

Hij wendt zich van mij af. 'Ja, dat heb je me verteld.' Ik zie hem in de driedelige spiegel boven de toilettafel. Drie versies van de man met wie ik getrouwd ben. De man van wie ik houd. 'Alles,' zegt hij. 'Je hebt me alles verteld. Ik weet alles.'

'En je vindt het niet erg? Dat ik contact met hem heb?'

Hij kijkt niet om. 'Ik had liever gehad dat je het me verteld had. Maar nee. Nee, ik vind het niet erg.'

'En mijn dagboek? Weet je ook van mijn dagboek?'

'Ja,' zei hij. 'Dat heb je me verteld. Dat het je geholpen heeft.'

Plotseling bedenk ik iets. 'Heb je het gelezen?'

'Nee,' antwoordt hij. 'Je zei dat het privé was. Ik zou nooit in jouw persoonlijke spullen kijken.'

'Maar weet je ook van Adam? Weet je dat ik op de hoogte ben?'

Ik zie hem in elkaar krimpen alsof mijn woorden met geweld naar zijn hoofd zijn geslingerd. Dat verbaast me. Ik had verwacht dat hij blij zou zijn me niet meer telkens aan Adams dood te hoeven herinneren.

Hij kijkt me aan.

'Ja,' zegt hij.

'Er zijn geen foto's,' zeg ik. Hij vraagt wat ik bedoel. 'Er zijn foto's van jou en mij, maar niet van Adam.'

Hij staat op, komt naast me op het bed zitten en pakt mijn hand. Ik wou dat hij me niet meer als een broos, kwetsbaar wezentje behandelde, als iemand die de waarheid niet zou kunnen verdragen.

'Ik wilde je verrassen,' zegt hij, en hij haalt een fotoalbum onder het bed vandaan. 'Hier zitten ze in.'

Hij geeft me het album. Het is een zwaar, donker boek, gebonden in een materiaal dat voor zwart leer moet doorgaan, maar het duidelijk niet is. Als ik het album opensla vind ik een stapeltje foto's.

'Ik wilde ze mooi inplakken,' zegt hij, 'om het je vanavond cadeau te geven, maar ik heb er geen tijd voor gehad, sorry.'

Ik kijk de foto's door. Ze liggen niet op volgorde, er zijn foto's van Adam als baby en als jongetje. Die komen waarschijnlijk uit de metalen doos. Er is er een bij die mijn aandacht trekt. Daarop is hij een jongeman en naast hem zit een vrouw. 'Zijn vriendin?' vraag ik.

'Een van zijn vriendinnen,' antwoordt Ben. 'De vriendin die hij het langst heeft gehad.'

Ze is knap, met kort, blond haar. Ze doet me denken aan Claire. Adam kijkt lachend naar de camera en zij kijkt zo'n beetje zijn kant op met een uitdrukking die het midden houdt tussen vrolijkheid en afkeuring. Ze hebben iets samenzweerderigs, alsof ze iets grappigs delen met degene die de foto neemt. Ze zijn gelukkig en die gedachte doet me deugd. 'Hoe heette zij?'

'Helen. Ze heet Helen.'

Ik huiver als tot me doordringt dat ik in de verleden tijd aan haar dacht, me voorstelde dat zij ook dood was. Weer een gedachte die in me opborrelt: stel dat zij was overleden in plaats van Adam, maar deze gedachte druk ik meteen de kop in, nog voor ze gestalte heeft gekregen.

'Waren ze nog samen toen hij overleed?'

'Ja,' zegt hij. 'Ze waren van plan zich te verloven.'

Ze ziet er zo jong, zo verlangend uit. In haar ogen nog alle mogelijkheden die het leven voor haar in petto heeft. Ze weet nog niets van het immense verdriet dat haar te wachten staat.

'Ik zou haar graag willen ontmoeten,' zeg ik. Ben pakt de foto uit mijn handen. Hij zucht.

'We hebben geen contact meer,' zegt hij.

'Waarom niet?' vraag ik. Ik zag het al helemaal voor me, dat we elkaar zouden steunen. We hadden iets gemeen, we zouden elkaar begrijpen, we zouden een intense liefde delen, niet zozeer voor elkaar als wel voor degene die we hadden verloren.

'We hebben ruzie gekregen,' zegt hij. 'Problemen.'

Ik kijk hem aan en zie aan hem dat hij het er niet over wil hebben. Degene die me die brief heeft geschreven, de man die in me geloofde en voor me zorgde en die uiteindelijk zoveel van me hield dat hij me eerst moest verlaten om daarna weer bij me terug te kunnen komen, die man lijkt te zijn verdwenen.

'Ben?'

'We hebben ruzie gekregen,' zegt hij.

'Voor Adam overleed, of daarna?'

'Ervoor en erna.'

Dat we elkaar zouden kunnen steunen blijkt een illusie en ik houd er een misselijk gevoel aan over. Misschien hadden Adam en ik ook ruzie gekregen. Hij zal toch de kant van zijn vriendin hebben gekozen en niet die van zijn moeder?

'Hadden Adam en ik een hechte band?' vraag ik.

'O, ja,' antwoordt Ben. 'Tot je in het ziekenhuis belandde en je geheugen verloor. Maar jullie bleven innig natuurlijk. Zo innig als mogelijk was.'

Zijn woorden treffen me als een vuistslag. Ik besef dat Adam nog maar een peuter was toen hij zijn moeder verloor aan geheugenverlies. Natuurlijk had ik zijn verloofde niet gekend; elke dag dat ik hem zag, zag ik hem weer voor het eerst.

Ik klap het album dicht.

'Kan het nog in de tas?' vraag ik. 'Ik wil straks verder kijken.'

*

We drinken nog iets, een kop thee die Ben heeft gezet terwijl ik verder ging met pakken voor de reis, en even later stappen we in de auto. Ik controleer of ik mijn handtas bij me heb, waar het dagboek nog steeds in zit. Ben heeft nog wat spullen in de tas gestopt die ik voor hem heb gepakt, en hij heeft nog een andere tas meegenomen – de leren schooltas die hij vanmorgen mee naar zijn werk heeft genomen – en nog twee paar wandelschoenen die achter in de kast stonden. Ik ben bij de deur blijven staan toen hij alles in de achterbak van de auto zette, en wachtte tot hij had gekeken of de deuren dicht waren, de ramen vergrendeld. Ik vraag hoe lang de reis zal duren.

Hij haalt zijn schouders op. 'Hangt van het verkeer af,' antwoordt hij. 'Niet zo lang, als we Londen eenmaal uit zijn.'

Een weigering om antwoord te geven verpakt in een quasi-antwoord. Ik vraag me af of hij altijd zo doet. Zouden al die jaren waarin hij me steeds weer dezelfde dingen moest vertellen hem hebben uitgeput? Zou hij zo verveeld zijn geraakt dat hij het niet meer kan opbrengen me iets nieuws te vertellen?

Hij rijdt voorzichtig, dat kan ik merken. Rustig, kijkt regelmatig in zijn spiegel en mindert snelheid zodra er zich iets voordoet wat ook maar enigszins gevaarlijk zou kunnen worden.

Ik vraag me af of Adam reed. Het zal wel een vereiste zijn geweest om het leger in te kunnen, maar zou hij ook hebben gereden als hij verlof had? Haalde hij me op, zijn invalide moeder, en hadden we uitjes samen, nam hij me mee naar plaatsen waarvan hij dacht dat ik ze leuk zou vinden? Of vond hij dat zinloos omdat elk plezier dat ik eraan ontleende de volgende dag toch verdwenen was, als sneeuw op een warm dak?

We bevinden ons op de snelweg en rijden de stad uit. Het is gaan regenen; grote druppels slaan tegen de voorruit, houden heel even hun vorm en glijden dan snel langs het glas naar beneden. In de verte verdwijnt de ondergaande zon achter de wolken en het beton en glas om ons heen wordt in een zachte oranje gloed gedompeld. Het is schitterend maar ook verschrikkelijk. Ik worstel met mezelf; ik verlang ernaar om meer dan een abstracte notie van mijn zoon te hebben, maar dat gaat niet omdat ik geen concrete herinneringen aan hem heb. Ik kom steeds weer terug bij het simpele gegeven dat ik me hem niet kan herinneren en dat hij dus net zo goed niet had kunnen bestaan.

Ik sluit mijn ogen en denk terug aan wat ik vanmiddag over onze zoon heb gelezen. Een beeld explodeert in mijn hoofd: Adam die als peuter op een blauwe driewieler over een paadje rijdt. Maar terwijl ik me erover verwonder, weet ik ook dat het niet echt is. Ik weet dat het geen herinnering is aan het moment zelf, maar een herinnering aan het beeld dat ik me vanmiddag vormde toen ik erover las, en ook die herinnering greep weer terug op een eerdere. Herinneringen van herinneringen. Het geheugen van de meeste mensen gaat jaren terug, zelfs tientallen jaren, het mijne slechts een aantal uren.

Omdat ik me mijn zoon niet kan herinneren, doe ik het enige wat me rest, het enige wat mijn vonkende geest tot rust kan brengen. Ik denk aan niets. Aan helemaal niets.

De geur van benzine, zwaar en zoet. Mijn nek doet pijn. Ik open mijn ogen. Vlak voor me zie ik de natte voorruit, beslagen door mijn adem. Verre lichtjes prikken erdoorheen, wazig, onscherp. Ik moet even zijn ingedommeld, en leun met mijn hoofd in een onhandige schuine hoek tegen het glas. De auto maakt geen geluid, de motor staat uit. Ik kijk over mijn schouder.

Ben zit naast me. Hij is wakker en kijkt voor zich uit. Hij lijkt niet eens te hebben gemerkt dat ik wakker ben geworden, maar zit voor zich uit te staren met een uitdrukkingsloos gezicht dat in het donker niets prijsgeeft. Ik kijk ook voor me, om te zien waar hij naar kijkt.

Door de met regen bespatte voorruit heen is de motorkap te zien en daarachter een laag, houten hek dat bleek verlicht wordt door de straatlantaarns achter ons. Achter het hek is niets te zien, alleen maar duisternis, groots en geheimzinnig, met in het midden de maan, laag en vol.

'Ik hou van de zee,' zegt hij zonder me aan te kijken, en dan dringt het tot me door dat we boven aan een klif geparkeerd staan, dat we bij de kust zijn aangekomen.

'Jij ook?' Hij kijkt me zijdelings aan. Zijn ogen hebben een ongekend trieste uitdrukking. 'Jij houdt toch ook van de zee, hè?'

'Ja,' antwoord ik. 'Inderdaad.' Hij doet alsof hij dat niet weet, alsof we nog nooit samen aan zee zijn geweest, nog nooit een vakantie met elkaar hebben doorgebracht. In mij begint angst te smeulen, maar ik geef er niet aan toe. Ik probeer in het hier en nu te blijven, bij mijn man. Ik probeer me alles voor de geest te halen wat ik vanmiddag in mijn dagboek heb gelezen. 'Dat weet je toch, schat?'

Hij zucht. 'Ik weet het. Vroeger hield je ervan, maar ik weet het nu gewoon niet meer. Je verandert. Je bent door de jaren heen veranderd. Sinds die gebeurtenis. Soms weet ik gewoon niet meer wie je bent. Elke ochtend bij het wakker worden moet ik maar afwachten hoe je zal zijn.'

Ik zeg niets. Ik weet niet wat ik moet zeggen. We weten allebei dat het geen zin heeft om in de verdediging te gaan, om ertegen in te gaan. We weten allebei dat ik de laatste ben die kan beoordelen hoezeer ik van dag tot dag verander.

'Het spijt me,' zeg ik.

Hij kijkt me aan. 'O, het geeft niet. Je hoeft je niet te verontschuldigen. Ik weet dat je er niets aan kunt doen. Je kunt nergens iets aan doen. Het is niet fair van mij om alleen aan mezelf te denken.'

Hij richt zijn blik weer op de zee. Een enkel lichtje schijnt in de verte. Een boot op de golven. Licht in een zee van stroperige duisternis. Ben zegt: 'Het komt wel goed met ons, hè Chris?'

'Natuurlijk,' antwoord ik. 'Natuurlijk komt het goed. Dit is een nieuw begin voor ons. Ik heb mijn dagboek, en dokter Nash zal me helpen. Ik word beter, Ben, ik weet het. Ik denk erover weer te gaan schrijven. Ik zou niet weten waarom niet. Het zal best gaan. En trouwens, ik heb ook weer contact met Claire en zij kan mij ook helpen.' Er komt een idee in me op. 'We moeten bij elkaar komen, vind je ook niet? Zoals vroeger, toen we nog studeerden. Wij drieën. En haar man misschien ook – ik geloof dat ze zei dat ze getrouwd is. We kunnen elkaar weer ontmoeten en tijd met elkaar doorbrengen. Het komt goed.' Mijn geest richt zich op alle leugens waarover ik gelezen heb, alle manieren waarop hij niet betrouwbaar is gebleken, maar ik druk alles weg en prent mezelf in dat dat allemaal is opgelost. Nu is het aan mij om sterk te zijn, positief te zijn. 'Zolang we elkaar maar beloven altijd eerlijk te zijn,' zeg ik. 'Dan komt het goed.'

Hij draait zich weer naar me toe en kijkt me aan. 'Je houdt toch wel van me?'

'Natuurlijk. Natuurlijk hou ik van je.'

'En je vergeeft het me? Dat ik bij je ben weggegaan? Ik wilde het niet, maar ik had geen keus. Het spijt me.'

Ik pak zijn hand. Hij voelt warm en koud aan, een beetje klam. Ik probeer hem tussen mijn handen te nemen, maar hoewel hij zich niet verzet, werkt hij ook niet mee. Zijn hand blijft levenloos op zijn knie liggen. Ik knijp erin en pas dan lijkt hij te merken dat ik zijn hand vasthoud.

'Ben. Ik begrijp het en ik vergeef het je.' Ik kijk hem in de ogen. Ze zijn dof en doods, alsof ze al zoveel verschrikkingen hebben gezien dat ze niets meer kunnen verdragen.

'Ik hou van je, Ben.'

Zijn stem wordt zacht, er klinkt alleen gefluister. 'Kus me.'

Ik doe wat hij vraagt en als ik me terugtrek fluistert hij: 'Nog eens. Nog een keer.'

Ik kus hem nog een keer, maar hoewel hij erom vraagt, kan ik het niet opbrengen om hem nog een derde keer te kussen. We staren naar de zee, naar het maanlicht op het water en de regendruppels die op de voorruit de gele lichtbundels van passerende auto's weerspiegelen. Alleen wij tweeën, hand in hand. Samen.

We blijven er een eeuwigheid zitten. Ben zit naast me en kijkt zwijgend naar de zee. Hij speurt het water af, alsof hij ergens naar op zoek is, naar een antwoord in de duisternis. Ik vraag me af waarom hij ons hiernaartoe heeft gebracht, wat hij hier hoopt te vinden.

'Hebben we vandaag echt iets te vieren?' vraag ik. Hij geeft geen antwoord, lijkt me niet gehoord te hebben. Ik herhaal mijn vraag.

'Ja,' zegt hij zacht.

'Onze trouwdag?'

'Nee,' zegt hij. 'Onze eerste avond samen.'

Bijna vraag ik hem of we dat echt gaan vieren, want we zijn niet bepaald in een feestelijke stemming, maar dat vind ik te cru.

De weg achter ons is iets stiller geworden. De maan staat inmiddels hoog aan de hemel. Ik begin me zorgen te maken dat we hier de hele nacht in de regen naar de zee zullen blijven kijken, en doe alsof ik geeuw.

'Ik heb slaap,' zeg ik. 'Zullen we naar het hotel gaan?'

Hij kijkt op zijn horloge. 'Goed,' zegt hij. 'Natuurlijk, sorry.' Hij start de auto. 'We gaan er meteen heen.'

Ik ben opgelucht. Ik hunker ernaar om te slapen, maar zie er ook tegenop.

*

Over de rijzende en dalende kustweg rijden we langs een dorpje. De lichten van een andere, grotere plaats komen naderbij, krijgen steeds meer scherpte door het vochtige glas. Het wordt drukker op de weg, we passeren een jachthaven met aangemeerde boten, winkeltjes en nachtclubs en even later hebben we de plaats zelf bereikt. De bebouwing rechts van ons lijkt alleen maar uit hotels te bestaan, overal hangen witte bordjes waarop kamers worden aangeboden te zwaaien in de wind. Het is druk op straat; misschien is het minder laat dan ik dacht, of is dit zo'n plaats waar dag en nacht mensen op de been zijn.

Ik kijk uit over de zee. Een hel verlichte pier steekt uit in het water. Aan het verste uiteinde is een pretpark. Ik zie een paviljoen met een koepel, een achtbaan en een roetsjbaan. Ik kan haast de opgewonden kreten horen van de mensen die boven de inktzwarte zee heen en weer worden geslingerd.

Een onbenoembare beklemming vormt zich in mijn borst.

'Waar zijn we?' vraag ik. Boven de ingang van de pier staan woorden in stralend wit neon, maar ik kan door de beregende voorruit net niet lezen wat er staat.

'We zijn er,' zegt Ben als we een zijstraat indraaien en hij de auto voor een rijtjeshuis tot stilstand brengt. Op de luifel boven de voordeur staat een opschrift: RIALTO GUESTHOUSE.

Treden leiden naar de voordeur en een versierd hekwerk scheidt het huis van de straat. Naast de deur staat een kleine, gebarsten pot waar waarschijnlijk ooit een plant in heeft gestaan. Angst slaat me om het hart.

'Zijn we hier eerder geweest?' vraag ik. Hij schudt zijn hoofd.

'Weet je het zeker? Het komt me zo bekend voor.'

'Ik weet het zeker,' zegt hij. 'Misschien zijn we hier weleens in de buurt in een hotel geweest. Dat herinner je je waarschijnlijk.'

Ik probeer me te ontspannen. We stappen uit de auto. Door de grote ramen van een bar naast het pension zie ik een menigte drinkende mensen met op de achtergrond een deinende dansvloer. De dof dreunende muziek wordt door het glas gedempt. 'We checken eerst in en daarna haal ik de bagage op, goed?'

Ik trek mijn jas dicht om me heen. De wind is guur en het stroomt van de regen. Ik ren de treden op en duw de deur open. Er hangt een bordje waar VOL op staat. Ik loop naar binnen.

'Heb je gereserveerd?' vraag ik als Ben ook binnen is. We staan in de hal. Vanachter een deur die op een kier staat, klinkt het geluid van een televisie waarvan het volume is opgedraaid om boven het lawaai van de buren uit te komen. Er is geen receptie, alleen een tafeltje met een bel en een kaartje waarop staat dat gasten op de bel moeten drukken als ze iemand willen spreken.

'Ja, natuurlijk,' antwoordt Ben. 'Maak je geen zorgen.' Hij drukt op de bel.

Even later komt er uit een kamer ergens achter in het huis een jonge man. Hij is lang en slungelig en het valt me op dat zijn veel te grote overhemd uit zijn broek hangt. Hij begroet ons alsof hij ons al verwachtte, maar zijn toon is niet hartelijk. Ik wacht tot Ben ons heeft ingecheckt.

Het hotel heeft duidelijk betere tijden gekend. De vloerbedekking is hier en daar tot op de draad versleten en de deurposten vertonen kale, lelijke plekken. Tegenover de lounge is een deur waar EETZAAL op staat, en verder naar achteren zijn deuren die vermoedelijk toegang geven tot de keuken en de privéruimtes voor het personeel.

'Zal ik u naar uw kamer brengen?' vraagt de lange man als de formaliteiten zijn afgewikkeld. Het dringt tot me door dat hij het tegen mij heeft; Ben is alweer naar buiten gelopen, om de tassen te halen, denk ik.

'Ja,' antwoord ik. 'Graag.'

Hij overhandigt me de sleutel en we lopen naar boven. Op de eerste verdieping zijn een aantal kamers, maar daar lopen we langs en we nemen de volgende trap naar boven. Naarmate we hoger komen lijkt het huis te krimpen: de plafonds zijn lager, de muren staan dichter bij elkaar. We passeren nog een deur en komen uit bij een laatste trap, die waarschijnlijk naar het hoogste punt van het huis leidt.

'Uw kamer is boven aan deze trap,' zegt hij. 'Er is er maar een.'

Nadat ik hem bedankt heb, draait hij zich om en loopt terug naar beneden. Ik klim naar boven, naar onze kamer.

*

Ik doe de deur open. Het is donker en groter dan ik had verwacht hier in de nok van het huis. Aan de andere kant van de kamer is een raam waardoor een bleek grijs licht naar binnen valt dat de contouren van een toilettafel, een bed, een tafeltje en een leunstoel zichtbaar maakt. De muziek van de club naast het pension is hierboven van elke helderheid ontdaan, zodat er alleen een doffe, knarsende dreun van over is.

Ik blijf staan. Weer word ik bevangen door een hevige angst. Dezelfde angst die ik voelde toen we buiten stonden, maar erger. Ik krijg het koud. Er is iets mis, maar ik kan er mijn vinger niet op leggen. Ik haal diep adem maar er stroomt niet genoeg lucht in mijn longen. Ik voel me alsof ik bijna verdrink.

Ik sluit mijn ogen in de hoop dat de kamer zal zijn veranderd als ik ze weer opendoe, maar dat gebeurt niet. Ik voel een allesoverheersende angst voor wat er zal gebeuren als ik het licht aandoe, alsof die eenvoudige handeling een ramp zal inluiden, het einde van alles.

En als ik de duisternis de duisternis laat en terugga naar beneden? En rustig doorloop, langs de lange man de gang door, langs Ben als het niet anders kan, en dan weg, weg uit dit hotel?

Ze zouden natuurlijk denken dat ik gek ben geworden. Ze zouden me vinden en terugbrengen. En wat zou ik tegen ze moeten zeggen? Dat de vrouw zonder geheugen een onbestemd gevoel had, een vaag vermoeden? Ze zouden me belachelijk vinden.

Ik ben hier met mijn man. We zijn hier om ons te verzoenen. Ik ben veilig bij Ben.

Dan doe ik het licht aan.

Even zijn mijn ogen verblind, dan zie ik de kamer. Er is niets bijzonders aan. Niets om bang voor te zijn. Een geelbruin tapijt, gordijnen, behang met verschillende bloemetjespatronen die niet bij elkaar passen. Een driedelige spiegel boven een aftandse toilettafel. Een verbleekt schilderijtje van een vogel. Op de rieten leunstoel een kussen met weer een ander bloemetjespatroon en op het bed een oranje geruite sprei.

Ik kan me voorstellen dat deze kamer een teleurstelling is voor mensen die hier een vakantie hebben geboekt, maar hoewel Ben hem voor ons heeft gereserveerd, is het geen teleurstelling wat ik voel. Mijn angst is overgegaan in doodsangst.

Ik doe de deur achter me dicht en probeer te kalmeren. Ik ben raar aan het doen. Paranoïde. Ik moet bezig blijven. Iets doen.

Het is koud in de kamer, aan de bewegende gordijnen zie ik dat het tocht. Ik loop erheen om het raam dicht te doen. Eerst kijk ik naar buiten. We zitten hoog; ver beneden zie ik straatlantaarns waar meeuwen op zijn neergestreken. Ik kijk uit over de daken, zie de koele maan in de lucht hangen en in de verte de zee. Ik kan de pier onderscheiden, de achtbaan, de flitsende lichten.

En dan zie ik het. Het opschrift boven de ingang van de pier.

BRIGHTON PIER

Ondanks de kou en zelfs terwijl ik sta te rillen voel ik het zweet op mijn voorhoofd. Alles valt op zijn plaats. Ben heeft me meegenomen naar Brighton, de plaats waar de catastrofe heeft plaatsgevonden. Maar waarom? Denkt hij misschien dat er meer kans is dat ik me zal herinneren wat er gebeurd is als ik terugga naar de plaats waar mijn leven me ontnomen is? Denkt hij dat ik me mijn belager zal herinneren?

Ik herinner me uit mijn dagboek dat dokter Nash me een keer heeft voorgesteld naar Brighton te gaan, maar dat ik er niets van wilde weten.

Ik hoor voetstappen en stemmen op de trap. De lange man brengt Ben naar onze kamer. Samen dragen ze de bagage naar boven, ze zeulen ermee de trappen op en door de verraderlijk smalle gangetjes. Nog even, en Ben is hier.

Wat moet ik tegen hem zeggen? Dat hij zich vergist, dat het niet zal helpen? Dat ik naar huis wil?

Ik loop terug naar de deur. Ik zal helpen met de tassen, en dan pak ik ze uit, gaan we naar bed en morgen...

Het dringt ineens tot me door. Morgen weet ik hier niets meer van. Daarom heeft Ben zijn schooltas meegenomen. De foto's zitten erin. Het plakboek. Hij zal weer helemaal opnieuw uit moeten leggen wie hij is en waar we zijn.

Ik vraag me af of ik mijn dagboek heb meegenomen. Dan herinner ik me dat ik het in mijn tas heb gestopt. Ik probeer rustig te worden. Vanavond leg ik het onder mijn kussen en dan vind ik het morgen terug en lees ik het. Alles komt goed.

Ik hoor Ben op de overloop. Hij praat met de man over het ontbijt. 'We willen op onze kamer ontbijten, denk ik,' hoor ik hem zeggen. Ik word opgeschrikt door een krijsende meeuw bij het raam.

Ik loop naar de deur, en dan zie ik het. Rechts van mij. De badkamer. De deur staat open. Een bad, wc, wastafel. Maar het is de vloer die mijn aandacht trekt en me de stuipen op het lijf jaagt. Het is een tegelvloer met een ongewoon patroon: zwarte en witte tegels wisselen elkaar af in wilde diagonalen.

Mijn kaken komen van elkaar. Ik krijg het ijzig koud en meen mezelf te horen schreeuwen.

Nu weet ik het. Ik herken het patroon.

Ik heb niet alleen Brighton herkend.

Ik ben hier eerder geweest. In deze kamer.

*

De deur gaat open. Ik zeg niets als Ben binnenkomt maar mijn hersenen draaien op volle toeren. Is dit de kamer waarin ik ben aangevallen? Waarom heeft hij me niet gezegd dat we hiernaartoe gingen? Hoe is het mogelijk dat hij me eerst niets wilde vertellen over dat voorval en me nu meeneemt naar de kamer waar het gebeurd is?

Ik zie de lange man bij de deur staan en wil iets roepen, hem vragen te blijven, maar hij draait zich om en Ben doet de deur dicht. We zijn met z'n tweeën.

Hij kijkt me aan. 'Gaat het goed, liefje?' vraagt hij. Ik knik en zeg ja, maar het voelt alsof ik het woord uit mijn keel moet wringen. Haat roert zich in mijn maag.

Hij pakt mijn arm en knijpt net iets te hard in mijn vlees; iets harder, en ik zou er wat van zeggen, iets zachter en ik betwijfel of ik het gemerkt zou hebben. 'Echt?'

'Ja,' zeg ik. Waarom doet hij dit? Hij moet toch weten waar we zijn, wat dit betekent. Hij moet dit zo gepland hebben. 'Ja, hoor. Ik ben alleen een beetje moe.'

Plotseling begrijp ik het. Dokter Nash. Hij moet hier een stem in hebben gehad. Waarom zou Ben, na al die jaren waarin hij het had kunnen doen maar het niet gedaan heeft, uitgerekend nu hebben besloten met mij naar deze plek te gaan?

Ze moeten contact hebben gehad. Misschien heeft Ben hem gebeld nadat ik hem verteld had dat we elkaar regelmatig zagen. Misschien hebben ze dit allemaal de afgelopen week gepland – de week waar ik niets meer van weet.

'Ga even liggen,' zegt Ben.

Ik hoor mezelf antwoorden. 'Ja, laat ik dat doen.' Ik draai me om naar het bed. Misschien hadden ze al die tijd al contact. Misschien heeft dokter Nash overal over gelogen. Ik zag voor me hoe hij Ben belde nadat hij afscheid van mij had genomen, en hem vertelde hoe ik vooruit was gegaan, of juist helemaal niet.

'Heel goed,' zegt Ben. 'Ik had champagne mee willen nemen. Ik denk dat ik even een fles ga halen. Er is geloof ik een winkel hier in de buurt.' Hij glimlacht. 'Ik ben zo weer bij je terug.'

Ik draai me naar hem toe en dan kust hij me. Nu we hier zijn, kust hij me langer. Hij strijkt met zijn lippen langs de mijne, legt zijn hand op mijn haar, streelt mijn rug. Ik weersta de neiging een stap naar achteren te doen. Zijn hand glijdt langs mijn rug naar beneden en komt op mijn billen tot rust. Ik slik moeizaam.

Ik kan niemand vertrouwen. Noch mijn man, noch de man die me heeft voorgehouden dat hij me wilde helpen. Ze hebben samengespannen, naar deze dag toe gewerkt, de dag waarop ik de verschrikkingen van mijn verleden onder ogen zou moeten zien.

Hoe durven ze! Hoe durven ze!

'Oké,' zeg ik. Ik wend mijn hoofd een beetje af en duw hem zachtjes weg, zodat hij me laat gaan.

Hij draait zich om en loopt de kamer uit. 'Ik doe de deur op slot,' zegt hij voor hij hem achter zich dichtdoet. 'We kunnen niet voorzichtig genoeg zijn...' Ik hoor hoe de sleutel aan de buitenkant van de deur wordt omgedraaid en raak in paniek. Gaat hij echt champagne halen of heeft hij met dokter Nash afgesproken? Ik kan niet geloven dat hij me naar deze kamer heeft gebracht zonder het me te vertellen; nog een leugen, naast alle andere leugens. Ik hoor hem de trap af lopen.

Handenwringend ga ik op de rand van het bed zitten. Ik kan niet tot rust komen, kan me niet op één ding concentreren. De gedachten buitelen over elkaar heen, alsof ze in een geest die verstoken is van een geheugen te veel ruimte krijgen, kunnen groeien en bewegen en met andere gedachten in botsing komen, een regen van vonken veroorzakend voor ze verder razen.

Ik sta op. Ik ben woedend. De gedachte dat hij straks terugkomt, champagne inschenkt en bij me in bed gaat liggen is onverdraaglijk.

Om nog maar te zwijgen van het idee dat ik zijn huid tegen de mijne voel, zijn handen mijn lichaam betasten, me vastgrijpen, neerdrukken, dat hij me aanmoedigt me aan hem te geven. Maar hoe kan ik me aan hem geven als er niets te geven valt, omdat ik niet besta?

Ik zou alles willen doen, denk ik. Alles, behalve dat.

Hier kan ik niet blijven, op deze plek waar mijn leven is verwoest en me alles is afgenomen. Ik probeer te bepalen hoeveel tijd ik heb. Tien minuten? Vijf? Ik loop naar Bens tas, doe hem open. Ik weet niet waarom; het waarom of hoe houdt me niet bezig, alleen maar dat ik weg moet zijn voor Ben terugkomt en alles weer anders is. Misschien ben ik op zoek naar de autosleutels, wil ik de deur forceren en naar beneden gaan, naar de regenachtige straat en de auto. Hoewel ik niet eens zeker weet of ik kan rijden; misschien wil ik het proberen, instappen en dan heel, heel ver weg rijden.

Of misschien ben ik wel op zoek naar een foto van Adam; ik weet zeker dat hij die in zijn tas heeft gedaan. Ik zal er eentje pakken, de kamer uit gaan en het op een lopen zetten. Lopen zal ik, zo hard ik kan, en als ik niet meer kan bel ik Claire, of iemand anders, en zeg ik dat ik het niet meer aankan en smeek ik om hulp.

Ik graaf diep in de tas. Ik voel metaal en plastic. Iets zachts. Dan stuit ik op een envelop. Ik haal hem eruit in de veronderstelling dat er foto's in zitten. Het is de envelop die ik thuis in de werkkamer heb gevonden. Ik moet hem in Bens tas hebben gestopt met pakken, met het idee hem erop te wijzen dat die envelop nog niet open is geweest. Ik draai hem om en zie dat het woord VERTROUWELIJK op de voorkant is geschreven. Zonder nadenken scheur ik hem open en haal ik de inhoud eruit.

Papier. Vele bladzijden. Ik herken de vage blauwe lijnen, de rode kantlijn. Het is hetzelfde papier als dat van mijn dagboek, het dagboek dat ik al die tijd heb bijgehouden.

Dan zie ik mijn eigen handschrift en begint het me te dagen.

Ik heb niet mijn hele verhaal gelezen. Er is meer. Veel meer.

Ik pak mijn dagboek uit mijn tas. Nu zie ik pas dat er na de laatste beschreven bladzijde een gedeelte is weggehaald. De bladzijden zijn heel precies met een ontleed- of scheermesje weggesneden, dicht bij de rug.

Ben heeft ze weggesneden.

Ik ga op de grond zitten en spreid de bladzijden voor me uit. De week waar ik niets meer van weet. Ik lees de rest van mijn verhaal.

*

De eerste aantekening is gedateerd. Er staat VRIJDAG 23 NOVEMBER boven. De dag waarop ik Claire heb ontmoet. Dat moet ik diezelfde avond hebben geschreven nadat ik met Ben had gepraat. Misschien hebben we toch het gesprek gehad dat ik met hem wilde voeren. *Ik zit hier*, begint het,

> op de grond in de badkamer van het huis waarin ik vermoedelijk elke ochtend wakker word. Voor me ligt dit dagboek. Ik heb een pen in mijn hand. Ik schrijf want ik kan niets anders bedenken.
>
> Om me heen liggen verfrommelde zakdoekjes, doorweekt met tranen en bloed. Als ik met mijn ogen knipper wordt alles rood. Als ik het bloed wegveeg druipt het even snel weer in mijn ogen.
>
> In de spiegel heb ik gezien dat de huid boven mijn ogen kapot is, en mijn lip ook. Als ik slik proef ik de metalige smaak van bloed.
>
> Ik wil slapen. Zou een veilige plek willen hebben waar ik mijn ogen kan sluiten en kan rusten, als een dier.
>
> Want dat ben ik. Een dier. Ik leef bij het moment, bij de dag, en probeer wijs te worden uit de wereld om me heen.

Mijn hart bonkt als een bezetene. Ik lees de alinea nog eens over en mijn ogen blijven telkens steken bij het woord 'bloed'. Wat was er gebeurd?

Snel begin ik te lezen, mijn geest tuimelt over de woorden, schiet van de ene regel naar de andere. Ik weet niet wanneer Ben terugkomt en kan niet riskeren dat hij me deze bladzijden afneemt voor ik ze gelezen heb. Dit is misschien mijn enige kans:

> Het leek me het beste om er na het eten over te beginnen. We aten in de huiskamer met ons bord – worstjes met puree – op onze knieën. Toen we allebei klaar waren met eten vroeg ik of hij de televisie uit wilde

zetten. Dat deed hij met tegenzin. 'Ik moet met je praten,' zei ik.

Het leek ineens te stil in de kamer, met alleen het getik van de klok en in de verte het gedruis van de stad. En mijn holle, lege stemgeluid.

'Lieverd,' zei Ben terwijl hij zijn bord op de salontafel tussen ons in zette. Op de rand lag een half opgegeten stukje vlees en er dreven erwtjes in de jus. 'Is alles wel in orde?'

'Ja,' antwoordde ik. 'Alles is prima.' Ik wist niet hoe ik verder moest. Hij keek me met grote ogen aan. 'Je houdt toch van me, hè?' vroeg ik. Het leek haast of ik bewijsmateriaal verzamelde, me indekte tegen een mogelijke afkeuring.

'Ja,' zei hij. 'Natuurlijk. Wat is er aan de hand? Is er iets mis?'

'Ben,' zei ik. 'Ik hou ook van jou, en ik begrijp wat er de reden van is geweest dat je gedaan hebt wat je hebt gedaan, maar ik weet dat je tegen me hebt gelogen.'

Nauwelijks had ik de zin uitgesproken, of ik had er al spijt van. Ik zag hem terugdeinzen. Hij keek me aan met een gekwetste blik in zijn ogen en teruggetrokken lippen, alsof hij iets wilde zeggen.

'Waar heb je het over?' zei hij. 'Lieverd...'

Nu moest ik doorzetten. Ik had me ergens in begeven en kon niet meer terug.

'Ik weet dat je het gedaan hebt om mij te beschermen, dat je dingen voor mij hebt achtergehouden, maar dit kan zo niet langer. Ik moet het weten.'

'Waar heb je het over?' zei hij. 'Ik heb niet tegen je gelogen.'

Woede welde in me op. 'Ben,' zei ik. 'Ik weet van Adam.'

Zijn gezicht veranderde. Hij slikte, keek weg, naar de hoek van de kamer, veegde iets van zijn mouw. 'Wat?'

'Adam,' zei ik. 'Ik weet dat we een zoon hebben gehad.'

Even verwachtte ik dat hij me zou vragen hoe ik dat wist, maar toen realiseerde ik me dat dit gesprek niet nieuw voor hem was. We hebben het er eerder over gehad, op de dag dat ik mijn roman zag en op andere dagen waarop ik me Adam herinnerde.

Ik zag dat hij iets wilde zeggen, maar ik wilde geen leugens meer horen.

'Ik weet dat hij is omgekomen in Afghanistan.'

Het was haast komisch zoals zijn mond dichtging en weer open.

'Hoe weet je dat?'

'Dat heb jij me verteld,' zei ik. 'Weken geleden. Je zat een koekje te eten en ik was in de badkamer. Ik kwam naar beneden en zei dat ik me herinnerde dat we een zoon hadden gehad en zelfs nog wist hoe hij heette. Toen heb je me verteld hoe hij is omgekomen. Je hebt me foto's laten zien, foto's die je boven bewaart. Van mij en hem, brieven die hij heeft geschreven. Er was er een bij aan de Kerstman...' Weer werd ik door verdriet overmand. Ik stopte met praten.

Ben zat me aan te staren. 'Je herinnert je dat? Hoe...'

'Ik schrijf dingen op. Al een paar weken. Alles wat ik me kan herinneren.'

'Waar dan?' vroeg hij. Hij was harder gaan praten, hoewel ik niet begreep waar hij kwaad om zou moeten zijn. 'Waar heb je dingen opgeschreven? Ik begrijp het niet, Christine. Waar heb je dingen opgeschreven?'

'In een opschrijfboek.'

'Een opschrijfboek?' Zoals hij het zei klonk het heel onbenullig, alsof ik het gebruikte voor boodschappenlijstjes en telefoonnummers.

'Een dagboek,' zei ik.

Hij schoof naar voren in zijn stoel alsof hij ging opstaan. 'Een dagboek? Hoe lang al?'

'Dat weet ik niet precies. Een paar weken.'

'Mag ik het zien?'

Ik voelde me recalcitrant en boos. Vastbesloten het hem niet te laten zien. 'Nee,' zei ik. 'Nog niet.'

Hij was razend. 'Waar is het? Laat het me zien.'

'Ben, het is persoonlijk.'

Ik kreeg het woord meteen teruggeworpen. 'Persoonlijk? Hoe bedoel je, persoonlijk?'

'Ik bedoel privé. Ik vind het geen prettig idee dat jij het zou lezen.'

'Waarom?' zei hij. 'Heb je over mij geschreven?'

'Natuurlijk heb ik over jou geschreven.'

'Wat dan? Wat heb je over mij geschreven?'

Hoe moest ik daarop antwoorden? Ik dacht aan alle manieren waarop ik hem verraden had. De dingen die ik tegen dokter Nash had gezegd en wat ik over hem gedacht had. Mijn wantrouwen, de dingen waartoe ik hem in staat had geacht. Ik dacht aan de leugens die ik had verteld, de dagen waarop ik dokter Nash – en Claire – had ontmoet. En ik niets tegen hem had gezegd.

'Van alles, Ben. Ik heb van alles opgeschreven.'

'Maar waarom? Waarom heb je dingen opgeschreven?'

Ik kon mijn oren niet geloven. 'Ik wil iets van mijn leven begrijpen,' zei ik. 'Ik wil verband kunnen leggen tussen de ene dag en de andere, zoals jij ook kan. Zoals iedereen kan.'

'Maar waarom? Ben je ongelukkig? Hou je niet meer van me? Wil je niet meer met me leven, hier?'

Daar had ik niet van terug. Hoe kwam hij erbij dat mijn behoefte aan samenhang in mijn gefragmenteerde leven betekende dat ik dat leven op een of andere manier zou willen veranderen?

'Dat weet ik niet,' zei ik. 'Wat is gelukkig? Ik geloof dat ik gelukkig ben als ik 's ochtends wakker word, hoewel ik vanmorgen vooral in de war was. Maar ik ben niet gelukkig als ik in de spiegel kijk en zie dat ik twintig jaar ouder ben dan ik dacht, dat ik grijze haren heb en kraaienpootjes. Ik ben niet gelukkig als ik aan al die verloren jaren denk, al die jaren die me zijn afgenomen. Dus ik denk dat er veel momenten zijn waarop ik niet gelukkig ben, nee. Maar dat ligt niet aan jou. Ik hou van je. Ik heb je nodig.'

Toen kwam hij naast me zitten. Zijn stem werd zachter. 'Het spijt me,' zei hij. 'Ik kan er niet over uit dat alles is verwoest, alleen maar door dat auto-ongeluk.'

Weer welde er boosheid in me op, maar ik wist me te beheersen. Ik had het recht niet om boos op hem te zijn; hij wist niet wat ik wel en niet te weten was gekomen.

'Ben,' zei ik. 'Ik weet wat er gebeurd is. Ik weet dat het geen auto-ongeluk was. Ik weet dat ik ben aangevallen.'

Hij bleef roerloos zitten en keek me uitdrukkingsloos aan. Net toen ik dacht dat hij me niet gehoord had, zei hij: 'Hoe bedoel je, aangevallen?'

Ik verhief mijn stem. 'Ben!' zei ik. 'Hou op!' Ik kon het niet helpen. Ik had hem verteld dat ik een dagboek bijhield, dat ik pogingen deed achter mijn hele verhaal te komen, en hij ging gewoon door, hij bleef tegen me liegen terwijl het zo duidelijk was dat ik de waarheid wist.

'Hou goddomme op met liegen! Ik weet dat het geen ongeluk was. Ik weet wat er met me gebeurd is. Het heeft geen zin te doen alsof het anders is gegaan. Ontkennen brengt ons geen steek verder. Je moet stoppen met liegen!'

Hij stond op. Zijn reusachtige gestalte doemde voor me op, blokkeerde mijn zicht.

'Wie heeft het je verteld?' vroeg hij. 'Wie was het? Die teef van een Claire? Kon ze haar grote bek niet houden? In plaats van jou voor te liegen en zich te bemoeien met zaken waar ze niks mee te maken heeft?'

'Ben...' begon ik.

'Ze heeft altijd de pest aan me gehad. Ze zou alles doen om jou tegen me op te zetten. Alles! Ze liegt, lieveling. Ze liegt!'

'Het was Claire niet,' zei ik. Ik boog mijn hoofd. 'Het was iemand anders.'

'Wie dan?' schreeuwde hij. 'Wie?'

'Ik ben bij een dokter geweest,' fluisterde ik. 'Ik heb met hem gepraat. Hij heeft het me verteld.'

Hij verroerde geen vin, alleen de duim van zijn rechterhand draaide langzaam rondjes over de knokkel van zijn andere hand. Ik kon de warmte van zijn lichaam voelen en hoorde zijn langzame ademhaling, hoe hij even inhield voor hij uitademde. Toen hij begon te praten klonk zijn stem zo zacht dat ik moeite moest doen om hem te verstaan.

'Hoezo ben jij bij een dokter geweest?'

'Hij heet dokter Nash. Hij schijnt een paar weken geleden contact met me te hebben opgenomen.' Zelfs toen ik de woorden uitsprak, voelde het niet als mijn eigen verhaal maar als dat van iemand anders.

'Wat zei hij?'

Ik probeerde het me te herinneren. Had ik iets opgeschreven over ons eerste gesprek?

'Dat weet ik niet meer,' antwoordde ik. 'Ik geloof niet dat ik heb opgeschreven wat hij toen heeft gezegd.'

'En hij heeft je aangemoedigd om dingen op te schrijven?'

'Ja.'

'Waarom?' zei hij.

'Ik wil beter worden, Ben.'

'En, werkt het? Wat hebben jullie gedaan? Heeft hij je medicijnen gegeven?'

'Nee,' antwoordde ik. 'Hij heeft tests gedaan en een paar oefeningen. Er is een scan gemaakt...'

De duim hield stil. Hij keek me aan.

'Een scan?' Zijn stem klonk weer luider.

'Ja, een MRI-scan. Hij zei dat dat zou kunnen helpen. Die waren er nog niet toen ik net ziek was. Of in elk geval waren ze nog niet zo goed als nu.'

'Waar? Waar hij heeft hij die tests gedaan? Vertel op!'

Ik begon in de war te raken. 'In zijn werkkamer,' zei ik. 'In Londen. Daar heb ik die scan ook gehad. Ik weet niet meer precies waar.'

'Hoe ben je daar dan heen gegaan? Hoe komt iemand als jij in een dokterspraktijk?' Zijn stem klonk geknepen en dwingend. 'Hoe heb je dat gedaan?'

Ik probeerde rustig te praten. 'Hij haalde me op,' zei ik, 'met de auto...'

Ik zag teleurstelling op zijn gezicht, gevolgd door woede. Het was nooit mijn bedoeling geweest dat het gesprek zo zou lopen, dat het zo moeilijk zou worden.

Ik moest een poging doen om uit te leggen hoe het zat. 'Ben...' zei ik.

Wat er toen gebeurde had ik niet verwacht. Ergens heel diep uit zijn keel kwam een dof geluid dat steeds luider werd, tot hij het niet meer kon onderdrukken en een verschrikkelijke schreeuw gaf, het geluid van nagels over glas.

'Ben!' riep ik. 'Wat is er aan de hand?'

Hij draaide zich om, wankelde en wendde zijn gezicht van me af. Ik was bang dat hij een soort toeval had, stond op en stak mijn hand naar hem uit om hem te ondersteunen. 'Ben!' zei ik nogmaals, maar hij negeerde me en hield zich staande tegen de muur. Toen keek hij me aan met grote opengesperde ogen en een vuurrood gezicht. Speeksel had zich in zijn mondhoeken opgehoopt. Het leek alsof hij een grotesk masker had opgezet, zo verkrampt stond zijn gezicht.

'Jij stom klerewijf,' zei hij, en hij kwam op me af. Ik deinsde terug. Zijn gezicht was slechts enkele centimeters van het mijne verwijderd. 'Hoe lang is dit al aan de gang?'

'Ik...'

'Zeg het! Zeg het, slet. Hoe lang al?'

'Er is niets aan de gang!' antwoordde ik. Angst welde als een golf in me op, sloeg langzaam om en verdween weer naar de diepte. 'Niets!' herhaalde ik. Zijn adem rook naar eten. Vlees en uien. Speeksel schoot door de lucht en raakte me in mijn gezicht, op mijn lip. Ik proefde zijn warme, natte woede.

'Je gaat met hem naar bed, lieg niet tegen me.'

Ik stond met mijn kuiten tegen de rand van de bank gedrukt en probeerde zijwaarts van hem weg te komen, maar hij greep me bij mijn schouders en schudde me door elkaar. 'Je bent nooit anders geweest,' zei hij. 'Een stom, leugenachtig rotwijf. Hoe kwam ik er toch bij te denken dat je met mij anders zou zijn. Hoe heb je het gedaan? Ging je er stiekem vandoor als ik op mijn werk was? Of ontving je hem hier? Of deden jullie het soms in de auto, ergens op een parkeerplaats op de hei?'

Zijn handen grepen me steeds harder vast, ik voelde zijn vingers en zijn nagels door het katoen van mijn blouse heen in mijn schouders drukken.

'Je doet me pijn!' schreeuwde ik, in de hoop dat hij met een schok tot zichzelf zou komen. 'Ben! Hou op!'

Hij hield op met schudden en zijn greep verslapte. Het was haast ondenkbaar dat de man die me met een van haat en woede vertrokken gezicht bij de schouders had gegrepen, dezelfde was als de man die me de brief had geschreven die ik van Claire had gekregen. Hoe was het mogelijk dat hij me zo was gaan wantrouwen? Hoeveel misverstanden moesten er wel geweest zijn dat het zover had kunnen komen?

'Ik ga niet met hem naar bed,' zei ik. 'Hij helpt me alleen maar. Zodat ik beter word en weer een normaal leven kan leiden. Hier, met jou. Wil je dat dan niet?'

Zijn blik schoot onrustig door de kamer. 'Ben?' vroeg ik weer. 'Praat tegen me!' Hij verstijfde. 'Wil je niet dat ik beter word? Was dat niet altijd wat je wilde, wat je hoopte?' Hij begon met zijn hoofd te schudden, heen en weer te wiegen. 'Ik weet dat het zo is,' zei ik. 'Ik weet dat je dat altijd hebt gewild.' Hete tranen stroomden over mijn wangen, maar ik praatte door, snikkend en met een gebroken stem. Hij hield me nog steeds vast, maar zachter. Ik legde mijn handen op de zijne.

'Ik heb Claire gezien,' zei ik. 'Ze heeft me je brief gegeven. Ik heb hem gelezen, Ben. Na al die jaren heb ik hem gelezen.'

Hier zit een vlek op het papier, een stervormige vlek van inkt gemengd met water. Ik moet hebben gehuild terwijl ik zat te schrijven. Ik las verder.

Wat ik verwacht had weet ik niet. Misschien dat hij me snikkend van opluchting in de armen zou vallen en we roerloos zouden blijven staan in een zwijgende omhelzing, zo lang als nodig was om te ontspannen, om elkaar weer terug te vinden. We zouden gaan zitten en overal over praten. Misschien zou ik naar boven lopen om de brief te pakken die Claire me gegeven had. Samen zouden we hem lezen en een eerste stap zetten om ons leven opnieuw op te bouwen, met de waarheid als fundament.

In plaats daarvan gebeurde er even helemaal niets en bleef alles stil. Er was geen ademhaling te horen, geen verkeer op straat. Ik hoorde de klok niet eens tikken. Het was alsof het leven zijn adem inhield en we ons in een niemandsland bevonden, tussen twee toestanden in.

En toen was het voorbij. Ben maakte zich van me los. Ik dacht dat hij me ging kussen, maar toen zag ik vanuit mijn ooghoek iets bewegen en werd mijn hoofd naar opzij geslagen. Mijn kaak gloeide van de pijn. Ik viel, zag de bank op me af komen en mijn achterhoofd kwam in contact met iets hards en scherps. Ik schreeuwde het uit. Er kwam nog een klap, en nog een. Ik sloot mijn ogen, in afwachting van de volgende – maar die kwam niet. Ik hoorde voetstappen die zich verwijderden, en een deur die dichtsloeg.

Ik deed mijn ogen open en hapte verwoed naar adem. Het tapijt strekte zich voor me uit, verticaal geworden. Vlak bij mijn hoofd lag een stukgegooid bord, de jus droop op de vloer en trok in het tapijt. Erwtjes en het half opgegeten worstje waren in de stof getrapt. De voordeur zwaaide open en werd dichtgesmeten. Ben was vertrokken.

Ik ademde uit en sloot mijn ogen. Ik mag nu niet in slaap vallen, dacht ik. Ik mag niet in slaap vallen.

Ik deed ze weer open. Donkere vormen bewogen in de verte en ik rook de geur van vlees. Ik slikte en proefde bloed.

Wat heb ik gedaan? Wat heb ik gedaan?

Ik vergewiste me ervan dat hij echt weg was, ging naar boven en pakte mijn dagboek. Uit mijn kapotte lip druppelde bloed op het tapijt. Ik weet niet wat er gebeurd is. Ik weet niet waar mijn man is, of hij terug zal komen, of ik dat eigenlijk wel wil.

Hij moet terugkomen. Ik kan niet leven zonder hem.

Ik ben bang. Ik wil Claire zien.

Ik stop met lezen en breng mijn hand naar mijn voorhoofd. Er zit een gevoelige plek. De bloeduitstorting die ik vanmorgen in de spiegel zag en die ik met make-up heb weggewerkt. Ben heeft me geslagen. Ik kijk naar de datum. Vrijdag 23 november. Een week geleden. Een week waarin ik dacht dat alles in orde was.

Ik sta op en kijk in de spiegel. Hij zit er nog steeds. Een vage kneuzing. Het bewijs dat het waar is wat ik heb opgeschreven. Ik vraag me af wat voor leugens ik mezelf heb verteld om mijn verwonding te verklaren, of wat voor leugens hij me verteld heeft.

Maar nu weet ik wat er gebeurd is. Ik kijk naar de bladzijden in mijn hand en plotseling dringt het tot me door. *Hij wilde dat ik ze zou vinden*. Ook al lees ik alles vandaag, hij weet dat ik het morgen weer vergeten ben.

Plotseling hoor ik hem op de trap en het lijkt alsof ik nu pas echt besef dat ik hier ben, in deze hotelkamer. Met Ben. De man die me heeft geslagen. Ik hoor zijn sleutel in het slot.

Ik moet weten wat er gebeurd is, dus ik schuif de bladzijden onder het kussen en ga op het bed liggen. Als hij de kamer binnenkomt sluit ik mijn ogen.

'Gaat het goed, lieverd?' zegt hij. 'Ben je wakker?'

Ik doe mijn ogen open. Hij staat in de deuropening met een fles in zijn hand. 'Ik kon alleen cava krijgen,' zegt hij. 'Is dat goed?'

Hij zet de fles op de toilettafel en geeft me een zoen. 'Ik denk dat ik even ga douchen,' fluistert hij. Hij loopt naar de badkamer en zet de kraan open.

Zodra hij de deur heeft dichtgedaan haal ik de bladzijden tevoorschijn. Veel tijd heb ik niet – hij zal hoogstens vijf minuten bezig zijn – dus ik moet zo snel mogelijk lezen. Mijn ogen schieten over de bladzijde zonder elk afzonderlijk woord te lezen, maar ik krijg toch een idee van wat er staat.

Dat was uren geleden. Ik zit in de donkere gang van ons lege huis met een papiertje in de ene hand en een telefoon in de andere. Inkt op papier. Een morsig briefje met een telefoonnummer erop. Er werd niet opgenomen, de telefoon ging eindeloos over. Misschien heeft ze haar antwoordapparaat uitgeschakeld, of is het bandje vol. Ik probeer het nog eens. En nog eens. Dit is me eerder overkomen. Ik leef in een vicieuze cirkel. Claire is er niet om me te helpen.

Ik keek in mijn tas en vond de telefoon die dokter Nash me heeft gegeven. Het is laat, dacht ik. Hij is niet op zijn werk. Hij zal wel met zijn vriendin zijn en doen wat ze 's avonds zoal doen. Wat normale mensen doen. Ik heb geen idee wat dat is.

Zijn privénummer stond voor in mijn dagboek. De telefoon ging eindeloos over en toen werd het stil. Er klonk geen bandje met een stem die me vertelde dat het nummer niet in gebruik was, of dat ik een boodschap achter kon laten. Ik probeerde het nog eens. Nu had ik alleen nog het nummer van zijn werk.

Ik bleef er een tijdje zitten. Hulpeloos. Terwijl ik naar de voordeur keek hoopte ik enerzijds Bens schemerige gestalte achter het matglas te zien en zijn sleutel in het slot te horen, anderzijds vervulde dat vooruitzicht me met angst.

Uiteindelijk hield ik het niet meer uit. Ik ging naar boven, kleedde me uit, ging in bed liggen en schreef dit allemaal op. Hij is nog steeds niet terug. Nog even en ik sla dit boek dicht, berg het op, doe het licht uit en ga slapen.

En dan zal ik alles vergeten, en is dit dagboek het enige wat rest.

Met angst in het hart sla ik de bladzijde om. Ik ben bang dat er niets staat, maar dat is niet zo.

Maandag 26 november

Vrijdag heeft hij me geslagen. De afgelopen twee dagen heb ik niets opgeschreven. Zou ik al die tijd hebben gedacht dat alles in orde was?

Mijn gezicht zit vol bloeduitstortingen en doet pijn. Ik moet toch hebben vermoed dat er iets niet pluis was?

Vandaag zei hij dat ik ben gevallen. Een groter cliché is niet denkbaar en ik geloofde hem. Waarom zou ik hem niet geloven? Hij had me ook al moeten vertellen wie ik was en hoe het kon dat ik wakker was geworden in een vreemd huis, tientallen jaren ouder dan ik dacht dat ik was. Dus waarom zou ik zijn verklaring voor mijn dikke, blauwe oog en mijn kapotte lip niet geloven?

En zo begon ik de dag. Ik kuste hem toen hij naar zijn werk vertrok. Ruimde de ontbijttafel op. Liet het bad vollopen.

En toen kwam ik hier en vond ik dit dagboek. Nu weet ik wat er werkelijk gebeurd is.

Een hiaat. Ik realiseer me dat ik niets over dokter Nash heb geschreven. Had hij me in de steek gelaten? Had ik het dagboek zonder zijn hulp gevonden? Of had ik het niet meer weggestopt? Ik las door.

Later heb ik Claire gebeld. De telefoon die Ben me heeft gegeven deed het niet meer – de batterij was waarschijnlijk leeg – dus ik gebruikte die van dokter Nash. Er werd niet opgenomen. Ik zat in de huiskamer en kon me niet ontspannen. Ik pakte een tijdschrift en legde het weer neer. Ik zette de tv aan en staarde een halfuur zonder iets te zien naar het scherm. Ik keek naar mijn dagboek, maar kon me niet concentreren, kon niet schrijven. Weer probeerde ik Claire te bellen maar elke keer hoorde ik hetzelfde bandje met de uitnodiging een boodschap in te spreken. Even na lunchtijd kreeg ik haar eindelijk te pakken.

'Chrissy,' zei ze. 'Hoe gaat het met je?' Op de achtergrond hoorde ik Toby spelen.

'Goed,' antwoordde ik, hoewel dat niet waar was.

'Ik wilde je ook bellen,' zei ze. 'Ik voel me klote en het is pas maandag!'

Maandag. Dagen hadden geen betekenis voor me; ze smolten weg zonder zich van de dag ervoor te onderscheiden.

‘Ik moet je zien,’ zei ik. ‘Kun je naar me toe komen?’

Ze klonk verbaasd. ‘Naar jouw huis?’

‘Ja,’ zei ik. ‘Alsjeblieft. Ik moet je spreken.’

‘Gaat het wel goed, Chrissy? Heb je de brief gelezen?’

Ik ademde diep in en ging zachtjes, fluisterend praten. ‘Ben heeft me geslagen.’ Ik hoorde haar schrikken.

‘Wat?’

‘Een paar dagen geleden. Ik heb blauwe plekken. Hij zegt dat ik ben gevallen, maar in mijn dagboek staat dat hij me geslagen heeft.’

‘Chrissy, het is ondenkbaar dat Ben je zou slaan. Ondenkbaar. Daar is hij gewoon niet toe in staat.’

Ik werd overspoeld door twijfel. Had ik het allemaal verzonnen?

‘Maar ik heb het in mijn dagboek geschreven,’ zei ik.

Na een korte stilte zei ze: ‘Maar waarom denk je dat hij je heeft geslagen?’

Ik legde mijn hand op mijn gezicht, voelde de opgezwollen huid rond mijn ogen. Ineens werd ik boos. Het was duidelijk dat ze me niet geloofde.

Ik dacht terug aan wat ik had opgeschreven. ‘Ik heb hem verteld dat ik een dagboek bijhoud. En ook dat ik jou heb gezien, en dokter Nash. En dat ik weet van Adam. Ik heb hem verteld dat je mij zijn brief hebt gegeven en dat ik hem heb gelezen. En toen heeft hij me geslagen.’

‘Zomaar ineens?’

Ik hoorde weer alles wat hij naar mijn hoofd had geslingerd, alle verwijten en beschuldigingen. ‘Hij noemde me een klerewijf.’ Ik voelde een snik omhoog komen. ‘Hij… hij beschuldigde me ervan dat ik met dokter Nash naar bed ga. Ik zei dat dat niet zo was, en toen…’

‘En toen?’

‘Toen heeft hij me geslagen.’

Er viel een stilte. Toen zei Claire: ‘Heeft hij je ooit eerder geslagen?’

Ik had geen idee. Misschien wel. Misschien hadden we altijd al zo’n soort relatie gehad. Ineens zag ik Claire en mij voor me met zelfgemaakte borden in een demonstratie – VROUWENRECHTEN! ZEG NEE TEGEN HUISELIJK GEWELD! Ik herinnerde me dat ik altijd neerkeek op vrouwen die zich door hun mannen lieten slaan en toch bij hen bleven. Zwak vond ik ze. Zwak en dom.

Was het mogelijk dat ik in dezelfde fuik was gelopen als zij?

'Ik weet het niet,' zei ik.

'Ik kan me Ben zo moeilijk voorstellen als iemand die een ander iets aandoet, maar helemaal onmogelijk is het natuurlijk niet. Jezus! Hij gaf mij altijd een schuldgevoel. Weet je nog wel?'

'Nee,' antwoordde ik. 'Ik weet het niet meer. Ik herinner me helemaal niets.'

'Shit,' zei ze. 'Het spijt me. Ik dacht er niet aan. Het is gewoon zo onvoorstelbaar. Hij was degene die me ervan overtuigde dat een vis net zo goed recht heeft op leven als een dier dat op pootjes loopt. Hij zou een spin nog geen kwaad doen!'

Een windvlaag brengt de gordijnen in beweging. In de verte hoor ik een trein. Geschreeuw op de pier. Beneden op straat roept iemand 'Fuck!' en ik hoor brekend glas. Ik wil niet verder lezen, maar weet dat het moet.

Een huivering ging door me heen. 'Was Ben vegetariër?'

'Veganist,' zei ze lachend. 'Je gaat me toch niet vertellen dat je dat niet wist?'

Ik dacht aan de avond waarop hij me geslagen had. *Een stukje vlees*, had ik geschreven. *Er dreven erwtjes in de jus.*

Ik liep naar het raam. 'Ben eet wel vlees...' zei ik langzaam. 'Hij is geen vegetariër... Niet meer, in elk geval. Misschien is hij veranderd?'

Er viel weer een lange stilte.

'Claire?' Ze antwoordde niet. 'Claire, ben je er nog?'

'Goed,' zei ze. Haar stem klonk boos. 'Ik ga hem bellen. Ik wil dit uitzoeken. Waar is hij nu?'

Ik antwoordde zonder nadenken. 'Op school waarschijnlijk. Hij zei dat hij niet voor vijven thuis zou zijn.'

'Op school?' zei ze. 'Bedoel je de universiteit? Geeft hij daar nu les?'

Ik werd angstig. 'Nee,' zei ik. 'Hij werkt op een school hier in de buurt. Ik weet de naam niet meer.'

'Wat doet hij daar?'

'Hij is leraar. Hoofd van de scheikunde-afdeling zei hij geloof ik.' Ik voelde me schuldig dat ik niet eens wist wat mijn man deed voor de kost, hoe hij het geld verdiende waarmee we ons eten en onze kleren betaalden. 'Ik weet het niet meer.'

Ik keek op en zag mijn gezwollen gezicht weerspiegeld in het raam. Mijn schuldgevoel verdween.

'Welke school?' vroeg ze.

'Dat weet ik niet,' antwoordde ik. 'Ik geloof niet dat hij me dat verteld heeft.'

'Hoezo, heeft hij dat nooit gezegd?'

'Vanmorgen niet, in elk geval,' zei ik. 'Voor mij is dat hetzelfde als nooit.'

'Het spijt me, Chrissy. Ik wil je niet overstuur maken. Het is alleen, nou ja...' Ik voelde dat ze zich bedacht, dat ze haar zin niet wilde afmaken. 'Kun je erachter komen hoe die school heet?'

Ik dacht aan de werkkamer boven. 'Ik denk het wel. Waarom?'

'Ik wil Ben graag even spreken, om er zeker van te zijn dat hij thuiskomt als ik er vanmiddag ben. Ik heb geen zin om voor niks te komen!'

Het viel me op dat ze een goedgemutste toon probeerde aan te slaan, maar ik zei er niets van. Ik had mijn greep op het geheel verloren, had geen idee wat ik moest doen, wat het beste was, dus ik besloot me maar op mijn vriendin te verlaten. 'Ik zal even kijken,' zei ik.

Ik ging naar boven, naar de werkkamer. Het was er netjes, stapels papieren lagen geordend op het bureau. Het duurde niet lang voor ik iets vond met een brievenhoofd erop, een brief over een ouderavond die al had plaatsgevonden.

'Het is de Sint Annaschool,' zei ik. 'Wil je het nummer?' Ze antwoordde dat ze dat zelf wel zou opzoeken.

'Ik bel je terug,' zei ze. 'Oké?'

Weer raakte ik in paniek. 'Wat ga je tegen hem zeggen?' vroeg ik.

'Ik ga uitzoeken wat er aan de hand is,' antwoordde ze. 'Vertrouw me nou maar, Chrissy. Er moet een verklaring zijn. Oké?'

'Oké,' zei ik, en ik maakte een einde aan het gesprek. Met trillende benen ging ik zitten. Stel dat mijn eerste intuïtie klopte en Claire en Ben nog steeds met elkaar sliepen? Misschien belde ze hem nu wel op om hem te waarschuwen. *Ze vermoedt iets*, zou ze kunnen zeggen. *Wees voorzichtig.*

Ik herinnerde me wat ik eerder in mijn dagboek had gelezen. Dokter Nash had me verteld dat ik ooit symptomen van paranoia had gehad. *Je beweerde dat de artsen tegen je samenspanden*, had hij gezegd. *Je had de neiging te confabuleren. Dingen te verzinnen.*

Stel je voor dat ik dat ook nu weer doe. Stel dat ik me dit allemaal maar inbeeld. Alles wat in mijn dagboek staat kan wel fantasie zijn. Paranoia.

Ik dacht terug aan wat ze tegen me hadden gezegd in het ziekenhuis en aan wat Ben in zijn brief had geschreven. *Je was bij vlagen agressief.* Ik besefte dat ik het misschien zelf was geweest vrijdagavond, dat ik het had uitgelokt. Had ik als eerste naar Ben uitgehaald? Misschien had hij teruggeslagen en had ik er later, toen ik in de badkamer zat te schrijven, mijn eigen draai aan gegeven.

Misschien toont dat hele dagboek wel aan dat ik steeds verder achteruitga. Dat ik binnenkort weer rijp ben voor Waring House.

Een rilling ging door me heen. Plotseling was ik ervan overtuigd dat dokter Nash me er om die reden mee naartoe had genomen. Om me voor te bereiden op mijn opname.

Ik kan nu alleen maar wachten tot Claire me terugbelt.

Weer een hiaat. Is dat wat er nu gaat gebeuren? Wil Ben me weer laten opnemen in Waring House, probeert hij dat? Ik sla een blik op de badkamerdeur. Dat laat ik niet gebeuren.

Er is nog één aantekening, van later die dag.

Maandag 26 november, 18.55 uur

Claire belde binnen een halfuur terug en de verwarring heeft nu echt toegeslagen. Ik slinger tussen uitersten heen en weer. *Ik weet wat ik moet doen. Ik weet niet wat ik moet doen. Ik weet wat ik moet doen.* Maar er is ook een derde gedachte. En die doet me huiveren, want ik weet dat het de waarheid is: *ik ben in gevaar.*

Ik blader terug naar het begin van dit dagboek om te noteren dat ik Ben niet kan vertrouwen, maar die woorden staan er al. Ik kan me niet herinneren dat ik ze heb opgeschreven. Maar er is zoveel wat ik me niet kan herinneren.

Een hiaat, en dan:

Ze klonk aarzelend, aan de telefoon.

'Chrissy,' zei ze. 'Luister.'

Haar toon maakte me bang. Ik ging zitten. 'Wat is er?'

'Ik heb Ben gebeld. Op school.'

Ik werd overmand door het gevoel in een onbestuurbaar vaartuig te zitten, op woeste wateren. 'Wat zei hij?'

'Ik heb hem niet gesproken. Ik wilde er alleen zeker van zijn dat hij daar werkt.'

'Waarom?' vroeg ik. 'Vertrouw je hem niet?'

'Hij heeft ook over andere dingen gelogen.'

Daarin moest ik haar gelijk geven. 'Maar waarom dacht je dat hij tegen me zou liegen over zijn werk?' vroeg ik.

'Het verbaasde me dat hij op een school werkte. Weet je dat hij bouwkunde studeerde? De laatste keer dat ik hem sprak had hij plannen om zijn eigen architectenbureau te beginnen. Ik vond het een beetje vreemd dat hij nu ineens op een school werkte.'

'En wat zeiden ze?'

'Dat hij niet gestoord kon worden. Hij was bezig met een les.' Ik was opgelucht. Daar had hij in elk geval niet over gelogen.

'Dan is hij van gedachten veranderd,' zei ik. 'Over zijn loopbaan.'

'Chrissy, ik zei dat ik wat documenten naar hem op wilde sturen. Een brief. En ik vroeg naar zijn officiële functie.'

'En?'

'Hij is niet het hoofd van de scheikunde-afdeling. Of van de bètavakken. Hij is helemaal geen hoofd. Hij is laboratoriumassistent, zeiden ze.'

Er ging een schok door me heen. Misschien slaakte ik een kreet, ik weet het niet meer.

'Weet je het zeker?' vroeg ik. Ik probeerde koortsachtig een verklaring te bedenken voor deze nieuwe leugen. Zou hij zich schamen? Was hij bang voor mijn oordeel als bleek dat hij van een geslaagd architect was afgezakt tot laboratoriumassistent op de plaatselijke school? Dacht hij nou echt dat ik zo oppervlakkig was dat ik mijn liefde voor hem liet afhangen van wat hij voor de kost deed?

Alles viel op zijn plaats.

'O, god,' zei ik. 'Het is mijn schuld!'

'Nee!' riep ze. 'Het is niet jouw schuld!'

'Wel!' zei ik. 'Het is de druk mij te moeten verzorgen, mij steeds om zich heen te hebben, dag in, dag uit. Hij heeft vast een zenuwinstorting. Misschien weet hij zelf niet eens meer wat waar is en wat niet.' Ik begon te huilen. 'Het moet ondraaglijk voor hem zijn. Elke dag moet hij weer door dat verdriet heen, helemaal alleen, elke dag weer.'

Even bleef het stil aan de andere kant van de lijn, en toen zei Claire: 'Verdriet? Wat voor verdriet?'

'Over Adam,' zei ik. Het deed me pijn om zijn naam uit te spreken.

'Wat is er met Adam?'

Het besef overviel me. Plotseling werd het me duidelijk. *O, god. Ze weet het nog niet. Ben heeft het haar niet verteld.*

'Hij is dood,' zei ik.

Haar adem stokte. 'Dood? Wanneer? Hoe?'

'Ik weet niet precies wanneer,' zei ik. 'Ik geloof dat Ben zei dat het vorig jaar is gebeurd. Hij is omgekomen in de oorlog.'

'Oorlog? Welke oorlog?'

'Afghanistan.'

En toen kwam het. 'Chrissy, wat moest hij in godsnaam in Afghanistan?' Haar stem klonk vreemd. Bijna geamuseerd.

'Hij zat in het leger,' antwoordde ik, maar meteen begon ik te twijfelen aan mijn eigen woorden. Het leek alsof ik eindelijk iets onder ogen zag wat ik altijd al had geweten.

Ik hoorde Claire snuiven, bijna alsof ze het grappig vond. 'Chrissy,' zei ze. 'Chrissy, schat. Adam heeft nooit in het leger gezeten. Hij is nooit in Afghanistan geweest. Hij woont in Birmingham met een vrouw die Helen heet. Hij doet iets met computers. Hij heeft het me niet vergeven, toch bel ik hem af en toe op. Dat heeft hij liever niet, denk ik, maar ik ben zijn peettante, weet je nog wel?' Het duurde even voor ik begreep waarom ze in de tegenwoordige tijd bleef praten. Nog voor ik zover was, zei ze het.

'Ik heb hem gebeld nadat wij elkaar vorige week zagen,' zei ze. Ze lachte nu bijna. 'Hij was er niet, maar ik heb Helen gesproken. Ze zei dat ze hem zou vragen mij terug te bellen. Adam is springlevend.'

Ik stop met lezen. Ik voel me licht. Leeg. Alsof ik elk moment achterover kan vallen of weg kan drijven. Durf ik het aan het te geloven? Wil ik het geloven? Ik hou me vast aan de toilettafel en lees verder, me slechts vaag bewust van het feit dat ik de douche niet meer hoor lopen.

Ik moet zijn gestruikeld, me aan de stoel hebben vastgeklampt. 'Hij leeft?' Mijn maag draaide zich om, ik herinner me dat er braaksel in mijn keel naar boven kwam en dat ik het weg moest slikken. 'Echt waar?'

'Ja,' antwoordde ze. 'Ja!'

'Maar...' begon ik. 'Maar ik heb een krant gezien, een knipsel. Daarin stond dat hij was omgekomen.'

'Dat ging niet over hem, Chrissy,' zei ze. 'Dat kan niet, want hij is niet dood.'

Ik begon te praten, maar alles kwam als een lawine over me heen, emoties die met elkaar verbonden waren. Blijdschap. Ik herinner me dat ik blij was. Het intense genoegen te weten dat Adam in leven was tintelde op mijn tong, maar erdoorheen proefde ik bitterheid en de zure smaak van angst. Ik dacht aan mijn kneuzingen, aan de brute kracht die Ben moest hebben gebruikt. Misschien mishandelt hij mij niet alleen lichamelijk, misschien schept hij er op sommige dagen behagen in om mij wijs te maken dat mijn zoon dood is, zodat hij de pijn kan zien die dat bij mij veroorzaakt? Zou het mogelijk zijn dat hij me op andere dagen, dagen waarop ik me mijn zwangerschap herinner, of de bevalling, doodleuk vertelt dat Adam verhuisd is, in het buitenland werkt of in een ander deel van de stad is gaan wonen?

En als dat zo is, waarom heb ik over die varianten van de waarheid dan nooit iets opgeschreven?

Er kwamen beelden in mijn hoofd op, van Adam zoals hij nu zou kunnen zijn, flarden van taferelen die ik gemist had, maar niets kreeg echt vorm. De beelden kwamen voorbij om vervolgens te verdwijnen. De enige gedachte die zich steeds herhaalde was: hij is in leven. In leven. Mijn zoon is in leven. Ik kan hem ontmoeten.

'Waar is hij?' vroeg ik. 'Waar is hij? Ik wil hem zien!'

'Chrissy,' zei Claire. 'Rustig, nou.'

'Maar...'

'Chrissy! Ik kom naar je toe. Blijf waar je bent.'

'Claire! Zeg me waar hij is!'

'Ik maak me echt zorgen over je, Chrissy, alsjeblieft...'

'Maar...'

Ze ging harder praten. 'Chrissy, kalmeer een beetje!' zei ze, en toen drong een enkele gedachte door de mist van mijn verwarring heen: ik ben hysterisch. Ik ademde diep in en probeerde rustig te worden. Claire begon weer te praten.

'Adam woont in Birmingham,' zei ze.

'Maar hij zal toch wel weten waar ik nu woon?' zei ik. 'Waarom zoekt hij me niet op?'

'Chrissy...' begon ze.

'Waarom? Waarom zoekt hij me niet op? Kan hij niet met Ben overweg? Blijft hij daarom uit de buurt?'

'Chrissy,' zei ze met zachte stem. 'Birmingham is niet naast de deur. Hij heeft een druk leven...'

'Bedoel je...'

'Misschien lukt het hem niet vaak om naar Londen te komen.'

'Maar...'

'Chrissy. Je denkt dat Adam je nooit opzoekt, maar dat kan ik niet geloven. Misschien komt hij zo vaak hij kan.'

Ik zweeg. Er klopte niets van. Maar ze had gelijk. Ik hield pas een paar weken een dagboek bij. Voor die tijd kon er van alles gebeurd zijn.

'Ik moet hem zien,' zei ik. 'Ik wil hem zien. Kan dat geregeld worden, denk je?'

'Ik zou niet weten waarom niet. Maar als Ben je steeds vertelt dat hij dood is, moeten we eerst eens met hem gaan praten.'

Natuurlijk, dacht ik. Maar hoe zal hij reageren? Hij denkt dat ik zijn leugens nog steeds geloof.

'Hij komt zo thuis,' zei ik. 'Ben je nog steeds bereid om naar me toe te komen? Wil je me helpen om hieruit te komen?'

'Natuurlijk,' zei ze. 'Natuurlijk. Ik weet niet wat er aan de hand is, maar we gaan met Ben praten. Ik beloof het je. Ik kom nu naar je toe.'

'Nu meteen?'

'Ja. Ik maak me zorgen, Chrissy. Er klopt iets niet.'

Haar toon verontrustte me. Tegelijkertijd was ik opgelucht en opgewonden bij de gedachte dat ik misschien binnenkort mijn zoon zou ontmoeten. Ik wilde hem zien, wilde zijn foto zien, nu meteen. Ik herinnerde me dat we weinig foto's hadden, en dat de foto's die we hadden, achter slot en grendel waren opgeborgen. Een gedachte begon zich te vormen.

'Claire,' zei ik. 'Hebben wij brand gehad?'

Ze klonk verbouwereerd. 'Brand?'

'Ja, we hebben bijna geen foto's van Adam, en ook amper van onze bruiloft. Ben zei dat ze verloren zijn gegaan bij een brand.'

'Een brand?' zei ze. 'Wat voor brand?'

'Ben zei dat we in ons oude huis brand hebben gehad en dat we heel veel dingen zijn kwijtgeraakt.'

'Wanneer was dat?'

'Ik weet het niet. Jaren terug.'

'En je hebt geen foto's van Adam?'

Ik begon me te ergeren. 'Ja, wel een paar, maar niet veel. We hebben nauwelijks foto's waarop hij ouder is dan een baby. Een peuter. En geen vakantiefoto's, zelfs niet van onze huwelijksreis. Geen kerstfoto's, niets.'

'Chrissy,' zei ze. Haar stem klonk rustig, afgemeten. Ik meende iets te horen wat ik niet eerder had gehoord, een nieuw gevoel. Angst. 'Zou je Ben eens voor me willen beschrijven?'

'Wat?'

'Beschrijf Ben eens. Hoe ziet hij eruit?'

'Maar die brand dan?' zei ik. 'Vertel me eerst eens over die brand!'

'Er is nooit brand geweest,' zei ze.

'Maar ik heb opgeschreven dat ik het me herinnerde,' zei ik. 'De frituurpan. De telefoon die ging...'

'Dat moet je je verbeeld hebben,' zei ze.

'Maar...'

Ik voelde haar ongerustheid. 'Chrissy! Er is nooit brand geweest. Jaren geleden zeker niet. Dat zou Ben me verteld hebben. Nou, wil je Ben nu even beschrijven? Hoe ziet hij eruit, is hij lang?'

'Nee, niet zo lang.'

'Zwart haar?'

Ik wist het ineens niet meer. 'Ja. Nee. Ik weet het niet. Hij begint grijs te worden. Hij heeft een buikje, geloof ik. Misschien ook niet.' Ik ging staan. 'Ik moet even een foto van hem zien.'

Ik ging terug naar boven. Ze hingen rond de spiegel. Mijn man en ik. Gelukkig. Samen.

'Zijn haar is bruinachtig,' zei ik. Ik hoorde een auto voor het huis stoppen.

'Weet je het zeker?'

'Ja,' zei ik. De motor werd afgezet, het portier dichtgeslagen. Een hard piepgeluid. Ik ging zachter praten. 'Ik geloof dat Ben eraan komt.'

'Shit,' zei Claire. 'Snel. Heeft hij een litteken?'

'Een litteken? Waar?'

'Op zijn gezicht, Chrissy. Over zijn wang. Hij heeft ooit een ongeluk gehad. Bij het bergbeklimmen.'

Ik bekeek de foto's aandachtig, vooral die waarop mijn man en ik aan de ontbijttafel zitten, allebei gekleed in onze ochtendjas. Hij lacht vrolijk naar de camera, maar afgezien van een lichte stoppeltjesbaard zijn zijn wangen helemaal gaaf. Angst joeg door me heen.

Ik hoorde de voordeur opengaan. Een stem. 'Christine, schat! Ik ben thuis!'

'Nee,' zei ik. 'Nee, hij heeft geen litteken.'

Een geluid. Iets wat het midden hield tussen een kreet en een zucht.

'De man met wie jij samenwoont,' zei Claire. 'Ik weet niet wie hij wel is, maar Ben is hij zeker niet.'

Nu slaat de angst echt toe. Ik hoor de wc, maar kan niet anders, ik moet doorlezen.

Ik weet niet wat er daarna gebeurde. Ik kan het niet meer reconstrueren. Claire begon te praten, of bijna te schreeuwen. 'Fuck!' riep ze telkens opnieuw. Mijn hoofd gonsde van paniek. Ik hoorde de voordeur dichtslaan, het klikken van het slot.

'Ik ben in de badkamer!' riep ik naar de man die ik voor mijn echtgenoot had aangezien. Mijn stem sloeg over. Ik was wanhopig. 'Ik kom zo beneden.'

'Ik kom naar je toe,' zei Claire. 'Ik kom je halen.'

'Alles goed, schat?' riep de man die Ben niet is. Ik hoorde zijn voetstappen op de trap en besefte dat ik de badkamerdeur niet op slot had gedaan. Ik ging zachter praten.

'Hij is hier,' zei ik. 'Kom morgen, als hij op zijn werk is. Ik zal mijn spullen inpakken. Ik bel je nog.'

'Shit,' zei ze. 'Goed. Maar wel in je dagboek schrijven. Schrijf alles op zodra het kan. Niet vergeten.'

Ik dacht aan mijn dagboek, verstopt in de klerenkast. Ik moet rustig blijven, dacht ik. Ik moet doen alsof alles in orde is, in elk geval tot het moment waarop ik gelegenheid heb om op te schrijven dat ik in gevaar ben.

'Help me,' zei ik. 'Help me.'

Ik beëindigde het gesprek toen hij de badkamerdeur opendeed.

*

Hier eindigt het. Koortsachtig blader ik de overige bladzijden door, maar afgezien van de vage blauwe lijntjes zijn ze allemaal blanco. In afwachting van de rest van het verhaal. Maar er is niets meer. Ben heeft het dagboek gevonden en de bladzijden weggehaald en Claire is me niet komen halen. Toen dokter Nash het dagboek meenam, dat moet op dinsdag de 27ste zijn geweest, wist ik nog niet dat er iets niet klopte.

In één klap is alles me duidelijk: ik realiseer me waarom het memobord in de keuken me zo van mijn stuk had gebracht. Het was het handschrift. De keurige, gelijkmatige blokletters zagen er totaal anders uit dan het krabbelige handschrift in de brief die Claire me had gegeven. Op dat moment wist ik ergens in mijn achterhoofd dat de brief niet door dezelfde persoon geschreven kon zijn.

Ik kijk op. Ben, of de man die zich voordoet als Ben, is uit de douche gekomen. Hij heeft dezelfde kleren weer aan en staat in de deuropening. Ik weet niet hoe lang hij daar al naar me staat te kijken terwijl ik zat te lezen. Zijn ogen drukken alleen maar leegte uit, alsof het hem nauwelijks interesseert wat hij ziet, alsof hij er niets mee te maken heeft.

Ik voel mijn adem stokken. Ik laat de papieren vallen, de losse vellen glijden op de grond.

'Jij!' zeg ik. 'Wie ben jij?' Hij antwoordt niet, maar kijkt naar de papieren op de grond. 'Geef antwoord!' Mijn stem klinkt dwingend, maar dat strookt niet met mijn gevoel.

Mijn gedachten buitelen over elkaar heen als ik probeer te bedenken wie hij dan wel zou kunnen zijn. Misschien iemand uit Waring House? Een patiënt? Het lijkt allemaal zo onwaarschijnlijk. Een lichte paniek steekt de kop op als een nieuwe gedachte zich begint te vormen en weer verdwijnt.

Hij kijkt me aan. 'Je weet wie ik ben,' zegt hij. Hij spreekt de woorden langzaam uit, alsof hij me iets duidelijk probeert te maken wat voor de hand ligt. 'Ben. Je man.'

Ik schuif van hem weg over de vloer en terwijl ik dat doe probeer ik me uit alle macht te herinneren wat ik heb gelezen, wat ik nu weet.

'Nee,' zeg ik, en dan nog een keer, luider: 'Nee!'

Hij komt op me af. 'Jawel, Christine, je weet dat het zo is.'

Angst overspoelt me. Doodsangst. Ik word erdoor opgetild, even vastgehouden en weer neergesmeten in de duisternis. Ik hoor de stem van Claire. *Maar het is Ben niet.* Dan gebeurt er iets vreemds. Het dringt tot me door dat ik me niet herinner dat ik dat las, maar dat ik me het voorval zelf herinner. De paniek in haar stem, de manier waarop ze 'fuck' zei voor ze me vertelde wat ze had ontdekt. Dat ze herhaalde wat ze al had gezegd: *Het is Ben niet.*

Mijn geheugen werkt.

'Het is niet zo,' zeg ik. 'Je bent mijn man niet, je bent Ben niet. Claire heeft het me verteld! Wie ben je?'

'Maar je herinnert je de foto's toch wel? Die van de spiegel in de badkamer? Kijk, ik heb ze voor je meegenomen.'

Hij doet nog een stap in mijn richting, pakt zijn tas, die naast het bed op de grond staat, en haalt er een paar kromgetrokken foto's uit. 'Kijk!' zegt hij, en als ik mijn hoofd schud pakt hij de eerste, kijkt ernaar en houdt hem voor me op.

'Dit zijn wij,' zegt hij. 'Kijk dan. Jij en ik.' Op de foto zitten we in een bootje op een rivier of kanaal. Achter ons is donker, troebel water te zien, met daarachter onscherpe rietkragen. We zien er jong uit, onze huid is nog strak waar ze nu verslapt is en rond onze van geluk stralende ogen ontbreken de rimpels. 'Kijk nou eens goed,' zegt hij. 'Dat zijn wij. Jij en ik. Jaren geleden. We zijn al jaren samen, Chris. Heel veel jaren.'

Ik concentreer me op de foto. Er komen beelden in me op van ons samen op een zonnige middag. We hadden ergens een bootje gehuurd. Ik weet niet meer waar.

Hij houdt een andere foto voor me op. Daarop zijn we een stuk ouder. De foto doet recent aan. We staan voor een kerk. De lucht is bewolkt en hij draagt een pak en schudt iemand de hand die ook in pak is. Ik heb een hoed op mijn hoofd waar ik zo te zien problemen mee heb, ik houd hem vast alsof ik bang ben dat hij wegwaait. Ik kijk niet in de camera.

'Dat was een paar weken geleden,' zegt hij. 'We waren uitgenodigd voor de bruiloft van de dochter van vrienden van ons. Weet je het niet meer?'

'Nee,' antwoord ik boos. 'Nee, dat weet ik niet meer!'

'Het was een mooie dag,' zegt hij, terwijl hij de foto omdraait om er zelf een blik op te werpen. 'Heel mooi.'

Ik herinner me dat ik las wat Claire had gezegd toen ik haar vertelde dat ik een krantenknipsel had gevonden over Adams dood. *Dat ging niet over hem, dat kan niet.*

'Laat me er eens een van Adam zien,' zeg ik. 'Toe dan! Laat me één foto van Adam zien.'

'Adam is dood,' zegt hij. 'Gevallen voor het vaderland. Heel nobel. Een heldhaftige...'

Ik schreeuw het uit. 'Je moet toch een foto van hem hebben? Laat zien!'

Hij haalt de foto van Adam en Helen tevoorschijn. De foto die ik al ken. Ik word razend. 'Laat me één foto van Adam zien waar jij ook op staat. Eentje maar. Die moet je toch hebben, als je zijn vader bent?'

Hij kijkt het stapeltje door dat hij in zijn hand heeft en ik verwacht dat hij er een laat zien waar ze allebei op staan, maar dat doet hij niet. Hij laat zijn armen hangen. 'Ik heb er geen bij me,' zegt hij. 'Ik moet ze thuis hebben liggen.'

'Je bent zijn vader niet, hè?' zeg ik. 'Wat voor vader heeft geen foto van zichzelf met zijn zoon bij zich?' Hij knijpt zijn ogen toe, alsof hij woedend is, maar ik kan me niet meer beheersen. 'En wat voor vader zou zijn vrouw wijsmaken dat hun zoon dood was, terwijl dat niet zo is? Geef het toe! Je bent Adams vader niet! Ben is zijn vader.' Op het moment dat ik de naam uitspreek komt er een beeld bij me naar boven. Van een zwartharige man met een smalle bril met donker montuur. Ik herhaal zijn naam, alsof ik daarmee het beeld in mijn hoofd wil verankeren. 'Ben.'

De naam mist zijn uitwerking niet op de man die voor me staat. Hij zegt iets, maar zo zacht dat ik het niet kan verstaan en ik vraag hem het te herhalen. 'Je hebt Adam niet nodig,' zegt hij.

'Wat?' zeg ik, en dan begint hij duidelijker te praten en terwijl hij dat doet kijkt hij me aan.

'Je hebt Adam niet nodig. Je hebt mij nu. We zijn samen. Je hebt Adam niet nodig. Je hebt Ben niet nodig.'

Bij die woorden voel ik alle kracht uit me wegvloeien, terwijl hij zich juist lijkt te herstellen. Hij lacht.

'Maak je niet druk,' zegt hij stralend. 'Wat doet het ertoe? Ik hou van je. Dat is toch het enige wat belangrijk is? Ik hou van jou en jij houdt van mij.'

Hij gaat op zijn hurken zitten en strekt zijn handen naar me uit. Hij lacht me toe, alsof ik een dier ben dat hij naar zich toe probeert te lokken.

'Kom,' zegt hij. 'Kom eens bij me.'

Ik schuif nog verder weg op mijn billen, tot ik op iets hards stuit en de warme, plakkerige radiator in mijn rug voel. Ik ben aan de andere kant van de kamer onder het raam uitgekomen. Langzaam kruipt hij op me af.

'Wie ben je?' zeg ik nogmaals en ik probeer mijn stem gelijkmatig en rustig te laten klinken. 'Wat wil je?'

Hij blijft gehurkt voor me zitten, zo dichtbij dat hij met zijn hand mijn voet of mijn knie aan zou kunnen raken. Nog iets dichterbij en ik kan hem misschien een trap geven als het nodig is, al weet ik niet zeker of ik hem zou raken en daarbij, ik heb blote voeten.

'Wat ik wil?' zegt hij. 'Ik wil helemaal niets. Ik wil alleen maar dat we gelukkig zijn, Chris. Zoals vroeger. Herinner je je dat niet?'

Weer dat woord. Herinneren. Even komt het in me op dat hij het misschien sarcastisch bedoelt.

'Ik weet niet wie jij bent,' zeg ik, op de rand van hysterie. 'Hoe moet ik me dat herinneren? Ik heb je nog nooit ontmoet!'

Als ik dit zeg verdwijnt zijn glimlach. Ik zie zijn gezicht vertrekken van de pijn. Even is alles ongewis, alsof het machtsevenwicht in mijn voordeel verschuift, en een fractie van een seconde zijn we gelijkwaardig.

Hij komt weer tot leven. 'Maar je houdt van me,' zegt hij. 'Ik heb het gelezen in je dagboek. Je hebt gezegd dat je van me houdt. Ik weet dat je bij mij wilt zijn. Waarom kun je dat niet onthouden?'

'Mijn dagboek!' zeg ik. Ik weet dat hij ervan weet – hij heeft immers die cruciale bladzijden weggehaald – maar nu dringt het tot me door dat hij er al een tijdje in heeft gelezen, in elk geval sinds ik hem er een week geleden voor het eerst over vertelde. 'Hoe lang lees je al in mijn dagboek?'

Hij lijkt me niet gehoord te hebben. Dan verheft hij zijn stem en zegt haast triomfantelijk: 'Zeg dan dat je niet van me houdt.' Ik reageer niet. 'Zie je wel? Dat kun je niet, hè? Je krijgt het niet over je lippen. Omdat je van me houdt. Dat heb je altijd gedaan, Chris. Altijd.'

Hij laat zich naar achteren vallen en dan zitten we tegenover elkaar op de grond. 'Ik weet nog dat we elkaar leerden kennen,' zegt hij. Ik denk aan wat hij me verteld heeft, over de gemorste koffie in de universiteitsbibliotheek, en ben benieuwd waar hij nu mee komt.

'Je was ergens mee bezig. Altijd maar aan het schrijven. Elke dag ging je naar hetzelfde café. Je zat bij het raam, altijd aan hetzelfde tafeltje. Soms had je een kind bij je, maar meestal niet. Je had een schrift voor je liggen en zat te schrijven of uit het raam te staren. Ik vond je zo mooi. Elke dag liep ik langs je, op weg naar de bus, en gaandeweg verheugde ik me erop om naar huis te gaan, want dan ving ik weer een glimp van jou op. Ik probeerde te raden wat je aan zou hebben, of hoe je haar zou zitten, strak naar achteren of los, en of je iets zou eten, iets hartigs of iets zoets of een broodje. Soms had je een hele pannenkoek voor je op tafel staan, soms alleen een bord met kruimels of helemaal niets, alleen een kop thee.'

Hij glimlacht en schudt mistroostig zijn hoofd. Ik herinner me dat Claire me heeft verteld over dat café en weet dat het waar is wat hij zegt. 'Elke dag kwam ik op precies hetzelfde tijdstip langs dat café,' zegt hij. 'En hoe hard ik ook mijn best deed, ik kwam er nooit achter wat je deed besluiten wanneer je iets ging eten. Eerst dacht ik dat het samenhing met de dag van de week, maar daar kon ik helemaal geen patroon in ontdekken, dus toen dacht ik dat het misschien iets met de datum te maken had. Maar dat leverde ook niets op. Ik begon me af te vragen hoe laat je je bestelling deed, en of dat iets te maken had met het tijdstip waarop je in het café aankwam, dus ging ik eerder weg van mijn werk en holde ik naar het café in de hoop je te zien aankomen. Op een dag was je er niet. Ik wachtte tot ik je zag komen. Je duwde een kinderwagen voor je uit en toen je bij het café aankwam, had je moeite om binnen te komen. Je zag er zo hulpeloos, zo vastgelopen uit. Zonder erbij na te denken stak ik de weg over en hield de deur voor je open. Je lachte naar me, en zei: "Fijn, bedankt." Je zag er zo fantastisch uit, Christine. Ik wilde je kussen, daar, op dat moment. Maar ik kon het niet en omdat ik niet wilde dat je zou denken dat ik alleen maar de weg was overgestoken om jou te helpen, ging ik ook naar binnen en stonden we samen in de rij. Tijdens het wachten knoopte je een gesprek met me aan. "Wat is het vandaag druk, hè?" zei je, en ik beaamde het, hoewel het helemaal niet zo druk was voor dat tijdstip. Ik wilde graag met je in gesprek blijven en bestelde een drankje en net zo'n taartpunt als jij, en ik vroeg me af of ik je kon vragen of ik aan jouw tafeltje mocht komen zitten, maar toen jij je bestelling had gekregen, was je alweer met iemand anders in gesprek, een van de uitbaters geloof ik, dus ging ik in een hoekje zitten.

Vanaf dat moment ging ik bijna elke dag naar dat café. Het is altijd makkelijker om iets te doen als je het al een keer gedaan hebt. Soms wachtte ik tot jij kwam, soms vergewiste ik me ervan dat je er al was voor ik naar binnen ging, soms ging ik sowieso naar binnen. En je begon me op te merken. Dat weet ik. Je begroette me of zei iets over het weer. En op een dag was ik opgehouden en toen ik binnenkwam zei je: "Wat ben je laat vandaag!" Ik liep met mijn thee en mijn pannenkoek langs je tafeltje, en toen je zag dat er geen plaats meer was, wees je naar de stoel tegenover je en zei: "Wil je niet hier komen zitten?" Je had die dag geen kind bij je, dus ik antwoordde: "Is dat echt goed?

Stoor ik je niet?" en ik voelde me meteen opgelaten toen ik dat gezegd had en was bang dat je het zou beamen, dat het je inderdaad zou storen. Maar je zei: "Nee hoor, helemaal niet! Eerlijk gezegd gaat het vandaag niet zo goed, ik ben blij met een beetje afleiding!" En toen wist ik dat je met me wilde praten, en dat ik niet zwijgend tegenover je hoefde te zitten eten en drinken. Weet je dat nog?'

Ik schud mijn hoofd. Ik heb besloten dat ik hem helemaal uit laat praten, want ik wil alles horen wat hij te zeggen heeft.

'Dus ik ging zitten, en we kletsten een beetje. Je vertelde dat je schrijfster was. Je zei dat er een boek van je was uitgekomen en dat je nu worstelde met je tweede boek. Ik vroeg waar het over ging, maar dat wilde je me niet vertellen. "Het is fictie," zei je, en toen zei je: "Of zoiets," en ineens keek je heel verdrietig, dus ik bood aan nog een kop koffie voor je te halen. Dat wilde je wel, maar je had niet genoeg geld bij je. "Ik neem mijn portemonnee nooit mee als ik hier kom, ik heb altijd afgepast geld bij me voor één drankje en één versnapering. Anders ga ik me te buiten!" Dat vond ik een rare opmerking. Je zag er helemaal niet uit als iemand die zich druk hoefde te maken over de lijn. Je bent altijd zo slank geweest. Maar ik was blij, want ik maakte eruit op dat je het leuk vond om met me te praten. Bovendien zou ik een drankje van jou te goed hebben, dus moesten we elkaar nog een keer zien. Ik zei dat het geld er niet toe deed en dat je niets terug hoefde te doen. Ik haalde thee en koffie, en vanaf die dag zagen we elkaar regelmatig.'

Ik zie het allemaal voor me. Hoewel ik er geen herinneringen aan heb, weet ik wel hoe die dingen gaan. De toevallige ontmoeting, de drankjes over en weer. Hoe fijn het is om een vreemde tegenover je te hebben bij wie je je hart kunt uitstorten zonder dat hij een oordeel heeft of partij kiest, want dat is nog niet aan de orde. De vertrouwelijkheid die geleidelijk ontstaat en leidt tot... ja, tot wat?

Ik heb foto's van ons gezien van jaren geleden. We zien er gelukkig uit. Het is duidelijk waar die vertrouwelijkheid toe heeft geleid. En hij was ook aantrekkelijk. Geen glamourman, wel knapper dan de meeste mannen; het is niet moeilijk te begrijpen wat me in hem aantrok. Er moet een moment zijn geweest waarop ik de deur angstvallig in de gaten ging houden als ik daar zat en probeerde te werken. Waarop het ineens belangrijk werd wat ik aan zou trekken als ik naar het café ging, of ik parfum zou gebruiken. Op een dag zal een van ons hebben voorgesteld een eindje te gaan wandelen, of naar een bar te gaan of naar de film misschien. En zo overschreed onze vriendschap een grens, en werd ze iets veel gevaarlijkers.

Ik sluit mijn ogen en probeer het me voor te stellen en terwijl ik dat doe komen de herinneringen. Wij samen in bed, naakt. Opgedroogd sperma op mijn buik, in mijn haar, en mijn verontwaardiging als hij lacht en me nog een keer wil kussen. 'Mike!' zeg ik. 'Hou daarmee op! Je moet weg, Ben komt straks thuis en ik moet Adam nog ophalen. Hou op!' Maar hij luistert niet. Hij buigt zich over me heen, brengt zijn besnorde gezicht dicht bij het mijne en dan kussen we elkaar weer en vergeet ik alles, mijn man, mijn kind. Mijn maag draait zich om als ik besef dat dit niet de eerste keer is dat er een herinnering aan deze dag bij mij bovenkomt. Wat ik me die dag herinnerde, in de keuken van het huis waar ik ooit met mijn man gewoond heb, was geen herinnering aan mijn man, maar aan mijn minnaar. De man met wie ik naar bed ging als mijn echtgenoot naar zijn werk was. Daarom moest hij weg, die dag. Niet omdat hij een trein moest halen, maar omdat mijn man thuis zou komen.

Ik doe mijn ogen open. Ik ben terug in de hotelkamer en hij zit nog steeds tegenover me op de grond.

'Mike,' zeg ik. 'Je heet Mike.'

'Je herinnert het je!' zegt hij blij. 'Chris! Je herinnert het je!'

Haat laait in me op. 'Ik herinner me je naam,' zeg ik. 'Verder niks. Alleen je naam.'

'Herinner je je niet hoe verliefd we waren?'

'Nee,' antwoord ik. 'Ik denk niet dat ik ooit echt van je heb gehouden, want dan zou ik me toch zeker meer herinneren.'

Ik zeg het om hem te kwetsen, maar zijn reactie verrast me. 'Maar je herinnert je Ben ook niet, toch? Dan heb je vast niet van hem gehouden. En voor Adam geldt hetzelfde.'

'Je bent ziek,' zeg ik. 'Klootzak, hoe durf je! Natuurlijk hield ik van hem. Hij was mijn zoon!'

'Is. Hij is jouw zoon. Maar je zou hem niet herkennen als hij hier binnenkwam. Is dat liefde, volgens jou? En waar is hij trouwens? En waar is Ben? Ze hebben je in de steek gelaten, Christine, allebei. Ik ben de enige die van je is blijven houden, zelfs toen je bij me wegging.'

Pas dan valt het kwartje definitief. Hoe kon hij anders zoveel van mijn verleden weten, om nog maar te zwijgen van deze kamer?

'O, mijn god,' zeg ik. 'Jij was het! Jij hebt me dit aangedaan! Jij hebt me toegetakeld!'

Dan komt hij naar me toe, slaat zijn armen om me heen en begint mijn haar te strelen. 'Christine, schat,' prevelt hij. 'Niet zeggen, niet aan denken, je raakt er alleen maar overstuur van.'

Ik probeer hem van me af te duwen, maar hij is sterk. Hij drukt me nog harder tegen zich aan.

'Laat me los!' zeg ik. 'Alsjeblieft, laat me los!' Mijn woorden worden gesmoord door de stof van zijn overhemd.

'Mijn lieveling,' zegt hij. Hij wiegt me heen en weer, alsof hij een baby troost. 'Mijn lieveling. Mijn lieve schat. Je had niet weg moeten gaan, dat begrijp je toch? Het was allemaal niet gebeurd als je niet was weggegaan.'

Er komt weer een herinnering naar boven. We zitten in een auto, het is avond. Ik zit te huilen en hij staart uit het raam en zwijgt. 'Zeg iets! Het geeft niet wat. Mike?'

'Dit kun je niet menen,' zegt hij. 'Dat kan gewoon niet.'

'Het spijt me. Ik hou van Ben. We hebben onze problemen, ja, maar toch hou ik van hem. Ik hoor bij hem, het spijt me.'

Ik besef dat ik de dingen simplificeer om ze voor hem begrijpelijk te maken. De afgelopen maanden met Mike is me duidelijk geworden dat dat beter is. Ingewikkelde dingen brengen hem van de wijs. Hij houdt van orde. Routine. Alles moet mondjesmaat worden toegediend, zodat de uitwerking voorspelbaar is. Zelf wil ik me ook niet verliezen in details.

'Het is zeker omdat ik bij je thuis ben geweest? Dat spijt me, Chris. Ik zal het nooit meer doen, dat beloof ik je. Ik wilde je zo graag zien en ik wilde aan je man uitleggen...'

Ik onderbreek hem. 'Ben. Je kunt zijn naam wel uitspreken. Hij heet Ben.'

'Ben,' zegt hij, alsof hij het woord voor het eerst proeft en het niet lekker vindt. 'Ik wilde het hem uitleggen, hem de waarheid vertellen.'

'Welke waarheid?'

'Dat jij niet meer van hem houdt. Dat je nu van mij houdt. Dat je bij mij wilt zijn. Dat wilde ik tegen hem zeggen.'

Ik slaak een zucht. 'Begrijp je dan niet dat zelfs als dat waar zou zijn – wat niet het geval is – jij niet degene bent die dat tegen hem moet zeggen? Dat zou ik moeten doen. Je had het recht niet om zomaar ineens naar mijn huis te komen.'

Terwijl ik praat dringt het tot me door dat ik door het oog van de naald ben gekropen. Ben stond onder de douche, Adam zat in de huiskamer te spelen en ik wist Mike ervan te overtuigen dat hij naar huis moest gaan voor een van de twee zou merken dat hij er was. Die avond besloot ik er een punt achter te zetten.

'Ik moet weg,' zeg ik. Ik doe het portier open en stap op het asfalt. 'Het spijt me.'

Hij leunt opzij om me aan te kunnen kijken. Ik zie weer hoe aantrekkelijk hij is en het komt in me op dat mijn huwelijk echt in gevaar zou zijn geweest als hij niet zo beschadigd was. 'Zie ik je nog?' vraagt hij.

'Nee,' antwoord ik. 'Nee. Het is uit.'

En toch zitten we hier samen, na al die jaren. Weer houdt hij me vast en ik begrijp nu dat ik weliswaar bang voor hem was, maar niet bang genoeg. Ik begin te gillen.

'Lieveling,' zegt hij. 'Rustig nou.' Als hij zijn hand op mijn mond legt, ga ik nog harder gillen. 'Rustig! Straks hoort iemand je!' Mijn hoofd schiet naar achteren, tegen de radiator. Uit de club naast het hotel klinkt de muziek onverminderd luid – luider zelfs. Ze horen me niet, denk ik. Ze zullen me nooit horen. Ik gil nog een keer.

'Hou op!' zegt hij. Hij heeft me geslagen, geloof ik, of in elk geval door elkaar geschud. Ik raak in paniek. 'Hou op!' Mijn hoofd knalt weer tegen het warme metaal. Verbijsterd houd ik mijn mond. Ik barst in snikken uit.

'Laat me gaan,' zeg ik smekend. 'Alsjeblieft...' Zijn greep verslapt enigszins, maar niet genoeg om me eraan te kunnen ontworstelen.

'Hoe heb je me gevonden na al die jaren? Hoe heb je me gevonden?'

'Je gevonden?' zegt hij. 'Ik ben je nooit kwijt geweest.' Nu ben ik de kluts helemaal kwijt, ik begrijp er niets meer van. 'Ik heb over je gewaakt. Altijd. Ik heb je beschermd.'

'Heb je me opgezocht? Toen ik was opgenomen? In het ziekenhuis, in Waring House?' zeg ik. 'Maar...?'

Hij zucht. 'Niet heel vaak. Dat hadden ze niet toegelaten. Maar soms beweerde ik dat ik voor iemand anders kwam of dat ik een vrijwilliger was. Alles om je maar te kunnen zien, en me ervan te kunnen overtuigen dat het goed met je ging. Die laatste plek waar je zat, daar was het makkelijker, met al die ramen...'

Een rilling loopt langs mijn rug. 'Heb je me bespied?'

'Ik moest toch weten of het goed met je ging, Chris? Ik moest je beschermen.'

'Dus je bent teruggekomen, is het zo gegaan? Was het nog niet genoeg wat je me hier, in deze kamer hebt aangedaan?'

'Toen ik hoorde dat die klootzak je had verlaten, kon ik je daar niet aan je lot overlaten. Ik wist dat je bij mij wilde zijn, en dat dat het beste voor je was. Eerst moest ik wachten tot ik zeker wist dat niemand er een stokje voor zou steken, maar er was toch niemand anders die voor je had willen zorgen?'

'En ze lieten gewoon toe dat ik met jou meeging?' zeg ik. 'Het kan toch niet dat ze me met een vreemde weg lieten gaan?'

Ik vraag me af wat voor leugens hij verteld moet hebben om toestemming te krijgen mij mee te nemen, en dan herinner ik me iets wat dokter Nash vertelde over een vrouw in Waring House. *Ze was zo blij toen ze hoorde dat je weer bij Ben was gaan wonen.* Er vormt zich een beeld, een herinnering. Mijn hand in die van Mike, terwijl hij een formulier invult. De vrouw achter de balie lacht me toe. 'We zullen je missen, Christine,' zegt ze. 'Maar je zult het goed hebben thuis.' Ze kijkt naar Mike. 'Met je man.'

Ik volg haar blik. De man wiens hand ik vasthoud herken ik niet, maar ik weet dat ik met hem getrouwd ben. Dat moet wel. Dat heeft hij mij verteld.

'O, mijn god!' zeg ik nu. 'Hoe lang doe je al alsof je Ben bent?'

Hij kijkt verbaasd. 'Hoe bedoel je?'

'Dat je doet alsof je mijn man bent.'

Hij kijkt me niet-begrijpend aan. Misschien is hij vergeten dat hij Ben niet is. Dan betrekt zijn gezicht. Hij ziet er ontdaan uit.

'Je denkt toch niet dat ik dat wilde? Ik had geen keus. Het kon niet anders.'

Zijn armen ontspannen een beetje en dan gebeurt er iets merkwaardigs. Mijn gedachten komen tot rust en hoewel ik nog steeds doodsbang ben, komt er een vreemde, volledige kalmte over me. Uit het niets komt een gedachte in me op: ik zal hem de baas zijn. Ik kom hier weg. Dat moet.

'Mike?' zeg ik. 'Ik begrijp het wel. Het moet heel moeilijk zijn geweest.'

Hij kijkt op. 'Begrijp je het echt?'

'Ja, natuurlijk. Ik ben je dankbaar dat je me bent komen halen. Dat je me een thuis hebt gegeven. Dat je voor me hebt gezorgd.'

'Echt waar?'

'Ja. Denk je eens in wat er was gebeurd als je dat niet had gedaan. Daar moet ik niet aan denken.' Ik voel dat hij milder wordt. De druk op mijn armen en schouder wordt minder en hij begint me heel subtiel te strelen, op een manier die ik bijna nog erger vind, maar waarvan ik weet dat het mijn kans om te vluchten vergroot. Want ik denk nog maar aan één ding: vluchten. Ik moet hier weg. Wat stom van mij, denk ik nu, dat ik toen hij in de badkamer was de hele tijd op de grond de bladzijden heb zitten lezen die hij uit mijn dagboek heeft gestolen. Waarom had ik ze niet bij me gestoken, waarom was ik niet weggegaan? Maar dan herinner ik me dat ik pas later, toen ik bijna alles had gelezen, besefte dat ik in gevaar was. Weer hoor ik dat kleine stemmetje: ik zal ontsnappen. Ik heb een zoon die ik me niet kan herinneren. Ik zal ontsnappen. Ik draai mijn hoofd naar hem toe en begin de rug van de hand te strelen die hij op mijn schouder heeft gelegd.

'Waarom laat je me niet los? Dan kunnen we het erover hebben hoe het verder moet.'

'Maar Claire dan?' vraagt hij. 'Zij weet dat ik Ben niet ben. Dat heb jij haar verteld.'

'Dat weet ze vast niet meer,' antwoord ik wanhopig.

Hij lacht. Het is een holle, verstikte lach. 'Je hebt me altijd behandeld alsof ik achterlijk ben. Nou, dat ben ik niet. Ik weet precies wat er gaat gebeuren! Je hebt het haar verteld. Je hebt alles verpest!'

'Nee,' zeg ik vlug. 'Ik kan haar bellen. Ik kan tegen haar zeggen dat ik in de war was, dat ik was vergeten wie jij was en dacht dat jij Ben was, maar dat ik me vergiste.'

Even lijkt het erop dat hij dit voor mogelijk houdt, maar dan zegt hij: 'Dat gelooft ze nooit.'

'Ja, hoor,' zeg ik, hoewel ik weet dat hij gelijk heeft. 'Dat verzeker ik je.'

'Waarom moest je haar zo nodig bellen?' Een wolk van woede trekt over zijn gezicht en zijn handen klauwen zich weer in me vast. 'Waarom toch, Chris? Waarom? Het ging zo goed met ons. Zo goed.' Hij begint me weer door elkaar te schudden. 'Waarom?' schreeuwt hij. 'Waarom?'

'Ben,' zeg ik. 'Je doet me pijn.'

Dan haalt hij naar me uit. Ik hoor de klap in mijn gezicht nog voordat ik de pijn voel. Mijn hoofd schiet opzij en mijn kaken klappen op een pijnlijke manier op elkaar.

'Wil je me godverdomme nooit meer zo noemen?' bijt hij me toe.

'Mike,' haast ik me te zeggen, alsof ik mijn fout ongedaan kan maken. 'Mike...'

Hij negeert me.

'Ik walg ervan om Ben te zijn,' zegt hij. 'Van nu af aan noem je me Mike, oké? Mike. Daarom zijn we hier teruggekomen, zodat we dat allemaal achter ons kunnen laten. Je hebt in je dagboek geschreven dat je dacht dat je je geheugen terug zou krijgen als je maar wist wat hier al die jaren geleden gebeurd is. Nou, we zijn er. Daar heb ik voor gezorgd, Chris. Laat je geheugen maar spreken!'

Ik kan mijn oren niet geloven. 'Wíl je dat ik het me herinner?'

'Ja, natuurlijk wil ik dat! Ik hou van je, Christine. Ik wil dat je je herinnert hoeveel je van me houdt. Ik wil dat we weer samen zijn. Echt samen, zoals altijd de bedoeling is geweest.' Even valt er een stilte, dan fluistert hij: 'Ik wil Ben niet meer zijn.'

'Maar...'

Hij kijkt me weer aan. 'Als we morgen naar huis gaan, noem je me

Mike.' Met zijn gezicht vlak bij het mijne schudt hij me nogmaals door elkaar. 'Oké?' Zijn adem ruikt zurig en ik ruik ook nog iets anders. Heeft hij gedronken? 'Het komt toch goed met ons, Christine? We komen hierdoorheen.'

'Hierdoorheen?' zeg ik. Mijn hoofd doet pijn en er loopt iets uit mijn neus. Bloed, denk ik, maar zeker weet ik het niet. Het lukt me niet mijn kalmte te bewaren. Ik zet het op een schreeuwen, zo hard ik kan. 'Erdoorheen komen, met jou? Je wilt dat ik weer met je mee naar huis ga? Ben je helemaal stapelgek geworden?' Hij verplaatst zijn hand om mij de mond te snoeren, en ik besef dat ik daardoor mijn arm vrij heb. Ik geef hem een hengst en raak hem tegen de zijkant van zijn gezicht, maar niet zo hard. Hij is er echter niet op bedacht, valt naar achteren en laat ook mijn andere arm los.

Ik krabbel overeind. 'Kutwijf!' zegt hij, maar ik stap over hem heen en steven op de deur af.

Na drie stappen heeft hij mijn enkel vastgegrepen en sla ik tegen de grond. Mijn hoofd klapt tegen de rand van een kruk die onder de toilettafel staat. Ik heb geluk, de kruk is bekleed en breekt mijn val, maar als ik neerkom maakt mijn lichaam een vreemde draai. Pijn schiet door mijn rug omhoog naar mijn nek; ik ben bang dat ik iets gebroken heb. Ik probeer naar de deur te kruipen, maar hij heeft mijn enkel nog steeds vast. Grommend trekt hij me naar zich toe en dan laat hij zich met zijn volle gewicht op me vallen. Ik voel zijn lippen vlak bij mijn oor.

'Mike,' breng ik snikkend uit. 'Mike...'

Vlak voor me op de grond ligt de foto van Adam en Helen die hij heeft laten vallen. Te midden van alles wat er gebeurt vraag ik me af waar hij die vandaan heeft, en ineens weet ik het. Adam heeft hem naar mij opgestuurd in Waring House en Mike heeft alles, ook alle andere foto's, meegenomen toen hij me op kwam halen.

'Jij stom, stom kutwijf,' zegt hij en hij spuugt in mijn oor. Zijn ene hand heeft hij om mijn hals geklemd en met de andere grijpt hij me bij mijn haar. Met een ruk trekt hij mijn hoofd naar achteren. 'Waarom deed je dat nou?'

'Het spijt me,' zeg ik snikkend. Ik kan me niet bewegen. Mijn ene hand zit knel onder mijn lichaam, de andere tussen mijn rug en zijn been.

'Waar dacht je heen te gaan?' zegt hij grommend, als een beest. Hij straalt een en al haat uit.

'Het spijt me,' zeg ik nogmaals, want iets anders kan ik niet verzinnen. 'Het spijt me.' Ik herinner me de tijd waarin dat altijd werkte, het altijd de manier was waarop ik me uit moeilijke situaties wist te redden.

'Hou daarmee op, het spijt je helemaal niet,' zegt hij. Mijn hoofd schiet naar achteren en klapt weer naar voren, en mijn voorhoofd, neus en mond worden tegen het tapijt gedrukt. Ik hoor lawaai, een misselijkmakend gekraak, en ruik de lucht van verschaalde sigaretten. Ik slaak een kreet. Er loopt bloed in mijn mond. Ik heb op mijn tong gebeten. 'Waar wil je heen? Je rijdt geen auto. Je kent niemand. Meestal weet je niet eens wie je zelf bent. Je kunt nergens, maar dan ook nergens heen. Je bent een zielenpoot.'

Ik begin te huilen omdat hij gelijk heeft. Ik ben een zielenpoot. Claire is nooit komen opdagen; ik heb geen vrienden. Ik ben helemaal alleen en helemaal afhankelijk van de man die me dit heeft aangedaan, en morgen – als ik de morgen haal – zal ik zelfs dit zijn vergeten.

Als ik de morgen haal. De woorden galmen door mijn hoofd als tot me doordringt waar deze man toe in staat is, en dat ik het er deze keer misschien niet levend afbreng. Doodsangst bevangt me, maar dan klinkt opeens weer dat kleine stemmetje. Jij gaat hier niet dood. Niet met hem in de buurt. Niet nu. Het gebeurt niet.

Ik buig mijn pijnlijke rug en slaag erin om mijn arm te bevrijden. Dan werp ik mezelf naar voren en grijp een poot van het krukje vast. Hij is zwaar en ik lig er verkeerd voor, toch lukt het me om een draai te maken en hem over mijn hoofd heen te slingeren naar de plek waar ik denk dat Mikes hoofd zich bevindt. Hij komt met een bevredigend gekraak neer en vlak bij mijn oor hoor ik zijn adem stokken. Hij laat mijn haar los.

Ik kijk om me heen. Hij is naar achteren gevallen en drukt zijn hand tegen zijn voorhoofd. Er sijpelt bloed tussen zijn vingers door. Verdwaasd kijkt hij me aan.

Achteraf bedenk ik dat ik hem nog een keer had moeten raken, met de kruk of met mijn blote handen. Met wat dan ook. Ik had hem moeten uitschakelen zodat ik weg kon komen, naar beneden, in elk geval ver genoeg om de deur te kunnen openen en om hulp te schreeuwen.

Maar dat doe ik niet. Ik hijs mezelf overeind en als ik op mijn benen sta kijk ik naar hem, zoals hij voor me op de grond zit. Wat ik nu ook doe, denk ik, hij heeft gewonnen. Hij zal het altijd van mij winnen. Hij heeft me alles afgenomen, zelfs mijn vermogen me te herinneren wat hij me heeft aangedaan. Ik draai me om en loop in de richting van de deur.

Kreunend werpt hij zich op me. Met zijn hele lichaam botst hij tegen me op. Samen vallen we tegen de toilettafel aan en we strompelen naar de deur. 'Christine!' zegt hij. 'Chris! Laat me niet alleen!'

Ik strek mijn arm uit. Als ik nou maar de deur kan openen, dan zal er, ondanks de herrie van hiernaast, toch wel iemand zijn die ons hoort en naar boven komt?

Hij heeft zich aan mijn middel vastgeklampt. Als een grotesk tweekoppig monster schuifelen we voort, ik voorop, hem met me meetrekkend. 'Chris! Ik hou van je!' zegt hij. Zijn gejammer en de idiotie van zijn woorden sporen me aan. Ik ben er bijna. Nog even en ik sta bij de deur.

En dan gebeurt het. Ik herinner me die avond, al die jaren geleden. Ik ben in deze kamer, sta op dezelfde plek en strek mijn hand uit naar dezelfde deur. Ik ben gelukkig, krankzinnig gelukkig. De muren weerkaatsen de zachte oranje gloed van kaarsen die her en der in de kamer stonden toen ik aankwam; in de lucht hangt de zoete geur van de rozen uit het boeket dat op het bed ligt. MIJN LIEFSTE, IK BEN OM EEN UUR OF ZEVEN BIJ JE, staat op een kaartje dat aan het boeket hangt, en hoewel ik me vluchtig afvraag wat hij beneden nog te doen zou hebben, vind ik het fijn om een paar minuten voor mezelf te hebben. Het geeft me de gelegenheid mijn gedachten te ordenen, me er rekenschap van te geven dat ik hem bijna kwijt ben geweest en hoe opgelucht en gelukkig ik ben nu ik het heb uitgemaakt met Mike en Ben en ik samen een nieuwe weg kunnen inslaan. Hoe kwam ik er toch bij dat ik met Mike wilde zijn? Mike zou nooit hebben gedaan wat Ben heeft gedaan, hij zou me nooit verrast hebben met een weekendje in een hotel aan zee, alleen maar om te laten zien hoeveel hij van me houdt en dat dit, ondanks alles wat er gebeurd is, voor hem nooit zal veranderen. Mike is daarvoor te veel met zichzelf bezig, heb ik gemerkt. Bij hem is alles een test, genegenheid wordt gemeten, wat hij geeft wordt afgewogen tegen wat hij krijgt en het resultaat is zelden bevredigend.

Ik leg mijn hand op de deurknop, draai hem om en trek hem naar me toe. Ben heeft Adam naar zijn ouders gebracht. Het hele weekend ligt nog voor ons, een heel weekend zonder zorgen. Alleen wij tweeën.

'Lieveling,' begin ik te zeggen, maar het woord stokt in mijn keel. Niet Ben staat voor de deur, maar Mike. Hij stormt de kamer binnen en terwijl ik hem vraag waar hij in godsnaam mee bezig is, hoe hij het in zijn hoofd haalt me hierheen te lokken, wat hij ermee denkt te bereiken, denk ik tegelijkertijd: jij doortrapte klootzak! Hoe durf je je voor te doen als mijn man! Heb je dan helemaal geen trots?

Ik denk aan Ben en Adam, die thuis zijn. Inmiddels zal Ben zich afvragen waar ik blijf. Misschien belt hij de politie. Wat stom van me om zomaar de trein te nemen en hierheen te gaan zonder het tegen iemand te zeggen. Wat stom om het getypte briefje, besprenkeld met mijn lievelingsparfum, voor een briefje van mijn man te houden.

Mike neemt het woord. 'Was je dan gekomen als je geweten had dat je mij hier zou ontmoeten?'

Ik lach. 'Natuurlijk niet! Het is uit. Dat heb ik je al gezegd.'

Ik kijk naar de bloemen en naar de fles champagne die hij nog steeds in zijn handen houdt. Alles ademt een sfeer van romantiek, van verleiding. 'Mijn god!' zeg ik. 'Dacht je nou echt dat je me hiernaartoe kon lokken en me met wat bloemen en champagne zou vermurwen? Dat ik je in de armen zou vallen en dat alles dan weer als vanouds zou zijn? Je bent gestoord, Mike. Getikt. Ik ga nu weg. Naar mijn man en mijn kind.'

De rest wil ik me niet herinneren. Vermoedelijk begon hij me toen te slaan, maar wat er daarna gebeurde, tot het moment waarop ik in het ziekenhuis belandde, weet ik niet meer. En nu ben ik weer in deze hotelkamer. De cirkel is rond, maar alle tijd die sindsdien verstreken is, is me afgenomen. Het is alsof ik hier nooit weg ben geweest.

Ik slaag er niet in bij de deur te komen. Hij komt moeizaam overeind. Ik begin te roepen: 'Help! Help!'

'Stil!' zegt hij. 'Kop dicht!'

Als ik harder begin te roepen, draait hij mij om en duwt me tegelijkertijd naar achteren. Tijdens mijn val zie ik het plafond en zijn gezicht langs me heen schuiven, als een gordijn dat naar beneden komt. Mijn achterhoofd komt in aanraking met iets hards, iets wat niet meegeeft. Het dringt tot me door dat hij me de badkamer in heeft geduwd. Ik draai mijn hoofd om en de tegelvloer strekt zich voor me uit; ik zie de onderkant van de wc en de rand van het bad. Er ligt een plakkerig, geplet stuk zeep op de grond. 'Mike!' zeg ik. 'Niet doen...' Maar hij hangt over me heen en klemt zijn handen om mijn keel.

'Kop dicht!' zegt hij telkens weer, hoewel ik geen geluid meer maak. Ik ben alleen maar aan het huilen. Ik hap naar adem, mijn ogen en mond zijn nat van het bloed en de tranen en ik weet niet wat nog meer.

'Mike...' stamel ik. Ik krijg geen lucht. Met zijn handen drukt hij mijn keel dicht, ik kan niet meer ademen. Herinneringen overspoelen me. Dat hij mijn hoofd onder water houdt, dat ik wakker word in een wit bed, gekleed in een hemd van het ziekenhuis en dat Ben naast me zit, de echte Ben, mijn echtgenoot. De politieagente die me vragen stelt die ik niet kan beantwoorden. Een man in een lichtblauwe pyjama die lachend op de rand van mijn ziekenhuisbed zit, ook al heeft hij me net verteld dat ik hem elke dag begroet alsof ik hem nooit eerder heb gezien. Een blond jongetje dat een tand mist en mammie tegen me zegt. Een voor een komen de beelden langs. Ze overspoelen me en komen met geweld bij me binnen. Ik schud mijn hoofd in een poging het leeg te maken, maar Mike versterkt zijn greep. Zijn hoofd hangt boven me, zijn ogen staren wild naar me terwijl hij mijn keel dichtknijpt. Ik herinner me dat dit me eerder is overkomen, hier in deze ruimte. Ik sluit mijn ogen. 'Hoe durf je!' zegt hij, maar ik kan niet bepalen welke Mike aan het woord is, de Mike van hier en nu of de Mike die alleen in mijn herinnering bestaat. 'Hoe durf je!' herhaalt hij. 'Hoe durf je mijn kind weg te laten halen!'

Dan herinner ik het me. Toen hij me al die jaren geleden aftuigde, droeg ik een kind. Niet van Mike, maar van Ben. Het kind waarmee we een nieuwe start zouden maken.

We hadden het geen van beiden overleefd.

*

Ik moet buiten bewustzijn zijn geraakt. Als ik bijkom zit ik in een stoel. Ik kan mijn handen niet bewegen en mijn mond voelt harig vanbinnen. Ik doe mijn ogen open. Het is schemerig in de kamer, alleen het maanlicht en het gele schijnsel van de straatlantaarns komen door de onbedekte ramen naar binnen. Mike zit tegenover me op de rand van het bed. Hij houdt iets in zijn hand.

Ik wil iets zeggen, maar dat lukt niet. Er zit iets in mijn mond. Een sok, of zoiets, die op een of andere manier is vastgemaakt. Mijn polsen en enkels zijn vastgebonden.

Dit heeft hij altijd gewild, denk ik. Dat ik mijn mond houd en me niet kan bewegen. Als ik probeer los te komen, merkt hij dat ik wakker ben. Hij kijkt op. Zijn gezicht is een masker van pijn en verdriet. Hij kijkt me recht in de ogen, staart me aan. Ik voel alleen nog maar haat.

'Je bent wakker.' Ik ben benieuwd of hij verder nog iets gaat zeggen, of hij daartoe in staat is. 'Dit was helemaal mijn bedoeling niet. Ik dacht dat het je zou helpen om hier nog eens te komen. Dat je je zou herinneren hoe het tussen ons geweest is. Dan zouden we erover kunnen praten en zou ik je uitleggen wat er destijds gebeurd is. Ik wilde niet dat het zo zou gaan, Chris. Maar soms word ik zo kwaad. Ik kan het niet helpen, het spijt me. Ik heb je nooit pijn willen doen, nooit. Ik heb alles verpest.'

Hij slaat zijn blik neer. Er is zoveel meer dat ik wil weten, maar ik ben aan het eind van mijn Latijn en het is te laat. Ik heb het gevoel dat ik mijn ogen dicht zou kunnen doen om op pure geestkracht de vergetelheid op te zoeken en alles uit te wissen.

Toch wil ik vannacht niet slapen. Maar als het niet anders kan, dan wil ik morgen niet wakker worden.

'Het gebeurde toen je me vertelde dat je zwanger was.' Hij kijkt niet op. Zijn stemgeluid wordt gedempt door de plooien in zijn kleren en het kost me moeite om hem te verstaan. 'Ik had nooit gedacht dat ik vader zou worden. Nooit. Ze zeiden altijd...' Hij aarzelt, alsof hij zich bedenkt, alsof hij sommige dingen maar beter voor zichzelf kan houden. 'Je zei dat het niet van mij was, maar ik wist dat het wel zo was. En ik kon de gedachte niet verdragen dat je me toch zou verlaten en dat je mijn kind mee zou nemen en ik hem nooit zou kunnen zien. Dat kon ik niet verdragen, Chris.'

Ik weet nog steeds niet wat hij van me wil.

'Denk je dat ik geen spijt heb van wat ik heb gedaan? Elke dag heb ik spijt. Als ik je verdwaasd zie rondlopen, verloren en ongelukkig. Soms lig ik in bed en hoor ik je wakker worden. Dan kijk je me aan en weet ik dat je geen idee hebt wie ik ben, en dan voel ik je teleurstelling en schaamte. Die straalt in golven van je af. Dat doet pijn. Te weten dat je nooit met me zou willen vrijen als je de keus had. Als je dan opstaat en naar de badkamer loopt, weet ik dat je binnen een paar minuten terugkomt, helemaal in de war en diep ongelukkig.'

Even valt er een stilte. 'En nu weet ik dat zelfs dat binnenkort voorbij is. Ik heb je dagboek gelezen. Je dokter zal inmiddels wel begrepen hebben hoe het zit. Of het zal niet meer lang duren. En Claire ook. Ik weet dat ze achter me aan zullen komen.' Hij kijkt op. 'En ze zullen je van me af willen nemen. Maar Ben wil jou niet. Ík wil je. Ik wil voor je zorgen. Alsjeblieft, Chris. Denk terug aan je liefde voor mij. En zeg dat je bij mij wilt blijven.' Hij wijst naar de bladzijden uit mijn dagboek die over de grond verspreid liggen. 'Je kunt tegen ze zeggen dat je het me vergeeft. Dit allemaal. En dan kunnen we bij elkaar blijven.'

Ik schud mijn hoofd. Ik kan er niet bij dat hij wíl dat ik me alles herinner. Hij wil dat ik weet wat hij gedaan heeft.

Hij glimlacht. 'Weet je, soms denk ik weleens dat het beter voor je was geweest als je die nacht was doodgegaan. Beter voor ons allebei.' Hij kijkt uit het raam. 'Ik zou met je meegaan, Chris. Als je dat wilde.' Hij slaat zijn blik weer neer. 'Geen kunst aan. Jij gaat eerst en ik beloof je dat ik zal volgen. Je vertrouwt me toch wel?'

Hij kijkt me verwachtingsvol aan. 'Zou je dat willen?' vraagt hij. 'Je voelt er niks van.'

Ik schud mijn hoofd en probeer iets te zeggen, maar het lukt niet. Mijn ogen branden en ik kan nauwelijks ademen.

'Nee?' Hij is teleurgesteld. 'Nee. Leven is altijd te prefereren, denk ik, wat voor leven je ook hebt. Goed. Je hebt waarschijnlijk gelijk.' Ik begin te huilen. Hij schudt zijn hoofd. 'Chris, het komt allemaal goed. Dat begrijp je toch wel? Dit hier is het probleem.' Hij houdt mijn dagboek omhoog. 'We waren gelukkig tot je hierin ging schrijven. Of in elk geval zo gelukkig als mogelijk was. Maar dat was toch genoeg? We moeten ons hiervan ontdoen en dan kun jij misschien zeggen dat je in de war was en dan wordt alles weer zoals voor die tijd. In elk geval zoals het een tijdje geleden was.'

Hij staat op en schuift de metalen prullenbak onder de toilettafel vandaan en haalt de lege zak eruit. 'Zo gebeurd,' zegt hij. Hij zet de prullenbak tussen zijn benen op de grond. 'Niks aan.' Hij laat mijn dagboek in de prullenbak vallen, pakt de losse bladzijden die nog op de grond liggen en doet ze erbij. 'Hier moeten we vanaf,' zegt hij. 'Alles moet weg, voor eens en voor altijd.'

Hij haalt een doosje lucifers uit zijn zak, steekt er een aan en pakt een bladzijde uit de prullenbak.

Vol afgrijzen kijk ik hem aan. 'Nee!' probeer ik te zeggen, maar er klinkt alleen een gedempt gebrom. Zonder me aan te kijken steekt hij de bladzijde in brand en laat hem in de prullenbak vallen.

'Nee!' herhaal ik, maar nu is het alleen een stille kreet in mijn hoofd. Ik kijk toe als mijn geschiedenis, mijn herinneringen, vlam vatten. Mijn dagboek, de brief van Ben, alles. Zonder dat dagboek ben ik niets. Helemaal niets. En heeft hij gewonnen.

Wat er dan gebeurt heb ik niet gepland. Ik doe het puur instinctief. Ik werp mezelf op de prullenbak. Omdat mijn handen zijn vastgebonden wordt mijn val niet gebroken en kom ik onhandig neer. Er knapt iets, ik voel een pijnscheut door mijn arm gaan en ben bang dat ik flauwval, maar dat gebeurt niet. De prullenbak valt om en de brandende snippers vliegen door de kamer.

Mike geeft een harde gil, valt op zijn knieën en slaat met zijn handen op het brandende papier in een poging het vuur te doven. Hij heeft niet gezien dat een brandende snipper onder het bed terecht is gekomen. De vlammetjes likken langs de randen van de beddensprei, maar ik kan er niet bij en ik kan ook niet roepen, dus moet ik toezien hoe de sprei in brand vliegt. Wanneer zich rook begint te ontwikkelen doe ik mijn ogen dicht. De kamer zal uitbranden, denk ik; Mike zal verbranden en ik zal verbranden en niemand zal er ooit achter komen wat zich hier in deze kamer heeft afgespeeld, net zomin als iemand ooit precies zal weten wat zich hier jaren geleden heeft afgespeeld. Asresten en vermoedens, meer zal er niet over zijn.

Ik hoest. Het is een droog, kokhalzend kuchje dat door de opgerolde sok wordt gesmoord. Ik begin te stikken. Ik denk aan mijn zoon die ik nu nooit meer zal zien, maar ik sterf tenminste met de wetenschap dat ik een zoon heb gehad en dat hij nog leeft en gelukkig is. Daar ben ik blij om. Ik denk aan Ben, de man met wie ik trouwde, de man die ik vergat. Ik wil hem zien. Ik wil tegen hem zeggen dat ik uiteindelijk weer wist wie hij was. Dat ik me herinner hoe we elkaar ontmoetten op een feest op een dakterras en dat hij me ten huwelijk vroeg op een heuvel met uitzicht over de stad. Dat ik me onze bruiloft herinner, in een kerk in Manchester, en de foto's die we lieten maken in de regen.

En ja, ik herinner me dat ik van hem hield. Ik weet dat ik dat nog steeds doe en altijd gedaan heb.

Het wordt donker. Ik krijg geen lucht meer. Ik hoor de vlammen ruisen en voel de hitte op mijn lippen en ogen.

Een gelukkige afloop heeft er voor mij nooit in gezeten. Dat weet ik nu. Maar het is goed zo.

Ik heb er vrede mee.

*

Ik lig, ik heb geslapen, maar niet lang. Ik weet nog wie ik ben en waar ik was. Ik hoor geluiden, verkeerslawaai, een sirene die niet omhoog en omlaag gaat, maar één toon aanhoudt. Er is iets over mijn mond gelegd – ik moet denken aan een opgerolde sok – maar ik kan nog ademen. Ik durf mijn ogen niet te openen. Ik weet niet wat ik zal zien.

Toch zal het moeten. Ik heb geen keus, ik moet de realiteit onder ogen zien.

Het licht is fel. Aan het lage plafond hangt een tl-buis en evenwijdig daaraan lopen twee ijzeren stangen. De wanden zijn dichtbij en gemaakt van hard, glanzend metaal en perspex. Ik zie laatjes en plankjes vol flesjes en doosjes, en ik zie glimmende apparaten. Alles beweegt, vibreert een beetje, en het dringt tot me door dat dat ook geldt voor het bed waarop ik lig.

Van ergens achter mij verschijnt boven mijn hoofd het gezicht van een man. Hij draagt een groen overhemd. Ik herken hem niet.

'Ze is wakker, jongens,' zegt hij, en dan zie ik nog meer gezichten verschijnen. Snel kijk ik van de een naar de ander, maar Mike is er niet bij en ik ontspan enigszins.

'Christine,' hoor ik iemand zeggen. 'Chrissy, ik ben het.' Het is de stem van een vrouw, een stem die ik ken. 'We zijn op weg naar het ziekenhuis. Je hebt je sleutelbeen gebroken, maar dat komt wel weer goed. Alles komt goed. Hij is dood. Die man is dood. Hij kan je geen kwaad meer doen.'

Dan zie ik degene bij wie de stem hoort. Ze lacht en houdt mijn hand vast. Het is Claire. Dezelfde Claire die ik een dag eerder heb gezien, niet de jonge Claire die ik verwacht als ik net wakker ben. Ik zie nu ook haar oorbellen, het zijn dezelfde die ze inhad de laatste keer dat ik haar zag.

'Claire?' zeg ik, maar ze kapt me af.

'Niet praten,' zegt ze. 'Probeer je maar te ontspannen.' Ze buigt zich over me heen, streelt mijn haar en fluistert iets in mijn oor, maar ik kan het niet verstaan. Het klinkt als 'Het spijt me.'

'Ik weet het nog,' zeg ik. 'Ik weet het nog.'

Ze lacht en trekt zich terug; een jonge man neemt haar plaats in. Hij heeft een smal gezicht en draagt een bril met een zwaar montuur. Even denk ik dat het Ben is, maar dan realiseer ik me dat Ben net zo oud is als ik.

'Mam?' zegt hij. 'Mam?'

Hij ziet er precies zo uit als op de foto met Helen, en dan besef ik dat ik me hem ook kan herinneren.

'Adam?' zeg ik. Als hij me omhelst blijven de woorden in mijn keel steken.

'Mam,' zegt hij. 'Pap is ook onderweg. Hij komt zo.'

Ik trek hem naar me toe en snuif zijn geur op, de geur van mijn zoon. Ik ben gelukkig.

*

Ik kan niet meer wachten. Het is de hoogste tijd. Ik moet slapen. Ik heb een eigen kamer, dus hoef ik me niet aan de strikte regels van het ziekenhuis te houden, maar ik ben uitgeput en mijn ogen vallen dicht. Het is tijd.

Ik heb Ben gesproken. De man met wie ik ooit echt getrouwd ben geweest. We hebben uren gepraat, zo voelde het, maar misschien waren het maar een paar minuten. Hij zei dat hij het eerste vliegtuig had genomen nadat hij gebeld was door de politie.

'De politie?'

'Ja,' zei hij. 'Toen bleek dat de persoon met wie je samenwoonde niet degene was voor wie de mensen van Waring House hem hadden gehouden, hebben ze mij getraceerd. Ik weet niet precies hoe, waarschijnlijk hadden ze mijn oude adres en zijn ze toen verder gaan zoeken.'

'Maar waar was je dan?'

Hij duwde zijn bril wat hoger op zijn neus. 'Ik zit al een paar maanden in Italië,' zei hij. 'Ik werk daar.' Even was het stil. 'Ik dacht dat je goed verzorgd werd.' Hij pakte mijn hand. 'Het spijt me...'

'Je kon het toch niet weten?'

Hij keek de andere kant op. 'Ik heb je verlaten, Chrissy.'

'Ik weet het. Ik weet alles. Claire heeft het me verteld. Ik heb je brief gelezen.'

'Het leek me het beste,' zei hij. 'Echt. Ik dacht dat het goed zou zijn. Voor jou en voor Adam. Ik heb geprobeerd de draad van mijn leven op te pakken. Dat heb ik echt geprobeerd.' Hij aarzelde. 'Ik dacht dat ik dat alleen kon als ik me van je liet scheiden. Ik dacht dat het me vrij zou maken. Adam begreep het niet, zelfs niet toen ik hem uitlegde dat jij het niet eens zou weten, dat je je niet eens kon herinneren dat je met mij getrouwd was.'

'En?' vroeg ik. 'Heeft het je vrij gemaakt?'

Hij draaide zich naar me toe. 'Ik zal niet tegen je liegen, Chrissy. Er zijn andere vrouwen geweest. Niet veel, maar een paar. Er is heel veel tijd verstreken, jaren en jaren. Eerst had ik geen serieuze relaties, maar een paar jaar geleden ben ik iemand tegengekomen. We zijn gaan samenwonen. Maar...'

'Maar?'

'Het is weer uitgegaan. Ze zei dat ik niet van haar hield. Dat ik altijd van jou ben blijven houden...'

'En had ze daar gelijk in?'

Hij antwoordde niet en omdat ik zijn antwoord vreesde, zei ik: 'En wat gaat er nu gebeuren? Morgen? Breng je me terug naar Waring House?'

Hij keek me aan.

'Nee,' zei hij. 'Ze had gelijk. Ik ben altijd van jou blijven houden. Ik breng je niet terug. Ik wil dat je morgen met mij mee naar huis gaat.'

Nu bekijk ik hem eens goed. Hij zit in een stoel naast mijn bed en hoewel hij al snurkt en zijn hoofd ongemakkelijk naar voren hangt, houdt hij nog steeds mijn hand vast. Ik zie nog net zijn bril, en het litteken aan de zijkant van zijn gezicht. Mijn zoon is weggegaan om zijn vriendin te bellen en zijn nog ongeboren dochtertje fluisterend welterusten te wensen. Mijn beste vriendin is buiten op de parkeerplaats een sigaret aan het roken. Wat er ook gebeurt, ik word omringd door de mensen van wie ik houd.

Ik heb dokter Nash gesproken. Hij vertelde me dat ik bijna vier maanden geleden uit het verzorgingstehuis ben weggegaan, niet lang nadat Mike me begon te bezoeken en zich voordeed als Ben. Ik heb mijn verblijf zelf beëindigd, zelf alle formulieren getekend. Ik ben vrijwillig vertrokken. Als ze al argwaan hadden, dan hadden ze me niet tegen kunnen houden. Ik heb de paar foto's en persoonlijke bezittingen die ik nog had, meegenomen toen ik wegging.

'Was Mike zo aan die foto's gekomen?' vroeg ik. 'Die van mij en van Adam? En de brief van Adam aan de Kerstman en zijn geboortebewijs?'

'Ja,' antwoordde dokter Nash. 'Je had ze bij je in Waring House, en je nam ze mee toen je wegging. Mike moet de foto's waar je met Ben op stond op een gegeven moment hebben vernietigd. Misschien al voor je ontslagen werd uit Waring House. Er is vrij veel verloop onder het personeel, ze hadden geen idee hoe jouw man er eigenlijk uitzag.'

'Maar hoe heeft hij die foto's in handen gekregen?'

'Ze lagen in een laatje in je kamer. Het zal niet zo moeilijk zijn geweest erbij te komen toen hij je eenmaal regelmatig begon te bezoeken. Misschien heeft hij er zelfs foto's van zichzelf tussen geschoven. Hij zal er wel een paar hebben gehad van jullie samen, uit de tijd waarin jullie... eh, met elkaar omgingen, jaren geleden. In Waring House waren ze ervan overtuigd dat de man die je steeds kwam opzoeken de man was die in je fotoalbum stond.'

'Dus ik nam mijn foto's mee naar Mikes huis en hij verborg ze in die metalen doos? En vervolgens verzon hij een brand om te kunnen verklaren waarom er zo weinig foto's waren?'

'Ja,' zei hij. Hij zag er moe en schuldbewust uit. Ik vroeg me af of hij zich verantwoordelijk voelde voor wat er was gebeurd en hoopte dat dat niet het geval was. Tenslotte had hij me geholpen. Hij had me gered. Ik hoopte dat hij zijn artikel nog steeds zou schrijven en een presentatie over mijn geval zou geven. Ik hoopte dat hij erkenning zou krijgen voor wat hij voor mij heeft gedaan. Per slot van rekening zou ik zonder hem...

Ik wil er niet aan denken hoe het dan met mij was afgelopen.

'Hoe heb je me gevonden?' vroeg ik. Hij legde uit dat Claire dodelijk ongerust was nadat we elkaar hadden gesproken, maar ze had gewacht tot ik zou bellen, de volgende dag. 'Die avond moet Mike de bladzijden uit je dagboek hebben verwijderd. Daarom had je geen idee dat er iets mis was toen je me dinsdag je dagboek gaf, en ik ook niet. Toen je niet belde, probeerde Claire jou te bellen, maar ze had alleen het nummer van het mobieltje dat je van mij had gekregen en dat had Mike ook weggenomen. Ik had moeten weten dat er iets mis was toen ik je vanmorgen op dat nummer belde en je niet opnam. Maar ik heb er niet bij stilgestaan. Ik heb alleen je andere nummer geprobeerd...' Hij schudde zijn hoofd.

'Het geeft niet,' zei ik. 'Ga door.'

'We kunnen er wel van uitgaan dat hij je dagboek in elk geval de afgelopen twee weken heeft meegelezen, misschien langer. Eerst lukte het Claire niet om Adam te pakken te krijgen en ze had Bens nummer niet, dus belde ze Waring House. Zij hadden maar één nummer, waarvan ze dachten dat het van Ben was, maar het was van Mike. Claire had mijn nummer niet, ze wist mijn naam niet eens. Ze belde de school waar hij werkte en drong net zo lang aan tot ze Mikes adres en telefoonnummer kreeg, maar die waren allebei vals. Het spoor liep dood.'

Ik stel me voor hoe Mike mijn dagboek ontdekte en elke dag meelas. Waarom had hij het niet vernietigd?

Omdat ik had geschreven dat ik van hem hield. En omdat hij wilde dat ik dat bleef geloven.

Of misschien geef ik hem nu te veel krediet. Misschien wilde hij dat ik het dagboek zou zien branden.

'Heeft Claire de politie niet gebeld?'

'Jawel,' knikte hij. 'Maar het duurde een paar dagen voor ze het serieus namen. Inmiddels had ze Adam bereikt en van hem hoorde ze dat Ben al een tijdje in het buitenland woont en dat jij, voor zover hij wist, nog steeds in Waring House zat. Ze heeft contact opgenomen met Waring House en hoewel ze je huisadres niet wilden geven, gaven ze Adam uiteindelijk wel mijn nummer. Vermoedelijk vonden ze dat een goed compromis, omdat ik arts ben. Claire heeft me vanmiddag pas bereikt.'

'Vanmiddag?'

'Ja. Claire overtuigde me ervan dat er iets mis was en dat werd nog eens bevestigd toen ik erachter kwam dat Adam nog leefde. We zijn naar je huis gegaan, maar toen waren jullie al naar Brighton vertrokken.'

'Hoe hebben jullie me daar gevonden?'

'Je had me verteld dat Ben – sorry, Mike – had gezegd dat jullie het weekend weggingen en dat jullie naar zee zouden gaan. Toen Claire me vertelde wat er aan de hand was, had ik wel een idee waar hij je mee naartoe had genomen.'

Ik liet me in het kussen zakken. Ik was doodmoe. Ik wilde maar één ding: slapen, maar ik was er ook bang voor. Bang dat ik weer alles zou vergeten.

'Maar je zei dat Adam dood was,' zei ik. 'Je zei dat hij was omgekomen. Toen we in de auto zaten, op de parkeerplaats. En de brand. Je hebt me ook verteld dat we brand hadden gehad.'

Hij glimlachte mistroostig. 'Omdat jij me dat verteld had.' Ik zei dat ik het niet begreep. 'Op een dag, een paar weken nadat we elkaar hadden leren kennen, vertelde je me dat Adam dood was. Dat had

Mike je natuurlijk verteld en je geloofde hem en toen heb je het mij verteld. Toen je ernaar vroeg op de parkeerplaats heb ik je verteld wat ik voor waar hield. Hetzelfde geldt voor de brand. Ik geloofde dat er brand was geweest, omdat jij me dat had verteld.'

'Maar ik herinner me Adams begrafenis,' zei ik. 'Zijn kist...'

Weer dat mistroostige glimlachje. 'Je verbeelding...'

'Maar ik heb er foto's van gezien,' zei ik. 'Die man...' – ik kon zijn naam niet meer over mijn lippen krijgen – 'heeft me foto's laten zien waar we samen op staan, ook trouwfoto's. En ik heb een foto gevonden van een grafsteen met Adams naam erop.'

'Trucage, waarschijnlijk,' zei hij.

'Trucage?'

'Ja. Op de computer kun je tegenwoordig heel makkelijk foto's manipuleren. Hij zal vermoed hebben dat je de waarheid op het spoor was en ze hebben neergelegd op een plek waar jij ze zou vinden. Het zou me niet verbazen als de foto's van jullie samen ook gemanipuleerd waren.'

Ik dacht aan de keren dat ik geschreven had dat Mike aan het werk was in zijn kamer. Maar was hij wel aan het werk? Wat was hij ver gegaan in zijn bedrog.

'Gaat het wel met je?' vroeg dokter Nash.

Ik lachte. 'Ja,' antwoordde ik. 'Ik geloof het wel.' Ik keek hem aan en besefte dat ik me hem kon voorstellen in een ander pak en met veel korter haar.

'Ik kan me dingen herinneren,' zei ik.

Zijn gezichtsuitdrukking veranderde niet. 'Wat voor dingen?' vroeg hij.

'Ik herinner me jou met korter haar,' zei ik. 'En ik herkende Ben. En Adam en Claire, in de ambulance. En ik herinner me dat ik Claire een paar dagen geleden gezien heb. We gingen naar een café in het Alexandra Palace. We dronken koffie. Haar zoontje heet Toby.'

Zijn ogen waren triest.

'Heb je vandaag in je dagboek gelezen?' vroeg hij.

'Ja,' zei ik. 'Maar snap je het dan niet? Ik herinner me dingen die ik niet heb opgeschreven. Haar oorbellen. Het zijn dezelfde die ze toen droeg. Ik heb het aan haar gevraagd en het klopte. Ik herinner me dat

Toby een blauw jasje aanhad en sokken met stripfiguren erop, en dat hij uit zijn doen was omdat hij appelsap wilde en ze alleen sinas en cassis hadden. Snap je het niet? Ik heb die dingen niet opgeschreven, maar ik weet ze nog wel.'

Zijn gezicht klaarde op, maar hij bleef voorzichtig.

'Dokter Paxton zei dat hij geen organische oorzaak voor je geheugenverlies kon vinden. Dat het hem waarschijnlijk leek dat het in elk geval gedeeltelijk het gevolg was van het emotionele trauma dat je door die gebeurtenis hebt opgelopen, en dat het dus niet alleen een lichamelijke oorzaak had. Het lijkt me niet uitgesloten dat een nieuw trauma het proces kan omkeren, in elk geval in zekere mate.'

Dat klonk me als muziek in de oren. 'Dus ik word misschien wel beter?'

Hij keek me indringend aan. Ik had het gevoel dat hij een afweging maakte, probeerde in te schatten of ik de waarheid zou kunnen verdragen.

'Dat is niet erg waarschijnlijk, moet ik zeggen,' zei hij. 'De afgelopen paar weken is er een zekere vooruitgang geweest, je geheugen is echter niet helemaal hersteld. Maar het is niet onmogelijk.'

Er laaide vreugde in me op. 'Betekent het feit dat ik me herinner wat er vorige week gebeurd is niet dat ik in staat ben om nieuwe herinneringen aan te maken, en ze ook vast te houden?'

Aarzelend koos hij zijn woorden. 'Dat zou kunnen, ja. Maar Christine, wees erop voorbereid dat het misschien tijdelijk is. Dat weten we morgen pas.'

'Als ik wakker word?'

'Ja. Het is heel goed mogelijk dat al je herinneringen aan vandaag vannacht worden uitgewist. Alle nieuwe en alle oude herinneringen.'

'Het zou dus net zo kunnen gaan als toen ik vanmorgen wakker werd?'

'Ja,' zei hij. 'Dat zou kunnen.'

Dat ik me bij het wakker worden Adam noch Ben zou kunnen herinneren was te erg om over na te denken. Ik zou een levende dode zijn.

'Maar...' zei ik.

'Hou je dagboek bij, Christine,' zei hij. 'Heb je het nog?'

Ik schudde mijn hoofd. 'Hij heeft het verbrand. Daardoor is het vuur ontstaan.'

Dokter Nash keek me teleurgesteld aan. 'Wat jammer,' zei hij. 'Maar het doet er niet echt toe, Christine. Het komt wel goed met je. Je begint gewoon een nieuw dagboek. De mensen die van je houden zijn bij je teruggekomen.'

'Maar ik wil ook zo graag bij hen terugkomen,' zei ik. 'Dat wil ik zo graag.'

We praatten nog even verder, maar toen wilde hij me graag alleen laten met mijn gezin. Ik weet dat hij me alleen maar wilde voorbereiden op het ergste wat zou kunnen gebeuren – dat ik morgen wakker word en geen idee heb waar ik ben, wie de man is die naast me zit, wie de jongen is die zegt dat hij mijn zoon is – maar ik moet ervan uitgaan dat dat niet zal gebeuren. Dat mijn geheugen weer werkt. Daar moet ik van uitgaan.

Ik kijk naar het silhouet van mijn slapende man in de schemerige kamer. Ik herinner me onze eerste ontmoeting, die avond op dat feest, de avond waarop ik met Claire op het dak naar het vuurwerk keek. Ik herinner me dat hij me op vakantie in Verona ten huwelijk vroeg, en de opwinding die ik voelde toen ik ja zei. En onze bruiloft, ons huwelijk, ons leven herinner ik me. Ik glimlach.

'Ik hou van je,' fluister ik. En dan sluit ik mijn ogen en val in slaap.

Nawoord

Dit boek is deels geïnspireerd op het leven van enkele patiënten met geheugenverlies, in het bijzonder Henry Gustav Molaison en Clive Wearing, wiens verhaal door zijn vrouw Deborah Wearing op schrift is gesteld in haar boek *Voor altijd vandaag*. Wat in *Voor ik ga slapen* beschreven wordt is echter volkomen fictief.

Dankbetuiging

Mijn intense dankbaarheid gaat uit naar mijn fantastische agent Clare Conville, naar Jake Smith-Bosanquet, naar alle medewerkers van Conville & Walsh en naar mijn redacteuren Claire Wachtel, Selina Walker, Michael Heyward en Iris Tupholme. Mijn familie en vrienden ben ik dankbaar voor hun aanmoediging vanaf het prille begin, voor het feit dat ze de eerste versies hebben willen lezen en me voortdurend hebben gesteund. In het bijzonder wil ik Margaret en Alistair Peacock, Jennifer Hill, Samantha Lear en Simon Graham bedanken omdat ze al in mij geloofden voor ik dat zelf deed, en ook Andrew Dell, Anzel Britz, Gillian lb en Jamie Gambino, die later instapten, en Nicholas lb die er altijd geweest is. Dank aan alle collega's van de Guy's and St Thomas' Trust. Ik ben iedereen van de Faber Academy dankbaar, Patrick Keogh in het bijzonder. Dit boek had nooit geschreven kunnen worden zonder de bijdragen van mijn medecursisten Richard Skinner, Amy Cunnah, Damien Gibson, Antonia Hayes, Simon Murphy en Richard Reeves. Dank voor jullie vriendschap en steun en laten we hopen dat aanstormend schrijverstalent nog lang bij de Faber Academy terechtkan.